怨念の源平興亡

小説日本通史〔鎌倉開幕〕

邦光史郎

祥伝社文庫

目次

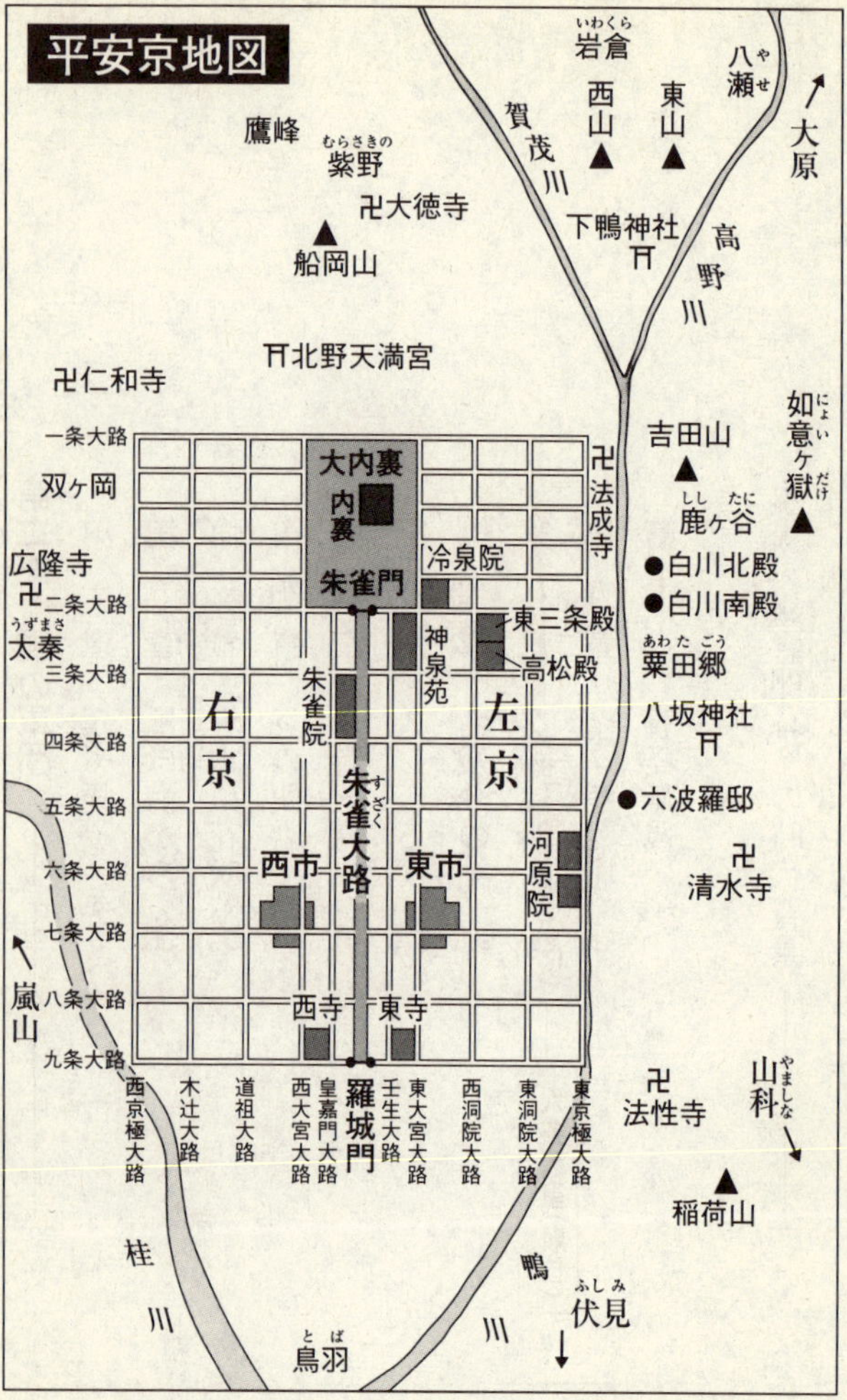
平安京地図
岩倉《いわくら》
八瀬《やせ》
大原
西山
東山
賀茂川
鷹峰
紫野《むらさきの》
卍大徳寺
船岡山
下鴨神社
高野川
北野天満宮
卍仁和寺
如意《にょい》ヶ嶽《だけ》
吉田山
鹿《しし》ヶ谷《たに》
一条大路
双ヶ岡
大内裏
内裏
冷泉院
朱雀門
卍法成寺
広隆寺
卍
二条大路
●白川北殿
●白川南殿
東三条殿
高松殿
神泉苑
太秦《うずまさ》
三条大路
粟田郷《あわたごう》
朱雀院
右京
左京
八坂神社
四条大路
朱雀《すざく》大路
●六波羅邸
五条大路
河原院
西市
東市
六条大路
卍
清水寺
七条大路
嵐山
八条大路
西寺
東寺
九条大路
山科《やましな》
卍
法性寺
西京極大路
木辻大路
道祖大路
西大宮大路
皇嘉門大路
羅城門
壬生大路
東大宮大路
西洞院大路
東洞院大路
東京極大路
稲荷山
桂川
鴨川
伏見《ふしみ》
鳥羽《とば》

皇統に見る藤原家と平家

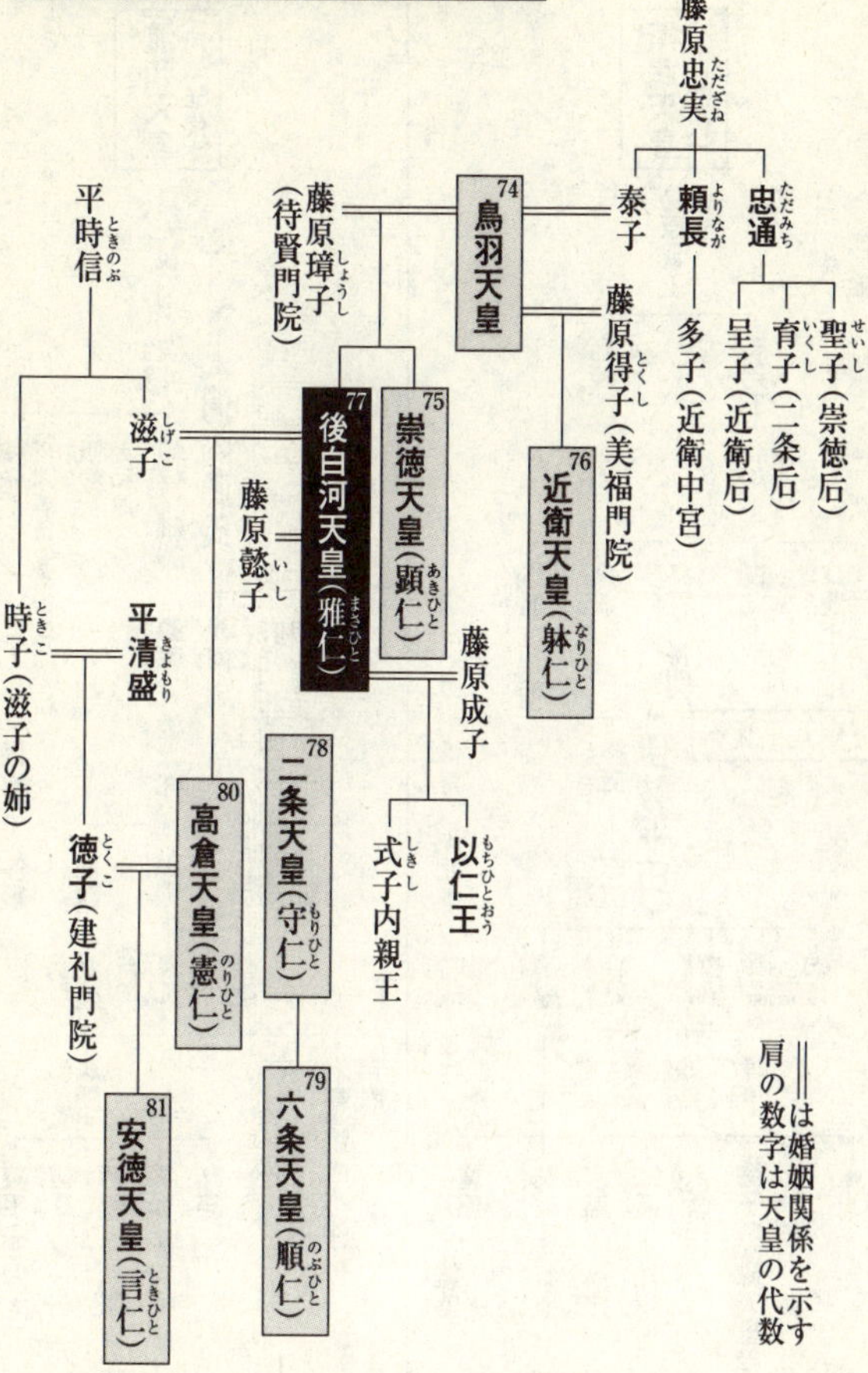

＝は婚姻関係を示す
肩の数字は天皇の代数

清和源氏と桓武平氏の略系図

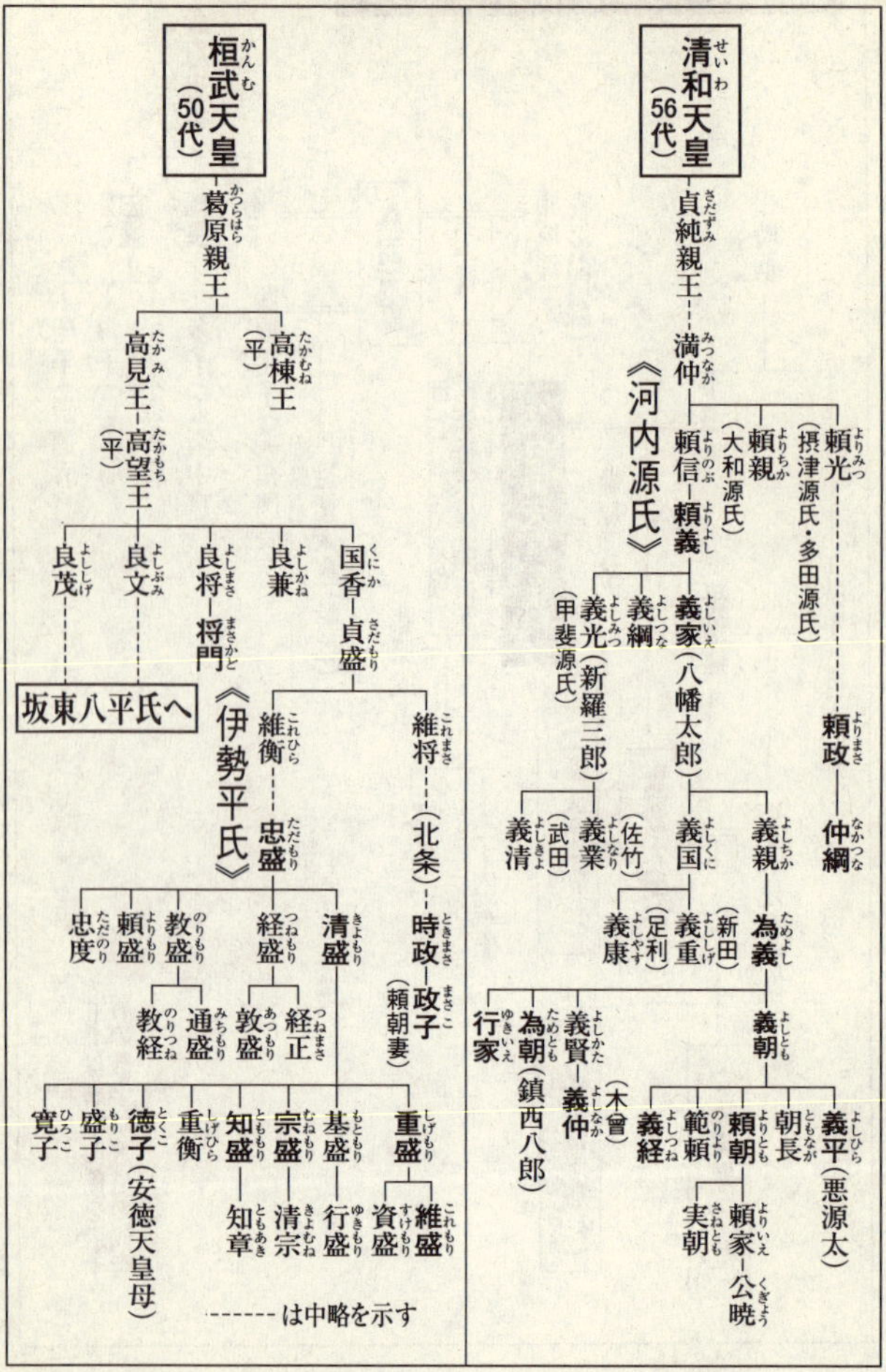

序　源平紅白合戦

時代が変わると、人が変わる。それとも人が変わるから、時代が変化したのだろうか。

人は時代とともに生き、時代は人によってつくられる。

時代は、人にとって、川の流れのようなものかもしれない。

すでに藤原《ふじわら》貴族の時代は去り、北の藤波《ふじなみ》と呼ばれる藤原北家《ほっけ》のなかでも、代々摂政《せっしょう》関白《かんぱく》という最高の地位を占めてきた摂関家も、道長《みちなが》の栄華を頂点として衰えをみせてきた。

どんなにあがいても、いったん衰退に向かった時代の流れを元の隆盛に戻すことは不可能で、すでに藤原貴族では時の流れを止められなくなっていた。

そして新しい勢力が抬頭《たいとう》してきた。それもこれまで貴族に仕えて、顎《あご》で使われる身分だった者たち、つまりさぶろう者、武者であった。

貴族の犬だった武者のうち、源氏は摂関家と縁を結び、平氏は天皇家に近づいて、互いに勢力争いを演じていた。

六十六人の男子を生み育てて、日本六十六カ州に配したいと願った源《みなもとの》為義《ためよし》は、一族の長者としての意識が強すぎて、おのれの能力にあまる責任の重さに喘《あえ》ぐことになった。

それに引きかえ、平 清盛《たいらのきよもり》は、皇胤《こういん》との噂《うわさ》も高く、武人というよりは、むしろ貴族的な生きかたのまま、藤原摂関家にかわって、位人臣《くらい》を極《きわ》めた。

いっぽう、あまりに武人すぎた為義の嫡男《ちゃくなん》義朝《よしとも》は、腕力に頼りすぎて身を誤った。

平氏にあらずんば人にあらずと、一門一統で全国支配に乗り出した平氏の隆盛も、奢《おご》れる者久しからず、根絶やしにするはずだった源氏の嫡流が、頼朝《よりとも》、義経《よしつね》と生き残ったばかりか、それぞれに成人して、平氏の築いた王国に挑みかかった。

平安時代約三百年の間、国軍をもたなかったために、さしたる戦乱もなく過ごしてきたのに、武人の抬頭によって、全国各地に争乱が起こって、武者の時代となった。

平家の赤旗、源氏の白旗、互いに入り乱れて、駒が勇めば、武者も逸《はや》って、生命のやりとりに終始した。

けれど、戦いが生み落としたのは恨《うら》みと新たなる争いにすぎなかった。

第一部　狗《いぬ》たちの戦場

一一二三年（保安4）	崇徳《すとく》天皇即位。
一一三二年（長承元）	平忠盛、千体観音堂建立の功により武士として初めて内の昇殿を許される。 この頃、僧徒の騒擾《そうじょう》が相次ぐ。
一一四一年（永治元）	鳥羽上皇出家。崇徳天皇、鳥羽法皇の意により三歳の躰仁《なりひと》親王（近衛天皇）に位を譲る。
一一四三年（康治2）	源為義、内大臣藤原頼長に臣従。
一一四四年（天養元）	藤原通憲、出家し信西入道と名乗る。
一一四七年（久安3）	源頼朝生まれる。
一一五一年（仁平元）	藤原頼長、内覧となる。
一一五五年（久寿2）	近衛天皇没し、後白河天皇が即位。
一一五六年（保元元）	鳥羽法皇没。それを機に保元《ほうげん》の乱起こる。後白河天皇方が勝ち、敗れた崇徳上皇は流罪、藤原頼長は戦死、源為義は斬首、源為朝は伊豆大島へ配流。
一一五九年（平治元）	源義経生まれる。平治《へいじ》の乱が起こり、藤原信頼・源義朝、内裏《だいり》を占領し信西を殺すが、平清盛に敗れる。
一一六〇年（永暦元）	義朝、尾張で殺される（三十八歳）。頼朝、伊豆に配流。

第一部・主な登場人物

真名《まな》　年齢未詳の美少女。木《こ》ノ花《はな》一族の御祖《みおや》。

一覚《いっかく》　幼名ヤタ。孤児の少年。山中で冥府《よみ》の長《おさ》に捕まるが、真名に救《たす》けられる。

源義朝《みなもとのよしとも》　源氏の棟梁《とうりょう》。為義《ためよし》の長子。保元《ほうげん》の乱で父・弟と戦い、左馬頭《さまのかみ》となる。

市若《いちわか》　義朝の第三子。後の源頼朝《よりとも》。平治《へいじ》の乱に初陣するが敗れ、伊豆《いず》に流される。

常盤御前《ときわごぜん》　義朝の妾《めかけ》。義経《よしつね》を産む。源氏敗走後、平清盛の寵愛を受け、数奇な人生を歩む。

源為朝《ためとも》　為義の第八子。義朝の弟。豪勇で知られ、鎮西《ちんぜい》八郎と称する。

藤原頼長《ふじわらのよりなが》　関白忠実《ただざね》の次男。左大臣。悪左府《あくさふ》とも「天下一の大学生《だいがくしょう》」とも称される実力者。

信西入道《しんぜいにゅうどう》　出家前は藤原通憲《みちのり》。後白河天皇の側近として暗躍、「黒衣の宰相」といわれる。

藤原信頼《のぶより》　中納言。源義朝と組み平治の乱を起こし信西を斃《たお》すが、平清盛に敗れ斬首。

平清盛《たいらのきよもり》　平忠盛《ただもり》の長子。白河院の落胤《らくいん》とも。太政大臣まで昇りつめる平氏の棟梁。

平重盛《しげもり》　清盛の長子。温厚な人柄で父を諫《いさ》めるが、若くして病死。

マ　冥府一族の長。清盛を誘惑する魔性の女。

天魔《てんま》　マの息子。信西、信頼、頼朝に取り入る。

第一章　こぼれ花一つ

一

夜が朝に変わっていく境目を、いち早く察した鳥たちが小さく啼《な》き交わしている。薄紙を剝《は》ぐように明るみを増していく朝の気配を、鶏《にわとり》が首を伸ばして探《さぐ》りはじめた。

——行くのか、行かないのか。

出るなら今しかないと思いつつ、ヤタはまだ土間に敷いた莚《むしろ》の上で迷っていた。板の間で睡《ねむ》っている叔父夫婦が朝寝好きなのでまだ助かったが、それにしてもどうするつもりだと、自分に問いかけた。

——男らしくもない。早くしろ。

自分をけしかけた。知らない前ならともかく、知ってしまった以上、もう以前のように「はい、はい」と叔父夫婦に従ってはおれない。

——あの夫婦は叔父どころか、流行病《はやりやまい》で両親が死んだのをよいことに、この家も田畑も乗っ取った赤の他人ではないか。

その事実を、ヤタは、隣村に住んでいる父方の伯父から教えられた。ふだん訪ねることを禁じられていたけれど、伯父が長患《ながわずら》いの果てに明日をも知れないありさまと人伝《ひとづ》てに知って、こっそり会いに行ったのである。

すると伯父は、苦しい息遣《いきづか》いで、あの夫婦は赤の他人だと告げ、これまで育てられたことを恩に着る必要はない、なぜなら両親が亡《な》くなったのを好機として、全財産を奪い取ったからだと教えてくれた。

「なにぶん、流行病で親族の大半が死んでしまったゆえ、母方の叔父と偽《いつわ》って家に入り込み、そのまま居ついて家や財産を乗っ取りおった、大の悪人や」

うすうすそれらしい噂《うわさ》を、村人から聞いてはいたけれど、それでも孤児となった自分をこれまで育ててくれた叔父ではないかと、ただひたすら報恩の態度を守りつづけてきたものだった。

だが、まことの血縁でないばかりか、先祖伝来の財産をすべて奪い取ったと、肉親の伯父から聞かされては、もうこれまでと同じ気持ちでいられるはずがない。

——叔父と偽ったあの夫婦と争うべきだろうか。

しかし母方の叔父ではないというたしかな証拠があればともかく、父方の最後の伯父が一昨日死亡したとあっては、まだ十二歳の自分にはとても対抗するだけの力がありそうに思えなかった。

それにヤタは争いごとが苦手《にがて》だった。争うよりは、譲ったほうがよい。そう思いはするが、それでは気がすまず、むしゃくしゃと滓《おり》のような気持ちのざらつきが残った。

——今すぐ争うつもりがないのなら、やはりここを出るべきだろう。

疑いつつ、自分の心を偽って、これからとてもいっしょに暮らしていけないと、ようやく決心がついた。

村はずれまで一気に走って村境《むらざかい》の峠に差しかかった所でひと息ついた。

朝日が東の山脈《やまなみ》の上に、ぬッと顔を出した。それを合図に、今までもぞもぞしていた蟬《せみ》たちがいっせいに鳴き出した。まるで尻に火がついたように鳴きしきる蟬の声に煽《あお》られて、ヤタはまた歩き出した。

けれど、どこへ行ってなにをするという当てもないから、べつだん急ぐ必要もなかった。

――どうせあの夫婦は追ってもくるまい、捜しもするまい。それよりむしろ厄介《やっかい》ばらいをしたといって喜んでいるかもしれない。

ヤタは、用意しておいた布袋の乾飯《ほしいい》をつかみ出して、口に頰張《ほお》った。食物を口にしていると、人は心の落ち着きを取り戻すものである。

――よし、このまま山から山へと尾根伝いに行ってみよう。

山を下りてしまえば里に出る。里には人が住んでいる。人は人を咎《とが》め、人を憎み、疑い、災《わざわ》いをもたらす。

それが厭《いや》なら、人里へ出なければよい。

――山にだって食物はある。

いつも一人で山歩きしていたから、怖くはなかった。ヤタは、手ごろな倒木を探して、杖になる枝を折り取った。

それを小刀で削《けず》って、もちやすくした。これで蛇に出会おうとも、猿がこようと、恐れることはない。

雨が降れば、大樹の洞《うろ》か、岩棚の下に潜《もぐ》り込めばよく、夜がくれば、樹上の枝と枝を蔓《つる》で結んで睡ればよかった。山中の尾根から尾根へとたどっていけば、見通しもよく、東西南北もよくわかったので、数日間、尾根道をたどることにした。

昼間は木の実や山芋《やまいも》などを探し、時には蜂の巣の蜜を漁《あさ》ったりして、結構忙しく過ごし、夜は昼の疲れもあって、陽《ひ》が落ちるとすぐ睡った。

だが雨が降ってはどうしようもなく、終日、洞穴《ほらあな》でわが身をもてあましていた。そんな時、恐ろしい勢いで山を疾駆していく人影を見た。初めは猪《いのしし》かと思ったが人であった。風を巻き起こすほどの疾《はや》さで、白衣を身にまとった男が走り去っていった。

ほんとうに人だろうか。魔物かもしれぬと恐れつつ、この滑りやすい岩肌だらけの山中をどうすればあんなに疾く走れるのかと、畏敬《いけい》に似た気持ちで、見つめていた。

むろんヤタの姿に気づいたはずなのに、白衣の男は飛び出した岩を飛び越え、樹間を巧みにすり抜けてなお疾走していった。

思わず誘われてヤタも走ったが、雨の山中は滑りやすく、転んでは起き、岩角にぶつかっては傷つきながら、それでも滝口までたどり着いた。

鬼神のように恐ろしい顔つきをしているとか、天狗《てんぐ》のように超能力を備えているともみえない。むしろ小柄な優《や》さ男で、その白衣の人物は、滝口にたまった淵《ふち》の中へ、ざぶざぶと入っていって、岩壁の上から流れ落ちてくる滝水に打たれはじめた。

それも苦行《くぎょう》をしているという悲壮な感じはなく、少童《しょうどう》が水遊びでもしているように、たのしげに滝水を肩に受けていた。両手は合掌《がっしょう》して印《いん》を結び、口に真言《しんごん》を唱《とな》えているけれど、頭髪を長く垂らしているので僧ではなく、俗にいう修験者《しゅげんじゃ》のようだった。

びっくりしたように目を瞠《みは》って、ヤタはじっと眺め入った。

雨は小やみに変わっていたけれど、この山中へ入って以来、こんな面白いみものに出会ったのは初めてのことだった。猪や大蛇に出会ったなら、面白がるどころか逃げるのに必死だが、相手が同じ人間なので、べつだん恐ろしいとは思わなかった。

岩角に腰を下ろして、いつまで滝に打たれているつもりだろうかと、ぽかんと眺めていた。

峰々の襞《ひだ》や谷間にへばりついていた狭霧《さぎり》が、すこしずつ剝《は》がれていって、ゆっくりと風に乗って流れ漂っている。

雨雲も千切《ちぎ》れ、西方から陽も射《さ》しそめた。それにつれて小鳥たちが囀《さえず》り交わし、山の樹木たちもほっとしたように枝にたまった雨水を振りはらいはじめた。

自然は静かだというのは都人《みやこびと》の言うことで、山中に暮らしていると、木々でさえ囁《ささや》いたり唸《うな》ったりするようで、まことに賑《にぎ》やかだった。

修験者は太陽がさらに西へ傾いて、浮き雲が、金色《こんじき》に変わりはじめた頃、突然、すっくと立ち上がった。

濡れそぼった白衣が身体《からだ》に貼《は》りついているが、委細《いさい》かまわず淵の中を進んで、地上へ戻ってきた。

そしてまだぽかんと眺めているヤタの目と修験者の澄んだ目つきが出会った。

その瞬間、ヤタはこの人だと思った。この人と会うべくして自分はこの山中へやってきたのだ、という思いが強く心に働いた。

「つれていってください」

思わず声がほとばしり出た感じだった。

無言で、白衣の男は立ち止まった。

「私をつれていって……」

「なんのために……」

「わかりません。でもそう思いました」

「近くの村の子か」

「いいえ、家を出て、この山で暮らしております」

ヤタには隠すべきことがなにもなかった。

「両親《ふたおや》は？……」

「顔も憶《おぼ》えていない頃、流行病《はやりやまい》で死にました……」

「家には……」

「父の家に入り込んできた夫婦が、叔父だと偽っておりましたが、赤の他人とわかったので、山へ入りました」

「いつか父の家を取り戻そうというのだな」

白衣の男は、よくある話だという顔をした。

「いいえ、そんな気はありません。ただこれからなにをすればよいのか、それがわからないだけです」

「それでつれていけと申すのか」

うっかり背負い込んではたいへんと警戒する色がみえた。

「ちがいます。さっき、目が合った時、この人についていけと、誰かがいいました……」

「誰かとは、おのれが自分でそう思うただけであろう」

「そうかもしれません。それではいけませんか」

「別にかまわんが、ついてきたとて、つらいだけだぞ」

「修行のしかたを教えてください」

「教える暇はない。勝手に真似《まね》をしろ。ただし、食べ物と寝場所は、自分で都合しろ」

まるで取りつく島もない冷淡さだが、それでも拒絶されるよりはましだった。ヤタは不満どころか、これですることができたと、にこにこしてついていった。

けれどなんでもなく、ひょいひょいと歩いているようで修験者の足の疾《はや》いこと、にこにこどころか必死で歯を食いしばって走っても、つい行方を見失いそうになった。

走ろうにも道があるわけでなく、大小の樹木が隙《すき》なく並んでいる間に、熊笹がびっしり生い茂り、その間に岩が顔を出している。

笹の葉で脛《すね》を切られ、岩角で爪《つめ》を痛め、それに気を取られていると、ブヨや虻《あぶ》が食いついてくるといったありさまで、汗が目の中へしたたり落ちてきた。いつ蝮《まむし》を踏むかわからないと恐れつつ、汗でふさがった眼を拭《ぬぐ》うと、つい先ほどまで前方に見えていた修験者の姿が消えていた。

——しまった。せっかく、ここまで追ってきたのに……。

あきらめきれなくて、あたりを捜し廻ったが、どこにもその姿はなく、すでに日はとっぷりと暮れていた。

——やれやれ……。

がっかりして精も根も尽き果てた。しかたなく、樹間の枝と枝を蔓でつないで、身を横たえると、そのまま睡ってしまった。

翌朝、高みからあたりを眺めやると一条の煙が立ち昇っていた。

二

石を積んで竈《かまど》となし、その上に土器をかけて米を煎《い》っていた修験者は、突然、背後に生き物の気配を感じて、かたわらの薪《まき》を手に振り返った。

「お早うございます」

にっこりすると、ヤタの片頬にえくぼが生まれた。

うなずいて、修験者は、炙《あぶ》った乾し肉を齧《かじ》っているが、むろんヤタに与えようとはしなかった。

手ぶらで寝所としている洞穴を飛び出してきて以来、一夜経《た》っていた。思わず生唾《なまつば》を嚥《の》み込み、腹が鳴っていたけれど、相手は素知《そし》らぬ顔をつづけている。

――やれやれ、今の間になにか食物を探しに行くか。

もう棲処《すみか》をみつけた以上、逃げられる心配はない。岩壁に洞穴があって、入口に柴が並べてあって溝が掘られているのは、蛇の進入を防ぎ、溝の水で百足《むかで》や毒虫を追い返そうというのだろう。

――ということは当分、ここを動かぬつもりなのだろう。

洞穴から蚊燻《かいぶ》しの榧《かや》の煙が流れ出てきた。ヤタがそれに気を取られていると、いきなり荒々しい足音とともに、見上げるような大男がやってきた。

厚地の袖《そで》無しを縄の帯で押さえ、長髪を束《たば》ねて紐《ひも》で結んだその大男は、修験者を見下ろすように突っ立っていた。

「いい匂いをさせて、われだけいい目をしようとは、とんだ師匠もあったものだ。全部とは言わぬ、半分よこせ」

「断わる。それが師に対する態度か」

「笑わせるな。自分で食べ物と寝所を都合しろ。なにも教えぬから勝手にしろ。それが師匠の言うことか」

「厭ならいつでも去るがよい」

「もうこりごりだ。こっちから縁を切ってやるわい」

「女の許《もと》へ帰るつもりか。あの魔物のような……」

「われらは魔の一族、冥府《よみ》の者よ。なんなら、置き土産《みやげ》に汝《うぬ》の首をねじ切ってくれようか」

「もうよい、勝手に行け」

修験者は無言の殻《から》の中へ戻っていった。

張り合いが抜けたとみえて、大男は、立ち去りかけてヤタを睨《にら》みつけた。

「汝は何者ぞ？」

ひと睨みされただけでヤタは縮み上がってしまった。大男は、あたりかまわず、

「しょせんはただの臆病者よ」

と笑い声を上げつつ去っていった。

寿命が縮まったと、ヤタは首をすくめた。

「あの人も、お弟子さんですか」

どうしてあんな乱暴者を弟子にとったのかという抗議の思いがこもっていた。

「勝手についてきただけよ」

「私のようにですか」

「去りたくば、いつなりと去るがよいぞ」

炙った乾し肉の香ばしい匂いに、またしてもヤタの腹の虫が鳴り出した。修験者は煎り米を袋

に詰めて腰に吊り下げると、火を消して、土鍋などを洞穴にしまうと、ヤタを尻目に早くも歩き出した。

見失うまいと、ヤタは追ったが、空腹のためと疲れで足がふらついた。それを気遣ってくれたわけではあるまいが、こんどはつい近くの岩場の大岩にどっかと修験者は坐り込んだ。印を結んだまま、修験者は、たとえ蛇が膝に逼《は》い上がってこようとも、猿に髪をつかまれようとも、小揺《こゆる》ぎひとつしなかった。

見習って、ヤタも小岩の上によじ登って、膝を組んだ。真言も印の結びかたも知らなかったから、ただぼんやり坐っていると、たちまちこっくりこっくりと舟を漕《こ》ぎはじめた。

日本の真言密教は、空海弘法大師《くうかいこうぼうだいし》を開祖としている。

一方、台密《たいみつ》と呼ばれる天台宗《てんだいしゅう》の密教は、比叡山延暦寺《ひえいざんえんりゃくじ》の最澄《さいちょう》を中心としているが、病気の回復を祈る修法《しゅほう》や悪霊《あくりょう》退散の呪術《じゅじゅつ》をもって宮廷に近づき、外敵の侵入や天災に際しても密教による調伏《ちょうぶく》で防ごうとしたのである。

こうした密教と、古代からつづいてきた山岳信仰が習合《しゅうごう》、一体化して生まれたのが修験道であり山伏《やまぶし》であった。ヤタはなんの知識もないただの少年だったから、師ときめた修験者のいうとおり、なに一つ知らないまま、言われたとおり、師の真似をした。

形だけ真似てもなんにもならないという人がいるだろうが、まず形から入るというのも一つの方法である。

何日間か、岩の上に坐って瞑想《めいそう》ならぬ居眠りをしたり、暑気《しょき》ばらいのつもりで滝に打たれたりしていくうちに、ヤタは山中を駆け廻ってもあまり遅れないようになった。

そして空を見つめ、天と地の間に身を置いて、自然の息遣いを感得しているうちに、わが身の卑小さ、無力さがすこしずつ感じられるようになってきた。

——人は生きているのではなく、生きさせてもらっているだけなのだ。

そうした考えに立って、もう一度、自分を見直してみると、これまで、まるで自分を中心としてこの世が動いていると思い込んでいたことの誤りに気づいた。

ヤタはやがて奇妙な能力が自分に備わっていることに気づいた。それは遠くに起こった出来事を感じ取ったり、物音や話し声を聞くことができることだった。

それに気づいたけれど、誰もがそうなのかもしれないと思って、口にしなかった。

今までになかったそんな能力が、はっきり現われてきたのは、この山中にあって、天然自然の息遣いを感じ取るような生活をはじめてからだった。

師の修験者は、いまだに真言の唱えかたはおろか、坐りかた一つ教えようとしなかった。

だから、ヤタのしている修行は、虚《むな》しいといえばまことに空虚なものだった。

しかしそれでもよい、これまで自分になかった異能が磨かれたように現われ出てきたのだから、けっして無駄とは思わなかった。

もう夏蟬たちの鳴き声も、蜩《ひぐらし》に変わり、夜は虫たちの合唱に包まれるようになった頃のことである。

相変わらず、樹上の枝と枝を藤蔓で結んで、その上で睡っていると、どこからとなく、夜風に乗って女の声が聞こえてきた。

「その天覚《てんかく》という修験者の許にまだいるのはたしかかえ？」

「はい、山中を平地のごとくに走り廻る力を身につけるだけでもよいと思いまして、天覚に預けました」

「それで天魔《てんま》と名乗ったというのだね」

「なかなかよいお名前と感心いたしました」

「天魔とは思いきった名であるが、母も私もマを名乗って、時にはハマとなり、あるいはエマと称して、源氏の義家《よしいえ》、義親《よしちか》の父子と縁を結び、いっぽう、平氏の正盛《まさもり》と契《ちぎ》って、天魔を生み落としたのだから、いわばこの世を思いのままに操《あやつ》ってきたようなもの……」

「これからは、公卿《くぎょう》から武者の世に移り変わっていくとおっしゃったとおりになりそうでございまするなァ」

「なりそうではない。そうさせるのじゃ、千本針《せんぼんばり》……」

「はい、ところで宿敵、木《こ》ノ花《はな》一族の御祖《みおや》が目覚めぬ前に、事を運びませぬと……」

「そのことだが、早く天魔を呼び戻して、天魔に、その御祖の籠《こも》りおる洞穴をみつけ出させて、御祖を亡き者といたさねばならぬ。さすれば、われら冥府の一族の悲願達成と相なろう」

「それを、われらの手で成就《じょうじゅ》させませぬと、マさまのこれまでのご苦労が報われません」

「成就してみせるとも……。これで夕餉《ゆうげ》もすんだ、ではその天覚の許へ参ろうぞ」

「はい、お供つかまつります」

そこまで耳にして、ヤタは不吉な胸騒ぎを覚えた。

このままでは師の修験者が危ないと直感したヤタは、すぐさま木から降りると、まっすぐ師の許へ走った。

山中で暮らしていると闇《やみ》でもおぼろげに物影が見えてくる。木の根や岩角を避けつつ、飛ぶようにヤタは疾駆して、師の洞《ほこら》まで注進にやってきた。

話を聞きつつ、師は身の廻りの品をまとめて背負板にくくりつけた。土器や水筒も忘れずまとめると、初めてヤタを振り返った。

「ついてくるか」

「はい」

もとよりヤタはそのつもりだった。

闇の底を這《は》うようにして二つの影が谷底を渡って別の山中へ分け入っていった。

「もうここまでくれば追ってはきますまい」

ヤタもさすがに疲れ果てていた。

「相手は魔性の者たちぞ。どこまでも追ってくる」

「あの二人をご存じですか」

「天魔を押しつけていった老婆しか会っておらんが、天魔の母というのが、冥府の一族の頭《かしら》らしい」

「それが、木ノ花一族の御祖をみつけ出して、天魔に殺させようと話しておりました」

「ところでそなたは、どちらに味方いたす？　気が進まねば、どちらに味方せずともよいのだぞ」

「詳しい事情はなにもわかりませぬが、木ノ花一族に味方します。洞穴に籠っている人を、みつけて殺せと命じるような冥府の一族は許せませぬ」

「木ノ花の御祖が百数十年の睡りより醒《さ》めてこの世に現われると、冥府の一族は光に出会った闇のごとく影をひそめなくてはならぬ」

「はい、なんなりとお命じください」

「その左腕を貸してくれるか」

うなずいてヤタは左腕を師に向けて差し出した。師は小刀を手にすると、たくし上げたヤタの左腕の肩先に、切《き》っ尖《さき》だけを使って巴《ともえ》の形を点々と刻んでいった。

痛くないといえば嘘《うそ》になるが、ヤタは奥歯を嚙《か》みしめて堪《た》えていた。

「よいか、もしも御祖に会えたなら、この印《しるし》を示すのじゃ。それから、今よりそなたは、一覚《いっかく》と名乗るがよい。天覚の一の弟子、一覚じゃ」

「ありがとうございます」

「では、ここで別れよう。必ず敵はこの天覚をどこまでも追ってくる。その間に、そなたは丹生《にう》川を川下《かわしも》へ向かうがよい。その途中のどこかに、御祖の洞があるはずじゃ」

「そのあとは……」

「すべて天に任せよ」

師弟はそこで袂《たもと》を分つことになった。すると師の天覚が振り返った。

「一覚、もう一つ教えておこう。木ノ花の御祖を守っているのは、白く大きなムク犬じゃ。そのムク犬をみつけさえすれば、洞のありかがわかるやもしれん」

「ありがとうございます。どうぞお気をつけくださ い」

「むざむざと殺されはせん。修行の身に争いごとは無用……。よって、逃げるのみだ。争いを起こすのは人、人は天の情けでようやく生きのびているおのれの弱さを知らねばならぬ。それだけは忘れるなよ」

言い残して師の天覚は足早に去っていった。一覚はしばらく見送って、枝道へ入った。

そこは吉野《よしの》の山中で、峰吹く風はさわやかだが、山膚《やまはだ》にへばりついた豆粒のような人間たちは、相変わらずどろどろした争いをつづけている。

そんな思いを振り切るようにヤタ改め一覚は、山中へ分け入った。このあたりはどこを見渡しても山また山、さらに背後を振り返ると、雲か霞《かすみ》かと思うように高々とそびえ立つ大台《おおだい》ケ原《はら》の高山が壁をなして並んでいるのである。

――たしかに人はあまりにも小さすぎる。

いくら背伸びしようとも、しょせん人間がこの高峰に及ぼうはずはないのに、人は山頂によじ登っただけで、山を征服したように得意顔をするものだった。

すでに山々は、師弟の姿を呑《の》み込んで、その痕跡《こんせき》すら掻《か》き消してしまっていたけれど、冥府の一族の長《おさ》であるマとその側近である千本針の婆《ばば》の二人は、天覚の行方がまるで見えているかのように、正確にその足取りを追っていった。

「マさま、少童と別れましたぞ、天覚は……」

「少童はあとでよい。それよりなぜ、天覚がわれらのきたことを知って逃げ去ったのか、そのわけが知りたい」

「あの修験者、あるいは木ノ花の一族であったやもしれませんな」

「そうは思わぬ。そう思わねばこそお婆も、天魔を預けたのであろう」

「はい、しかし木ノ花の縁者であったほうが、御子《みこ》さまのためにはよかったかもしれませんぞ」

「とも言えよう。いずれにせよ、天覚を捕らえさえすればすぐわかることぞ」

話しつつ、二人の足取りはすこしも遅れをみせなかった。

朝になる風が、頭上を通りすぎていった。一覚は風の涼しさに頬をゆるめた。

三

一覚がひと息入れている頃、天覚のほうは、必死の疾走をつづけていた。もう振り返れば、追ってくる冥府一族のマと千本針の婆の姿が、豆粒ほどだが見えるようになってきた。

「南無《なむ》……」

心中に仏の加護を念じつつ、なにを迷ったのか、天覚は下り坂をひた走った。山深いほうがより安全に思えるのに、速度の出る下り坂を選んだ天覚を遠望して、マは憫笑《びんしょう》した。

「われらの脚を見くびっておるらしいのう」

その言葉どおり、それこそ飛ぶがごとくに、マと千本針の婆は髪をなびかせつつ、早くも天覚の背中近くに迫ってきた。

もう刃を投げればすぐ天覚の背中に突き立つ距離に達しながら、二人は、余裕をみせて手づかみにするつもりらしい。

坂道がなだらかになったかと思うと、突然、樹間の向こうに楼門が浮かび上がってきた。天覚はひた走ってその中へ駆け込んでいった。

「しもうた……」

マは舌打ちをしたけれど、その目の前に長刀《なぎなた》を携《たずさ》えた僧兵が立ちふさがっていた。

「マさま、ここは……」

「金峰山寺《きんぷせんじ》、蔵王権現《ざおうごんげん》を本尊とする……」

「すりゃあの蔵王堂でござりまするか……」

「この寺のことをうっかり忘れておったのが、われらの不覚。修験者がここへ逃げ込んだ以上、とても尋常《じんじょう》の手段で捕らえることはできぬ」

吉野大衆《だいしゅ》と呼ばれた僧兵に阻《はば》まれて、さすがのマも二の足を踏んだ。しかも本尊仏蔵王権現は冥府の一族にとっては、苦手な法力をもっていた。

いまいましげに呪《のろ》いを吐きかけつつ、二人は背を向けた。

「いかがなされまする?」

「小童《こわっぱ》を捕らえてくれよう。さすればあの天覚も救いに参ろうぞ」

「小童を餌《えさ》にいたさば、天覚もよもや見殺しにはしますまい」

「おのれの弟子を救えぬようでは、人は救えぬでのう」

「どちらへ行きましたでしょう？」

「あのまま西へ下らば、おそらく丹生川に至るであろう」

「その先は……」

「川に至らば、そこは小童のことゆえ、もう安心と水を飲み乾飯を頬張って一服しておろうな」

「では今から参らば……」

「川筋のどこかで捕らえられよう」

彼らは、ゆっくり歩きはじめた。それでも常人が走っているのと、さして変わりはなかった。

涼風に火照《ほて》った膚を冷やし、川筋にたどり着いて、冷水を掌《てのひら》にすくって咽喉《のど》をうるおすと、空腹を覚えた。

そこでいつも腰帯につけている布袋から乾飯をつかみ出して頬張った。そうなるとつい気がゆるんで、ひと息入れることにした。

――師の御坊《ごぼう》は、ご無事だろうか。

それが気がかりだったが、よもや自分の背後に冥府の一族が迫っていようとは夢にも予想していなかった。それに気づいたのは、ひとまず食事も終わって、そろそろ出かけようかと腰を上げた時だった。川上で鋭い啼き声を立てた小鳥のほうを振り向いたとたん、思わず血が凍りついたかと思った。

針のような白髪を逆立《さか》てた姿と仮面をかぶったようにつるりとした顔つきの女が、みるみるうちに近づいてくるではないか。

――なんと……。

反射的に走り出しつつ、これは捕まるなと感じた。川原を走ったのではとても敵《かな》わないと思ったとたん、目の前に垂れ下がっている藤蔓をつかんで谷川の崖《がけ》をよじ登った。

むろんすぐ追いつかれるのはわかっていたから、藤蔓をたぐり上げ、近づいてくる二人に、礫《つぶて》を投げつけた。

「おのれ、小童《こわっぱ》め！」

千本針の婆は、その名のとおり、吹矢を取り出した。ふっと頬をふくらませているところをめがけて一覚の礫が命中した。

吹矢は外《そ》れて崖の中に吸い込まれ、婆は頬にかすり傷を負って舌打ちしている。やったぞ、と

そこはまだ少年のことなので、一覚はにっこりした。

それを見たマは、ふッと風に吹かれて舞う木の葉のように、軽々と崖上へ跳躍した。驚いている一覚の襟髪《えりがみ》をマがつかんだ。振り払おうとしたけれど、とても女の力とは思えないほど、がっちりとつかんで、いくら身をよじってもびくともしなかった。

――これは魔物だ……。

マの恐ろしさが、はっきりと実感できた。

その間に崖を登ってきた千本針の婆が、憎々しげに一覚の頰を平手打ちした。

「小童め！」

それでも気が収《おさま》らないとみえて、藤蔓を取ってきて、一覚の両腕をきりきりと縛り上げた。

「こやつをどうしましょう」

「そうじゃな。そこの高い杉の枝に蔓を渡して、吊り下げておくとしようか」

なによりも人目につくようにというので、高々と吊るされてしまった。ただじっとしているだけのようにみえるが、自分の体重でしだいに痺《しび》れが加わってきた。

もうほとんど腕の感覚はなくなっていた。

なんとかして腕の痺れを軽くしようと身動きすると、かえって結び目がきつくなって、皮膚を傷つけ、さらに藤蔓が切れでもしようものなら、下方はるかに見える川原まで真一文字に落ちていかなくてはならない。

それでは生命《いのち》の保証がないことになる。動いてはいかん、このまま救いを待つ以外に方法はなさそうだ。しかし救《たす》けにくる者がいるのだろうか。いま、自分を救ってくれるとすれば、師の天覚以外にはないのである。けれど、どこにいるかわからない師がどうしてこの自分の危難を知ることができようかと思うと、しだいに心細くなってきた。

はるか眼下を見渡しても、冥府の一族の姿はすでになく、目に映るすべては緑一色で、頭上に拡《ひろ》がる青空は陽光にみちて、植物たちの草いきれが立ち昇ってきた。

た。蜩《ひぐらし》たちがここを先途《せんど》と鳴きしきり、一覚のつい間近でも木の幹を這《は》い廻る蜩二匹が目に入った。

――いまいましい。向こうへ行っておれ。

自在に動き廻る蜩を妬《ねた》んでみても甲斐《かい》ないこととおのれを嗤《わら》おうとしたけれど、頬がひきつれて涙になった。

そんな一覚を嘲笑《あざわら》うかのごとく、蜩は軽々と飛び立ちつつ、小水を一覚の顔面に引っかけた。

――あっ、やられた……。

拭おうとして、吊るされている自分に思い至った。

――このままでは死んでしまう。

泣きじゃくって、誰かがきてくれるのなら、精いっぱい泣きたいところだが、人影ひとつないこの山中では、どうにもなりはしない。

――どうすればよいのだ……。

どうでもここで死ねというのかと、心の底から悲しみが突き上げてきた。

――なに一つ悪事をしたわけでもないのに……。木ノ花一族の御祖《みおや》を捜そうとしただけなのに……。

どうしてそれが死に値いするのかと、激情がこみ上げてきて、一覚は哭《な》いた。

もうなにを言われても、なにをしてもらおうとも信じない。この世に真《まこと》のないことがよくわかった。こんな所で、誰にも知られずに、まだ大人にもなっていないのに、吊るされて死ぬなんてあんまりだ。もう誰も信じるものかと身もだえて厭々《いやいや》をしているうちに感覚が失われていった。

あたりは明るい光にみちて、その光の中をただ漂っているうちに、ふと目覚めた。

目の前に、見も知らぬ女人が微笑《ほほえ》んでいた。まるで母にでも出会ったような懐かしさを覚えて、一覚の心がなごんだ。

「ここはどこですか」

「私の洞《ほこら》の中ですよ」

「洞の中？　私は杉の木に吊るされているんですよ……」

「もう案じることはありません。そなたの泣き声が聞こえたので、杉の木から救ってあげました」

「あんな高い所から、どういう具合に救ってくださったのですか」

「まず藤蔓を解《と》いて、そなたの身体が空中へ落ちてくるところを受けとめました。そしてここまで運んできたのです」

「そんな力業《ちからわざ》を、あなたが……」

信じられるものかと思った。これは夢の中の出来事で、本当のところは、まだ吊るされているのだと一覚は首を振った。

「べつに信じなくてもよいのですよ。私は、ここにいるだけで、この川上、川下の様子をみることができます。見ているだけでなく、このようにそなたを縛っていた藤蔓を手にすることもできます」

右手を高く差し上げると、頭上の空間からするすると、先刻まで一覚を苦しめていた藤蔓がたぐり寄せられてきた。

「これは……」

「見覚えがあるでしょう」

「では、本当に救《たす》かったのですか」

「手首を見てごらんなさい。吊るされた時、藤蔓が食い込んで、傷になっているでしょう」

それはたしかだが、まだ信じられなかった。そっと腿《もも》をつねってみると、それなりに痛くはあったが、どうしてあの高い木の枝から救け出されたのか、どうにも納得できなかったのである。

「では、とにかく食事をとって、ゆっくり休みなさい。疲れたでしょう」

どこから食物の供給があるのかわからないが、畑の物、果物に鮎《あゆ》まで添えた膳を出されて、これも夢かなと一覚は首をひねった。

けれど白衣を身にまとった女人の優しい態度と、そのかたわらに控えている白く巨大なムク犬を目にすると、これはたしかに救われたのだなという実感が湧《わ》いてきた。

「ところでお尋《たず》ねしますが、あなたさまが、木ノ花一族の御祖《みおや》でしょうか」

「そうです。長らく睡っておりましたが、この春、花の咲く頃、目覚めました」

「ここでずっと睡っておられたのですか」

「ええ。もう昔の私を知っている人は、この世にはすべていなくなっていると思います」

物静かで、あの冥府の一族のマとちがって、慈母か優しい姉に接している心地だった。

長承《ちようしよう》元年（一一三二）三月十三日、平忠盛《たいらのただもり》は、得長寿院《とくちようじゆいん》、俗にいう白河《しらかわ》千体観音堂を造営して、鳥羽《とば》上皇に献上した。

中央にある丈六《じようろく》の観音像を挟《はさ》んで左右に等身の正《しよう》観音像各五百体を配した、今でいう三十三間堂《さんじゆうさんげんどう》は、かねてから鳥羽上皇が望んでおられたお堂で、その堂を忠盛が、内部の仏像は院の別当《べつとう》（長官）右兵衛督藤原顕頼《うひようえのかみふじわらのあきより》が宰領《さいりよう》してつくったもので、この見事な千体観音堂の落慶供養《らつけいくよう》に臨まれた上皇は、忠盛に内《うち》の昇殿《しようでん》を許された。

かつて源義家《みなもとのよしいえ》も昇殿を許されたが、それは上皇の院の御所《ごしよ》への昇殿であって、天皇のいます皇居の清涼殿《せいりようでん》へ昇ることを内の昇殿といい、忠盛はそれを許されたのである。

およそ武事をもって仕える武者にして、内の昇殿を許されたのは、平忠盛が初めのこととあって、公卿《くぎよう》と殿上人《てんじようびと》は、

「こんなことがあってよいものか」

前代未聞と憤懣《ふんまん》を隠さなかった。

内裏《だいり》の清涼殿に名札を掲《かか》げて、殿上の間《ま》に詰めることを許された貴族を殿上人と呼んだもので、いわば貴族の中の貴族といってよかった。これまで御殿の階段の下で、地上に膝ついて警護役を務めていた武士が、あろうことか、階段を昇って殿上へずかずかと踏み込んできたようなものである。

「なにがどうあろうと、これだけは見逃すわけには参らぬ」

「ここで悪《あ》しき前例をつくらば、いよいよ武者どもがのさばることになろうのう」
「なにごとであれ、前例は慎重に致さねばならぬ」

殿上人たちは結束してお得意の厭がらせに出たけれど、この時三十六歳だった忠盛は、覚悟のうえだったから、素知らぬ顔をしていた。

そこで毎年十一月に行なわれる豊明《とよのあかり》の節会《せちえ》の夜を利用して、闇討ちにしてくれようという計略が立てられた。

それを早くも耳にした忠盛の家人《けにん》（家来）左兵衛尉《さひょうえのじょう》平家貞《いえさだ》とその子家長《いえなが》の二人は、さっそく忠盛に注進した。そこで忠盛は衣冠束帯《いかんそくたい》の下に、大きな短刀をたばさんで出かけていった。

殿上では、燭台《しょくだい》の明りの届きにくい場所を選んで座を占めると、わざと短刀を抜いてみせたりした。

武士の大将に武器をもたれたのでは、眉《まゆ》を剃《そ》ってお歯黒にしている殿上人のとても及ぶところではなかった。

そのためお歯黒で黒い穴のようにみえる口をぱくぱくさせつつ、どうしたものかと互いに顔を見合わせている。

そんな同僚を尻目に、忠盛は涼しい顔をしていた。

いっぽう、清涼殿の庭先にひそんだ忠盛の家人平家貞とその子家長の二人は、狩衣《かりぎぬ》の下に鎧《よろい》の胴巻を着込んで、もし殿上でなにか異変が起こったら、いつでも駆けつけられるよう太刀《たち》の柄《つか》を握って控えていた。それを見咎《みとが》めた衛士《えじ》たちが内裏に太刀を帯して、なにをしているのかと尋問した。

「さればでござる。われらが主人備前守《びぜんのかみ》忠盛どのを、今宵、闇討ちせんとの計略ありと聞き及びましたので、主《あるじ》を守らんがため、ここに控えおるまでのこと。もしわれらを退去させようとおっしゃるのなら、その前に、闇討ちを企《くわだ》てた殿上人を退出させることですな」

いつでも太刀を抜くぞという家貞の気迫に押されて、衛士たちは、思わずたじたじとなった。

それに庭先にひそんでいたのは、この父子ばかりではない様子だった。

このように、清涼殿に武士たちがひそんで、ひそかに忠盛を守っていると知った殿上人たちは、闇討ちは性《しょう》に合わぬとばかり、作戦を変更した。

この節会《せちえ》では、舞楽を演じることになっていたので、やがて忠盛が舞いはじめた。

それに応じて殿上人が囃子《はやし》方を務めた。

「白薄様《しろうすよう》（白く薄い鳥の子紙）、濃染紙《こせんし》の紙、巻上《まきあげ》の筆（糸を巻いた筆）、鞆《とも》絵《え》がにたる筆の軸」

ふつう囃子詞《ことば》はそうきまっていたのに、殿上人たちは、忠盛が舞いはじめると、急に調子を変えて、

「伊勢《いせ》瓶子《へいし》（平氏）は素甕《すがめ》（眇視）なりけり」

と囃《はや》したという。

舞いつつ忠盛の胸中には憤《いきどお》りが渦巻いていたけれど、主上《しゅじょう》の御前《おんまえ》のことなので、ただひたすら平静を装っていた。だが、そんなことはほんの一時《ひととき》の忍耐ですむことだった。

――なんなりとしたいようにするがよい。そのうちにわれらの前に這いつくばらせてくれよう

ぞ。

そのために必要なのは、武力であり富力であった。

忠盛は、朝廷の命を奉じて、たびたび瀬戸内海の海賊退治を行なった。

海賊は、太宰府《だざいふ》から京都へ運ばれてくる交易品や貢納品を運んでくる瀬戸内海の各地に本拠を置いていた。これはなぜかというと、そこが海上輸送の最重要路だったからで、獲物のすくない東海や関東の海では稼ぎにならない。そこで、海の回廊と称された瀬戸内海に多く巣食っていた。

播磨守《はりまのかみ》や備前守を歴任した忠盛は、領内の盗人を捕らえると、これを海賊として処刑したうえで、首級を都へ持ち帰り、そのいっぽうで本物の海賊と手を結んで、密貿易に精を出した。

第一章　青い蜥蜴《とかげ》

一

小さな川蟹《かわがに》だが、ちょっと指を出すと、すぐ螯《はさみ》を振り上げて、闘志満々といった意気ごみを示した。

「それ、早く行かぬか」

蟹の横這《よこば》いをけしかけていたのは、十歳くらいの小童《こわっぱ》だが、水干姿《すいかん》に、短い刀を腰にしていた。

もう一人は、年頃こそよく似ているが、みるからに華奢《きゃしゃ》で、顔つきもおっとりしている。それが道麻呂《みちまろ》であった。

「麿《まろ》の勝ちぞ」

そこは少年のことなので、嬉《うれ》しげな声音《こわね》だった。

二匹の川蟹を、競走させたのに、顔つきも大きく、がっしりした体軀《たいく》の少年の蟹は、螯ばかり振り上げていっこうに進もうとしない。

「こやつめ！」

肚立《はらだ》たしげに足を上げた少年は、草履《ぞうり》の底で蟹を踏みにじった。青臭い、水垢《あか》を集めたような匂いが、つんと鼻を衝《つ》いた。

——むごい……。

思わず道麻呂は顔をそむけた。反射的に、刀を帯びた少年は、表情を硬く険しくしたけれど、無言で下唇を嚙《か》みしめた。

「もう去《い》のうぞ！」

立ち上がると、道麻呂は呟《つぶや》いた。

「武者の子よのう」

「今、なんぞ言うたか」

「いや、磨も去のうぞ」

肩を並べて、二人は昼下がりの町通りへ戻っていった。駒音が背後から迫ってきた。

「若君……」

馬上から声をかけられた。

「誰《た》ぞ？」

「信正《のぶまさ》めにございます。ただいま、東国より戻りましてござる」

「東《あずま》より？」

振り返ると、その武者は供の者十人ばかりを伴《ともな》っていた。

「鎌倉《かまくら》へも参ったのか」

「いえ、このたびは急用のため、参りませんでした」

「そうか。熱田《あつた》には立ち寄ったか」

「いえ、とにかくすぐ立ち戻れとの仰《おお》せでして……。では、お先に……」

武者たちが通りすぎるのを見送って、市若《いちわか》（後の源《みなもとのよりとも》頼朝）は胸中でうなずいた。

——鎌倉には、兄に当たる方がおわすとか。それに熱田大神宮に戻られた母君は、やはり二度と都へは戻ってこられぬらしい……。

武者の子にもそれなりの哀しみが伴った。

六条堀川《ほりかわ》の東北に当たる所に、河内《かわち》源氏の棟梁《とうりょう》（頭目）が館《やかた》を構えたのは、源頼義《よりよし》の時からで、以来、その子義家《よしいえ》、孫に当たる為義《ためよし》、曽孫義朝《よしとも》と、四代にわたって住みついている。

これを六条堀川の館と呼んでいるが、現在、義朝が館と棟梁の地位を父為義から受け継いでおるのが住居としている。

それは最近のことで、それまで義朝は多年、東国にあって、源氏の勢力をふやすべく苦労してきた。とも知らず、幼時、市若は、自分に父がいるというのは、母や家人《けにん》（家来）たちの、作り話ではないかとよく疑ったものだった。

けれど父の義朝は、ある日、突然、なんの前ぶれもなく、荒々しい東国の匂いをたっぷり振撒《ま》きつつ、母の前に姿を現わした。

長い不在の間、父は、相模《さがみ》の国、鎌倉の亀谷《かめがやつ》に館を構えて、三浦《みうら》一族の女《むすめ》との間に長子義平《よしひら》を儲《もう》け、さらに別の女との間に生まれた次子朝長《ともなが》が、相模の松田《まつだ》郷に生母とともに住み、その他、駿河《するが》の国にも、遠江《とおとうみ》にも別の女人がいるというように、多くの妻をもっていた。

そんな兄弟たちとは一度も会ったことがないが、それ以外にも多くの姉やら妹やらが各地にいると聞いては、いよいよ父が疎《うと》ましく思えてきた。

しかし、武者は男の子が多いほど有利で、たとえば十人の子に、十人ずつ孫を生ませたなら、それだけで百人の武士団が出来上がることになる。

そこで祖父の為義は、「六十六人の男子を儲けて、日本六十六州に配さん」と、神仏に願ったといわれている。

ところで市若は、父義朝が、尾張《おわり》の熱田神宮の大宮司《だいぐうじ》藤原季範《ふじわらのすえのり》の女《むすめ》を京に迎えて生ませた子で、三男とはいえ、六条堀川の館では、嫡男《ちゃくなん》の扱いを受けていた。

けれど、東国各地で勢力拡張に努めていた父が、都へ戻って、祖父為義より棟梁（当主）の地位と先祖代々の館を譲られてからは、もっぱら京に居つくことになった。

では、それで市若の母が安心したかというと否《いな》である。なぜなら、義朝は、紫野《むらさきの》に、元九条院《くじょういん》の雑仕《ぞうし》（下級の女官）をしていた常盤《ときわ》を住まわせて、暇さえあれば、そちらへ行っていたからである。そのため憤《いきどお》った市若の母は、尾張の熱田へ帰ってしまった。

以来、彼は、乳母《めのと》の世話を受けて今日まで暮らしてきたのである。ここ六条堀川の館は、父祖代々の住居であり、河内源氏の本拠、そしてわが家であることに変わりはないけれど、彼にとって、そこは他人ばかりに囲まれた、家庭とはいえない住居にすぎなかった。

無言のまま、自分の起居している小屋《しょうおく》へ入ると、乳母は夕餉《ゆうげ》の支度に母家《おもや》へ行ったとみえて、迎える者はなく、板の間を這っていた蜥蜴《とかげ》があわてて縁《えん》の下へ逃げ込んでいった。

「おのれ、また参ったな！」

市若は、折れた竹鞭《むち》を手にすると、縁先から庭へ飛び下りた。

「わかっておるわい、うぬの隠れ家《が》は……」

踏み石の縁《へり》に沿って竹鞭を突き進めると、たまらず蜥蜴は走り出てきた。

「しゃっ！」

気合もろとも、竹鞭を振り下ろした。ぬめりとした腹をみせて引っくり返ったが、一瞬、じっとしていた蜥蜴は、くるりと反転した。

仕止めたと油断していた市若は、あわてて竹鞭を握り直したが、一瞬早く、相手はじめっとかび臭い床下の土の上を必死に走り去っていった。

けれど切れた尻《し》っ尾《ぽ》はまだ目の前に残っている。青光りした尻っ尾は、別の生き物のようにひくひくと動いていた。

生き物を追いかけるのは無上の楽しみだが、死骸を見るのは、どうにも胸が悪い。なにもすることがないと、彼は錆《さ》びた小刀を手にして、庭先につづく蟻《あり》の列を襲って、片っ端から、首胴を切り放っていったが、死んでもまだうごめいている死骸の列から立ち昇る青臭い匂いを嗅《か》ぐと、もう二度とするまいと思った。

けれど遊び相手もなく、長い午後をもてあましていると、錆びた小刀をつい手にしてしまった。

まだ動いている尻っ尾をぼんやり眺めていると、頭上から声がかかった。

「若君、また殺生《せっしょう》ですか。いくら虫けらでも、あまり殺すと、後生《ごしょう》に障《さわ》りまするぞ」

比企《ひき》の局《つぼね》にかわり、乳母になって二年目の白妙《しろたえ》だった。

上目遣《うわめづか》いに縁先を眺めやると、薄物《うすもの》を身にまとった女の白い下肢があった。

「さァ、夕餉にいたしましょうぞ」

立ち上がった彼のつい目の前にはだけた襟許《えりもと》からはみ出しそうな乳房の隆《たか》まりが息づいていた。

目が覚めてから寝つくまでの間、考えてみれば、いつも白妙と二人で暮らしているようなものだった。

朝から昼へかけては、論語や史記《しき》の勉強に出かけ、それが終わると、武将の子らしく、弓を引いたり、馬を責めたりしなくてはならない。

勉学はともかく、どうも馬とは相性が悪いらしく、彼は、何度も振り落とされて、なろうことならせめておとなしい馬にしてほしいと願ったけれど、当時の馬格の小さい日本馬では、よほどの悍馬《かんば》でないと、鎧《よろい》武者を乗せて、戦場へは出かけられなかった。

いく夜、歯を剝《む》き出した馬が追ってくる夢をみたことだろうか。市若は、足を洗って、居間へ戻ろうとして香《こう》の匂いに気づいた。

――おや、誰が、こんな香の薫《かお》りを漂わせているのだろう。

甘く艶《つや》やかな匂いを、衣にたきしめている以上、誰かが、この部屋で密会を行なったにちがいない。

乳母の白妙がそんなことをしようとは思えないから、誰か別の女性《にょしょう》が訪れたのだろうか。

そうは思ったが、十歳の少年の口からそんなことを訊《き》くわけにはいかない。

いつものように白妙と向かい合って市若は、夕餉の膳についた。常のごとく、鮎《あゆ》の塩焼に、ずいきの酢《す》の物、とろろ汁といった菜《さい》が膳に並んでいる。

けれどいつになく白妙が艶めいて見えた。

「今日は、誰ぞ客でもみえたのか」

遠廻しに、探《さぐ》りを入れてみた。

「いいえ、そのようなことのあろうはずはありませぬ」

「信正が東《あずま》より帰ったであろう」

「そういえば、さっき大殿にご挨拶《あいさつ》されておりましたな」

家人の信正が、いくら馬に乗っていたとはいえ、自分が館へ帰る前に、この小屋《しょうおく》へ立ち寄って、白妙と密事《みそかごと》をというのは、どう考えても無理である。

それに、今の白妙は、いつもと同じ木綿の粗服で、香など匂ってはこなかった。

「父君は、館におわすのか」

「はい、昼前に戻っておみえでした」

「紫野から戻られたのだな」

「若、そのようなことをお口にしてはいけませぬ。御《お》大将の若君ともあろうお方が……」

白妙の噛みしめた唇がすこしふるえているようだった。食も進まぬらしい。なにか悪いことを言ったのだろうかと、市若は気になった。

「紫野にも、子が生まれたのであろう、三人目が……」

「またそのようなことを……」

「よいではないか、同胞《はらから》と思うたことは一度もないゆえ」

「そのとおりです。母君を、若君から奪い去った憎い女の子供など、同胞とは申せませぬ……」

きりきりと音がするほど、白妙は奥歯を噛みしめていた。

「妙も、常盤が嫌いか」

「大嫌いでございます。大殿の心を奪った当家の讐《あだ》でございまする……」

もう夕餉どころかと、白妙は北の方を眺めやって、恨《うら》めしげな目つきをつづけている。

武者《むさ》の大将の館ともなると、多くの馬を飼っているので、馬屋がずらりと並んでいるばかりか、客もまた騎馬でくるため、たえず出入りが多かった。

そこでいつも騒々《そうぞう》しく、馬の飼葉《かいば》や糞《ふん》を目当てに、虻《あぶ》や蠅《はえ》が飛び交い、蚊《か》も多くて、なんとも不潔である。

だから町中や、公卿《くぎょう》の邸《やしき》の並ぶ場所には住みづらい。そのため、源氏の一統が六条堀川なら、平氏は鴨《かも》川の東に当たる六波羅《ろくはら》に館を構えている。

夜に入っても、疳《かん》の高い馬たちは、馬屋の羽目板を蹴《け》ったり、鼻息を立てたりと、落ち着かない。

そんな騒がしさには慣れているはずなのに、気が立っているせいか、その夜はことに癇《かん》に障った。

そうなると、血の香を慕って襲ってくる蚊の羽音が耳について、なお睡《ねむ》れない。起き上がって蚊燻《いぶ》しの煙を掻《か》き立てていると、隣室の白妙が近づいてきた。

「なんと蒸し暑いこと……」

竹骨に絹を貼《は》った団扇《うちわ》であおぎつつ、白妙は市若のかたわらに寄り添った。すると団扇の風に乗って、ほのかに香が漂ってきた。

――これじゃ、先刻の香は……。

やはり白妙の香だったかとうなずくと、なぜ、昼間から香をたきしめた衣に着替え、さらにそれを元の常着に戻したのかが気になった。

なんとなく鼻先を近づけていくと、いきなり白妙の腕をたぐり寄せるようにして引き寄せた。

この匂いだ、と思いつつ、彼は、はだけた衣の胸許に顔を押しつけてしまった。

それは幼い頃の記憶にある母の乳の香ともちがっていた。

白妙の名に背《そむ》かず、滑《なめ》らかで輝くように白い肌であった。そのすべすべした手ざわりが快《こころよ》くて、いつまでもこうしていたいとうっとりした。

火のついたように身体《からだ》が火照《ほて》って、どうしてよいのか、なにをすればよいのかと、頭の中にまで火が廻ったようだった。

そこで初めて市若は、香の謎に気づいた。

父もこのようなことを行なったのだろうかと思いつつ、白妙の肌に頰《ほお》を寄せていた。もう馬たちや蚊の羽音など、すこしも気にならなかった。

「これも乳母の務めでございます」

うわごとのように呟く女の声が耳許に残った。

すっかり溶けてしまった時の流れを忘れて、市若は、男になろうとした。それでもまだ父に対する憎しみは消えてくれなかった。

二

天二物《にぶつ》を与えずというが、河内源氏の棟梁となった義朝は、すでに内《うち》の昇殿《しょうでん》（清涼殿《せいりょうでん》に昇ることを許された殿上人《てんじょうびと》）を許された伊勢《いせ》平氏の忠盛《ただもり》や、上国《じょうこく》の守《かみ》に任じられたその子清盛《きよもり》と較《くら》べると、まるで口にするのも恥ずかしいような身分しか朝廷から与えられていなかったが、不思議にも艶聞《えんぶん》には恵まれていた。

あのように汗じみた筋骨隆々とした肉体だけしか目立たないような、いわばむくつけき男のどこがよいのだと、朝廷の貴族や官人は嗤《わら》うけれど、どこへいっても艶聞の絶え間がなく、父為義の跡目《あとめ》を継いで都の六条堀川の館の主《あるじ》となってからも、早々に美人の誉《ほま》れ高い常盤を射落としてしまった。

常盤は九条女院《にょいん》が後宮《こうきゅう》に入られた時、そのお供の一人に選ばれた雑仕《ぞうし》だが、なにしろ千人の美女の中から、選り抜きの美女を百人選び、さらにそこから十人選んだ、その中での第一等といわれた美女の中の美女と評判の女性《にょしょう》だった。

その常盤を、じつは清盛も狙《ねら》っていたけれど、相手の身分が雑仕であることにこだわっているうちに、猪突猛進といった形で飛び込んできた義朝が、まんまと掠《さら》っていった。

——おのれ、義朝づれにあの美女を……。

奪われてなるものかと口惜《く や》しがった男たちは多かったが、そうと知った時はすでに遅く、十六歳の初花《はつはな》を、おのが手中にして、義朝は、めったに人の立ち寄らない紫野の邸に住まわせておいた。

それはもう恥も外聞もない打ち込みかたで、ほとんど連日連夜、常盤のかたわらにあって、夜となく昼となく睦《むつ》み合った。

さっそく今若《いまわか》、乙若《おとわか》とつづいて子供が生まれたけれど、常盤の容色は増しこそすれ衰えをみせず、青い果実が熟《う》れ頃となったようで、義朝は、河内源氏の大将である身の上を、まるで忘れ果てたかのようだった。

恋に強ければ勝負に弱いというが、日頃の不満や、やり場のない野心の鬱屈《うっくつ》を、すべて常盤の肉体に注《そそ》ぎ込んだかのような義朝の情熱は、いっこうに鎮《しず》まる気配もなく、相変わらず、紫野へと駒を走らせていた。

紫草の匂う野辺のかたわら、小さな木立ちの間に小ぢんまりした邸があって、義朝の家人夫婦と下男下女が、女主人を守っている。

幼童の泣き声がひびいてくるけれど、義朝は気にしなかった。門内に走り込むと、まだ鼻息の荒い馬を従者に任せておいて、早くも屋内に駆け込んだ。

常盤の膝にすがりついていた幼児を、急いで乳母が抱き取って部屋を出ていった。

無口な義朝はいきなり常盤の肩に手をかけた。

「殿……」

夕方にはまだ早いあたりの明るさに、常盤は眉《まゆ》をひそめて、義朝の伸ばした手を押しやった。

「わかっておる。それより先刻、若狭《わかさ》より届いた魚を持参した。さっそく酒にいたせ」

「はい。では、すぐ支度を……」

「そなたはここにおれ。話がある」

うなずいて、常盤は乳母に肴《さかな》の支度を命じると、すぐ居間へ戻ってきた。

義朝は、棕櫚《しゅろ》の葉でつくった団扇を使いつつ、いつになく考え込んでいた。それが気がかりで、常盤は休み勝ちな義朝の団扇をとってあおいでやった。

――ひょっとして、どこぞに増す花ができたやもしれぬ……。

子を二人も生《な》せば、飽《あ》きられてもしかたがないと、ひとりでに唇を噛みしめていた。

「いかがした？　なにを案じておる……」

「いえ、わらわはなにも……。それより殿こそ、いつになく沈んでおられるご様子……」

「なにを申すか。むしろ勇んでおるのじゃ。こんどこそ戦《いく》さになろうと……」

「戦さ？」

寝耳に水とはこのことで、この無事平穏《へいおん》な世の中のどこに戦さの種があろうぞと、むしろ不思議な気がした。

「いずこの地で合戦が……」

「都でじゃ」

「まさか……」

「そのまさかが起こらねば、われら武者は出世のきっかけがつかめぬのじゃ」

「でもこの都で、よもや合戦が……」

「じつはな、やんごとなき方《かた》より内密のご依頼があってのう」

まだ常盤は信じられない、いや信じたくなかった。それに戦さがあれば、手ごめにされたり、家を焼かれたり、殺されたりと、恐ろしい目に遭《あ》うのは女子供に老人と相場がきまっていた。

「そんな厭《いや》な顔をせずと、まァ聞け。何度も言うようだが、われら武者は合戦がなければ、ただの人形、なんの役にも立ちはせん。ところがいったん戦さとならば、それこそおのれの腕力にものを言わせて、出世の機会を手にすることができる」

めったにない雄弁をふるって義朝はまくし立てた。

「いつまでもこのままではおれぬ。国の守《かみ》となり、昇殿を果たして、源氏の棟梁らしくならねばのう」

分厚い胸板の中に精いっぱいの野望をふくらませているのはよくわかったが、それが自分に幸せをもたらそうとは思えなかった。

摂政関白家《せっしょうかんぱく》（摂政や関白になれる藤原北家《ほっけ》の家柄）が、天皇の外祖父《がいそふ》となって、政治権力を自由にしているというので、かねがね、摂関家から政治権力を取り戻そうと白河《しらかわ》天皇は、念願されていた。すると道長《みちなが》の子頼通《よりみち》、教通《のりみち》という両関白が、頼通八十三歳、教通七十九歳で次々と死去したばかりか、その姉で政治にまで口出しする陰の権力者上東門院彰子《じょうとうもんいんしょうし》も世を去ったので、今こそ好機と思われた。

関白職には、師実《もろざね》（頼通の長子）が就任したけれど、さしも全盛を誇った藤原の摂関家もその衰えは覆《おお》いがたく、そこで白河天皇は譲位して上皇《じょうこう》となると、院の庁を開いて、院政を執《と》られた。

そのうえ、朝議の席に加わる左右の大臣や大納言《だいなごん》や参議《さんぎ》の半数は、藤原氏にかわって、村上《むらかみ》天皇の子孫に当たる村上源氏が選ばれるというように、朝廷を構成する顔ぶれが変わってきた。臣籍に降下して源姓とはなっているが、元はといえば皇子であり皇族だった。

つまりかつて「北の藤波《ふじなみ》」と称されたような藤原一族の力はすっかり衰えている。

そうなると院政を布《し》かれた上皇や法皇に権力がすべて集中するようになって、摂関時代から院政期へと時代が移っていった。

白河上皇は、こうした権力の支えとして、身辺を警護する北面《ほくめん》の武士を置いた。これは院の庁にあって、院を守る役目を果たす小軍団といってよかった。

この制度は白河院につぐ鳥羽《とば》上皇の院政時代もつづいて、義家の孫に当たり、のちに足利《あしかが》氏の祖となった源義康《よしやす》もやはり北面の武士だった。

ところがこの院政を揺るがす大きな要素の一つに、僧兵の強訴《ごうそ》があった。彼らは、僧侶の身で、腹巻をつけ、手に長刀《なぎなた》を携《たずさ》えて、比叡山《ひえいざん》から都へ向かって、点々と松明《たいまつ》の灯《ひ》をつらねつつ押し寄せて、内裏《だいり》や院の庁を取り囲んで、自分たちの要求を相手が承知するまで一歩も引くものかと威嚇《いかく》した。

「ままならぬものは、双六《すごろく》の賽《さい》の目と山法師《やまほうし》（僧兵）と鴨川の水」と、天子をして嘆かせた三不《さんふ》如意《にょい》の一つが、この僧兵である。

手に手に長刀をきらめかせた僧兵に御殿を取り囲まれると、武力で対抗する以外に道がない。一方、朝廷を威《おど》せば要求が通るとあって、比叡山延暦寺《えんりやくじ》や近江《おうみ》の園城寺《おんじよう》と、大和《やまと》の興福寺《こうふく》、東《とう》大寺《だい》をはじめとする南都七大寺や、吉野《よしの》の金峰山寺《きんぶせん》までが、いずれも僧兵を養うようになった。中でも比叡山には、東塔、西塔、横川《よかわ》の三塔に合計三千人の僧兵が、腕っ節《ぷし》の強さを競《きそ》い合っていた。

そこでままならぬものは山法師と、専制君主だった白河院が嘆かれた。この法皇の養女に璋子《しようし》という絶世の美女がいた。法皇は璋子を関白忠実《ただざね》の嫡男忠通《ただみち》の妻にとすすめたが、断わられてしまった。

権《ごん》大納言藤原公実《きんざね》の女《むすめ》璋子は輝くような美貌のゆえに、当時絶対的な権力をふるっておられた白河院の目にとまって、養女とされた。それから数年後、白河法皇は、関白忠実を招いて、璋子を、長子忠通の内室にもらってくれぬかともちかけた。

「いいえ、それはあまりに恐れ多うございますゆえ」

「そこもとも承知のとおり、璋子は藤原公実の女ぞ」

「なれど畏《かしこ》くも院の御子《みこ》に当たらせられまするし、愚息にはすでに妻もおりますゆえ」

言葉つきは柔軟だが、その表情は硬く、否《いな》の一念に徹していた。

その固い態度に出会って、この世に叶《かな》わぬことは賽の目と鴨川と僧兵と思っていたのに、まだもう一つあったかと院は、渋い顔をされた。

——まことに不忠ではあるが、これだけはご辞退いたさねば……。

世間の嗤《わら》い者になるばかりか、わが家の恥になると、あくまで忠実が拒《こば》んだのは、天女のような名花に虫がついていることを知っていたからである。

——それもほかならぬ養父の手がついたとは……。

そんな曰《いわ》くつきの美女を頂戴するわけにはいかない。

——誰も知らぬことならともかく、誰ひとり知らぬ人もないのに……。

よくまァ抜け抜けと息子の妻にせよと言えたものだと、むしろ臆面もない押しつけがましさが肚立《はらだ》たしいくらいだった。

忠実に断わられた白河法皇は、璋子を孫に当たる鳥羽天皇の中宮《ちゅうぐう》として入内《じゅだい》（後宮に入ること）させた。天皇十六歳、璋子十八歳であった。なぜ、こんなに法皇が、飽きも飽かれもしない寵姫《ちょうき》を他の男の手に委《ゆだ》ねたがったのかというと、やはりそれなりのわけありだった。それは璋子懐妊のためだった。

元永《げんえい》二年（一一一九）五月二十八日、無事皇子生誕となって一件は落着したけれど、それでも法皇はまだ時々璋子を召されたという。

生まれた皇子は、表向きは孫の子、内実はわが子であって、顕仁《あきひと》と名づけられた。

後に崇徳《すとく》天皇となられたこの皇子を、鳥羽天皇は叔父子《おじご》と呼んでおられた。

けれど、人は、まして男は美女に弱いもので、いかに高貴な方であろうと美女の前には弱かったとみえて、璋子との間に四皇子と二人の皇女を儲けられている。

とはいえ、男同士は別物で、鳥羽天皇は深く白河院を憎んでおられた。けれど祖父と孫とでは喧嘩《けんか》にならないので、白河院が崩じられるまで、じっと堪《た》えておられた。

白河院の子である顕仁親王が十歳になると、鳥羽天皇は譲位して、上皇となった。その年、白河法皇が崩じられたのだが、その以前に、専制君主だった白河院は、関白忠実に、女《むすめ》の泰子《たいし》を、鳥羽天皇の後宮に納《い》れよと命じられた。

忠実は、白河院の子を孕《はら》んでいた璋子を、自分の長男忠通の妻に迎えよと命じられて断わったのと同様、もし女《むすめ》を鳥羽天皇の後宮に納れたなら、また璋子の二の舞いとなって、恥を晒《さら》さなくてはならぬことになると考えて、またもや固辞した。

するとなんでも自分の意向どおりにならぬことはないと思っておられる白河院は、一度ならず二度までも言いつけに背くのかと憤《いきどお》られて、関白の職を免じられた。そしてその子忠通を関白とされた。

忠実は、それならそれで致しかたなしというので、宇治《うじ》の別邸に引き籠もってしまった。

宇治には保安《ほうあん》元年（一一二〇）五月、忠実四十二歳の時に生まれた次男の菖蒲若《あやわか》（綾若ともいう）がいて、父子の団欒《だんらん》が、忠実の心をなごませてくれた。

五月、菖蒲《しょうぶ》の季節に生まれたこの子と、長男忠通とは、二十三歳も年が離れていて、ほとんど父子といってよかった。

白河法皇の逆鱗《げきりん》にふれて忠実はおよそ十年ほど、宇治に閑居していた。

ところが隠忍自重していた甲斐《かい》あって、大治《だいじ》四年（一一二九）白河院が没されて、鳥羽上皇の院政時代となった。

ずっと長い間、祖父のわがままに堪え忍んできた鳥羽上皇は、待ちに待った日がやってきたとばかり、白河院政を支えてきた寵臣の首をすげ換えて、ついでに長らく冷飯を食わせられてきた忠実に声をかけられた。

忠実は、白河院亡《な》きあとは、なんの支障もあるまいというので、女《むすめ》の泰子を後宮に送り込んだ。

白河院は、鳥羽上皇に、忠実の女《むすめ》泰子の入内《じゅだい》をけっして受けてはならぬと、固く遺言されていたけれど、すでに亡くなってみれば、なんの遠慮もいるものかと、美貌の誉れ高い泰子を女御《にょうご》とされた。

さらに忠実は、御所《ごしょ》や釈迦《しゃか》堂を造営して、上皇に献上したので、上皇は喜ばれて、忠実に内覧《ないらん》（天子が目を通す前に諸文書をみる権限）の宣旨《せんじ》を下された。

こうなると関白忠通は、実権のともなわない形骸と化して、公卿たちも、みな忠実の鼻息を窺《うかが》いにやってきた。

──なんたるなされようぞ。

自分が長子で、藤原北家の当主なのにと、忠通は、総身《そうみ》を打ちふるわせて憤ったけれど、治天《じてん》の君の命令とあってはどうしようもなかった。

ふたたび権限を取り戻した父忠実と、父を宇治に蟄居《ちっきょ》させて、もうおのれの時代と嘯《うそぶ》いていたため、実父に権力を奪い返されてしまった長子忠通の間は、すっかり冷えきって、世にいう骨肉の争いが起こった。

むろんその頃には、白河院と密通して、孕んだ崇徳天皇を、鳥羽院に押しつけて皇位に即《つ》かせた形の待賢門院璋子《たいけんもんいんしょうし》と、鳥羽院との間もすっかり冷えきっていた。

鳥羽院十六歳の時に、祖父白河院のお手つき養女を、中宮に押しつけられた形のこの婚姻には、もともと根本的な問題があったけれど、お互いに若い血気盛りの頃は、それでも共寝すれば、つい抱き寄せて、いつの間にか六人の皇子皇女をこしらえてしまった二人であるが、それから十年以上経《た》ってみると、いかに絶世の美女とはいえ、容色に衰えが目立つようになった。

まして白河院の養女で、門院号を授けられた璋子は、上皇に次ぐ位なので、夫に遠慮したりはしなかった。

それでも鳥羽上皇が、我慢しておられたのは、白河院と璋子の間に生まれた崇徳の皇子に皇位を継がせたくなかったからだった。

すると、これも今咲き初《そ》めたばかりの名花一輪と謳《うた》われた藤原長実《ながざね》の女《むすめ》得子《とくし》を見初《みそ》めて、入内させた鳥羽上皇との間に待望の皇子躰仁《なりひと》が生誕した。

それっというので、上皇は、生まれて三ヵ月目の皇子を迎えて、早くも立太子《りったいし》式を執《と》り行ない、崇徳天皇を騙《だま》して、年わずか三歳の幼児に位を譲らせてしまった。

それも躰仁《なりひと》殿下を、そなたの子とするから、譲位して院政を行なえばよいではないかとすすめておいて、いざ崇徳天皇が、譲位の宣命《せんみよう》を見てみると、なんと皇太弟躰仁としてあったのである。

わが子なら、父が院政を執れるけれど、弟ではどうしようもない。

つまり鳥羽院政が、この先もつづいて、自分はただの前天皇となってしまうのである。

——まんまと欺《あざむ》かれたか……。

悔やんでみても、もうどうしようもなかった。もともと自分の真の父ではなかったのだと、崇徳院は、鳥羽上皇の肚黒さに地団駄を踏むばかりだった。

こうして三歳の幼帝近衛《このえ》天皇が即位された。

しかし、こうして宮廷内に皇位と権力をめぐる争いとどす黒い憎悪の渦巻きが生じることになった。

これが保元《ほうげん》の乱のはじまるいわば土台、下地《したじ》といってよいだろう。

その頃、宇治の里で幼少年期を過ごした、関白家の次男坊、菖蒲若《あやわか》丸は成人して、藤原頼長《よりなが》となった。

三

十一歳の時まで、気楽に宇治の山野を駆け巡り、鷹狩りをしたり、宇治川に釣糸を垂れたりしていた菖蒲若は、十一歳になると、頼長と命名され、二十三歳も年のちがう異母兄忠通につれられて、内裏と院と女院の三所に昇殿の儀を行なった。この頃、彼は兄の養子として遇されていた。

そして摂関家の一員として、元服《げんぷく》の式を行なって、正五位下の侍従《じじゅう》に叙《じょ》せられた。同年秋、右近衛権中将《うこんえごんのちゅうじょう》に進み、翌年正月、従四位下に、十二月には従三位権中納言《ごんちゅうなごん》に進んだ。さらに翌年正月従二位となり、一年後に正二位、しかもまだ年齢はわずか十五歳だった。

これは家柄によるもので本人の能力とはなんの関係もないことだが、父の強力な援護の下《もと》に、頼長は、十七歳で内大臣となって、「未曾有《みぞう》の例なり」と公卿たちを驚かせた。

それはたまたま、白河院政から鳥羽院政への変わり目に際会した幸運が手伝ったからでもあるが、兄の忠通がそれなりに苦労しながら関白の座にたどり着いたのと較べると、むしろ、あっけないほどの異常な昇進ぶりだった。

その頃彼は、十四歳で、二十二歳の妻幸子《こうし》を迎え、二十三歳で三男一女の父となっていた。

まるで飛ぶような早さで人生を先取りしていった頼長は、しだいに学問の修得に熱を入れて、「日本一の大学生《だいがくしょう》（大学者）、和漢の才《ざえ》に富む」と称されるようになった。

なにしろ、十年以上も雌伏《しふく》したあと、ふたたび内覧となったほど政治権力に執着の深かった父忠実の血を濃く受け継いだとみえて、いったん凝《こ》り出すと、もうとめどがなかった。

中でも熱心だったのは、書物を蒐集《しゅうしゅう》することで、やがて自ら考案した頼長文庫をつくった。彼が記した日記（台記）によると、二十四歳の時、すでに読破した書籍数は、千三十巻に及んだという。

その熱心さを見込んだ父は、摂関家をなんとか御堂《みどう》関白道長の時代に戻すべく努力してほしいというので、先祖伝来の律令《りつりょう》、格式《きゃくしき》、除目《じもく》などの秘巻を、兄の忠通でなく、頼長に授けた。

内裏へ通う牛車《ぎっしゃ》の中で、備えつけの書物を拓《ひら》いて読書に励んだから、勉強家の大臣というだけなら、非難するには当たらないけれど、やがて左大臣に昇った頼長は、悪左府《あくさふ》と嫌われることになった。

それは自分の流儀を、部下に押しつけたからで、たとえば遅刻してきた者がいると、その住居を焼き払うという常軌を逸《いっ》した異常さだった。

かと思うと、争いの結果、頼長の従者を殺した相手をとことん追い詰めて暗殺させたというから、これではたとえ万巻の書物を読もうとも、人格的にはなんの役にも立たなかったことになる。

万事厳格で、すこしでも規則に違反すると、けっして許さないというのでは、部下がついてこない。

規則が必要なのは、秩序を守って世の中を平穏にするためなのに、規律にこだわりすぎて、かえって違反者をつくるやりかたは、けっして善政とはいえないことになる。

しかも苦労知らずで、人も羨《うらや》むほど、とんとん拍子に最高位に駆け昇ったのだから、他人の痛みや庶民の苦しみなど、およそ考えようともしなかった。

ちょうどそんな頃、久寿《きゅうじゅ》二年（一一五五）近衛天皇が、わずか十七歳で早世された。

むろん皇子もなかったので、鳥羽院に無理矢理譲位させられた崇徳上皇は、ふたたび皇位につくか、それとも自分の皇子を次の天皇にと望まれた。

さらに関白忠通は、鳥羽院と璋子《しょうし》の間に生まれた皇子を擁立しようとした。

けれど鳥羽院は、美福門院《びふくもんいん》の意見を容《い》れて、雅仁《まさひと》親王（後白河《ごしらかわ》天皇）を皇嗣《こうし》と定め、その子に当たる守仁《もりひと》親王を皇太子に選んだ。

もともと守仁親王という話が有力だったが、そうなると父王の雅仁親王の処遇が問題になるというので、とりあえず雅仁親王を皇位に即けておいて、すぐ守仁皇太子に譲位させようという妥協の産物だった。

ところが思いもかけないことが起こった。

それは、皇嗣決定という重大事に際して、唯《ただ》一人、推《お》すべき手駒《てごま》（親王）をもっていなかった左大臣頼長の政治力のなさが、端《はし》なくも表面に出てしまったことだった。しかも悪いことに、近衛天皇の崩御《ほうぎょ》に際して、辞職願いを形式的に呈出《ていしゅつ》していたのである。

後白河天皇の即位に当たって、当然、頼長に「内覧旧《もと》のごとく」という宣旨が出されるものと思い込んでいたのに、いくら待っても宣旨が下りないのである。

これはいったいどうしたことかと、頼長は身も細る思いだった。

当時、頼長は、土御門殿《つちみかどでん》に住んでいたが、正室の幸子《こうし》が死去したばかりか、何日待っても内覧旧《もと》のごとし、という宣旨が下らなかった。

そこで内々手を廻してその理由を明らかにしたいと調べさせた。

すると家司《けいし》（家来）藤原成隆《なりたか》が巫女《みこ》をつれてやってきた。

「この者は魔を破る破魔（ハマ）と申し、なかなかの法力の持ち主でございます」

うなずいて頼長が、庭先に控えた白衣の女に視線を向けたところ、ズキンとした感じが尾骶骨《びていこつ》のあたりに走った。

それはとてもこの世の者とも思えないほど妖美な女だった。

年齢のほどは、一口でいうと、見定めがたい。というのは、そこそこの成熟がなくては、こんな蠱惑《こわく》の美を発揮できまいと思われるのに、肌はあくまで滑らかで白く、容貌を見ても十七、八といっても不思議がないほど若々しかった。

あくまで尊大で、天下一の大学生《だいがくしょう》と、自信満々の頼長だが、たとえ万巻の書物を読破しようとも、女の気持ちを察することなど、とてもできない相談だった。

ましてこの妖艶さに出会っては、とても相手の本性など見抜けるものではなかった。

「この者が申しまするに、このたびのことは、今は亡き天子の怨念《おんねん》によるものと申しております」

「崩御された天子が、なにを怨《うら》んでおられると申すのじゃ？」

「それがでございます、崩じられました後、巫女に口寄せなされまして、自分が眼疾《がんしつ》を患《わずら》って生命を失ったのは、何者かが自分を呪詛《じゅそ》して、愛宕《あたご》山の天公像の目に釘を打ち込んだことによるとわかった、と申された由《よし》にございます」

「それで……」

「さっそく関白殿下が、使者を遣《つか》わされましたところ、たしかに釘が……」

「あったと申すか」

「はい、それを、関白殿下と美福門院のお二人は、大殿と殿の仕業《しわざ》と信じて、鳥羽院に申し上げたとか……」

それに間違いあるまいなと、家司は巫女にたしかめた。

「はい、そのとおりにございます。鳥羽院は、愛児を失われたお嘆きのうえ、深く殿を恨んでおられます」

なるほど、それで「内覧旧のごとし」という宣旨を下されないのだなと、頼長はうなずいた。

「それで、どうすればよいのじゃ……」

好調の時には強いが、不調には至って弱く脆《もろ》いのが貴公子の常だった。

もしこのまま内覧の宣旨が下りなかったら、二十三歳も年上だが、兄に当たる忠通が関白職に就《つ》いている以上、内覧の機能を、関白が務めることになる。つまりこれまで空位にひとしかった兄忠通が権力を取り戻して、頼長がただの公卿に逆戻りしてしまうことになる。

つまり内覧という魔法の杖を失っては、関白の兄にまったく頭が上がらないのである。

それも単なる出し遅れならともかく、愛児を失った恨みに基づくものとなれば、生《なま》なかな言いわけや、催促の通じようはずがない。

——やれやれ、これはとんだことになってしもうたぞ。

これでは書物や理屈で片づくはずもなく、そのため脳裏に刻み込んでいるはずの万巻の書物による才《ざえ》が、すっかり真っ白になってしまったような状態に陥《おちい》った。

——こんな場合には、いったいどういたさばよいのであろう。

ただ悩むばかりで、頼長には出口がみつからなかった。そのため、呻《うめ》くように呟いた。

「どうすりゃよいのじゃ……」

それを耳にすると、破魔《はま》と名乗る巫女は、笑みを浮かべた。

「私にお任せくださいますか」

「なに、そなたにか……」

「ここではお話もできません。お側《そば》に近寄らせてくださいませ」

「うむ……」

目顔で家人《けにん》の成隆に合図した。

室内で向かい合うと、その肌より発する甘い香りについ気を取られてしまった。

「殿、武者《むさ》をお使いなされ」

「なに、武者をとな……」

頼長の脳裏に浮かんだのは父が、近頃、関白（忠通）は怪《け》しからぬ所業が多いゆえ、父子の義を絶つことにしたと公言したことである。そして、父は、「関白の官職は天子の命じたものなので自分には奪えないが、氏《うじ》の長者は自分が譲ったものゆえ、勅宣《ちょくせん》の必要がない、よって汝《なんじ》に授けよう」と、頼長に言明したばかりか、さっそく高階仲行《たかしななかゆき》、源頼賢《よりかた》を右衛門尉《うえもんのじょう》源為義に守らせて、藤原北家の長者の印《しるし》である渡荘券《わたりしょうのけん》、朱器《しゅき》、台盤《だいばん》などを奪い取らせたのである。

——そうか、為義を使うとするか。

そうすれば関白家の家人である河内源氏の一統がすべて馳《は》せ参じることだろうと、頼長は幻想を抱いた。

第三章　駒が勇めば

一

父に呼ばれて、市若《いちわか》が母家《おもや》へ出かけていくと、叔父たちが遊びにきていた。

叔父たちといっても、市若より年上なのは、十四歳の乙若《おとわか》と十一歳の亀若《かめわか》だけで、残り二人のうち鶴若《つるわか》九歳、天王《てんのう》七歳と、まるっきり少童《しょうどう》だった。

それが叔父風を吹かせて、

「これ市若、水を汲《く》んで参れ」

と、甲高《かんだか》い声を張り上げるので、小癪《こしゃく》に思うことはあっても、親愛の情など、まるで湧《わ》いてこなかった。

父　源　義朝《みなもとのよしとも》は、そんな異母弟たちを疎《うと》ましく思ったのだろう、彼らが訪ねてくると、いつも市若を呼んで、相手をさせようとした。

そのたびに市若は唇をとがらせたけれど、父は子供の感情など、まるで察しもしなかった。

「これより内裏《だいり》（朝廷）へ参るゆえ、その方たち、仲良くいたせよ」

衣服を改めようとして立ち上がった義朝の背中に向かって乙若が問いかけた。

「兄君、合戦合戦と、郎党《ろうどう》（家来）たちが騒いでおりますが、まことでしょうか」

十四歳の乙若は、これだけは訊《き》いておかなくてはと、狐目《きつねめ》をいっそう吊り上げていた。

「そちは初陣《ういじん》がしたいのか」

「はい、武門に生まれた以上……」

「さもあらん。いつでも出陣できるよう、支度しておくことだな」

「はい、鎧《よろい》を着《ちゃく》して、馬にも乗れます」

「それだけのことなら、藁《わら》人形でもするぞ。馬上で弓も引けぬようなら、初陣は叶《かな》わぬぞ」

「心掛けます。それでわれらの敵は、誰なのですか」

「そんなことはまだわからん」

「でも、平家でございましょうな」

「同士討ちをすると思うか」

「そりゃそうでございますな。父上にお会いなされたなら、初陣のことをお願いしておいてください」

「うむ、お会いしたならな」

義朝は不機嫌そうにうなずいた。近頃、なぜか苛立《いらだ》つことの多い義朝だが、それは不満のなせる業《わざ》というより、むしろ力のやり場に困っての焦《あせ》りだったろう。

どしんどしんと板の間を踏み抜きそうな勢いで出ていったが、市若は、そんな父に、なんとなく不安を覚えた。

——父君は、落ち着きを失《うしの》うておられる……。

子供の目にもそう映ったというより、市若はもともとそんなふうに冷《さ》めた目で他人を見ている性癖をもっていた。

その日、義朝は、信西入道《しんぜいにゅうどう》に招かれていたのである。

信西入道は後白河《ごしらかわ》天皇の側近にあって、じつをいえば、これから起こる保元《ほうげん》の乱の企画演出をした人物である。

入道になる以前は、藤原通憲《ふじわらのみちのり》といって、藤原南家《なんけ》の末裔《まつえい》だった。祖父は大学頭《だいがくのかみ》にまで昇ったけれど父は文章生《もんじょうしょう》にはなったものの、蔵人《くろうど》どまりで終わり、彼は、こと学問にかけては、当代無双《むそう》の宏才博覧《こうさいはくらん》、つまり物知りで、特に歴史に通じていた。

その点、「日本一の大学生《だいがくしょう》（大学者）」と評判の頼長《よりなが》とよく似ているようだが、頼長が大義名分（建て前）を重んじる義学や経学に通じていたのに対して、彼は歴史（実学）好きだった。

しかも頼長は、同じ藤原氏でも、北家《ほっけ》の出で、摂政関白《せっしょうかんぱく》になれる家柄の、いわば恵まれた血統を継いでいるが、信西のほうは、どこまでいっても少納言《しょうなごん》どまりで、廟堂《びょうどう》に立って、天下の政治《まつりごと》を左右する公卿《くぎょう》にはいま一歩及ばなかった。

若くして大臣となった頼長のいかにも権力者然とした顔つきをみるにつけても、信西は口惜《くや》しさを隠しきれない。

ある時、鳥羽《とば》上皇のお伴《とも》をして河内《かわち》の四天王寺《してんのうじ》を訪れた時、上皇は、この寺を創建された聖《しょう》徳太子《とくたいし》や河内の国の故事について尋《たず》ねられたが、大臣の頼長はなにも答えられなかった。

そこで日本一の大学生にかわって、少納言の信西が、ことごとくご説明申し上げた。

——どうじゃ、恐れ入ったか、大学生どの……。

そう言ってやりたいところだったが、能ある鷹は爪を隠すと、しきりに謙遜《けんそん》して、

「ほんの聞きかじりでして、恐れ入ります。こと儒学にかけては左府《さふ》の右に出る者はありません」

と、頼長にお上手《じょうず》を言っておいた。

けれどそこは博学の信西のことなので、宋《そう》（現在の中国）人の使者と唐語《とうご》（中国語）で対話するほどの語学力を備えていたのである。

いくら博識でも、現在の摂関政治が潰《つぶ》れない限り、どこまでいっても出世はできぬと悟った彼は、十四歳も年下の頼長を訪ねて、

「私めは運が悪くて、いまだに少納言どまりです。そこで出家《しゅっけ》しようと考えておりますが、もし私が出家したなら、世間の者は、学問をしたところであのとおりだといって、学問を疎んじることでしょう。そこでたとえ私めが出家しましても、どうかあなたさまだけは学問をおやめになりませんように……」

と涙ながらに語ったので、まだ二十五歳だった頼長もつい貰《もら》い泣きして、彼の出家を留めようとした。

しかし、出家して、彼は信西入道となった。ところが出家してからのほうが権力者となったのだから、世の中はわからないものである。

この世の栄達を思いきるために出家したはずなのに、出家してから信西の前途に開運の兆《きざし》がみえてきた。

それは雅仁《まさひと》親王の乳母《めのと》だった彼の二人目の妻紀伊《きい》の局《つぼね》が、もたらしてくれた幸運によるものだった。

あるいはこんなことになりはしないかと信西入道が見込んだとおり、雅仁親王は皇位に即《つ》いて、後白河天皇となった。

鳥羽上皇と待賢門院《たいけんもんいん》璋子《しょうし》との間に生まれた雅仁親王が、後白河天皇となると、さっそく乳母の紀伊の局は二位に叙《じょ》せられた。

けれどすでに入道している信西は、いくら口惜しがっても、元の藤原通憲に戻ることはできなかった。

そこで乳母の夫として、天皇のお側《そば》に仕えて、黒衣の宰相《さいしょう》、いわゆる黒幕となった。

これはもともと権謀術数に長じた信西にぴったりの役どころだった。

——とうとう天下を操《あやつ》る機会が巡ってきたわい。

待ちに待ったこの好機を十二分に生かそうというので、まず信西は、憎さも憎い摂関体制の崩壊を企図した。

そのためには、前関白忠実《ただざね》と、その長子関白忠通《ただみち》との間に生じた確執《かくしつ》を利用しない法はない。

さらに忠実の次子で、今回、内覧《ないらん》を取り上げられた頼長も、登場人物としてまことに適役であった。

いろいろと筋書きを考えた信西は、摂関家を二つに分けて互いに戦わせようと考えついた。そのためには、彼の言いつけどおりに動いてくれる手足が必要である。

――それには強くて、出世欲に動かされやすい河内源氏の義朝がもってこいだ。

というので、さっそく義朝を内裏に呼び出した。

出家の身であるが、天皇の側近で、黒衣の宰相と噂《うわさ》の高い信西に、

「下野守《しもつけのかみ》、近《ちこ》う参れ」

と手招かれると、義朝は、「ははっ」と平伏してにじり寄った。

「その方、いつなりと兵《つわもの》を動かせるであろうな」

「はい、いつ何時《なんどき》なりとも……」

「そうか勅命があらば、いつなりとも戦えると申すのだな」

「御意《ぎょい》……。合戦の庭に出て、死ぬは案《あん》の内《うち》のこと、生きるは存外のことでござる。いつ亡骸《かばね》を戦場に晒《さら》そうとも、すこしも悔いるところはございません」

いよいよ時節到来と勇み立った。

信西は、自分の意のままに動く源氏の棟梁《とうりょう》義朝を手に入れて、こやつはこれで、操りの木偶《でく》になったようなものだわいと思った。

しかも義朝は何百という鎧武者を手足のごとくに働かせて、頼長を首にしてくることだろう。

「のう義朝、事成就《じょうじゅ》いたさば、出世は思いのままぞ」

「ははっ……」

いったん平伏しながら、すぐ頭を上げた義朝は、その武骨《ぶこつ》な顔つきに不満を現わした。

「なんぞ申したき儀があるとでも申すのか」

「はい、合戦は死に場所でござる。よって生前に、なにとぞ、昇殿《しょうでん》のお許しを……」

「ふむ、そんなに昇殿いたしたいのか」

「長年の望みでござる。その勅許《ちょっきょ》さえあれば、喜んでこの身を捧《ささ》げましょうぞ」

「ならば、手配をしてとらせよう」

「ありがたき幸せにございまする」

板の間に額《ひたい》をすりつけて、義朝は感謝を身体《からだ》で表わした。

ところで、当面の敵はやはり悪《あく》左府なのだろうなと、義朝は、まだ釈然としない顔つきだった。

その頃、頼長は、鳥羽法皇と自分たち父子との間をとりもってくれた唯一の絆《きずな》ともいうべき高陽院泰子《かやいんたいし》の崩御と、妻幸子《こうし》の死去という思いがけない不幸に見舞われて、しばらく宇治《うじ》の別荘に引き籠もっていた。

近衛《このえ》天皇の崩御、後白河天皇の践祚《せんそ》（皇位を継ぐこと）と守仁《もりひと》親王の立太子式と、目まぐるしい世の中の変転に巻き込まれているうちに、頼長は、内覧の重責から振り落とされて一介の公卿に格下げとなってしまった。

ところが、こうした一連の動きを執《と》り行なっておられた鳥羽法皇の院政に大きな変化が浮かび上がってきた。というのは保元元年（一一五六）四月頃から、法皇が「不食《ふじき》」の病にかかられたばかりか、平癒《へいゆ》の祈願も拒《こば》まれたうえ、歿後《ぼつご》の沙汰《さた》を下され、七月二日申《さる》の刻（午後四時）、宝算五十四をもって崩じられた。この時、異様なことに武士たちが警護に駆けつけた。

鳥羽法皇は、愛児近衛天皇が、まだ皇子もない十七歳の若さで崩御されると、世を儚《はかな》まれるとともに、近衛天皇を呪詛《じゅそ》したという噂のある前関白忠実と左大臣頼長の二人を憎んで、頼長の復職を拒まれた。

その鳥羽法皇の陰に控えていたのが信西入道で、彼は、自分の妻が乳母を務めた雅仁親王を、皇位に即けるべく画策した。

その時点で、なによりも彼が恐れたのは、忠実、頼長父子の反撥《はんぱつ》だった。

摂関家を憎悪して、その没落を企図していた信西は、摂関家の実力と重みを、誰よりもよく知っていた。

だからこそ鳥羽法皇の崩御を期して、頼長が兵を集めて反撃してくるのではあるまいかと予想して、いち早く武士に法皇の葬儀を守らせた。

源平ともに、武士たちは水を得た魚のごとく勢いづいて動き廻っている。

六条堀川《ほりかわ》の源氏の館《やかた》も、出入りする駒音や、武者の吶声《どせい》が飛びかって、いささか殺気立っていた。

けれど市若にはなんのかかわりもないことで、それより乗馬の稽古《けいこ》が休みとなって、のんびりと蜥蜴《とかげ》探しに専念できた。

――さァ、今日こそ逃れられんぞ。いずこに逃げ込もうとも、必ず探し出してとらすゆえ……。

折れた竹鞭《むち》を片手に縁《えん》の下を覗《のぞ》き廻っていると、声をかけた者がいる。家人《けにん》の信正《のぶまさ》だった。

「若、なにをお探しですか」

まさか蜥蜴とも言えないので、「うむ」と口ごもった。武将の子は十歳ともなれば、一人前とはいかなくとも、もう小児扱いはされない。あと、二、三年で元服《げんぷく》して、一人前に鎧兜《かぶと》を身につけなくてはならないのだ。

「なんなら、手伝いましょうか」

「今日は出掛けぬのか」

「はい、私めは留守番役を仰《おお》せつかりました」

「戦《いく》さが近いというが、まことか……」

「大きな声では申せませぬが、近《ちこ》うござる」

「ここへも敵が寄せて参るのか」

「さ、それはわかりませぬが、そうならぬよう、われらが防ぎまする」

「敵は平氏か……」

「それも、まだ今のところ……」

ちょっと即答しかねているのには、どうやら訳がありそうだった。だがそれ以上、突っ込んで、なにをどう尋ねたらよいのかとなると、市若にそこまでの才覚はまだ無理だった。

信正は、厩舎《うまや》にやってきた鎌田正清《かまたまさきよ》を見かけると、あわててそちらへ素《す》っ飛んでいった。鎌田は父義朝の乳兄弟《ち》、つまり乳母の子で、家人というよりも準家族といってよかった。

主《あるじ》の義朝が三十四歳なら、同じ乳房を奪い合うようにして育った乳兄弟の鎌田正清も同年であった。

「これ信正、残っておる駒数を調べてくれんか」

「はい、さっそく……」

「それから、殿には、乗換馬の用意をな」

「承《うけたまわ》ってござる……」

そこで鎌田は、うなずきつつ、市若のほうへ歩み寄ってきた。

「若、早よう元服して、初陣の日を迎えねばなりませんなァ」

顔つきも体つきもいかめしい鎌田は、ただ戦うことしか知らない、根っからの武人であった。

冬でも顔から汗の玉が噴き出しているような熱っぽい鎌田に出会うと、市若はいつも顔をそむけたくなった。

——父上とこの男とは、まるで双生児のようだ。

汗臭い男たちに囲まれていると、市若はつい無口になった。

——なぜ、武人の家に生まれたのだろう。

といって、母の実家である熱田《あつた》神宮の祖父母の許《もと》へ行くことは許されそうにない。

「若、馬の稽古はもうおすみですか。まだなら葦毛《あしげ》になさりませ」

鎌田は振り返った信正に、葦毛の用意を命じて母家へ帰っていった。

また馬の稽古かと思ったが、市若は黙って従った。反抗してみたところで結局武者にされてしまうのだと知っていたからだった。

けれど信正が、老いたる鹿毛《かげ》のほうに鞍《くら》を置いてくれたので助かった。鐙《あぶみ》に届かぬ市若を抱きかかえて、信正が鞍上に落ち着かせてくれた。

馬上からみると、信正も邸《やしき》も急に低くみえるようになった。

手綱をとり、鐙で軽く馬腹を蹴《け》ると、鹿毛はゆっくり歩みはじめた。乾いた土の上に蹄《ひづめ》の音を刻みつけつつ、鹿毛は門を潜《くぐ》った。

表通りは白く乾いた土埃《つちぼこり》を立てていたけれど、鞍上の市若までは届かない。背を伸ばすと塀《へい》の中が覗けた。赤児に乳を与えている女が驚いていたけれど、すぐ背後に消え去っていった。

老馬は乗り手の心を読むらしく、急がずあわてず、塀から塀へと、それぞれの邸の中の光景を覗かせてくれた。

井戸端で夫らしい男の背中を洗ってやる女や、厨房《ちゅうぼう》の壁にもたれて瓜《うり》を食べている端女《はしため》や、双肌《もろはだ》ぬぎになって刃を研《と》いでいる男など、移り変わる絵柄のような暮らしぶりを眺めて、市若はすこしずつ日脚《ひあし》が西へ傾いていくのに気づいた。

――明日は、なにが起こるのだろう。

二

四つ辻に銀の針を逆立《さかだ》てたような老婆が佇《たたず》んでいた。

すこし離れた鴨《かも》河原で、平家の兵たちがしきりに弓を引いているのに気づいて、引き返そうとした市若の前に、老婆が立ちはだかった。

嫌って鹿毛はしきりに土を掻《か》いている。

「そこをのいてくれ」

怪我《けが》をするぞと注意したつもりだったが、老婆は、市若の顔を仰《あお》ぎ見て、

「源氏の子か……」

と呟《つぶや》いた。

「早よう帰らねばならぬ」

「名はなんと申すぞ？」

「通してくれぬか」

苛立って鹿毛がフゥと鼻を鳴らした。

老婆はその鼻面《づら》に手を伸ばした。危ないぞと声をかける間もなく、老婆に撫《な》でられた鹿毛は急におとなしくなった。

「童《わっぱ》よ、駒が勇めば、人が死ぬ……」

「死ぬるぞ。戦さは生命《いのち》のやり取り、相手の生命を取らねばこちらが取られる……」

「人が……」

「なぜ、そのようなことを申すのじゃ」

「いまにわかる。よいな、駒が勇めば、人が死ぬ……」

老婆が天の一角を指さすと、にわかに黒雲が湧いてきた。

「哀れよのう、武者の子は……」

言い捨てたまま、すっと老婆は立ち去っていった。

——何者であろう？

巫女《みこ》か占い師かと察したが、不気味さだけが市若の心に残った。

彼らが四つ辻から姿を消して間もなく、真上に拡《ひろ》がった黒雲が、急に出た風のために吹き流されて、また青空が戻ってきた。

そこに市女笠《いちめがさ》をかぶった女人と、青成りの瓜のような顔をした少年がさしかかった。

風が路上に、砂埃の小さな渦巻きをつくっていた。

「このまま、まっすぐ参りますか」

「そうですね……」

市女笠をすこし傾《かし》げて、女人は、鴨川を挟《はさ》んで並び建つ平氏の館と源氏の館のあたりへ視線を向けた。

「今日は、七月の何日ですか」

「日にちはよくわかりませんが、たしか五日か、六日やないかと思いますが……」

「あと、二日ですか……」

「二日経《た》つと、なにかあるのですか……」

「たくさん、人が死ぬことになります」

「というと、火事か、地震ですか」

「いいえ、もっと厭《いや》なことが……」

女人は眉《まゆ》をしかめた。

「よもや、戦さではないでしょうね」

青成りの瓜のような顔をした一覚《いっかく》が、窺《うかが》うように御祖《みおや》の表情を見た。

聞こえなかったように、御祖の真名《まな》は、小手をかざしてあたりの様子を眺めやった。

「真名さま……」

「はい、変わりましたね、このあたりも……」

「このあたりになにかあったのですか」

「住んでいました、昔、このあたりに……」

「昔って、真名さまの昔は、わたしどもの昔とは桁《けた》がちがうんでしょう」

「そうですね、私が昔、このあたりに住んでいた頃の人は、もう一人もこの世に残っているはずがありませぬもの……」

「そりゃそうでしょう。百年以上も前の話ですからね」

「そんなことを大きな声で言いふらすものではありませぬ」

「べつに言いふらしているわけではありませんが、とにかく真名さまは、ふつうの人ではありませんから……」

「そんな化物みたいな言いかたをしないでください」

「でも、不思議ですよ。そうしているところを見ると、誰がみても二十《はたち》あまりにしか見えないのに……」

「本当は、年をとっていると言いたいのでしょう」

「それもただの年ではありますまい、百何十年もの……」

「またそれを言う……」

「でも、ふつうでは考えられないことですから……」

「そうかもしれませんが、人であって人でない者も、この世には時折り……」

「真名さまのほかにもまだいるのですか、そんな人でない人が……」

「この世には奇怪なことがあるものです。現に、そなたの隣りに人でない人がいるように……」

「こわいことをおっしゃいますなァ」

「でも、案じることはありません。死ぬまではちゃんと生きておれるのですから……」

「それがこわいのです。いつ死ぬかわからないなんて……」

「でも、いつ死ぬかわかれば、かえってこわいでしょう。それより思いっきり生きて、死を忘れなさい。精いっぱい生きて、なんの不安もなく死の手に任せなさい。死ねば、苦しみも痛みもすべて消え去るのですから……」

「死が救いだというのですか」

「そうです。なかなか死ねない私からみれば、いつでも死ねるそなたのほうが、楽でいいなァと思えるのです」

「そんなものですかね。ところで、戦さが起こるとかおっしゃいましたね、さっき……」

一覚はもう一度、話を元に戻した。

うなずいて、真名は静かな口調で、

「ええ、起こるのはたしかです。今日が何日かわかりませんが、三、四日のうちに……」

と答えつつ、またあたりが気になるのか、視線を西方に移した。

「あのあたりですか、昔、住んでいらっしゃったのは……」

「ええ、一間《ひとま》きりしかない、侘《わび》しい暮らしでしたが、近くに良いお友達がいて……」

思わず真名が涙ぐんだのは、あの日、働いていた染物場で、ほんのわずかな別れと、手を振り合った友達と、それっきり、お互いに消息を絶って、ついに今に至ったからである。

むろん先方はとうの昔に生命を果てているだろうし、別れたきりの自分のことを案じつつ、あるいは人の妻となって、子を生み育てたことであろうと、真名は想いやった。

「そりゃ百年も経てば、家も人も変わるでしょうから……」

「そうですね、変わらぬようにというほうが無理なんです」

素直にうなずいて、執着を断ち切るように、踵《かかと》を軸として、真名はくるりとからだを半回転させた。

「でも、変わらないのは東山《ひがしやま》……。それに鴨川も……」

「人は変われど、変わらぬものは山川にて候《そうろ》うぞ……」

軽く応じて一覚は謡《うた》うように誦《くちずさ》んだ。

「そうでした。ついうっかり思い出に耽《ふけ》っておりましたが、それより早く、そなたの師匠になってくださる方を捜さなくてはなりませんね……」

「はい、私の一身上のことでご迷惑をおかけします」

「いいえ、私も本当のところ、都へ帰ってみたかったのです。それに、都に残っている木ノ花《このはな》一族を訪ねなくてはなりませんから……」

「どこに誰がいるのかご存じなのですか」

「それはすぐわかります、心に念ずればよいのですから……。それに、一族の誰かが、音曲のほうの事情を知っていると思います」

「はい、すべて御祖《みおや》さまにお願いします」

うなずいて、真名は鴨の河原へ下りてみようかしらと思った。それに安倍晴明《あべのせいめい》の邸のあったあたりへも行ってみたかった。しかしなにはともあれ、今宵の宿をきめておかなくてはならない。

真名は一覚を促《うなが》して、すこし河原のほうへ歩み寄った。

広々とした河原に葦《あし》や薄《すすき》が生い茂り、ところどころにある水面《みなも》がきらりと光って、その向こうに細い流れが何筋もに分かれている。鷺《さぎ》だろうか、砂洲《さす》のあちこちでしきりに小魚を漁《あさ》っている。

あたりに邪気のないことを探《さぐ》ってから、真名は心に念じた。

川風にほつれ毛を弄《もてあそ》ばれつつ、真名は北東の方向へ呼びかけた。

――木ノ花一族が住んでいるなら応《こた》えておくれ。私は長い洞籠《ほこらこも》りを終えて、今日、都へ戻ってきた御祖の真名である……。

ゆっくりと話しかけると、それが微妙な波長となって、北東の方向へ拡がっていった。

すると待つほどもなく応えが戻ってきた。

「御祖さまですか。私は粟田郷《あわたごう》に住む弥九郎《やくろう》と申す者です」

「わが一統はそのあたりに住んでいるのですか」

「私たちは四十人ほどで小さな集落を営んでおります」

「同行の少年をつれておりますが、宿を貸してくれますか」

「どうぞどうぞ、お迎えにあがりまする」

「それはありがたい。今、六条の鴨川あたりにおります」

「では、鴨川を北へ三条通を東へお向かいください。そのあたりでお待ち申しておりまする
……」

「これよりそちらへ向かいます」

当時の鴨河原は、広々とした葦原で、中ほどに、三筋か四筋に分かれた清流が、さらさらと河原石の上を撫でるように流れ下っていくだけで、東岸、西岸といったところで、堤《つつみ》もなく、川筋

もよく変わり、いったん梅雨期や長雨になると、広い河原は一面に水があふれて、流木が積み重なると、それこそ京中水浸《びた》しとなりかねない。

そのため天子をして、「ままならぬもの鴨川と山法師《やまほうし》（比叡山の僧兵）と双六《すごろく》の賽《さい》の目」と嘆かしめることになった。

いまは穏やかな鴨川に沿って、真名と一覚は北へと道をとった。

「ごらんください。東の方で、武者たちが集まって弓矢の稽古に励んでおりまするぞ」

「あれは平家の武者でしょうね」

「真名さまがおっしゃったように、戦さが近いのかもしれませんね」

「そう思いますが、あまり先のことは口にせぬほうがよいでしょうね」

軽くたしなめて、真名は自らの戒《いまし》めとした。

――でもこの子は察しがよいから、隠しもできない。

これからこの少年がどうなっていくかは、だから考えないことにしていた。

河原を北へ向かっていくと、川風がひんやりとして心地よく、明日も晴天とみえて、比叡山《ひえいざん》がくっきりと山容を青空に浮かべている。

三条通までやってくると、対岸に男二人の姿が見受けられた。

まだ三条通にも四条通にも、橋というものがなく、広い河原の中ほどを流れる三筋ほどの川に、いったん増水すればいつ流れてもよいような板橋を架《か》けるというより、頃合《ころあい》な杭《くい》の上に置いてあった。

その上を渡って、真名と一覚は鴨川の東岸にたどりついた。

それを見て、駆け寄ってきた野良着姿《のらぎ》の男二人が、しきりにお辞儀《じぎ》をしている。

ひょろりと背の高い若者と、三角形をした顔の下にずんぐりした低い体軀《たいく》をもつ中年男とが、精いっぱいの喜びを現わして、笑顔をみせていた。

「これは御祖《みおや》さま、よくぞ渡らせました」

「弥九郎さんですね。お世話になります」

「いえ、滅相もない。こちらは娘婿《むこ》の三郎《さぶろう》と申します」

「そうですか、つれの者は、一覚と言います」

お互いに挨拶《あいさつ》がすむと、一同つれ立って、春日通《かすが》（丸太町通）の東の端あたりまで北行してから東へと道をとった。行く手に緑に包まれた東山の連峰が、まるで立ちはだかるように、眉に迫ってきた。そして手前左手にこんもりした森が見えていた。

「あの森の向こうに、木ノ花一族が住んでおります」

「そうですか、ところで、いまそこに見えている大きな御殿は……」

「右手が白河殿《しらかわでん》、すこし離れて左手が白河北殿とも白河大炊御門《おおいみかど》とも言いまして、以前は、鳥羽の帝《みかど》がようおみえでしたが、今度は新院がおみえとか……」

「新院というと……」

「崇徳院《すとくいん》のことですヮ」

「後白河天皇の即位で、上皇になられた方ですね……」

「そうです。もともとこの御殿は白河天皇の折りにでけたもんでして、そこで御門《みかど》とわしら下々《しもじも》では、呼んどります」

「それが今度は崇徳院を迎えるのですね……」

「へえ、偉い方が下見にみえとりました。つい昨日のことですヮ」

すこしずつ慣れてきたとみえて、弥九郎たちの語り口も、仲間同士のように滑《なめ》らかになってきた。

うなずきながら、真名は、まじまじとその御門を眺めやった。透《す》かし見ると、たしかに公家《くげ》らしい人物の姿が浮かんできた。さらにこの御殿が出会うだろう数日後の運命も、まざまざと予知できた。

しかし真名は、ただ黙って見つめるだけに留《とど》めておいた。弥九郎の娘婿を先頭に四人は、爪先登りの坂道をさらに東へと進んだ。すると左手に吉田《よしだ》山が浮かび上がってきた。

「あの山裾《すそ》に住んでおります」

だが真名は邪気を感じて口に指を当てた。

「なんぞ、わしが……」

声をひそめて、弥九郎は、目をぱちくりさせている。

真名は法力を使って弥九郎の心に話しかけた。

――知っていますか、冥府《よみ》の一族のことを……。

――前の長《おさ》から聞いとりますが……。

──その者たちが、あの白河北殿にきております。

──えっ、あの御門《みかど》に……。

──そうです。すぐ襲ってくることはありますまいが、注意が必要です。そこで、のちほど、陽《ひ》が暮れてから、訪ねますゆえ、そちらの婿どのといっしょに、すこし遠廻りして帰ってください。ここでひとまず別れましょう。

──はァ、ようわかりまへんが……。

──詳しいことは、あとでゆっくり話します。

──はい、ではのちほど……。

まだ半信半疑ながら、弥九郎は、娘婿と二人で、こんどは南へと道をとった。

いっぽう真名と一覚は、逆に北西へ向かった。行く手に土塀をめぐらせた白河北殿が控えている。

「あれをひと廻りしてみましょう。あの中にそなたを宙吊りにしたマと千本針《せんぼんばり》の婆《ばば》がひそんでおります」

「真名さま、そんな危ない所へ……」

「私がいる限り襲ってはきません」

「でも危ないことは避けたほうが……」

「向こうはとうの昔に、私やそなたのいることに気づいております」

「あんな所でなにをしているのですか」

「わかりませんが、これから起こる戦さに乗じて、なにかしようと企《たくら》んでいることはたしかです」

「戦さに割って入ってどんな利得が……」

「もう一人いましたね、マの息子が……」

「天魔《てんま》ですか……」

「その男が見当たりません。きっとどこかに紛《まぎ》れ込んでいるのでしょう」

真名には読めていた。けれど、先のことはわからないのだと、首を振るだけに留めた。土塀に沿ってゆっくり歩いていくと、樹木が茂って、内部の様子は見えないものの、どこか陰気な感じだった。

「あれが比叡山ですか」

一覚は東空にそびえている山容を指さした。

「いいえ、あれは如意ケ嶽《にょいだけ》（大文字山）、叡山はその北にそびえる、ほらあれです」

「あれが都の守りですか。なるほど、堂々としたものですね」

ぼんやり見とれている一覚のかたわらをかすめるように武者を乗せた黒馬が疾駆していった。

三

保元元年（一一五六）七月（旧暦）八日のことである。都大路の乾ききった路上に、かっかっと蹄の音をひびかせつつ、武者三十騎ばかりが、北方へと疾駆していった。

——このくそ暑いのに、ようあんな鎧兜を着てはるなァ。

京童《きょうわらべ》は、陽光を浴びてきらきらと輝く鎧や金色《こんじき》の鍬形《くわがた》打った兜を眺めている。

「新調の出来立てばっかりやで」

「ほんまやなァ。高いやろに、初めて着た鎧で、今日さっそく殺されたら阿呆《あほ》みたいなもんやで」

庶民のほうは、気楽なもので、蚊《か》に食われた腕をぼりぼり掻きつつ見物していた。

「ところで、どこへ行きよるんやろ」

「合戦やったら、拾い物があるかもしれんぞ」

こそこそと互いに耳打ちして、さっそく露路に紛《まぎ》れて出かけていった。

まだ朝風がそよそよと萩《はぎ》の若葉をそよがせているからよいものの、近頃肥《ふと》り気味の鎌田正清は汗びっしょりだった。

「信正、裏手へ廻れ」

源義朝が命じた。

「はいっ……」

「ただし裏手は高松殿《たかまつでん》、つまり内裏じゃ、矢一筋飛び込まぬようにいたせよ」

「心得ました」

「それから鎌田、そなたは倉へ行ってくれんか。よくわきまえておろうが、倉には摂関家の印《しるし》である朱器、台盤《だいばん》をはじめ、氏《うじ》の長者に必要な伝来の品々が納められている。それをすべて、内裏へお移しいたせ」

「承知いたした」

「それぞれ、六、七人つれて参れ。われらは東三条殿《ひがしさんじょう》へ、正面きって押しかけるゆえに、抜かるなよ」

左右に声をかけておいて、義朝は馬腹を蹴った。逸《はや》りに逸っていた葦毛は一気に東三条殿の門前へ乗りつけた。

「やよ！　これに参ったるは下野守源義朝なり、内裏の意向によって、当東三条殿を接収いたす。開門！」

よく通る渋い声音につれて、郎党たちが、表門を叩いた。

「開門いたせ！」

いくら声をかけても邸内は森閑《しんかん》としている。今はこれまでと義朝は、小者を塀から中へ入らせて、門を開けさせた。

東三条殿といえば、摂関政治の頃は、権力の中心と思われた所だが、今は空家同然になっている。

角振《つのぶり》、隼《はやぶさ》の両社をすぎて池のほとりにくると、そこに壇を立てて、一人の僧が、しきりに護《ご》摩《ま》を焚《た》いていた。

「何者ぞ、これは朝廷《みかど》の命によって当所の接収に参った源義朝なるぞ」

だが、しきりに経を唱えて、相手は見向きもしない。

「よし、この者を引っ捕らえろ」

義朝は郎党に命じた。

ところが立派な体格の僧侶で、左右から抱えようとする郎党を振りきってしまった。

「われは三井寺《みいでら》の阿闍梨《あじゃり》陸尊《りくそん》なるぞ。無礼をいたすな」

真言《しんごん》の伝授を行なう僧を阿闍梨と称していた。

しかしいっこうに不信心な義朝は蟬《せみ》が鳴いているぐらいにしか感じなかった。

「手に合わねば、四、五人でからめ捕ってしまえ」

腕力で僧侶に負けていて、武士が務まるかと義朝は叱咤《しった》した。

前後左右から飛びかかられてはどうにもならない。壇上に押さえつけられた陸尊の衣の内懐《うちぶところ》から数状の文書がこぼれ出た。

「なんじゃそれは？　見せてみよ」

「勿体《もったい》なくも左大臣どのの書状なるぞ、汝《うぬ》らの手に汚されてなるものか」

抗《あらが》ったが多勢に無勢である。こうして捕らえた僧と書状が、朝廷に差し出されると、立派な謀《む》叛《ほん》の証拠となった。

「これはよいものが手に入った。これぞ明々白々たる証拠でなくてなんであろう。これで悪左府の流罪は免《まぬか》れぬところよ」

宮廷の黒幕となった信西入道は、わざと声を荒げて、あたりに聞こえるように言い放った。

それを耳にして、首をすくめると、こっそり立ち去っていった者がいる。左大臣頼長の密偵で、宮廷内の様子を逐一《ちくいち》、宇治に引き籠もっていた頼長に報告していた。

それとみるなり、獲物《えもの》をみつけた鷹のように目を尖《とが》らせた者がいる。最近、信西が身辺警護のために雇い入れた、天魔という験者《げんざ》であった。

「引っ捕らえて参ろうか」

近頃、逸《はや》り立っているのは、駒や武者ばかりでなかったようだ。

「捨ておけ、いち早く宇治へ使者に立つ便利な男を、捕らえてなんとするぞ」

しかし信西は、ひどく上機嫌だった。わが生涯のうちで、こんなに、することなすことすべて思いのままとなった時は、かつてないことだった。それに大臣や貴顕《きけん》を掌《てのひら》の上で踊らせる気分はまた格別であった。

「これで、兎《うさぎ》が穴から出てくることじゃろう」

「兎がですか」

「そうよ殿上眉《てんじょうまゆ》をつけた兎がのう……」

信西は含み笑いをつづけている。

頼長父子の流罪は免れぬところで、新院崇徳上皇の身辺にも罪が及ぶのではないかという噂《うわさ》がぱっと都中にひろまった。

——これはたまらぬ、このままじっとしていればいよいよ窮地に陥《おちい》るばかりぞ。

日本一の大学生《だいがくしょう》（大学者）頼長も、書物の中とちがってわが身の処しかたとなると、とんと案内《あない》がわからない。

そこで新院の袖《そで》にすがろうとすると、崇徳上皇もそれまでおられた鳥羽の田中殿《たなかでん》を出て、白河へ行かれたという。

七月十日夕刻、頼長が宇治から駆けつけてくると、白河北殿は、にわかにあわただしくなった。

「左府、それで武士は集められるのか」

「はい、摂関家に代々家従として仕えておりました河内源氏の一統に、さっそく使いを出しておきました」

「して、その中に下野守は入っておるであろうな」

「当然でございます。義朝は河内源氏の棟梁なれば、その頭目が不参では、関白家に不忠となりましょう」

「そりゃ理窟はそのとおりであるが、先日、東三条殿の接収をいたしたのは義朝というではないか」

「それは朝廷の命にしたごうたまでのこと、今は場合がちがいます。こんどは主である関白家のお召しが下ったのですから……」

「そうかのう、その点がどうも案じられてならぬ、なにしろ父の為義は隠居の身であろう。河内源氏で、誰よりも強い武者となると、衆目のみるところ、下野守よと、そうであろう」

「はい、今一度、院宣《いんぜん》（院の命令）をもった使者を遣わします」

きっていた。

「早よういたさねば、間に合うまいぞ」

窓の向こうは、もうとっぷりと夕闇に閉ざされて、秋虫が広い庭内を埋め尽くすように鳴きしきっていた。

「これ、誰ぞ使者を立てい！」

もう左大臣といって収まっているわけにもいかなくなって、頼長は気もそぞろだった。

人間誰しも落ち目となり、追い込まれると本性の出てくるもので、頼長はそわそわと落ち着かない。

そこへ雑仕《ぞうし》（召使い）らしい女が、酒器を手にして立ち現われた。

「まずは一献《いっこん》、いかがでございましょうか」

なにを気楽なことをと眉をしかめつつ、それでも注《つ》がれた酒をつい口にしてしまった。

新院を眺めやると、酒盃をもつ指先がこまかくふるえているのは、やはり募《つの》りくる不安と恐れのゆえだったろう。

第四章　草むすかばね

一

七月十日、夕刻のことである。鴨《かも》川を東へ渡ったあたりに拡《ひろ》がる粟田郷《あわたごう》の、いわば北東部に位置する木《こ》ノ花《はな》一族の集落に宿をとっている一覚《いっかく》は、京の地理を知るには、まず歩くことだと思って、鴨川に突き当たるあたりへと歩いてきた。

真昼は暑くて、とても歩き廻れないが、陽射《ひざ》しが西の果てに沈もうとしている時刻になると、蒸し暑い京の町にも涼風が立ちはじめた。

あちこちに蚊柱《かばしら》が立ち、それを狙《ねら》って、黒い蝙蝠《こうもり》が、空いちめんに撒《ま》き散らした木の葉のように乱舞していた。

その蝙蝠のあいだを縫うようにして、鬼やんまが蚊柱めがけて突入していった。それでも蚊柱は減るどころか、むしろより太く厚味を増していくようだった。

ゆるやかな下り坂となっている大炊御門《おおいごもん》通の延長線のような通りを東から西へと向かっていくと、森を越えた所に、先日ひと廻りした白河《しらかわ》北殿が見えてきた。

――そうか、うっかりしていたが、あの御殿には冥府《よみ》の女頭目《とうもく》と千本針《せんぼんばり》の婆《ばば》がきていると、真《ま》名《な》さまがおっしゃっていた……。

それなら近寄るまいぞと、その南側に位置する白河殿へと視線を移したが、あの魔物のことゆえ、やはり危ないなと、引き返しかけた。

ところが、どどっと、地ひびきを立てて、騎馬武者たちが、白河北殿めざして押し寄せてきた。

――なんだろう？

見つめていると、武者の一群は、そのまま白河北殿へ吸い込まれるように入っていった。

――すわ、合戦……。

真名さまの予言どおりだと、しばらく眺めていた一覚は、思い出したようにあわてて木ノ花一族の集落へと取って返した。

そこはなだらかな丘の起伏に沿って、田畑が拓《ひら》け、丘かげにひっそりと身を寄せる形で、農家が点在していた。

中でも弥九郎《やくろう》の住居は、集落の長《おさ》らしく、やや大き目ではあるが、そんなに目立つほど堂々とした構えにはみえない。小ぶりな門を入ると、その左右に農具や藁莚《わらむしろ》などを入れておく納屋があって、鶏《にわとり》たちが、こつこつとこぼれた稗《ひえ》や粟《あわ》を拾い漁《あさ》っている。

前庭は村人といっしょに脱穀や俵づめを行なえるよう広めにとってあって、大きな赤犬が二頭、どこか走り廻ってきたとみえて、長い舌をだらりと垂らして、荒い息遣《いきづか》いだった。

「アカ」

呼びかけると、ややお帰りというように犬たちが視線で応《こた》えた。

「冬などは、山に食べ物がなくなると、猪《いのしし》や猿、それにたまには月ノ輪熊や狼《おおかみ》までうろつきよります」

それに冥府の一族のような者たちが徘徊《はいかい》しないよう、木ノ花の集落では各戸に大型の犬を飼っていた。

「犬とはいえ、百頭近くになりますと、生《なま》なかな雑兵《ぞうひょう》では、手も出せまへん。熊や猪に平気で向かっていって、咽喉《のど》笛にくらいついたら離れませんゆえ」

炉ばたで弥九郎がそんな話をしてくれた。

木ノ花一族は、他人と争うことなく、したがって刃物を手にしたことはないけれど、それなりに自衛策を講じていた。

真名は離れ家に、一覚は母家《おもや》の一隅に泊めてもらっていたけれど、夕食前なので、真名も炊事場に立って煮物を手伝っていたのである。

囲炉裏《いろり》にかけた鍋の板蓋《ぶた》が揺れて、小芋《いも》や茄子《なす》の煮える匂いが湯気とともにふきこぼれてきた。長い菜箸《さいばし》を使って、真名は小芋が煮えたかとたしかめている。

「真名さま……」

一覚はいまだによく憶《おぼ》えている母の肩の感触を思い出しつつ近寄って、鍋の中を覗《のぞ》いた。

——いつまでもこうしていたい。

腹の虫がしきりに鳴いているが、こんな夕刻がなによりも楽しかった。

「もうすぐですよ」

板の間を下りたあたりに据《す》えられた水甕《みずがめ》のあたりで、弥九郎の妻が瓜《うり》を洗っている。そしてその奥に据えられた竈《かまど》で、この家の娘が飯を炊《た》いていた。

みんな黙々と働いているが、どの顔も仏のようなやわらぎを浮かべている。

娘婿《むこ》の三郎《さぶろう》は、長身を折り曲げるようにして、食器を並べ、縁《えん》先に坐って、西空の雲行きをみつめていた主《あるじ》の弥九郎が、

「風が出て参りましたな」

呟《つぶや》きつつ、囲炉裏端《ばた》へ戻ってきた。

そこで初めて一覚は報告のきっかけをつかんだ。

「大事《おおごと》でございまする……」

「なんぞおましたか」

「はい、白河北殿に、鎧《よろい》武者がぞくぞくと詰めかけて参りました」

弥九郎は思わず顔色を変えた。真名はその驚きを和《やわ》らげるようなことを口にした。

「夕日に照り映《は》えて、鎧や兜《かぶと》がきれいだったでしょう」

「ええ、それはもう……」

「死装束《しにしょうぞく》ですからね。武者たちは哀れなものです。勇んで死に急ぐなんて……」

真名のまわりに弥九郎の一家が集まってきた。

「まだ二十《はたち》にもならぬ若い身空で、よもや明日でわが身を果てるとも思わず、頰《ほお》を赤くして、力《りき》

み返っているのですからね」

「戦《いく》さは明日ですか……」

「今日の夜半と思います」

さらりと答えているが、弥九郎はじめ居合わせた人たちは、身を固くしていた。

「御祖《みおや》さま、落武者や勝ち誇った兵がなにをするやもしれませんゆえ、早目に山の中へでも逃げ込んだほうが……」

弥九郎は、身重の娘や、一族の若い男女の身の上を案じていた。いざ戦さとなれば、武器をもたぬ農民たちは、押し込んできた雑兵たちに理由もなく斬りつけられたり、金目《かねめ》の物や食物を奪われたり、行きがけの駄賃とばかり若い女たちを手ごめにしていくのが常だった。

早く一族を集めなくてはと立ち上がりかけた弥九郎を、真名は静かに制した。

「案じることはない。私がここにいる限り、何人《なんぴと》たりとも寄せつけはせぬ。なれど心配なのは、これより北の方に住んでいる一族の身の上です」

「これより北というと、一乗寺《いちじようじ》、岩倉《いわくら》、大原《おおはら》と、ここから分かれていった者たちがそれぞれ住んでおりまする」

「使いを出してください、すぐに……。二人で一組となって、犬をつれていったほうがよいでしょう」

「かしこまりました。すぐ手配いたします」

怪《あや》しげな雲行きとなって、夕食の席に思わぬ緊張が加わった。

「それで御祖《みおや》さま、戦さは長引くのでしょうか」

「いいえ、すぐ終わりますゆえ、さして案じることはありません」

ふつうは稗や粟を食べて、米は正月か晴れの日に備えてとってあるが、真名の訪れを祝って、
その日は白飯が振る舞われていた。

ちょうど、そんな頃のことである。ここ六条堀川《ほりかわ》の源氏の館《やかた》では、市若《いちわか》が乳母《めのと》の給仕で夕食中だった。

「若、今日はしっかり食べておいてくださいな」

「なにゆえぞ……」

「それは、なにが起こるかわからないからです」

「なにか起こるのか……」

「武者たちがみな出かけていきましたでしょう」

「合戦をいたすのであろう。相手は平家ぞな」

「とにかく戦さとなれば、なにが起こるやも……」

「だからなにが起こるのか、と訊《き》いておるのじゃ！」

それは、と乳母は口ごもった。

戦さの恐ろしさは、人が獣となり、人を人と思わず、物として扱われてしまうことだった。

まして女は被害を受けるばかりで、家を焼かれ、夫や父を失ったりとおよそ碌《ろく》なことはなかった。

だが、それをこの十歳になった少年に言ってみたところで、どこまで理解できるかわかったものではない。

それにこの河内源氏《かわちげんじ》の棟梁《とうりよう》の館で、うっかりしたことを口にはできなかった。

「戦さになると、そうやな、人が死ぬる……」

呟いてみて、市若は、乳母の反応をたしかめている。けれど乳母は仮面をかぶったように黙り込んでいた。

しかたがないので、箸を置いた市若は、濡れ縁《えん》へ出てみた。もう薄暗くなった空に向かって立った蚊柱めがけて、鬼やんまが次々に飛んでくると、巧《たく》みに蚊をくわえ込んだ。

――よし捕ってやろう。

鳥黐《とりもち》を塗った竹竿《ざお》を手にして駆け出していくと、馬蹄音とともに目の前の土塀の上に、ぬっと鍬形《くわがた》打った兜が現われ出た。

目と目が合って、武者の顔つきが、急に改まった。鬼になったかと思うように、それは恐ろしい気迫だった。しかもきゅっと胸をしめつけるごとき恐怖感が起きて、殺されると直感した。

けれど塀に遮《さえぎ》られて、武者は横を向いた。恐ろしい殺気が去って、市若は、呪縛《じゅばく》が解《と》けたように肩の力を抜いた。

――あれが人殺しの顔ちゅうものやろか。

恐ろしいと、また思い出して身ぶるいした。

あの顔つきで大剣を手にして迫ってこられたなら、それこそ身がすくんで、動けなくなってしまうだろうと思った。

ふと気がつくと、鬼やんまはもうどこかへ行ってしまって、蚊柱もまた散ったらしい。

自分をいつの間にか包み込んでしまった闇《やみ》を眺めて、市若はもう一度ぶるッと身ぶるいした。

――やがてわが身も、戦さに出ねばならぬ……。

それを想うだけで、足がすくんだ。

――どうして武門の家に生まれてきたのであろう。

だが、向き不向きを考えてどの家に生まれてくるかを、きめることができない以上、不運とあきらめるよりしかたがなかった。

――今頃、父や郎党《ろうどう》たちは、どこで殺し合っているのだろうか。

東か西かと、眺めやったが、むろん首を伸ばしたぐらいでわかりはしない。それにしても、今夜の都はまるで鳴りをひそめたように静かだった。

二

左京大夫《さきょうのだいぶ》（京都の左京を宰《つかさど》る四位以上の官職）教長《のりなが》が、源為義《みなもとのためよし》の宿所へやってきて、いくら召し出しても応じないのはなぜなのかと下問した。

為義は、いかにも困りきった様子で、

「私は隠居の身でござる。しかるに当主の義朝《よしとも》は内裏《だいり》に召された由《よし》、かくなるうえは、いかなるお召しにも応ずるまいと覚悟して、かくはじっと籠居《ろうきょ》している次第にございます」

と、答えた。

「隠居の身とて、なにゆえ、当主を引きつれて、長年ご恩を蒙《こうむ》った関白《かんぱく》家のお召しに応じないのか、それでは世間の聞こえもいかがかと思われる……」

「ご恩もさることながら、近頃は、とんとわが家の一統は、疎《うと》んじられて、私なども判官《ほうがん》どまりで、まったく顧《かえり》みられませんでした」

「それなら、なおのこと、こたびの合戦で手柄を立てて、望みどおりの昇進を致さばよからん」

「なれど、父子別れ別れとなって、攻め合うなど、とてもできぬことでござる」

「ならばどうあってもお召しに応じぬと申されるのか。それでは関白家の長年のご恩を踏みにじることになるぞ」

あくまで恩を売られた為義は、武人だけに言い抜けできなくて、脂汗《あぶらあせ》を流している。

ここぞとみて教長は畳みかけた。

「やよ為義、すでに左府頼長《さふよりなが》どの、前関白忠実《ただざね》どの、ともに白河北殿に入って、新院を守護し奉《たてまつ》られておるぞ。武門の長《おさ》として、いざ疾《と》く参上いたされよ」

そこまで言われては、もう逃げきれなかった。

厭々《いやいや》ながら、為義は、義憲《よしのり》、頼賢《よりかた》、頼仲《よりなか》、為宗《ためむね》、為成《ためなり》、為朝《ためとも》、為仲《ためなか》たちを引きつれて、新院崇《す》徳《とく》上皇の許《もと》へ馳《は》せ参じた。

その頃、里内裏《さとだいり》（仮の内裏）におられた後白河天皇は、乳母の夫であり、謀臣として知られた藤原信西入道《ふじわらのしんぜいにゅうどう》の献言によって、河内源氏の当主義朝、義康《よしやす》（足利《あしかが》氏の祖）、頼政《よりまさ》、信兼《のぶかね》たちとともに伊勢《いせ》平氏の当主清盛《きよもり》を呼び寄せられた。

ところで、白河北殿にも、源氏の一統ばかりか平氏の忠正《ただまさ》も召されていて、東方の門の守りについた。

さらに西門の守りは、強弓の持ち主で、鎮西《ちんぜい》八郎と呼ばれた源為朝が自分一人で結構と引き受けた。

鴨河原に面した門は為義たち父子が守備し、北門は、平家弘《いえひろ》の受け持ちとなった。

さすがに広い白河北殿のことなので、千名近い武者やその郎党を呑《の》み込んで、すこしも混雑しているようにみえなかった。

新院崇徳上皇の御前に、左府頼長が伺候《しこう》して、どちらも鎧を着用されていたけれど、左京大夫の教長がやってきて、

「新院のお身の上で、鎧を召された先例はございません」

と申し上げたので、折りからの暑さもあって、さっそく新院も左府（左大臣）も、鎧を脱いでほっとされた。

「ただいま、為義判官が参上いたしました」

「ならばこれへ……」

頼長の命によって、白髪《しらが》頭の為義が、直垂《ひたたれ》の上に黒糸で縅《おど》した鎧を着て、まかり越した。そこで頼長は声をかけた。

「判官、よう参った。さっそくだが、汝《なんじ》の軍略を奏上いたせ」

「はい、と申しましても合戦はあまり経験がございませんので、愚息八郎をお召しくださいませ」

「ならば、苦しゅうない、呼び寄せよ」

許しを得て、使者が八郎為朝を迎えに行った。

この為朝は、兄弟の中でも抜きんでた偉丈夫《いじようふ》で、身の丈《たけ》七尺ばかりもあって、その弓勢《ゆんぜい》の強さは、国中並ぶ者なしと伝えられている。

なにしろ弓手《ゆんで》（左手）が、馬手《めて》（右手）より四寸も長く、弓は八尺五寸の巨大なものを用いた。

全身これ、弓を引くために生まれてきたような異能の持ち主で、さすがなにがあろうと動じるふうがない、天下一の大学生《だいがくしよう》（大学者）頼長も、あまりの巨大さに思わず、目を瞠《みは》った。

――これは、人にして人にあらざる者か……。

このような怪物が味方にいるとは、頼もしい限りと、頼長は、戦略を下問した。

なにしろ父為義が九州に在任中、現地の妻に生ませたのが為朝で、その後、腕力を誇って、九州一円で暴れ廻ったため、父為義が手を焼いたものだった。

不敵な面魂《つらだましい》をもつ為朝は新院の前でも、恐れることなく奏上《そうじよう》した。

「されば為朝、幼少より九州にあって、合戦に出会うことすでに二十度にあまり三十度に及び、その間、あるいは敵を落とし、あるいは敵に落とされてさまざまな体験をいたしてござるが、このたびの戦況をみまするに、これはもう一も二もなく夜討ちが最上と存ずる」

「なに夜討ちを……」

頼長は顔をしかめた。

「はい、夜討ちが最上、内裏の置かれた高松殿《たかまつでん》へ参って、三方から火をかけ、残る一方から斬り込んだなら、万に一つも外れはありますまい」

為朝は自信満々だった。

「なにしろ敵は、武者と申しても実際に場数を踏んだのは、兄の義朝一人。あとは平《たいらの》清盛であろうが、太刀《たち》を抜くには抜いても、人と戦って斬ったことはござるまい。されば戦場に立っただけで、眼《まなこ》は昏《くら》み、身はふるえて、藁《わら》人形も同然でござる……」

たしかに九州の乱暴者として、朝廷から追討《ついとう》を受けたぐらいだから、為朝の体験豊富なことは間違いなかった。

まして身長七尺という巨軀《きょく》の持ち主なので、鎧が重いどころか、身体の一部のようにぴったりしている。

「夜討ちで火をかけられては逃れる術《すべ》はござらん。それも寝入りばなを襲われようものなら、それこそ、起き上がってもただうろうろするばかりで、火を逃れるのがやっとでござる」

「ふむ……」

頼長は吐息をつき、新院は顔をそむけられた。

「たとえ火を逃れたところで、待ちかまえた寄せ手の人垣を逃れることはできぬ相談、さらに室内の連中は、火で焼かれるか矢で射られるか、いずれにせよ、一人残らず生きては出られますまい」

「たとえ、運よく逃れ出ようとも、われらが太刀を免《まぬか》れることは万に一つもできぬゆえ、たちまち死人の山を築いてみせましょうぞ」

戦さとはそんなものだ、機先を制するのがいちばんと、為朝はさも当然といった顔つきだった。

しかし頼長は冷たく言い放った。

「やよ為朝、そちの献策は九州の戦いには有効であろうが、都の合戦には不都合ぞ。ましてや天子と上皇の戦いに、夜討ちだの放火だのと、まるで夜盗のごとき仕業《しわざ》をいたしては天下の嗤《わら》い者と相成る」

王者らしい戦いをと、頼長は、漢籍の知識をひけらかして、為朝の献策を一蹴《いっしゅう》してしまった。

控えていた為義は、無念そうな為朝にかわって奏上した。

「ならば、これより東国の兵を集めますゆえ、その間、しばし近江《おうみ》から東へと御動座《ごどうざ》くださいませ。それまでわれらは宇治《うじ》橋を落として、敵を防ぎまするゆえ……」

「愚かなことを申すな。いまだ戦わずして、王者が真っ先に都を逃げ出してなんとするぞ。そちたちは武門の家柄と申すに、なんたる臆病者ぞ」

またいつもの増長慢心が頭を擡《もた》げて、頼長は怒《ど》鳴《な》りつけてしまった。

「ならばお一人で戦われるがよいわ」

為朝は席を蹴って立ち上がった。

夜に入って蒸し暑さが増してきた。盆地特有の蒸し蒸しする暑さで、じっとしていてもじっとりと汗が滲《にじ》んでくる。空を見上げると、いつの間にか暗雲低迷して、ひと雨くるかなと思わせた。

軒端《のきば》から、その垂れ下がった暗い雲を眺めやって、源八郎為朝は、簾《すだれ》を掲《かか》げて室内へ入ろうとした。そんな為朝のかがめた顔の前に、夕顔が咲いたかと思うような、白い女の顔が、笑みをこぼしていた。

——誰《た》ぞ？

新院に仕える雑仕《ぞうし》にしては、慎《つつし》みもなく男に笑いかけるなど、いかにも馴《な》れ馴れしい。それに男にはすぐわかることだが、ふれなば落ちん風情《ふぜい》がある。

初対面の男に、こんな隙《すき》をみせるのは、白拍子《しらびょうし》でも、はしたないと慎むことだろう。筑紫《つくし》の暴れ者と評判を取った自分に、恐れる気配もなく笑いかけてくるなど、とてもただものとは思えない。立ち上がれば、天井に届きそうな怪物じみた為朝の姿を、ちらっと目にしただけで、たいがいの女は、怯気《おじけ》づいて、こそこそと逃げていくのがふつうだった。

だからこそ、何者と、首を傾《かし》げたのだ。

「さァ、暑気《しょき》ばらいの酒《ささ》を召しませ」

女はさっそく為朝に瓶子《へいし》を近づけた。

「名は？」

「ハマと申します」

「この盃《さかずき》では小さすぎてもちにくい。せめて椀《わん》なりともって参れ」

「はい、はい」

逆《さか》らいもせず、なにを言ってもにこにこしていられる女の態度に、およそ恐れを知らぬ怪力の持ち主為朝が、かえってそわそわしている。

「戦さがはじまるぞ、なぜ、逃げん？」

「まだ、すこし間がありましょう。駒音がひびいたなら、退散いたしまする」

「怖いと思わんのか、合戦になれば、女とて容赦《ようしゃ》なく矢も飛んでくるものぞ」

「殿の弓勢に出会《お》うたなら、武者でも串刺《くしざ》しになりましょうな」

「何十人こようが一人で倒してみせようぞ」

「頼もしい殿御《とのご》……」

人目を気にせず、女は為朝の太い腕に身をすり寄せてきた。


同じ頃、高松殿を里内裏としておられる後白河天皇は、関白藤原忠通《ただみち》をはじめとする公卿《くぎょう》たちと、謀臣信西入道を集めて対策を講じておられた。

とはいえ、今回の争乱の陰には、故鳥羽《とば》法皇の後宮《こうきゅう》へ入って、故近衛《このえ》天皇の生母となった美《び》福門院得子《ふくもんいんとくし》の存在があった。

藤原長実《ながざね》（贈太政《だじょう》大臣）の女《むすめ》得子は美貌の誉れ高《ほま》く、その噂《うわさ》を聞かれた鳥羽上皇は、召し出して後宮に納《い》れられた。そして生まれたのが躰仁《なりひと》親王で、生後三ヵ月で皇太子となり、崇徳天皇を欺《あざむ》いて、上皇は、三歳の皇太子を近衛天皇とされた。

生母となった得子は、門院号を授けられて美福門院となった。ところがこの近衛天皇は十七歳の若さで崩御《ほうぎょ》され、知らせを聞いた鳥羽院と美福門院は、しばらくの間、声もなかった。

退位してのちも実力をもっておられた鳥羽院は、美福門院の猶子《ゆうし》（養子）となっておられた守《もり》仁《ひと》親王を皇位に即《つ》けたいと望まれたが、まだ父王が存命なのに、その方を差しおいて即位されてはいかがかという公卿の意見もあって、関白忠通と相談のうえ、父に当たる雅仁《まさひと》親王を天皇として、守仁親王を、その皇太子と定めた。

それを不服とされたのは崇徳上皇で、自分が重祚《ちょうそ》（ふたたび皇位に即くこと）するか、それとも自分の皇子を皇位にと望まれた。

けれど、それを無視する形で、雅仁親王を後白河天皇とされた鳥羽院だが、それから間もなく崩じられた。

そうなると、後白河天皇は、自分たち父子を世に出してくれた美福門院の意向を尊重しないわけにはいかなかった。

ところで、日本一の大学生《だいがくしょう》と学問を鼻にかけて高慢このうえない左大臣頼長を嫌っておられた美福門院の意向もあって、頼長の内覧《ないらん》再任を留められた。

以来、頼長は、後白河天皇や美福門院と敵対する形となって、同じく両者に怨《うら》みを抱いておられる新院崇徳上皇と互いに寄り合うことになった。

それが保元《ほうげん》の乱の背景だった。

だが、後白河天皇の乳母の夫で少納言《しょうなごん》の時に出家《しゅっけ》した藤原信西が参謀となって、絶えず美福門院の意向を伺《うかが》いつつ、崇徳上皇と頼長が兵を挙《あ》げざるをえないように追い込んでいった。

しかも七月十一日に、頼長を流罪《るざい》にするという噂を流したため、今はこれまでと頼長が籠居していた宇治の邸を出ることになった。

上皇と頼長が、白河北殿に入って、しきりに兵を集めているという知らせを受けた内裏では、天皇の臨御《りんぎょ》を仰《あお》いで軍議を開いた。

官軍といっても、実際に動いたのは河内源氏の棟梁義朝と、伊勢平氏の棟梁清盛の両者が率《ひき》いる源平の私兵だった。

平清盛が、後白河天皇側につくべく内裏へ参内《さんだい》したのは、美福門院得子が、故鳥羽院の遺命であると伝えたためだった。

このように後白河天皇側に集まった廷臣《ていしん》や武士たちは、美福門院の影、すなわち鳥羽院の遺命に従って行動を開始した者たちだった。

こうして多勢の廷臣と武者ばかりか、その家司《けいし》や郎党まで詰めかけたので、里内裏にしておられた高松殿が手狭《てぜま》となったため、背中合わせとなっている北隣の東三条殿《ひがしさんじょうでん》（関白家の正邸）へ遷《うつ》られることになった。

御簾《みす》越しに臨御されている天皇の前に、関白忠通をはじめとする公卿たちが列座していた。

「して下野守《しもつけのかみ》（義朝）、対策を奏上いたせ」

信西は歴戦の勇将義朝にまず声をかけた。

司会役の信西入道に指名されて、河内源氏の棟梁義朝が膝をすすめた。

「およそ合戦は、機先を制するをもってよしといたします。よって、敵が攻め寄せてこぬのをさいわい、こちらより夜討ちを仕掛けるのが最上でございます」

「なるほど……」

うなずきつつ、信西は清盛の表情に視線をやった。すると清盛も賛意を表した。

「機先を制するとは理のあるところ。しからば下野守（義朝）、さっそく取りかかれ」

「ハハッ、仰《おお》せにより出陣つかまつりまする……」

かしこまって、義朝は一礼して立ち上がった。

つづいて義康と平清盛も下命を受けて、出陣していった。

義朝は、乳《ち》兄弟に当たる鎌田正清《かまたまさきよ》をはじめとする郎党二百余騎を従えて、大炊御門通を東へと向かった。

義康は百余騎の郎党とともに新院のいる白河北殿に当たる近衛《このえ》通へと向かい、清盛は三百余騎を引きつれて南に当たる二条通へと廻った。

低く雲が垂れているが、べつだんすぐ雨となる気配もなく、むっとこもったように蒸し暑い夜であった。

義朝軍は、大炊御門通が鴨川に行き当たって切れる河原附近に、清盛軍は二条通の末にと達した。

夜陰に紛《まぎ》れてといっても、二百騎の駒音がひびかぬはずはない。

大炊御門通の末に当たる鴨川の対岸に伏せてあった新院側の偵察兵は、向こう岸に現われた軍勢に、それッとばかり、白河北殿へと報告に駆けつけた。

その頃、後白河天皇は里内裏にしておられた高松殿から背中合わせの東三条殿へと遷られ、敵襲に備えて源頼盛《よりもり》（多田《ただ》源氏）たちが警固に当たっている。

三

白河北殿に詰めている源為義は、敵襲の報に接して、やれやれこれで父子兄弟が互いに戦い合わねばならぬことになったわいと吐息を洩《も》らした。

白河北殿は、鴨川に面した西門と、春日《かすが》小路側の北門と、大炊御門大路の延長線上に向かっている大炊御門の西門と同東門とを出入りに使っていた。

官軍の中でも主力をなしていた源義朝は代々家宝としてきた八龍《はちりゅう》の鎧を着用のうえ、八大龍王を象《かたど》った飾りを兜につけていた。

そしていかにも猛々《たけだけ》しい黒駒に打ちまたがって大炊御門大路をまっすぐ東へ向かって、そのすこし南に当たる附近の鴨河原に陣取った。

義朝は馬首をめぐらすと、つき従う源氏の一統に向かって昂《たかぶ》った気持ちのままに宣言した。

「これより謀叛《むほん》人を討ちたいらげにまかり向かう。こたびの合戦に臨んで、帝《みかど》はこの義朝に昇殿《しょうでん》を許されたるぞ。武人の家に生まれて、この栄誉を受けしことはわが身の幸せのみならず、源氏一統の誉れなるぞ。日頃、私《わたくし》の戦いの折りは、宮廷に憚《はばか》って、思うように振る舞えなかったが、今日は宣旨《せんじ》（天皇の命令）を受けての官軍なるぞ。それぞれ武技を披露《ひろう》して、名を後代に掲ぐべし」

そして右手を高々と上げると、

「いざ、かかれ！」

と命じた。

義朝軍の先鋒《せんぽう》隊二百余騎は広々とした鴨河原に乗り込むと、三筋ほどに分かれた鴨川の東岸にほの見える篝火《かがりび》めざして進んでいった。

「あの篝火が目印ぞ。いざ功名を挙げようぞ！」

義朝軍の第一陣は、近江の佐々木《ささき》源三《げんぞう》、相模《さがみ》の大庭《おおば》平太、下総《しもうさ》の千葉《ちば》ノ介常胤《すけつねたね》、武蔵《むさし》の豊島《としま》四郎、成田《なりた》太郎たちだった。

こうして彼らが、鴨川に面した西門めざして殺到していった頃、大炊御門大路の延長線上に面した西側の門に到着したのは、安芸守《あきのかみ》平清盛の一隊だった。

その先頭に立った清盛は大声を挙げた。

「やァ、やァ、この門を固めたるは源氏か平家か、かく申すは安芸守平清盛なり、宣旨を承《うけたまわ》って向いて候《そうろう》」

四十の坂にさしかかったばかりの清盛は、門の向こうに詰めかけている武者の熱気を感じ取った。そしてもし同族ならどうしようかとためらった。

すると、内側から声がかかった。

「この門は鎮西八郎為朝が固めたるぞ」

それが為朝本人かどうかはわからないが、思わず清盛は首をすくめて、かたわらにいる長子重《しげ》盛《もり》に呟いた。

「やれやれ、凄《すさま》じき者を引き当てたぞ」

身の丈七尺ばかり、とにかく弓をもつ左手が、右手よりずっと長くて、弓を引くために生まれてきたような鎮西八郎為朝の弓勢の強さは、ふつうの武者の倍近い遠方まで矢を放つことができた。

だから相手の矢がまだ届かない前に、為朝の放った矢が相手を射抜くことになって、いうならば、次から次へと矢を渡してやれば、一人で何十人とでも戦って敗け知らずということになる。

こういう怪物と出会っては、まともに戦えないとばかり、清盛父子は横手へ廻った。それとみて、伊勢古市《ふるいち》の伊藤《いとう》武者景綱《かげつな》とその子息たちがかわって進み出た。

「源平二氏は天下を二分する大将軍なるが、われらは鈴鹿《すずか》山の賊を生け捕りとして、副将軍の宣旨を受けたる伊藤武者ぞ。われらの矢が、源氏の一統に立つや、立たざるや、いざ試してみん」

弓を引き絞《しぼ》って待ち構えている伊藤武者たちの前に、さっと門が開いて、篝火を背にひときわ巨大な鎧武者が現われた。

「やよ、平家の奴輩、為朝が矢を受けてみよ」

言うなり、びゅんと空を切って一の矢が飛んできて、たちまち伊藤六忠直が、どうとばかり地上に転落した。

それを見て兄の伊藤五忠清《ただきよ》は、弟の首を人手に渡さぬために掻《か》き切った。父の景綱は、あまりの弓勢の強さに恐れをなして、清盛の許へやってきた。

「これほどとは思いもよらざること、あれは人ならず、まさに怪物としか言いようがありません」

さもあろうと、清盛はうなずいた。それを聞いていた長子の重盛は、十九歳の若さも手伝って、ただ一騎、進み出ようとした。

「やあやあ、われこそは桓武《かんむ》天皇……」

名乗りかけたのをみて、父の清盛は、なんと危ないことをと、はらはらしてかたわらの郎党に、なんとか致せと声をかけた。

そこで郎党たちが一団となって重盛の馬前を遮《さえぎ》った。それを見た伊賀《いが》の国の住人山田《やまだ》小三郎が、内心舌打ちしつつ駒を進めた。

——なんの、いかに為朝の弓勢が強くとも、よもやこの鎧は通すまい……。

先祖伝来の鎧を頼みに、名乗りかけようとしたその直前に飛来した為朝の矢を受けて、山田はあえなく生命を失った。

こうして尻ごみしている平家の一統めがけて、為朝は容赦なく矢玉を繰り出して、一騎また一騎と射落としていった。

それはまるで人形《ひとがた》をした的《まと》を射落としているのにほかならなかった。

河原に控えて、全軍を指揮していた下野守源義朝の本陣へ、乗り手を失った駒が駆け込んできた。

義朝の乳兄弟鎌田正清が取り押さえてよく見ると、馬の尻あたりに矢が立っていた。

「殿、ごらんあれ、これぞ弟君八郎為朝さまの矢にちがいありません」

「為朝の矢じゃと……」

「はい、乗り手を射抜いて馬の尻に立ったものと思われます」

「ならば、八郎のために平家の面々は攻めあぐんでおるとみゆるな」

「仰せのとおり……。さすが鎮西一《ちんぜいいち》（九州一）の暴れ者と異名《いみよう》をとったお方だけのことはあります」

「それはよいが、こたびの合戦は、帝《みかど》と新院、関白どのと左府どのと、いずれも身内同士が敵味方に分かれての戦いぞ。さすれば難敵の弟を引き受けるのは、兄の役目、ここは自ら立ち向かうといたそう」

義朝は兜の緒《お》を固く締めて自ら乗り出そうとした。

「殿、お待ちください」

あわてて正清はその馬前に立ちふさがった。

「大将軍は、後方にあって全軍を指揮なさるのが常道、よってこの役目、やつがれめにお任せください」

「ならぬぞ正清……」

「殿は、すでに昇殿を許されたお身の上、血気に逸《はや》るのは端《は》武者のいたすこと、正清が参ります」

睨《にら》みつけるように気迫のこもった眼光だった。義朝は、任せると手綱をゆるめた。それとみて、正清は手兵二十騎ばかりを引きつれて、鴨河原を渡った。

そして大炊御門大路に面した西側までやってくると、平家の一隊が遠巻きにして、すこしずつ退《しりぞ》いていった。

「誰ぞ、わが矢を受ける者はおらんのか」

呼ばわりつつ、為朝は暗中を透《す》かしみて、きらりと光った鎧の胸板めがけ、ひょうと射た。なにしろ為朝一人で平家の軍勢を一手に引き受けて一歩も近づけないのだから、これほど目ざましい働きぶりはなかった。

内心、臆したか清盛めと思いつつ、鎌田は駒を進めて、門内に声をかけた。

「やぁやぁ、門内を固めたるはどなたにや？　かく申すは下野守の乳母子《めのとご》、鎌田権守《ごんのかみ》通清《みちきよ》が嫡男正清、頭殿《こうどの》の仰せによって、かくはまかり越した」

その口上を聞いた為朝は、わざわざこなくともよいのにと舌打ちした。

「やよ、この門を固めたるは為朝ぞ。汝《なんじ》も主人の弟に弓は引けまい。こなたも郎党を相手にいたす所存はないぞ」

西風が吹きはじめて、頭上に垂れ下がっていた黒雲もしだいに東へと移っていった。けれど大炊御門大路に面した西側の門を境として睨み合っている門内の為朝と、外から矢を射んとする義朝の乳母子鎌田正清には、頭上を眺める余裕などまるでなかった。

「たしかに仰せどおり、日頃は相伝《そうでん》の主にちがいござらんが、今日は宣旨をこうむった手前と、そちらは叛逆《はんぎゃく》の徒、けっして遠慮はつかまつらんゆえ、いざお覚悟あれ！」

言いつつ、鎌田は番《つが》えた矢をひょうと射放った。矢は狙いたがわず八郎為朝の兜めがけて飛んできて、その頰の肉をすこし削《けず》って、兜の後ろ側の金板に突き立った。

「おのれ鎌田め！」

いまいましげに矢をむしり取ると、八郎為朝は、背後を振り返って、

「やィ、手取《てどり》の与二《よじ》、射手《いて》の城八《じょうはち》、早ようきゃつめを手取りにいたせ。あの憎い鎌田めを八つ裂きにしてくれようぞ！」

と命じ、自分も駒を急がせた。これを見て、鎌田正清も、生け捕られては大事《おおごと》と、馬首をめぐらせ、鴨河原めざして落ちのびようとした。

「おのれ捕らえてくれようぞ」

追いかけてくる為朝の声を背中に聞きつつ、それでも、まっすぐ西へ向かって、主の義朝と鉢合わせさせてはならぬと、鎌田は、鴨川の東堤に沿って、まっすぐ南へと馳せに馳せ、彼を守る三十騎ほどが一団となって逃げ廻った。

それを追う為朝勢は二十七、八騎ばかりだった。もうよかろうと、三筋ほどの川となって流れ

る鴨川を渡った鎌田は、内心、考えた。

——よし、こうなれば、このまま主の本陣へ引き込んでやれ。

いっぽう為朝のほうは、捕まりそうで捕まらぬ鎌田に苛立《いらだ》ちつつ、

——待てよ、あまり深追いしては、白河北殿を離れすぎる。それに老いたる父の身の上も案じられる。

と考えて、鎌田をあきらめた。

生命《いのち》からがら義朝の許に戻ってきた鎌田は、荒い息遣いで事情を報告した。

「やよ正清、為朝の名に臆したな。八郎が狙いはただ一つ、この義朝じゃ」

それなら自ら相手してやろう、そうすれば勝ったも同然というので、残る郎党を引きつれて出陣しようとした。もう寅《とら》の刻(午前四時)となって、すこしずつ東の空が明るみを増してきた。

このまま行けば差し昇る朝日に向かって戦うことになると、義朝は鴨川に沿って南下した。

三条近くまで下った義朝は、もうよかろうと鴨川を渡り、全軍一団となって鴨河原をこんどは北上していくと、やがてしらじらと東の空が白みはじめて、あたりがはっきり見えるようになってきた。

——もう朝だな。

ちらちらと東の空を見やりつつ、義朝たちは、白河北殿の大炊御門大路に面した二つの門のうち、西側の門前に到着した。

「この門を固められしはどなたぞや?」

義朝の声に応じて、八郎為朝が姿を現わした。

「やよ、八郎、宣旨なるぞ」

「こちらは院宣《いんぜん》によって守っておる」

「なにを申すか、その方、兄に向かって弓引くつもりか」

「それなら、兄君こそ、中におられる父君に矢引かれるおつもりか」

その一言で義朝はひるんだ。

「宣旨と院宣と、いったいどちらが正しく、どちらが不正とお思いですか」

ましてこの白河北殿に籠《こ》もっているのは上皇であり、左府頼長と源為義とその子息たちであった。そして攻める源義朝は、為義の長子だった。しかも宣旨を下された後白河天皇のかたわらには頼長の兄忠通が仕えている。

「いでや、お覚悟あれ！」

長さ八尺に及ぶ剛弓をきりきりと引き絞られて義朝はひやりと背筋が寒くなった。

だが、為朝も、さすがに長兄に矢は向けにくい。それにひょっとして、父為義が、この兄となにか密約を結んでいるのではあるまいかと考えた。

――天皇と上皇の戦いに父子別れ別れに参加して、どちらが負けても、石川《いしかわ》源氏が滅びぬようにと、図《はか》られたのではあるまいか。

そう考えてくると、ただ一矢で長兄を倒しては、父の意図を裏切ったことになる。

為朝のためらいをさいわい、義朝は、郎党たちに囲まれて、横手へと移動しようとした。為朝は、征矢《そや》を鏑矢《かぶらや》（中が空《から》になった蕪《かぶら》に似た形の矢）に替えて、義朝の兜めがけて射放った。鏑矢は音立てて、義朝の兜の星（釘の頭）を、七つ八つ削り落として、かたわらの建物へと飛び込んでいった。

やられたと、義朝は血も凍る思いで、そっと顔のあたりを撫《な》でてみたが、どうやら異常はなさそうだった。

義朝が門前から退いて間もなく、白河北殿に火がかけられた。西風に煽《あお》られて燃えさかる御殿より、武者たちにまじって、新院も頼長も落ちていった。

ごうごうと炎を上げて燃え上がった御殿から暁《あかつき》の空に向かって巨大な火柱が立つと、金砂子《きんすなご》のような火の粉を撒《ま》き散らしはじめた。

第五章　山川草木

一

夜明けとともに、左府頼長《さふよりなが》は、四位の少納言《しょうなごん》成澄を後ろに乗せ、駒音を忍ばせつつ、大炊御門《おおいごもん》大路に面した東の門から落ちのびていった。

すこし遅れて、新院崇徳上皇《すとくじょうこう》も、源《みなもとの》為義《ためよし》の子息たち五十人ほどに守られて、北東の空にそびえる如意ヶ嶽《にょいだけ》（大文字山）めざして落ちていかれた。

新院や頼長を守る形で、多くの殿上人《てんじょうびと》や武士たちが逃げのびようとしていた。すでに白河北殿は猛炎に包まれていて、太い火柱が天を焦《こ》がさんばかりに立ち昇っている。

――もうどこへも行き場がない。

そんな敗北感が落ちゆく人たちの頭上に重苦しくのしかかっていた。だがまだ内裏《だいり》（天皇）側の追っ手がかからないのが、不幸中のさいわいだった。

――なんとかして、一刻も早く近江《おうみ》側へ逃れたい。

その思いが言わず語らずのうちに、彼らを鴨《かも》川の上流へと道を取らせたのだろう、一乗寺《いちじょうじ》あたりより鷹野《たかの》を目指して進んでいった。

近江の園城寺《おんじょうじ》（三井寺《みいでら》）の別院一乗寺のあることで知られた土地だが、あたりは山麓であって、行く手に氷室《ひむろ》のある小丘と北山のはずれに当たる丸山との間を割るようにして、高野川《たかの》が流れていた。

行く手に敵影はなく、ほっとひと息つきたい気分が落人《おちうど》たちの緊張をすこしほぐしてくれた。

「誰ぞ、水をもて……」

頼長が手綱を引いた時である。どこからともなく飛来した白羽の矢が、頼長の耳のつけ根から咽喉《のど》へと向かって刺し貫いた。

呻《うめ》き声とともに、頼長は、身体《からだ》を折るようにしてうなだれた。

驚いて四位の少納言成澄が抱えた。まわりにいた殿上人や武士が駆け寄ってきた。

「いったい、いずこより……」

「あたりに敵影はござらんぞ」

「まして白羽の矢とは……」

取り巻く人たちも顔色を変えていた。

「これは神矢《かみや》かもしれぬぞ」

その一言に、誰もが血の気を失った。

「それより、誰ぞ手当ての心得のある者はおらぬか」

白羽の矢の刺さったあたりから、水を入れた竹筒から流れ出す水のように血があふれ出て、頼長の着ていた青い狩衣《かりぎぬ》を朱《あけ》に染めた。

ところで、彼らにはわからなかったが、対岸の林のかげに騎馬の男が身をひそめていた。見るからにふてぶてしい大男で、大声あげて高笑いをつづけていたのである。

——この天魔《てんま》に狙《ねら》われて逃れられると思うのか。

林の中に葦毛《あしげ》の駒を引き入れて、馬上から拳下《こぶしさが》りに、眼下の河原道を北へ向かう、左府頼長の一行を待って、ちょうどひと息入れて水を飲もうとしていた頼長を狙い射ったのである。

それも天魔は、わざと急所を外しておいた。

——苦しめ、やれ左大臣の、天下一の大学生《だいがくしょう》のと、威張り返っていた汝《うぬ》のことだ、安らかに死なせてなるものか。これからは、口もきけず、飲食もかなわず、串刺しとなったまま、もだえ苦しんで生命《いのち》を果てるがよい。

呪《のろ》いをかけておいて、天魔は帰途についた。まるで天翔《あまか》ける天馬のように疾駆《しっく》して、他所目《よそめ》には、ただ砂煙がみえるだけという迅速《はや》さだった。

その頃、東三条殿《ひがしさんじょうでん》から背中合わせの里内裏《さとだいり》である高松殿《たかまつでん》へ、後白河《ごしらかわ》天皇よりひと足早く戻っていた、内裏の黒幕と評判の高い権臣藤原信西入道《ふじわらのしんぜいにゅうどう》の前に、天魔は戻ってきた。

「入道どの、仕事はすんだぞ。言われたとおり、左府を、ただ一矢で……」

「仕留《しと》めたのか」

「いや、それでは面白うないゆえ、耳のつけ根から咽喉へと白羽の矢で串刺しにしてやった」

「なんじゃと……」

「ただし、あと四日ともつまい。あの矢を引き抜けば、肉がからみついて地獄の責苦となろうし、おびただしい血が流れて、身がもつまい」

「酷《むご》いことを……」

「射よと命じたのは、どこのどなたじゃ。それより褒美《ほうび》をもらいたい。なろうことなら、検非違《けびい》使《し》に取り立ててもらえぬか」

「愚かなことを……。検非違使は、違法《いほう》の輩《やから》を取り締まるのが役目ぞ。汝《うぬ》のような無法者に任せられると思うのか」

「望みのままと言うたのを忘れたのか」

「官位官職はやれぬと思え」

「ちいっ、この悪入道め、覚えておれよ」

「汝には荒絹《あらぎぬ》と米を遣《つか》わそう。この書状をもって、役所へ貰《もら》いに行くがよい」

「この恨《うら》み、忘れはせぬぞ」

「逆《さか》恨みもよい加減にせい。以後、出入りを禁ずる」

「誰が、二度とくるものか」

悪態ついて天魔は去っていった。

同じ頃、重傷の頼長は、手輿《てごし》に乗せられて、北山の麓《ふもと》道《みち》伝いに嵯峨《さが》へと送られていったが、そこでは手当てもしにくいとあって、翌朝、舟に乗せて、大堰《おおい》川から桂《かつら》川、木津《きづ》川と、川伝いに、南都奈良《なら》へと運び込まれたけれど、この時、頼長はすでに生きる気力を失っていた。

ところで、新院崇徳上皇は、如意ケ嶽（大文字山）の山中へと、わずかな側近とともに分け入られたが、暑さと疲労に絶望感が加わって、途中、気絶されるという、思いもかけない惨憺《さんたん》たる逃避行となった。

内裏の武士たちは、新院側についた人たちの邸《やしき》を襲って次々と焼き払った。

新院の三条烏丸御所《からすまごしょ》、左府頼長の五条壬生《みぶ》の仮宿所、為義の泊まっていた白川《しらかわ》の円覚寺《えんかく》などはたちまち火焔《かえん》に包まれて炎上した。

後白河天皇は、東三条殿から、高松殿の里内裏に還幸されて、このたびの乱鎮圧の功労者である源義朝《よしとも》と平清盛《たいらのきよもり》の報告を聞こし召《め》された。

そしてお褒《ほ》めの言葉を賜《たまわ》って、義朝に右馬権頭《うまごんのかみ》の官職を、つづいて陸奥判官義康《むつほうがんよしやす》に昇殿《しょうでん》を許され、清盛は播磨守《はりまのかみ》に任じられた。

頭《こうべ》を垂れて承《うけたまわ》っていた義朝は、おそれながらと奏上した。

「手前の先祖満仲《みつなか》が最初に任官したのがこの右馬権頭でして、これではただいまの官職下野守《しもつけ》にも劣るもので、父為義や弟たちを敵に廻して戦った勲功とは、とても思えません」

この抗議をもっともとされて、義朝を左馬頭《さまのかみ》に任じられた。

その頃、新院は京へ戻って出家され、左府頼長は、三十七歳にして南都の一隅で薨《みまか》った。

さらに新院に従った左京大夫教長《さきょうのだいぶのりなが》をはじめとする殿上人たちは罰せられ、いったん近江の坂本《さかもと》へ逃げた為義も、逃げきれなくなって、その後継者である源義朝を頼って逃げてきた。

義朝は、父が出家したいと申しておるので、なにとぞお許し願いたいと言上《ごんじょう》したけれど、摂関家嫌いの藤原信西は、なにをこの関白家の番犬めがと、朝議を誘導して謀叛《むほん》人に死をと、斬罪を命じた。

窮鳥懐《きゆうちようふところ》に入らば猟師もこれを殺さずというのに、自分を頼って逃げ込んできたわが父を、わが手で殺さねばならぬことになった義朝は、さすがに心も潰《つぶ》れんばかりの憂悶《ゆうもん》を覚えて、六条堀川《ほりかわ》の邸へ戻ってきた。

「殿、なにかござったのですか」

そこは乳児の時から、お互いに乳房を奪い合うようにして育てられた乳兄弟《ち》のことなので、顔色をみただけで鎌田正清《かまたまさきよ》にはおおよその察しがついた。

「やはり朝議の結果は……」

「うむ、斬れとの仰《おお》せだ。弟どももみな……」

「なんと酷い……。これもみなあの信西入道と、清盛の謀《はか》りごとに違いありませんぞ」

「入道に嫌われていることはわかっておる。それに平家がわれらの隆盛を望むはずもない」

「殿、その役目、私めにお任せあれ」

正清は、どこまでも義朝の影であり支えであろうとした。

連日、馴《な》れない経文を唱えて、香を燻《くす》べている祖父為義を見る市若《いちわか》の眼は、そんなに温かいものとはいえなかった。

いつも猛々《たけだけ》しく、人を殺すのが家業といってよい武士たちの館《やかた》にあって、弱々しく経を唱える声はあまりにも陰気に思えた。それに香煙が煙たくて、すぐ咳《せき》込みそうになった。

生きた心地もなく、ただひたすら仏の加護を念じている祖父は、市若に対して、やさしい言葉を投げかけるだけの心のゆとりを失っていたのだろう。すでに生ける屍《しかばね》のごとく生気がなかった。飲食も虚《うつ》ろなら、夜も睡《ねむ》れないとみえて、輾転《てんてん》としながら、朝を迎えている。

――こんなことがいつまでつづくのであろうか。

市若は、口にしなかったが、このままでは、いよいよ祖父嫌いになりそうだと思った。

その日も為義はしきりに経文を唱えるというより、読み上げていた。

「大殿……」

いきなり入ってきたのは鎌田正清であった。明るい声音《こわね》に誘われて、為義が振り返ると、正清の笑顔に出会った。

「これより東山の庵室へお移り願います。向こうでゆっくり経巻をお披《ひら》きください」

「さようか。庵室をみつけてくれたのか」

「はい、輿《こし》を用意しましたので、どうぞ」

「よしよし、もつべき者は、わが子じゃのう。下野守（義朝）の計らい、老いの身に沁《し》みてならぬわい」

喜びに声を詰まらせつつ、為義はわずかな手荷物を提《さ》げて、孫の市若に別れを告げもせず、早々にこの小屋《しょうおく》をあとにした。そしてそれっきり為義は二度と市若の前に姿を現わさなかった。

それもそのはずで、夜陰に紛《まぎ》れて、為義を乗せた輿が朱雀《すざく》大路の七条あたりまで達した時、鎌田は輿をとめさせて、為義に耳打ちした。

「じつを申せば、わが殿はなんとかお助けせんものと、八方手を尽くしましたが、どうしても聞き届けられず、本日、ご検死役が参られて候《そうろう》」

「なに、ならば……」

為義は絶句した。

「なにとぞ、最後のご念仏を……」

どうやって輿を下りたのか、為義は雲を踏むような足取りで荒れ野に導かれていった。

鎌田の郎党《ろうどう》が太刀《たち》引き抜いて、為義の背後へ廻った。振り向いて為義は喚《わめ》いた。

「おのれ不孝不忠の奴ばらめが！」

あたりは鼻をつままれてもわからないような闇《やみ》にみたされていて、星影一つ見当たらなかった。

その闇の底で念仏唱える声を頼りに、鎌田の郎党は白刃を振り下ろした。

しかし肩先にごつんと当たっただけだった。

「未熟者めが！　鎌田、おのれ自ら刃をふるわんかい！」

やけッ八《ぱち》のように老武者為義が罵《ののし》ったが、その次の刃で沈黙した。

重苦しい夜の底で、ごとんと音がして、首が転がった。

つづいて義朝の弟たちが捜し出されて、次々に首打たれ、中でも、船岡山《ふなおか》へつれ出された、十三歳の乙若《おとわか》、十一歳の亀若《かめわか》、九歳の鶴若《つるわか》、七歳の天王《てんのう》、といった幼なき者たちまで同族の手によって生命を捥《も》ぎ取られてしまった。

いっぽう平氏のほうは、叔父の平忠正《ただまさ》父子を斬ったが、それはほんの申しわけ程度で、われわれ平家も肉親を斬ったのだから、源氏も新院側についた為義とその子息たちをことごとく斬るべしという論議になった。

むろん陰で糸を引いていたのは、後白河天皇の謀臣、藤原信西入道だった。

――この際、摂関家の番犬ともいうべき河内《かわち》源氏の勢力を根絶やしにしてくれよう。

これまでいっさい手出しできなかった摂関家の権勢を、思うがままに押さえつけて、手玉に取る快感を存分に味わってやろうというのが信西の本音だった。

そんな信西の企《たくら》みと冷酷さが、ひしひしと身に迫ってくる感じで、源義朝は不満と不安に苛立《いらだ》った。

「おのれ入道め、父をはじめ弟たち九人の生命と引き替えに、この義朝が手にしたのは左馬頭という、いわば馬の番人役、いっぽう平氏のほうは、碌《ろく》に戦いもせぬくせに、大国播磨の守《かみ》に任ぜられたのだぞ」

なにからなにまで気に入らぬと、義朝は濁酒《にごりざけ》をがぶ呑《の》みして、恨めしげに鎌田に視線を流した。

「殿、戦さにも駆け引きがあるように、政事《まつりごと》にも駆け引きがござる。さすればここは一番、信西入道と手を結ぶのが出世の早道と申すもの……」

「なに？　手を結べとな？」

「はい。たとえば入道の子息を婿《むこ》に迎えるとか……」

「婿にのう……」

それぐらいのことなら、自分にもできるだろうというので、義朝は、信西に話をもちかけた。

武人としてはへり下って、いわば信西の権勢の前に跪《ひざまず》いたようなものだが、相手はふふんと鼻先ではじくように、

「愚息は学生《がくしょう》の身、とても武門の婿には向き申さん」

とけんもほろろだった。

源義朝の懇請《こんせい》には見向きもしなかったくせに、黒衣の宰相《さいしょう》と評判されて、政治《まつりごと》を、それも人事や画策を一手に握った観のある藤原信西入道は、同じ武門の家柄である平清盛に対しては、その子成範《なりのり》を、あっさり婿にやって、平家と縁を結んでいたのである。

——なんたる勝手、人を馬鹿にするにもほどがある……。

義朝は肚《はら》を立てたが、これで信西が平家と提携していることがはっきりした。

すでに出家された新院崇徳上皇は讃岐《さぬき》へ流され、頼長の死も実検ずみとなり、院の近臣や頼長の縁者は流罪に処せられた。

二

後白河天皇の親政の下《もと》に、新しい権力構造が築かれることになって、さっそく信西が実権を手に入れた。

摂関家の隠居ともいうべき頼長の父忠実《ただざね》は影響力を失い、天皇側に立った忠実の嫡男忠通《ただみち》は、

元どおり関白職に留《とど》められて、摂関家の当主の象徴である朱器や台盤《だいばん》を手に入れたものの、信西の指金《さしがね》で、多くの荘園《しょうえん》を取り上げられて、その勢力は縮小した。

この摂関家の没落は、信西の狙いどおりだったが、彼の権力が伸びれば伸びるほど、そのために脇へ追いやられた者が出てくるもので、たとえばかつて後白河天皇の寵臣《ちょうしん》だった中納言《ちゅうなごん》藤原信頼《のぶより》などもその代表的人物だった。

彼は御堂《みどう》関白道長の兄道隆《みちたか》の子孫なので、主流の摂関家とちがって、祖父も父も従三位どまりに終わった。公卿《くぎょう》にはちがいないが、文才も政治力もなく、かといって武人的能力があるわけでなく、得意なのは、不平不満に身を任せるか、自分を一廉《ひとかど》の大将と思い込んで人を顎《あご》で使いたがることであった。

もともと少年時代の信頼は色白で、愛らしく、そのため、後白河天皇の寵童《ちょうどう》となったものである。

ふつうならとても昇進など望めない信頼が寵愛を受けたことによって、わずか三年のうちに蔵《くろ》人頭《うどのかみ》、中将、検非違使別当《けびいしのべっとう》（長官）と異例の出世を遂《と》げて、三十七歳で中納言左兵衛督《さひょうえのかみ》となった。

この信頼が保元《ほうげん》の乱後、近衛《このえ》大将の地位を望んだ。天皇は許されるおつもりだったが、信西が反対した。

——凡愚の者に高位高官を望むがままにお与えになっては、しめしがつきませぬ。政務を左右する陰の実力者信西の一言で、信頼の望みは断たれてしまった。

──おのれ信西め！

少納言入道の身で、人事に口出しするとはなにごとぞと、憤怒《ふんぬ》のあまり、信頼は伏見《ふしみ》の知人の許へ引き籠もって、拗《す》ねたまま宮廷に姿を現わさなくなった。

黒衣の宰相藤原信西は、同じ藤原姓でも、摂関家の血統から遠く、そのため、少納言で昇進が止まってしまったので、いわば肚立ちまぎれに出家して、入道となった。

そのくせ、雅仁《まさひと》親王（後白河帝）の乳母紀伊《めのときい》の局《つぼね》の夫となって、親王を皇位に即《つ》ける画策に成功した。

以来、彼は、入道になったことを悔やむほどの権力を手に入れたが、いったん出家した以上、もはや現世での官位官職の昇進は望めない。

そこで黒衣の宰相となって、公卿たちを陰で操《あやつ》ったのである。

とにかく彼は天皇の側近にあって、内外の史実に詳しく、日本一と自称した頼長に劣らぬ蔵書家で、大義名分論にこだわる頼長に対して実学の大家と謳《うた》われた学識の持ち主だった。

俗名を藤原通憲《みちのり》といった信西入道は、憎さも憎しといった感じで、才能ある自分の出世を阻《はば》んだ摂関家の権勢を憎み、天下一の大学生《だいがくしよう》と傲《おご》る頼長を敵視していたから、その摂関家の勢力を挫《くじ》き、頼長を敗死させて、悲願を果たしたことになる。

これというのもひとえに帝《みかど》のお力、ご後援があったからこそと、彼は、荒れ果てて、今では雑草の茂るままに任された大内裏《だいだいり》の修復を思い立った。

とにかく朝威朝権を確立させて、二度と摂関政治を復活させてはならない。

その思いに駆られた信西だが、権力をふるうためには、やはり無視できなくなった新興勢力である武士層の協力が必要というので、故白河法皇の落胤《らくいん》と噂《うわさ》の高い平清盛と提携して、関白家の番犬ともいうべき源氏の勢力に対抗させようとした。

ところが後白河天皇は、そんな信西のお膳立てに乗って政務に専念されたかというと、否《いな》であった。

天皇は、政務を信西や公卿たちに任せて、かねてよりお好きだった今様《いまよう》に没頭された。

今様というのは、当世風の歌謡ということで、主として歌妓などが、宴席で歌ったものである。

この今様の名手や変わった個性の持ち主を御所に呼び寄せて歌をたのしむだけでなく、歌詞を書き留め、その後、四十年間も倦《う》まずたゆまず、今様好みをつづけて、のちに『梁塵秘抄《りようじんひしよう》』十巻その他の著作物を残されている。

もちろんご自身も歌いつづけられて、声を割ったこともあれば、咽喉が腫《は》れ上がって湯も通らないありさまだったこともある。

なにしろ皇太子にも立てられず、すでに皇位は望み薄といった時、思いがけず即位されたため、それまでの遊芸好みにむしろ水をさされた感じすらあった。

平安京の大内裏は、しばしば火災を起こしたばかりか、すっかり荒廃して、もはや御所としての機能を失ってしまった。そのためずっと天皇は、里内裏といって外戚《がいせき》の私邸を、皇居としてきた。

しかしそれでは朝廷の権威が薄れる。だから藤原摂関家が朝政を左右するようになったのだと後白河天皇の側近信西入道は分析して、この際なんとしても内裏の造営をと奏上した。

「なれど入道、今は亡《な》き鳥羽院でさえ、『末世には、とても無理なこと……』と、関白忠通の献議をしりぞけられたというではないか……」

「たしかに費用は高くつきます。しかし王政の象徴となる内裏の造営は、費用にかかわらず必要です」

信西が強く主張すると、もともと政治に不慣れだった後白河天皇は、

「ならば任せるゆえ、良しと思うようにせよ」

と視線を外《そ》らされた。

保元二年（一一五七）、政府は諸国の勢力家や寺社領に造営費の負担を命じ、三月二十六日になると、早くも上棟式《じょうとうしき》に漕《こ》ぎつけた。

信西は連日、普請《ふしん》（工事）場に足を運んで督促したり、徴税に努めたりして、ほとんどかかりきりで、十月には造営が完成した。

同月八日、高松殿の里内裏をあとにされた後白河天皇は、新内裏に遷《うつ》られた。御年三十一歳の時のことだった。

もうすっかり紅葉した東山の麓を、久し振りに訪ねてきた一覚《いっかく》と、真名《まな》はつれ立って散策した。

「そう、内裏が再建されたのですね」

「ええ、今日、拝見して参りました。私の新しいお師匠さまも、楽人のひとりですから、訪ねていって、ついでに、といっては恐れ多いことですが、拝見して参りました」

「さぞ、立派だったでしょうね」

「ええ、この世に二つとないものですから……」

「そりゃ帝《みかど》のお住居《すまい》ですもの……」

「やはり都ですね」

「それでお師匠さまはきびしい方ですか」

「それがあまりにやさしくしてくださるので、かえって落ち着かないくらいです」

「そんな贅沢《ぜいたく》を言ってはいけませんよ」

「ええ、これで琵琶《びわ》がちゃんと鳴ってくれさえすれば言うことはないですが……」

「しばらく会わない間にずいぶん、愚痴《ぐち》っぽくなりましたね」

「そりゃお師匠さまにこんなことを言うわけにはいきませんからね」

「そりゃそうですね」

笑い合っていると、まるで、姉弟のようだったが、真名は背後の駒音が気になっていた。

——あの馬蹄《ひづめ》の音は武者にちがいない。

それも二騎、さらにお供がついている。真名はしだいに迫ってくる駒音に、心を向けようとした。

けれどなにも気づかない一覚は、久し振りに立てた笑い声に自分でおかしがっていた。

「でも真名さま、ほんとにこのあたりの紅葉はみごとですね」

「そうですね。でも紅葉のほうは、人に見せるために色づいたり散ったりしているわけではありませんよ」

「たしかに、でも人はみな人間のためにあるように、つい思い勝ちですが……」

「それは、人間の思い上がりというもので、稲でも魚でも人に食べられるためにあるのだと考えるのは、間違っています。それより一覚さん、後ろから馬がきます。道をよけて林の中へ入りましょう」

「こんな所へくるんですか、馬が……」

「ええ、武者が二人……」

そこは鹿ヶ谷《ししたに》に近い山麓の小径《こみち》で、つい西のほうに白川が流れていた。

背伸びするように振り返った一覚が、囁《ささや》いた。

「きました。砂埃《すなぼこり》を上げて……」

「では、林の中へ、早く……」

黄ばんだ木々の間へ向かおうとすると、早くも馬蹄音がせきたてるように迫ってきた。

先頭の武者が駒足をゆるめると、坂道を一気に駆け登ってきた市若は、頬《ほお》を赤くしていた。

「このあたりが鹿ヶ谷、向こうに見えるのが如意ヶ嶽でござる」

「その向こうが比叡《ひえい》山であろう……」

それぐらいは京で生まれ育ったのだから、知らないはずがないじゃないかと、抗議の気分をこめて頰をふくらませた。

「その比叡山の北の麓より流れ来たって、賀茂《かも》川に注いでいるのが高野川、そこで都を落ちて近江の国へ向かう時は、鴨川を北へ遡《さかのぼ》って高野川に沿って山路へと分け入りまする……」

「うむ、都落ちをいたす時にはな」

「さよう、勝敗は兵家《へいか》の常《つね》、戦さは攻めるだけではござらん。退《ひ》くのも軍略のうちにござる」

「逃げかたも習っておく必要があろうな」

「ところで、次の戦さこそ、若殿の初陣《ういじん》となりましょう。なれど、敵は、初陣とて容赦《ようしゃ》はしてくれません。いや初陣の若武者ほど獲物にしやすいと、狙って参りまするぞ」

うなずいたが、もう市若には、皮肉を口にする余裕もなかった。

翌年二月のことだった。市若は祖先の例に倣《なら》って、賀茂神社の社前で、元服《げんぷく》の式を行なった。名付け親は、かつて後白河天皇の寵童で、今は側近の一人となっている藤原信頼だった。

中納言左兵衛督信頼は、色白で、以前はもっと細っそりとした美少年だったが、今は、飽食と懶惰《らんだ》のためぶくぶくと肥《こ》え太っていた。

色白は変わらないが、いかにも傲慢《ごうまん》で、自分勝手な信頼を見ていると、市若はつい顔をそむけたくなった。

けれど目を外《そ》らすことすらできなかったのは、信頼が今日の烏帽子《えぼし》親を務めているからだった。

少童《しょうどう》から冠《かんむり》をつけて一人前の男になるために必要なのは、冠や衣服でなく、成人したことを証明してくれる烏帽子親であった。

信頼は、加冠《かかん》の儀式のすんだことを見届けて、その名乗りの頼の字を与えてくれた。

さらに父の名乗りの朝の一字をもらって、この日、彼は頼朝《よりとも》となった。

つづいて彼は、任官して、皇后宮権少進《こうごうぐうごんのしょうじん》の職をもらった。これは皇后宮職《しき》（府）の三等官だが、すでに形式的な職名となっていたから、実際に皇后官の職員となったわけではなかった。

――頼朝か……。どうもいま一つぴったりせぬわい。

むろんそれは頼の字があの信頼を連想させたからだが、もう一つ、これでいつ初陣に狩り出されるかわからないという恐怖心が、胸の奥底にひそんでいた。

それにつけても父の義朝が、近頃信頼の許へしげしげと出入りしていることが気がかりだった。

鎌田をはじめ主だった郎党も同意見とみえて、六条堀川の館の中ではなにかというとその話でもちきりだった。

「もともと河内源氏は関白家に仕えておったのに、たかが中納言の言いなりになっておられるとは、歯痒《はがゆ》いことじゃ」

「歯痒いどころか情けないわ。それをあの水ぶくれめが、つけ上がりおって、顎でわれらを使おうといたす」

「いやまったく、もしもあんな木偶《でく》の棒のために合戦いたせとおっしゃったら、いかに大殿の言いつけとて、はいさようでと、生命を差し出せるかどうかじゃ」

義朝の郎党たちは、関東育ちの荒武者が多く、なんでもずけずけと言ってのけた。

「とは申せ、相恩《そうおん》の主の命令とあっては従わぬわけには参るまい」

「そこじゃよ、それを思うと、近頃よう睡れんわい」

「なにを申すか。それを口実に飲んでばかりいる癖に……」

高声が頼朝の寝所までひびいてきた。

もう元服をすませて一人前というので、乳母は廃されて、頼朝はひとり寝起きして、食事は母《おも》家《や》でとっていた。

――それにしても……。

と頼朝は首をひねった。

――なぜ突然、帝《みかど》は退位されたのだろう。

官職について以来、彼は政治向きの事柄に興味をもつようになっていた。

保元の乱後、黒幕である信西入道の思惑どおり、天皇親政の世となって、後白河天皇は、上皇や法皇の院政に操られることなく、思うまま政治を行なえたはずである。

それなのに、保元三年八月、思いがけず、退位されて、皇位を皇太子守仁《もりひと》親王（二条《にじよう》天皇）に譲られた。

――三十二歳といえば、父より十ほどお若いのに……。

どうして退位されたのか、頼朝にも不可解だった。

それは宮廷の公卿たちも首を傾《かし》げるような出来事で、今様《いまよう》に凝《こ》りに凝っている後白河帝のことだから、これからはゆっくり趣味に専念されるおつもりだろうかとみる者が多かった。

「なれど、いかに今様好きとは申せ、そのために譲位されるなど、いまだかつて例のないこと……。そこで考えられるのは、やはりこれも入道の画策とみてよいのではあるまいか」

「そりゃまた、いかなる画策にて？」

「つまり、入道はたかだか少納言どまりの官位ゆえ、われらのごとく廟堂《びょうどう》に立って政治《まつりごと》を左右することは叶《かな》わぬ。なれど帝が譲位して上皇となられたなら、かの入道は水を得た魚のごとく自在に振る舞うことでおじゃろう」

「なるほど、院の御所にはわれらのごとく公卿がおらぬでのう。これは、いよいよ厄介《やっかい》なことよのう」

公卿たちは、自分たちの権限を奪い取って、公卿信西入道が自分勝手な人事と行政を、上皇の院政の名のもとに行なうことをなによりも恐れていた。

だが、いったんやめたはずの院政を復活して好き勝手に権力をふるっていた信西入道は、いずれ公卿たちの反撃があるだろうと予想して、先手を打った。

それが思いがけない譲位で、保元三年七月、月末から後白河天皇は方違《かたたがえ》（住居を変えて厄《やく》を避ける）のため高松殿へ行幸されていた。

ところが八月四日になると、関白忠通を招かれて、突然、譲位を告げられた。

すでに美福門院《びふくもんいん》と信西との間で相談がまとまっているらしく、二階へ追いやられた形の関白はただ手つづきをとるだけだった。

三

後白河天皇は、新造の内裏をあとに、かつて里内裏にしておられた高松殿へ遷《うつ》られて、院政をはじめられた。

そして新しく皇位に即かれたのが二条天皇で、御年十六歳だった。

いっぽう、なんの相談もなく、ただ譲位を告げられただけの関白忠通は、すでに六十二歳と高齢だったため、隠居を願い出て、関白の官職と氏長者《うじちようじや》の地位を、嫡子の基実《もとざね》に譲った。

新関白は新天皇と同い年で、どちらも政治を執《と》るには若すぎた。そこで九条左大臣藤原伊通《これみち》をはじめとする天皇側の近臣たちが政治の実権を信西から取り戻すべく、結束を固めはじめた。

こうして院政派対天皇親政派の対立がしだいにあらわとなってきた。

だが、後白河上皇は、院政を信西に任せきりにして、ご自身はもっぱら仏法と今様に没頭しておられた。

それをみて、世間の人はかつて例のない暗愚《あんぐ》な君主とみていたようだが、三十歳代の後白河院は、ほとんど政治には無関心だった。そのため見捨てられた形となったのは、かつての寵臣藤原中納言信頼であった。

彼は、保元の乱の前後から急に寵臣の地位を得て、存分に辣腕《らつわん》をふるっている信西に、いわば蹴落とされた形で、後白河院の側近から去っていった。

そして乱後、近衛大将の地位を望んで、信西に一蹴されて以来、信頼は深く信西を恨んでいた。

伏見にある中納言源師仲《もろなか》の邸に寄寓《きぐう》して、すっかり拗《す》ね者となった信頼は、もうこのうえは兵を挙《あ》げてでも信西を除きたいと親友の師仲に相談をもちかけた。

「かの入道めが、平清盛を味方につけておるように、やはり武士がついておらぬとのう」

「わかっておる。そのへんに抜かりがあるものか。清盛は実戦の雄ではないが、こちらは二十年近くも東国で戦いながら成人したという、剛腕の持ち主源義朝に出入りさせておる」

「義朝か、彼ならば、清盛に優《まさ》るとも劣るまい」

「ましてこの者は、保元の乱後の恩賞に外れて大不満ゆえ、これまた信西入道を怨んでおる」

「その点は好都合なれど、とかく東国育ちは荒々しいばかりでいま一つ、お頭《つむ》のほうがのう……」

「それがつけ目よ。煽《おだ》てれば、すぐ乗ってくるが、政治《まつりごと》には不馴《ふな》れで、なにもわからぬゆえ、戦うだけ戦わせて、あとは使い捨て……」

「なるほど、武者《むさ》らしい武者というわけか」

「兵は凶器というが、使いようで役に立つ……」

信頼は、含み笑いを洩《も》らしていた。

中納言信頼は、親友師仲の賛同を得て自信をもつと、決心を固めて源義朝に挙兵の企《くわだ》てを打ち明けた。

「これは私怨《しえん》のためではないぞ」

「はい……」

「近頃の院と帝《みかど》のご様子に、そちも気づいておろうが、政治嫌いの後白河院をよいことにして、院の権臣信西入道が政治を私物化しておる」

「たしかに……」

「そこで帝は、なんとかしてこの信西入道を君側より除かんと思うておられるが、なにぶん信西は平清盛と縁を結んで、いよいよ権勢を揮《ふる》うばかり、そこで麿《まろ》になんとか致せと仰せられた」

信頼は、まるで宣旨《せんじ》が出たかのような口振りであった。

「なれど、これが表沙汰《おもてさた》となっては相手も黙ってはおらぬ。そこで隠密のうちに事を謀らねばならぬ」

いかにもと、生唾《なまつば》を嚥《の》み込んで、義朝がうなずいた。それを見て信頼は、これでよしと念を押した。

「その方、いかほどの兵を集められるか、申してみよ」

「はい、一族の頼政《よりまさ》、光保《みつやす》、光基《みつもと》などに呼びかけますれば、兵力の点では、平氏に劣りませぬ」

「ならば、信西、清盛の両人を倒せるか」

「無論でございます。いつなりと、仰せがあれば……」

「そうか、事成らば恩賞は望みのままぞ」

「ありがたき幸せにございます」

「よしよし、ならば引出物として、太刀二振《ふり》と、鏡、鞍《くら》を置いた黒馬二頭を与えようぞ」

いわば、それは手つけのようなものだった。

義朝はうやうやしく受け取って、いそいそと帰っていった。

——これで信西入道に思い知らせてくれようぞ。

そしてついでに、なにかと癇《かん》に障《さわ》る平清盛をも討ち滅ぼしてくれようというのが、義朝の胸の中で、そこから先の政権争いについてはなにも考えていなかった。

武士は公卿の命ずるままに動いておのれの立身出世を図《はか》るもの、そして公卿たちの信頼を得るためには勇敢に戦って武名を天下に轟《とどろ》かせなくてはならない。

武人としての血統と家柄を重んじ、すこしでも卑怯《ひきょう》な振る舞いのないようにして、武勇をあらわさなくてはならないのである。

そこまでは考えても、自分が主人の地位、つまり関白や公卿になろうとまで義朝は考えたことがなかった。


平清盛は、武事よりも政治《まつりごと》に通じていて、もともと白河院の御落胤との噂も高く、年わずか十二歳で従五位に昇っていたから、保元の乱の功績でやっと正五位下となった義朝とは較べものにならないほど宮廷に馴れ親しんでいた。

しかも十九歳から天皇の側近に伺候《しこう》する中務大輔《なかつかさのたいふ》になって、二十年間、宮廷のことは裏表ともによくわきまえている。

だから源平という武家の棟梁《とうりょう》とみるより、武人兼政治家とみたほうがよいくらいだった。

宮廷にあっては、天皇家あるいは摂関家と婚姻関係をもつのが保身の途《みち》というので、清盛もさっそく娘の盛子《せいし》を新関白基実の許へ嫁入らせている。

さらに信西の子成範（桜中納言）を、娘の婿に迎えて、天皇側にも上皇側にも、抜け目なく縁を結んでおいた。

しかし、『文に非ず、武に非ず、能もなく芸もなし』と評された中納言信頼には、声をかけようともしなかった。

清盛は、そんな信頼が、あの粗野で猛々しい義朝と組んだところで、政治を執ることはできまいと読んでいた。

では、仮りに彼らが政権をとったとして、天皇や新関白、それに左大臣をはじめとする公卿たちが、彼らの言いなりになるかといえば、これも否だった。

となるとしょせんは、不平不満の輩にすぎない。

だからたいしたことはできまいと、いささか見くびっていた。そこで平治《へいじ》元年（一一五九）十二月四日、清盛は、長男の重盛《しげもり》をつれて、当時、貴族たちの間に流行していた熊野詣《くまのもう》でに出かけていった。

熊野三山めぐりが目的だが、なにぶん暖かいことで知られた南紀《なんき》には温泉や名所旧跡も多く、さらに都では見られない大洋を眺めつつ、これも漁《と》れたての海の幸を味わえるのだから、信心のためというより、たのしみの多い旅だった。

当初、都を発《た》った時は、大丈夫かと危ぶむ気持ちがなくはなかったが、北河内の生駒《いこま》山沿いに南へ延びる東高野《こうや》街道を八尾《やお》のあたりまで下っても、なんの知らせもなく、このぶんなら元旦は社前で迎えられようと、清盛は都をひとまず忘れることにした。

その頃まで、鳴りをひそめていた中納言信頼は、もうよかろうと源義朝を呼び寄せた。

「好機到来じゃ」

「いかにも、お召しを待っておりました」

「ならば、用意はできておるのか」

「いつなりとも……」

「そうか。すぐさま兵を出してまず信西を討ち取り、つづいて清盛を討ち滅ぼしてくれようぞ」

「かしこまりました」

義朝は、猟犬のごとく勇み立っていた。

――こんな時、あの異能の大男がおればのう。

信西入道は、保元の乱の折り、遠矢にかけて藤原左大臣頼長に重傷を負わせた天魔を手放したことを悔やんだけれど、追いつかない。

そこで密偵を数人使って、伏見の源師仲邸と六条堀川にある義朝の館を見張らせていた。

すると、伏見から連絡に戻ってきた密偵が院の御所へ報告に駆けつけた。

「入道さま、中納言さまは、連日、乗馬の稽古《けいこ》をしておいでです。それも馬上から弓を引いたり、舎人《とねり》（召使い）と取っ組み合いをしたりと、もっぱら武事に励んでおいでです」

「やはりのう……」

「それに昨日は、真新しい鎧兜が届いておりまする」

「さようか。なお十分に見張っておれよ」

礼物を与えて引き取らせると、しばらく経って、こんどは六条堀川から密偵が戻ってきた。

「左馬頭さまが、郎党ばかりか、一族を集めておいでです」

「なに、それはいつのことじゃ？」

「昨夜来、今朝にかけて……」

「そうか、してどれほど集まっておる？」

「まだ百名ばかりですが、いまなおぞくぞくと……」

「よし、人数をたしかめて、いま一度知らせに参れ」

命じておいて、信西は庭へ出ると空を見上げた。すると白い虹《にじ》のようなものが太陽を貫くかの観を呈している。

――なんと、白虹《はっこう》、天を貫くとは、まさに凶兆……。

異変、戦乱のはじまる兆《きざ》しと、中国の書物が伝えている。

これはいかんと、信西は従者に命じて馬の支度をさせた。

そして妻の紀伊の局に、自分はこれより大和《やまと》へ参るゆえ、そなたは息子たちにすぐ都を出て逃げ落ちよと伝えるようにと言いつけた。

なにしろ息子だけでも十二人という子沢山《だくさん》の信西入道のことである。そそくさと院の御所を出た信西は、待たせてあった馬に打ちまたがって、深々とかぶった編笠《あみがさ》越しに、四人の従者に視線をやった。

「出かけようぞ」

「はい、行き先は……」

「そうよのう、大和では目立ちすぎるゆえ、宇治の先へ参るとしよう」

なにぶん突然のことなので、なんの準備もなく都をあとにした。

こうして信西がいち早く逃げ出した頃、六条堀川にある義朝の館では早くも鎧をつけた大将が床几《しょうぎ》に腰を下ろしていた。

第六章　紅《くれな》い染めて

一

平治《へいじ》元年（一一五九）十二月九日、夜半のことだった。

都大路に馬蹄《ばてい》の響きが、乱れ轟《とどろ》いて、寝入りばなの都人《みやこびと》を驚かせた。

およそ数百に及ぶ軍勢が、はじめは音を忍んでいたらしいが、馬蹄音ばかりか、鎧《よろい》の金具の揺れる音、話し声、そして時には咳音なども混じって、一団の旋風《つむじかぜ》のごとく、六条堀川《ほりかわ》あたりから起こって三条通へと向かっていった。

三条東洞院《ひがしのとういん》あたりまでくると、急に騒がしい物音がやんだ。

嵐の前の静けさ、そう感じ取った人の中には、早くもどこへ逃げようかと、寝込んだ妻子を揺り起こした者もいる。

都に長年住んでいれば、いつ政変があって戦《いく》さが起こるかわかったものでなく、昨日は瓜実顔《うりざね》の関白《かんぱく》が権力の座にあったかと思えば、今日は髭面《ひげづら》の気難しい顔に変わっているというように、権力者の顔が絶えず入れ替わって、なまじ前者と縁を結んでおくと、こんどはおのれこやつはあやつの腰巾着《こしぎんちゃく》ではないかと、言いわけをする間もなく、ぽんと首を刎《は》ねられてしまうことになる。

だから、いくら得になるとわかっていても、無闇《むやみ》に権力者に近づいたり、お髭の塵《ちり》を払ったりしてはならぬと、これは庶民の智恵だった。

どの邸《やしき》も、すでに夜半ゆえ、すっかり門を閉ざし、どの家も戸じまりをして、貝が砂中で蓋《ふた》を閉じたように寝たふりをしているが、四方八方に眼《まなこ》を配り、どんな小さな音でも見逃すまいと聞き耳を立てている。

その頃、後白河《ごしらかわ》上皇の院の御所《ごしょ》となっている三条殿《でん》のまわりを、ひしひしと武者たちが取り囲んでいた。

まだ若い二条《にじょう》天皇に位を譲られて上皇となられた時は新造の内裏《だいり》を出て、以前里《さと》内裏として使っていた高松殿《たかまつでん》へ移られたが、あいにく火災が起こったため、今は三条殿を院の御所《ごしょ》としておられた。

その三条殿へ押しかけたのは、中納言藤原信頼《ちゅうなごんふじわらののぶより》、源《みなもとの》中納言師仲《もろなか》たち公卿《くぎょう》と、それを守る形の源義朝《よしとも》の兵二百騎あまりだった。

すでに子《ね》の刻（午前零時）に近く、御寝《ぎょしん》になっていた後白河上皇は、起こされていかにも不機嫌そうだった。

「何用ぞ、かかる夜半に……」

「はい、緊急を要します事なれば……」

「申してみよ、信頼……」

白綾《しろあや》の寝衣の上に、内侍《ないし》がそっと上衣《うわぎぬ》を着せかけている。

「はい、何者かがこの信頼を討たんといたして……」

上皇は信頼の鎧姿に顔をしかめられた。

「いつ戦さになるとも量《はか》り知れず、あるいは私めも東国に落ちるやもしれませぬゆえ」

信頼の言うことはいま一つはっきりせず、十二月だというのに、冷汗をかいていた。

けれどふつう帝《みかど》や上皇は、公卿の報告や献言を聞かれるばかりで、自らこうせよとは仰《おお》せられないものだった。

「そこで、これより御動座《ごどうざ》を願いにまかり越しました」

「いずれへ参れと申すのじゃ」

「当御所は危のうございますので、大内《おおうち》へ御還幸《かんこう》願わしゅう存じまする」

と奏上《そうじょう》している間に中納言師仲が、侍従《じじゅう》たちに車の用意をさせた。

「まことにご不便ながら、なにとぞ、ご安全のために……」

しどろもどろになりながら、舎人《とねり》たちの曳《ひ》いてきた御車に、上皇をお乗せした。

それっというので、式部大夫《しきぶのたゆう》や武者たちに車を守らせて、急ぎ内裏へと向かわせた。

見送って、信頼はひと息つくと、背後に控えている義朝を振り返った。

「残るは入道《にゅうどう》の一統ぞ」

「心得てござる」

「左馬頭《さまのかみ》、火をかけて燻《いぶ》り出せ」

えっ？　と声に出しかけて、義朝は信頼を見つめた。松明《たいまつ》の炎の揺らめきのゆえか、お歯黒《はぐろ》に染めた信頼の口許《くちもと》が得意そうに笑っているようだった。

「火矢《ひや》の用意は……」

「いつなりとも……」

「ならば焼き払うてしまえ」

無言のままうなずいた義朝は、聞いたかというように、乳母子《めのとご》で、いつも主《あるじ》の代理を務めている鎌田正清《かまたまさきよ》を振り返った。

「心得ましてござる」

鎌田は郎党《ろうどう》たちに命じて火矢の支度をさせると、すぐさま闇の中へ向かっていっせいに射込ませた。

火線を曳《ひ》いて火矢が飛ぶと、その火明りに照らし出されて、三条殿の輪郭《りんかく》が闇の中に浮かび上がってきた。

その殿舎に向かって、つぎつぎ火矢が吸い込まれるごとくに飛んでいった。はじめはちらちらしていた火種が、みるみるふくらんで、乾いた板壁を舌なめずりするように焦《こ》がしていった。

火は炎となって三条殿の各所から、さらに奥深くへと進んでいるとみえて、おびただしい煙を吐き出した。

その煙に乗って火の粉《こ》が闇空を背景として、金砂子《きんすなご》を撒《ま》き散らしたように乱舞しながら火柱となって天に向かった。火煙に燻り出されて、殿中にいた男女が戸口から飛び出してきた。

その人影めがけて雨あられと矢が浴びせかけられた。

後白河上皇が院政を執っておられた、院の御所である三条殿には、院に仕える高官もいるけれど、夜間のことなので宿直《とのい》の者と院の身の廻りの世話をする女が詰めている程度だった。

その男女が、炎と煙を逃れてようやく出入口から戸外めざして飛び出してくるところを、こんどは狙《ねら》い射ちした矢玉の雨が待ち受けていたのである。

射立てられた矢玉の下を掻《か》いくぐって、ようやく庭へ逃れ出てくると、こんどは騎馬武者が白刃をきらめかして追いかけてきた。

天をも焦がさんばかりの火焔《かえん》に照らし出されて逃げまどう男女を、誰彼の容赦《ようしゃ》なく斬り倒していった。

そのために炎を逃れ、矢玉の雨を逃れた官女たちは、逃げ場を失って、井戸に飛び込んだ。

次から次へと井戸に身を投げたため、折り重なって、多くの官女が生命《いのち》を失い、この三条殿の夜討ちで、誰よりも多く人命を奪ったのは、井戸であると評判になった。

それはともかく、矢玉に斃《たお》れ、刃に討たれた者たちの中に、目指す信西《しんぜい》入道の姿はなかった。

「頭を丸めておるゆえ、すぐわかるはず……。まだみつからんのか……」

総大将となったかのごとく、声高《こわだか》に叫ぶ中納言信頼の前で、義朝は、仕損《しそん》じたかと、狼狽《ろうばい》を覚えた。

「ならば、さっそく信西の邸を……」

「早よう致さねば逃げられるぞ」

せき立てられた義朝は鎌田に郎党を授けて、姉小路西洞院《あねこうじにしのとういん》にある信西邸へと向かわせた。

その頃、左兵衛尉大江家中《さひょうえのじょうおおえのいえなか》と右兵衛尉平泰忠《たいらのやすただ》に引率された五十騎ばかりが三条殿へ駆けつけたが、待ち構えた義朝の郎党に、さんざん射立てられ、逃げようとするところを斬り伏せられて、たちまち全滅してしまった。

いっぽう、後白河上皇の院政を思うままに宰領《さいりょう》していた権臣信西入道の居邸《きょてい》を襲った鎌田の一隊は、あるいは信西が女装して逃げるかもしれないというので、女童《めわらべ》すら見逃すまいと、火をかけたうえ、逃げようとする男女を一人もあまさず惨殺していった。

やがて東の空がしらじらと明けはじめた頃、方《ほう》（周囲）一町《いっちょう》（約百二十メートル）あったという三条殿は灰燼《かいじん》と化し、信西の住居も焼け跡と変わってしまった。

しかしどこを探しても、信西らしい死体は見当たらなかった。

「おのれ入道め、義朝、早よう探さんか」

信頼は傭《やと》い主のごとく威丈高《いたけだか》に振る舞っていた。

二百騎もの武者たちを、顎《あご》で使えると有頂天《うちょうてん》になった中納言信頼は、いわば戦さごっこのお山の大将のようなものだった。

けれど源義朝の傘下に属する武者たちは、むろん義朝の命令によって動いているだけで、信頼が直接命じたところで一歩も動かない。

ところが出世欲のために、信頼と手を結んで、三条殿と信西の居邸を焼き払い、多くの男女を惨殺した源義朝は、内心むかむかしながら、それでも出世のためと、目をつむって、信頼の言いなりになっていた。

「よいか。肝腎《かんじん》の信西を取り逃がしてなんとする？　信西を追え！　さもないとわれらの敗けとなるは必定《ひつじょう》、それでも源氏の棟梁《とうりょう》か？」

面罵《めんば》されて義朝は憤然《ふんぜん》と詰め寄ろうとしたけれど、信頼の言うとおり、もしここで信西を取り逃がしたなら、それこそ謀叛人《むほんにん》になってしまうと考えて、ようやく踏み留《とど》まった。

その頃、同じ暁《あかつき》の光を浴びて、都のかたを振り返っている五人の男たちの姿があった。

そこは宇治《うじ》川を越えてさらに山中へと分け入ろうとする峠《とうげ》道で、あとすこし進んだなら宇治田原《たわら》という村落に至るはずだった。

「これ、成景《なりかげ》……」

従者を呼び寄せたのは、月毛《つきげ》の駒に跨《また》がって、笠を被《かぶ》った僧体《そうたい》の人物で、よく見れば信西入道であった。

「これより、その方、都へ立ち戻って様子をみて参れ」

「はい、して入道さまと落ち合う場所はいずこでございましょう……」

「よいか、この道は田原郷につづいておる。そこへ報《し》らせに参るがよい」

「田原でございまするか」

「人家もすくないことゆえ、すぐ麿《まろ》の居場所がわかるはず……」

「かしこまりました。どうかお気をつけて……」

「うむ、邸の様子ものう」

「心得えております」

成景は、一礼して、馬首を都へ向けた。

いっぽう信西たちは小山を越えて、もうすこしで村落がみえてくるという山中で、一服することにした。

夜通し走らせてきた馬たちを休ませ、人もまた空腹をみたすため、林間で火を焚《た》いて、持参した乾物を炙《あぶ》り、乾飯《ほしいい》を頬《ほお》張った。

「都の様子は、いかがであろうの……」

しきりに信西が気にしているのは、金星がいつまでも光を失わないで、暁の空に輝いていたことだった。

——これはいかなる前兆であろうか。

凶変の印《しるし》ではなかろうかと、しきりに胸騒ぎしてならなかった。

二

昔、平城京《へいじょうきょう》が大和《やまと》盆地の北方にあった頃は、奈良坂《ならざか》から木津《きづ》、和束《わづか》、信楽《しがらき》を経て、近江《おうみ》に達する交通路が、盛んに用いられた。

いっぽう和束から鷲峰《じゅぶ》山の西麓を北へ向かうと、田原郷、郷《ごう》ノ口《くち》に達する。

さらに木津川沿いに山城《やましろ》の青谷から東へ山を越えると、やはり郷ノ口に出る。この青谷道と、宇治から入る宇治道が落ち合う盆地がつまり田原郷であって、古くは往還《おうかん》の人馬が行き交った村落で、柿の名産地として知られていた。

都を落ち延びてきた信西入道と従者たちは、田原郷をつい眼下にする山間で焚火《たきび》をして暖をとりつつ、乾飯を口にして、ほっとひと息入れている。

そんな彼らを見下ろす丘上に、一目みて相手を畏怖《いふ》させるような異相の男が駒をとめていた。弓矢をもち、太刀《たち》を佩《は》いているところをみると武者のようだが、朱色に染めた革衣《かわごろも》の袖《そで》なしを着して、常人では鞘《さや》から引き抜くことも難しかろうと思われる大太刀を腰に吊るしていたのである。

——ふふん、最後の朝餉《あさがれい》か……。

嘲笑《あざわら》っていると、蹄《ひづめ》の音がして、先刻別れた信西の従者成景が山道を下ってきた。

——奴《やつ》め、都へ戻らず、途中で帰って参ったな。

大木のかげに隠れたが、信西の従者成景は、左右を見定める余裕もなく、まっすぐ麓《ふもと》めざして進んでいった。

そして今のうちに休んでおこうと、横になっていた信西に追いついた。厳冬のことなので、山中は冷え込みがきびしく、年配の信西は、膝から起こったふるえがしだいに上半身へと移ってきた。

「宇治で、運よく武沢《たけざわ》と出会いました」

「あやつめ、逃げて参ったのか」

「いえ、北の方さまより、大和へ落ちられたと聞いて、入道さまにお知らせしようと駆けつけたものにございます」

「それで、院の御所は……」

「信頼さまが左馬頭義朝さまの軍勢とともに押し寄せまして、上皇さまを内裏へお移し申し上げたうえで、三条殿と姉小路のお邸を焼きましてございます」

「して家の者たちは……」

「皆さまご無事でございます」

「そうか、まずはひと安心じゃな。その方も一服いたせ」

彼らが田原郷を眼下にして寛《くつろ》いでいる頃、伏見にさしかかった源氏の追っ手の前に、異相長身の男が立ちふさがった。

「何者ぞ!?」

追っ手の面々は色めき立った。

長く伸ばした髪を、結びもしないで肩まで垂らし、奥まった眼《まなこ》は鳶《とび》色に光り、鼻梁《びりょう》は高く、唇は紅を含んだように朱《あか》く、色あくまで白くて、長身、しかも狼《おおかみ》にでも出会ったような戦慄《せんりつ》を覚えさせられるのだから、この男と目が合ったとたん寒気が走った。

「名乗れ、何奴じゃ?」

二十人ばかりの一隊を引きつれた追っ手の部将出雲前司《いずものぜんじ》源光保《みつやす》は、ふるえ声を押さえつつ詰問した。

「名乗らねば、なんといたす？」

思いがけない反問に出会って、光保はたじろいだ。

「おのれ……」

「まァ、いきむな。目当てがあるゆえ名乗ってやろう。わが名は天魔《てんま》……」

「テンマ？」

「天狗《てんぐ》の天に、魔物の魔よ。どうだ、戦《たたこ》うてみるか」

言うなり天魔は、背にした矢を弓に番《つが》えると、冬空めがけて射放った。すると目にもとまらなかった鳥が一羽、串刺しとなって降ってきた。

「まァ、あまり事を構えぬほうがよかろう。それよりそこもとたちの捜している、信西入道の行方を知りたいとは思わぬか」

「なに？　われらの任務を知っておると申すのか」

「それぐらいわからんで、どうする？　汝《うぬ》の姓名は源光保、子が四人、いや、ほかにも三人おったな」

そこまで言い当てられては、むしろ不気味だった。

「もうよい。それより、信西入道の行方を、まことに知っておるのか」

「知っておるとも。ところでその謝礼だが、米にして何石《ごく》くれる？」

「目当てというのは、礼物のことか」

「いかにも、縁もゆかりもない汝《うぬ》に、わざわざ、誰が教えるものか。ひねり潰《つぶ》そうと思えば、従《じゅう》類《るい》もろとも、十数えるうちに打ち殺してみしょうぞ」

腰に佩いた大太刀を、丁《ちょう》と叩いてみせた。

「ならば、三石でいかがじゃ？」

「馬鹿にいたすな、話にならんわい」

「ならば、何石が望みじゃ……」

「多けりゃ多いに越したことはないが、まァ、信西の首一つ、五十石でどうだ？」

「五十石？　とてもわれらの一存ではきめがたい……」

「さもありなん。ならば一筆認《したた》めよ。主の義朝宛《あ》てにのう」

「うむ、もし偽《いつわ》りなれば……」

「それならわざわざ米を引き取りには行かぬわ」

それももっともと、光保は一筆認めた。

すでに都へ戻っても、三条殿もわが家も灰となって、家族も散り散りとなり、しかも仕えている後白河上皇は、政敵信頼の手中に落ちてしまった。

――これで麿の生涯は終わったも同然……。

すでに入道となっているので、頭を丸めるわけにもいかず、かといってどこか山奥へ入って身を隠すのも、天下の政治《まつりごと》を左右していた自分にとっては、とても堪《た》えがたいことだった。

――なにはともあれ、名を惜しまねば、のちの世までの嗤《わら》い者となろう。それがなんとも口惜《くや》しくてならない。とはいえ、武人とちがって、自害はしにくかった。

――死に損《そこ》なったら、それこそなんと言われることだろう。

後白河院の院政を取り仕切って、大臣大将を顎で指図《さしず》したこの信西が、天下の嗤い者になるなんて、とても我慢ならない。

――やはりこれは入定《にゅうじょう》したほうがよい。

突如《とつじょ》ひらめいたのは、入定の二文字だった。

――これなら入道にふさわしい。

いっそ、僧体となった身が、刃を用いては、それこそ御仏《みほとけ》に申しわけないことになる。

そこで信西は供の者たちに命じて、山中に穴を掘らせた。人ひとり入れるぐらいの大穴に、伐《き》った木を並べて壁とした。そして、板蓋に穴をあけ、信西がその中へ入ると、竹筒をその穴に立てて、土を盛り上げた。そこで信西は、竹筒を伝わって流れ込んでくる外気を吸って生命をつなぐことができた。

このまま追っ手がかからなければ、今夜にでも掘り出すようにと、従者の成景にそっと命じておいた。

――今宵までの辛抱……。

ひたすら経文を誦《じゅ》しつつ、信西は時の経《た》つのを待ちつづけた。

四人の従者たちは、入道につけてもらった法名と引き換えに髻《もとどり》を切って穴の中に入れ、入道の無事を念じつつ、それぞれ安全と思われるほうへ落ちのびていった。けれど彼らは知らなかったが、村人たちは山中で働きつつ、その様子を観察していた。穴の中に、生きながら葬《ほうむ》られた形の人物が誰とはわからないが、村人たちはそんなことは知らないほうが無難と考えていたのである。

その証拠に、間もなく騎馬武者が山道伝いに姿を現わした。

「見当たらぬぞ、天魔……」

「わからぬのか、そこの盛土の上に節《ふし》を抜いた竹筒が顔を出してふるえておろう」

天魔は笑いを浮かべていた。

天魔は真新しい盛土を指さした。その上に竹筒が覗《のぞ》いて、たしかに小刻みに揺れている。

「あの下で入道が、竹筒にしがみついてござることじゃろう」

一隊を引きつれてきた出雲前司源光保は、部下に命じてその竹筒を引き抜かせた。

「それ、早よう掘り出《いだ》せ！」

命じられるままに、武者たちは盛土を手で搔《か》き落とした。するとやがて板蓋が現われ、それを取り去ると、こんどは薄暗い穴底に、頭を丸めた入道姿がうずくまっているのが認められた。

「たしかに入道なるか？」

光保が覗き込むと、配下の男が、穴の中から入道の襟髪《えりがみ》をつかんで引きずり出した。

「絹を着ておりまする……」

たしかに暁の光を浴びて、入道の白衣がてらてらと絹光りしていた。その懐《ふところ》から顔を出している文書らしいものを抜き取ると、後白河院に奉呈《ほうてい》する復命書の書きかけらしい。

間違いないというので光保は、かたわらの配下に、首にいたせと、命じた。うなずいて、配下は、信西の身体を地上に投げやった。

鎧通しの短剣を引き抜いたその男は、地上に転がされた信西の背後に廻ると、皺《しわ》寄った首に刃を当てるなり、力をこめて掻き落とした。

それはあっという間もない早業《はやわざ》で、噴き上げる血潮を避けて、光保たちは退《しりぞ》いたが、土の香に混じって、腥気《せいき》があたりに漂ってきた。

亡骸《なきがら》を穴の中に蹴《け》転がして、信西の衣でくるんだ首級を、配下は鞍《くら》に吊るした。

「これで五十石は間違いないな」

たしかめておいて、天魔は馬首をめぐらすと、鼻歌まじりに駒を馳《は》せた。

「なんたる奴じゃろうか」

光保が舌打ちすると、配下も呆《あき》れ顔で、

「自ら天狗だの魔物だのと言うとりましたな」

「世の中にはあのような怪物もおるものじゃのう。なれど、これで役目が果たせた。いざ都へ！」

彼らは人殺しを稼業《かぎょう》とする者たちで、血の臭《にお》いを恐れていては戦場へ出られるはずがなかった。

必要な首級だけ取って、あとの亡骸は穴の中へ放り込んだまま、土さえかけようとしないばかりか、血で汚して騒がせた詫《わ》びひとつするでなく、文句を言えばついでに血祭りにしてやるぞと言わんばかりの顔つきで引き揚げていった。

「ほんまに、性悪《しょうわる》どもめが！」

土地の住民は、それでも鍬《くわ》をふるって、穴土を埋め戻し、手を合わせて、死者の冥福《めいふく》を祈った。

権勢を誇り、後白河院の背後にあって、思うままに宮廷や天下を操《あやつ》っていた信西入道も、都落ちするようになってはどうにもならず、あっけなく武者たちの手で首にされてしまった。

べつだん国家に叛逆《はんぎゃく》したわけでも罪を犯したわけでもなく、すでに頭を丸めて入道になっているのに、政敵憎しと中納言信頼は、すぐさま信西の首を獄門《ごくもん》に懸《か》けよと命じた。

平治元年十二月十五日、都大路を渡された信西の首級を見物しようというので、多くの人が路傍に集まってきた。

信頼と義朝も、車中から、それを見物した。すると青竹の先に刺された信西の首級が、車の簾《すだれ》を掲《かか》げて眺める二人の前にさしかかると、ふむふむというようにうなずいた。

それを見やって、義朝は、おのれ首ごときに負けてなるものかと力《りき》み返り、信頼は、ああ由《よし》ないものを見にきたものよと、冷汗をかいていた。

首は西の獄門へと向かい、信頼たちの車は内裏へと戻っていった。

三条殿を焼き打ちして、後白河院を内裏へつれ去った信頼は、院を一品御書所《いっぽんのごしょどころ》へ、天皇を黒《くろ》戸《ど》御所に閉じ込めて、自分は、日常、天皇が起居されている清涼殿《せいりょうでん》に入り込んで、天皇の御寝になる夜の御殿《おとど》を勝手に使っていた。

いまだかつてこんな僭上《せんじょう》の振る舞いに及んだ不埒《ふらち》者は一人もいなかったのに、信頼は十九歳の中宮《ちゅうぐう》をはじめ女官たちを侍《はべ》らせて、まるで自分が主上《しゅじょう》になりでもしたかのように不逞《ふてい》を働いている。

さすがに義朝は、清涼殿には近づくまいと遠慮したけれど、どこまでも図に乗った信頼は、天子の食事される朝餉《あさがれい》の間《ま》で酒宴をするゆえ参れと言ってきかなかった。

やはり自分一人では後ろめたいとみえて、義朝を同罪に引き込みたかったのだろう。おのが身を扱いかねるほど肥《こ》え太った信頼が、官女にたわむれかかりつつ酒を喰《くら》っているありさまは、なんともおぞましい限りだった。

しかも、勝手に昇進をきめて、かねての望みどおり信頼は大臣近衛《このえ》大将となり、共犯者ともいうべき義朝を播磨守《はりまのかみ》に任じた。

三

その頃、熊野詣《くまのもう》でに長子重盛《しげもり》をつれて紀州《きしゅう》路へ旅していた清盛《きよもり》の一行は、切目《きりめ》の王子《おうじ》に泊まっていた。

この切目は平安時代、特に盛んとなった熊野詣で（熊野大社へ参詣《さんけい》すること）の筋道である熊野路沿いにあった九十九《つくも》（多数という意味）王子のうち、特に重要な、藤白《ふじしろ》、稲葉根、切目、滝尻《たきじり》、発心門《ほっしんもん》の五王子の一つに教えられていて、ここまでくれば目指す熊野大社はつい間近だった。

天皇、上皇、皇后、中宮、親王たちが、百九十年ほどの間に百回も熊野詣でに出かけられている。

こうした皇族の旅行には、多くの公卿や殿上人《てんじようびと》をはじめ、多くの官人、官女がお供をした。

なにしろ京都を出発して、石清水《いわしみず》八幡から、生駒《いこま》山の西麓にある東高野《こうや》街道を旅して、阿倍野《あべの》から海岸沿いに紀州へ入って、潮風の吹きつける和歌《わか》の浦《うら》から御坊《ごぼう》を経て、熊野大社へと向かう熊野街道を延々《えんえん》と行列して旅したものである。

途中、国司や郡司などが出迎えて、宿から中食《ちゆうじき》まですべて用意をしたから、そのつけはみな住民に廻ってくる。

それはともかく、途中、歌会を催したり、街道沿いにある各王子に詣でたりと、のどかな旅路だった。

信仰に名を借りつつふだん海をみたことのない大宮人《おおみやびと》にとって、この旅は、楽しみと驚きにみちたものとなったが、慣れない長旅に、足を痛めたり、腹痛を起こしたりと、難儀《なんぎ》もまた多かった。

ところで一口に九十九王子社というほど多かった王子というのは、もともと仏典にある童子から由来したもので、中でも著名な五王子には、宿泊施設もみられた。

王子社といっても、小さな祠《ほこら》があるばかりの場所もあって、さまざまだが、中でも切目の王子は、熊野権現《ごんげん》（神仏混淆《こんこう》している）の五体王子の一つで、

熊野出《い》でて　切目の山の　竹柏《なき》の葉し
よろづの人の　うはきなりけり

と詠《よ》まれているように、境内《けいだい》にナキの古木があって、熊野詣での無事を祈るため、その葉をとって笠につけたものという。

そこは、大宝《たいほう》元年（七〇一）の建立《こんりゅう》と伝えられている道成寺《どうじょうじ》の近くにあって、その時、平清盛、重盛の父子は、切目の宿《しゅく》に泊まっていた。

つい目の前に切目大浜があって、白砂のつづく浜辺にたわむれるごとく、寄せては返す白波が目をたのしませてくれた。

たまたま雨に出会ったのと、旅疲れの出る頃なので、二泊して、父子は骨休めをした。

すると、長い髪を笠で隠した白衣姿の若い女人が、旅の無事を祈ってあげましょうと言ってやってきた。

「私は、熊野比丘尼《びくに》でございます」

にっこり笑みを浮かべられると、清盛もつい目尻が下がった。

この熊野街道は有髪の修験者《しゅげんじゃ》や比丘尼の多い所で、こうした人たちが、先達《せんだつ》を務めてくれた。

祈禱《きとう》の間も、清盛の目は女体から離れなかった。

ひとくさり経文を誦しつつ数珠《じゅず》をつまぐっていた熊野比丘尼は、途中でふと祈禱を中断した。

どうしたのかと清盛が眺めていると、比丘尼は、数珠を掌《て》の中に丸めておいて、閉じた掌《てのひら》をすっと開いた。すると、どうだろう、数珠がこなごなに砕けて砂のようにさらさらと床にこぼれた。

「なんと、これはまた……」

「大弐《だいに》（大宰大弐《だざいだいに》）さま、御覧《ごろう》じられましたか」

「いかにも……」

「これは容易ならぬ仕儀《しぎ》にございまする」

数珠が手の中で砂に変わるとは、いまだ目にも耳にもしたことがない。

「察するに、都で凶変が起こったのにちがいありません」

「なに、都で……」

さては信頼が事を起こしたのか、と察しはしたが、そんな大事《だいじ》を、名も知らぬ比丘尼に告げるわけにはいかない。清盛は、おそらく、あの中納言信頼にそれだけの勇気はあるまいと看《み》て、熊野詣でに出かけたのであるが、これはしまったなと、内心、臍《ほぞ》を噛《か》む思いだった。

「大弐さま、雨中恐れ入りますが、ほんの近くまでお運びくださいませ。なお詳しく占うて進ぜましょうゆえ」

顔を近づけて誘われると、つんと髪油の香気が鼻腔をくすぐって、まるで媚薬《びやく》を嗅《か》がされたような気分にさせられた。

和歌の浦まではしばしば精進《しょうじん》落としをしてきたけれど、九十九王子の路筋に入ってからは、ずっと女気なしに過ごしてきた。

さいわい重盛は別室で、日課の写経中とみえて、ことりとも音を立てようとしない。お供の郎党五十人ばかりは、そのあたりの民家の納屋《なや》で、双六《すごろく》に興じているのだろう。ならばなんの遠慮もいらぬことと、清盛は、女のあとから、笠一つで顔を隠してついていった。

切目の社《やしろ》の横手にいくつか小屋が並んでいる。そこがこの比丘尼の宿なのだろう。木戸を開いて、すいと吸い込まれるように入っていった比丘尼のふと振り返った白い顔が、夕顔のように儚《はかな》げであった。

脇差一つだが、見るからに嫋《たおやか》な女相手に、武器《えもの》などいらぬことと、ついていくと、脂粉《しふん》の香りがこもって、男はついくらくらとさせられた。

「狭い所で恐れ入りまする」

「なんの、そなた一人か……」

「はい、しがない渡り比丘尼にございます。三年前に夫を失い、子もないゆえ婚家を出され、かと申して今さら実家へも戻れず、お恥ずかしい限りでございます」

そうかそうかとうなずきつつ、その肩を抱いていた。

熊野詣でばかりか、長谷《はせ》の観音詣でなど、近頃人気の高い神社仏閣へ参詣しようと思うと、都から何日もかけて旅することになって、往路はともかく、帰路には必ずといってよいほど歩き比丘尼を宿へ招いた。

そうでなくても、遠国《おんごく》へ旅する時は、まだ旅宿らしい施設がない頃なので、宿《しゅく》の長者《ちょうじゃ》と呼ぶ富者の邸に泊めてもらった。そこでは必要に応じて抱え遊女が用意されていて、守《かみ》だの介《すけ》（二等官）だの掾《じよう》（三等官）だのと名乗る官人は、いわば女人の手から手へと渡されるようにして旅していった。

かと思うと、都に近い、淀《よど》川の下流には江口《えぐち》、神崎《かんざき》という遊び場があって、浮かれ女《め》が歌ったり酌《しやく》をしたりしながら、一つ衾《しとね》で夜を過ごしてくれた。

さらに道中の休み所や景色のよい場所などには、どこと定まった住まいのない遊行女婦《ゆぎようじよふ》が三々五々と群れて、流し目を送ってきた。

さらに辺鄙《へんぴ》な土地へ、身分のある官人が公用私用を問わず旅をすると、その村で一、二を競う長者が部屋を設《しつら》え、酒食を供したばかりか、若い妻や娘を夜伽《よとぎ》に差し出した。むろん中には傭い女であったりもするだろうが、単身の男の旅に、それはつき物といってよかった。

清盛が円座《えんざ》（敷物）に坐ると、熊野比丘尼は、形ばかりの祭壇に向かって、香をくすべ、高く低くしばらくの間経文を誦していたがそれがすむと、すっくと立ち上がって、清盛のほうへ向き直った。

その一瞬どうしたことか、身にまとっていた白衣が、するすると肩を滑り落ちていった。

雪白の肌に、長い黒髪が乱れまつわりつくばかりで、衣裳は、脱皮したごとくに、比丘尼の足許にとぐろを巻いている。

目を奪われて、しげしげと、というより眼前つい近くにある女体を見つめていると、蠱惑《こわく》する

ような笑みを浮かべて、

「恥ずかしゅうございます……」

と、女は、清盛にすがりついてきた。

白蛇の化身《けしん》のような艶麗さと思ったのは、つい昨日、道成寺を参詣してきたばかりだったからかもしれない。むろん、吊り鐘に隠れた僧を追いかける蛇身となった娘の話は、もうすこし後世のものだが、白蛇を神格化した伝承は小児の頃から厭《いや》というほど耳にしている。

「大宰大弐清盛さま、いずれ近々大臣、関白となるお方……」

女は耳許にからみつくような声で囁《ささや》いた。

「なんじゃと、この身が、大臣、関白になるだと？」

清盛は、与太《よた》もいい加減にしろと呆れ果てた。けれど相手の熊野比丘尼は、真顔《まがお》だった。

「信じられませんか。私の占いでは、末は天下をひとり占めして太政大臣《だいじょう》におなりになると出ました」

「もっと上手な嘘《うそ》をついたらどうじゃ」

「まことですもの……。嘘とお思いなら、この乳房をねじ切ってごらんください」

「愚かなことを……。そんなことができるものか」

「では、ためしてごらんになれば……」

「やめい。たわむれにもほどがある……」

と、横を向きつつ、それでも男の目は、蕾《つぼみ》のように淡紅色を呈した愛らしい乳首にちらちらと視線を走らせている。

「さあ、どうぞ……」

長い髪をすいと両手でさばいて、女は目をつむった。

相手は浮かれ女《め》と、つい手を伸ばして清盛が乳房を掌で包み込むと、女が身をひねった。

すると、あろうことか、ぽろりと乳房がとれた。なにも力をこめたわけでもないのにと、驚いて、掌をみると、血にまみれた乳房のようなものが載《の》っているではないか。

「そんな……」

それにしては、相手が苦しみも痛みも感じないように、静かにしているのが不審だった。

「そなたは何者だ?」

魔性の者かと、口まで出かかったのが、そこは伊勢平氏の棟梁のことゆえ、うかつなことを洩らして、世間の嗤い者になってはならぬと、ぐっと踏みとどまった。

「ごらんのとおりの身の上、名はハマと申します」

うなずきつつ、乳房を眺めると、先ほどとすこしも変わりがない。では右掌の上のこれはなんであろうと、視線を落とすと、そこにあったのはひとひらの小さな手巾《しゅきん》(手拭《てふき》)だった。それが濡れてはいるが、むろん血の痕《あと》ではなかった。

「ほんの手妻《てづま》(手品)、目くらましでございます。お気になされますな」

すぐ掌を返したように、女はしなしなと、しなだれかかって、清盛の男心を誘《いざな》った。

——奇妙な女子《おなご》よのう……。

内心呆れつつ、ことをすませて、表へ出ると、もう雨は上がっていた。

寄せては返す渚《なぎさ》の白波を眺めて、心に蘇《よみがえ》ってきたのは、女の囁いた、『末は太政大臣になるお方』の一言だった。


十二月十日夕刻のことである。清盛がハマと別れて宿所へ戻ってくると、待ちかねたように長子重盛が飛んできた。

「父君、早馬《はやうま》が、つい先ほど到着いたしました」

「なに？　都からか」

「はい、家貞《いえさだ》めにございまする」

その重盛の声を聞きつけて、厠《かわや》へでも行っていたのだろう、当の家貞が髭面さげて戻ってきた。

「これはお館《やかた》さま、一大事出来《しゅつらい》にございまする……」

「何事ぞ？」

「はい、九日の早朝、三条殿と姉小路西洞院にある信西入道の邸が、どちらも焼け落ちましてござる」

「して、院（後白河上皇）は？」

「はい、内裏へ移され給《たも》うて、いずこかに押し込められしとか……」

「信西入道は？」

「手前が早馬に立ちました昨九日の朝について申せば、所在不明にござる」

「して、三条殿を襲うたのは……」

「中納言信頼卿と、源氏の棟梁が組んでのことと、お伝えいたせとのことで……」

「やはりのう……」

しまったと、清盛は、何事にも慎重で、思慮《しりょ》深い長子重盛へ視線を向けた。

「われらが都を留守にいたしたのを好機として、焼き打ちいたしたものでしょう」

「いかにも……。なれど、熊野への道中はあとわずか。そこで参詣をすませたがよいか、それとも即刻、都へ引き返すべきか。いかがじゃろう？」

「はい、引き返すべきだと思います」

「なれど、あとわずかぞ……」

「熊野へは、われら一族の無事を願いに参詣するもの。なれど、都で異変が起こった以上、あるいは一族滅亡を招くやもしれず、そうなっては、無事を念じたとて、甲斐《かい》なきこととなりましょう」

「そりゃそのとおりじゃ」

「なれど、甲冑《かっちゅう》と弓矢なくしては戦うこともかないませぬ」

重盛は、先から先へと考えをめぐらせていた。

「鎧兜《よろいかぶと》か、たしかに無《の》うてはすむまい。家貞、なんとかならぬか」

「はい、河内《かわち》へ戻るまでには、なんとか調達《ちょうだつ》いたしましょう」

「たとえ古くとも大きくてもよい　なんとかいたせ」

「かしこまりました」

彼らが、急ぎ都へ引き返していった頃、東国鎌倉《かまくら》より、源義朝の招きに応じて、長子義平《よしひら》が都へ駆けつけてきた。

その長子を、義朝はさっそく内裏にいる信頼の許へつれていった。

あろうことか、中納言信頼は、内裏の清涼殿に住んで、白綾の小袖と袴《はかま》を身につけ、天皇が食事をされる朝餉の間で、酒を飲んでいる。

義朝が長子義平をつれてきたというので、信頼は、さっそく面接した。

「さようか、その方が鎌倉の悪《あく》（強いという意味）源太《げんた》義平なるか」

義平は生年《しょうねん》十九歳だが、すでにたびたびの合戦で勇名を謳《うた》われ、今は大島《おおしま》へ流された鎮西《ちんぜい》八郎為朝《ためとも》の再来と噂も高かった。

「義平は、鎌倉よりわずか七日で上京いたしましてござる」

口下手《べた》の義朝も、この際、自分たちの貢献度の高いことを強調して、この図に乗った無礼者を牽制《けんせい》しておこうとした。

「それは重畳《ちょうじょう》、ならば義平、望みを申せ。国なりと位階なりと、意のままぞ」

と、聞いて、すでに信頼の振る舞いにむかむかしていた義平は、青年の率直さで、

「ならば軍勢を給え。これより都へ戻らんといたす清盛父子を河内に迎え討って、討ち滅ぼしてくれようと存ずる」

と言ってのけた。すると信頼は、肥え太った身体を揺すって笑い出した。

「まだ大人にならぬのう。われらは官軍ぞ。つねに堂々と振る舞わねば、世の笑い者となろうぞ」

「なんの、兵法を知らぬ長袖の痴言《たわごと》など聞く耳もたぬわ。まだ戦さもせぬうちに位階の話など無用のこと。この義平、ただの悪源太で結構でござる」

このとき以来、肚《はら》を立てた義平は、堀川の館に立ち寄ろうともしなかった。

——変わり者めが……。

義朝も扱いかねて、まァ合戦ともなれば駆けつけてこようと、自分も信頼の僭上《せんじょう》振りを苦々しく思っていたので、もっぱら紫野《むらさきの》にいる常盤《ときわ》の許へ通っていた。

すでに今若《いまわか》、乙若《おとわか》と二人の男児がいるのに、この年、常盤は三男の牛若《うしわか》（のちの義経《よしつね》）を分娩《ぶんべん》していた。その牛若の泣き声に、父も母も寝つかれぬ夜を過ごしている。

いっぽう、堀川の館では、従五位下、右兵衛権佐《うひょうえのごんのすけ》に叙《じょ》せられた頼朝《よりとも》が、今まで見たこともない十六歳の朝長《ともなが》という異腹の兄と同居させられたため、いささか苛立《いらだ》っていた。兄といっても遊女腹なので従六位上中宮大夫進《ちゅうぐうたいふしん》と、頼朝より位の低い朝長は、どこか遠慮勝ちだった。

その頃、清盛父子は阿倍野の森にさしかかっていた。

第七章　源平合戦夕景色

一

人はなにが気に入るかわからないもので、政敵信西入道《しんぜいにゆうどう》を、源氏の棟梁義朝《とうりようよしとも》に斃《たお》してもらって、自ら大臣大将になった藤原信頼《ふじわらののぶより》は、義朝のつれてきた天魔《てんま》に魅《み》せられた。

「とても、この世の者とは思えぬ」

感嘆した信頼は、天魔に、麿《まろ》の家人《けにん》にならぬかと誘った。

「痴《たわ》けたことを申すな。この身は天魔ぞ。魔神さえ従うというこの身に、たかが人間の家人になれだと……」

ふふんと鼻先で笑って、天魔は坐ったままひょいと空《くう》を切るごとくに飛ぶと、清涼殿《せいりようでん》のかたわらにあった欅《けやき》の木を、片腕で抱き込んで難なく引き抜いた。

それを目《ま》の当たりにして、官女は思わず悲鳴をあげた。

信頼も恐怖に駆られて、身ぶるいした。

以来、この肥大した肉体と驕慢《きようまん》きわまりない心情をもつ信頼が、天魔の言いなりになっていた。

ことわがままにかけてはどちらも同じようなものだが、天魔には常人の三倍とも五倍ともいう怪力と、母親マのもつ神通力《じんつうりき》の何分の一かが備わっているため、図体《ずうたい》ばかり大きいが、ぶよぶよした脂肪と自惚《うぬぼ》れの塊《かたまり》のごとき信頼など、ほんのひとひねりで打ち負かす自信があった。しかもマという、人にして人にあらざる怪物を母にもつ冥府《めいふ》魔道の宗主の直系ゆえ、いつも十九歳くらいの若々しさを保っていた。

飲みたいだけ酒を呑《の》み、欲するままに官女を抱いてよいと言うと、次々運ばれてくる酒を呑み干し、手当たり次第に官女を押し倒して、信頼のお気に入りにまで手を出す始末だった。

——これはえらい者を引き込んだもの……。

と、後悔したけれど、もう止められるものではなかった。呆《あき》れて義朝は、「愚か者めが」と舌打ちして、その後しばらく内裏《だいり》へは近づかなかった。

同じく、「愚か者めが」と肚立《はらだ》たしげに語気を荒げたのは、都へ戻ってきたマであった。

「お頭《かしら》、無事に胤取《たね》りは終わりましたか」

都の隠れ家《が》を守っていた千本針《せんぼんばり》の老婆は、いささか曲がってきた腰を伸ばしてマを出迎えた。

「しかと清盛の胤は取った。やがて、跡《あと》取り娘が生まれてこよう」

「それはめでたいことにござります」

「そりゃよいが、天魔が内裏に住みついた信頼にへばりついておるというが、まことか」

「はい、私の力では及びませんでした」

しょんぼりと老婆はうなだれた。

マが怒りをあらわにすると、家鳴《やな》り震動して、庭木にとまっていた冬の雀《すずめ》が、啼《な》き声もなく師走《しわす》の地上に転げ落ちてきた。

「申しわけございませぬ」

千本針の老婆の白髪が、その名のごとくに逆立《さか》ったかと思うと、こんどは濡れ鼠《ねずみ》のように、しんなりした。

「千本針、汝《なれ》の力で押さえられぬことはようわかっておる。それにつけても、あの愚か者めは、どこまで図に乗れば気がすむのであろう」

「止め処《ど》のないほうでございます」

「愚者では、木ノ花《このはな》一族を滅ぼすどころか、われら冥府《よみ》の一族を束《たば》ねることすらかなうまい……」

「仰《おお》せのとおりでございます。われらの一族はいずれも、ひねくれ者ゆえ、じつは、呆れ果てて、お頭が始末をなさるまで、ここへは寄りつくまいと……」

「そのような相談をしておったのか」

「はい、つむじの権九《ごんく》の跡取り娘を犯して、大怪我《けが》をさせ、そのためあの世へ旅立って以来、つむじ一家は、天魔さまを怨《うら》んでおりますゆえ……」

「それはつむじの心得ちがい、たとえ頭の息子に殺されようと、手足を捥《も》がれようと、命ずるままに、黙って従うのが手下の役目、怨むなど、おこがましいゎ」

「はい、権九にしかと申しておきまする」

「なれど、主従の間に溝を生じては、一族の結束が乱れる因《もと》となり、やがては一族の滅亡を招きかねん。その禍《わざわ》いの根は、天魔にある……」

「さりとて天魔さまは、久方ぶりの男子ゆえ……」

「失わせはせぬが、頭《かしら》であるこの母が、罰を与えずばなるまい」

いかに天魔が体力、腕力にすぐれていようとも、こと神通力にかけては、それこそ三百歳の寿命をもち、時空を超《こ》える法力を備えたマの足許にも及ばなかった。決意が定まるとともに、怒りも鎮《しず》まったとみえて、地上に落ちた雀たちが、あわてて飛び立っていった。

「ところでお頭、紫野《むらさきの》あたりに住んでおる元九条院の雑仕《ぞうし》常盤《ときわ》が、三人目の子を生《な》しました。むろん義朝の子でございます」

「とうに知っておるゎ」

「はい、余計なことを申し上げました」

「この先、その子、牛若丸《うしわかまる》が、どうなるかもわかっておる」

「では、次の戦《いく》さは……」

「間もなくはじまろう。清盛《きよもり》、重盛《しげもり》の父子は河内《かわち》の阿倍野《あべの》まで戻ってきたはず……」

「でも、都へ入るのは難しゅうございましょう」

マは、男に会う時は、まだ十七、八かと思わせる若々しさを保っているが、こうしておのが棲処《すみか》に戻って、千本針の老婆相手にくつろいでいる時は、すでに百五十歳に手の届く高齢ゆえ、おのが正体をあらわして、疲れた身体《からだ》をぐったりと横たえている。

「清盛がどうなろうと、いっこうにかまわぬが、子胤《こだね》をもろうた以上、むざむざと源氏に殺させては、もったいない」

遠くをみる目つきで、マは心を虚《うつ》ろにして、空間に触手を延ばすと、にんまりした。

「義朝は常盤の許《もと》に、悪源太義平《あくげんたよしひら》もまた女の許へ出かけていって、清盛父子のいる阿倍野へ向かう兵は、一人もおらぬ」

「それは強運でございまするな」

「それもこれもあの増長者信頼が、のほほんと内裏で太平楽をきめ込んでいるゆえの油断、これでは、このマが肩入れするまでもあるまいのう」

これでよいというように、マは腕枕して、もう寝息を立てていた。その足許の乱れた裾《すそ》を繕《つくろ》ってやって、千本針の老婆は台所へ引きさがった。

その頃、和泉《いずみ》の国から南河内を経て、阿倍野の森にさしかかった平清盛は、長子重盛を振り返った。

「あの森かげに伏勢《ふしぜい》があるか否《いな》かが、われらの命運の岐《わか》れ道ぞ」

「はい、弓の用意をいたしましょうか」

「物見《ものみ》を出せ。その間、駒を休めるといたそう」

師走《しわす》のことゆえ、馬の鼻息が白くなっている。緊張のため、竹筒の水が口許を外れて地上にこぼれた。

じっと物見の姿を見つめていた清盛は、やや前かがみとなって、背を丸めている。いっぽう重盛は鐙《あぶみ》に両足を突っ張るようにして、背を伸ばした。

「これ、姿勢を低ういたさんか。矢が飛んでくるやもしれぬぞ」

その間も、父は森のあたりを凝視《ぎょうし》しつづけている。その視野に黒点となって、物見の姿が浮かび上がってきた。

「おお、手を振っておるぞ。重盛、こりゃ助かったわい」

「ほんに、のびのびと走っておりますなあ」

「うむ、これも熊野《くまの》権現《ごんげん》のご加護《かご》か、それとも義朝の油断か。いずれにせよ、ここさえ抜ければ、あとはなんとでもなる。そうじゃ、六波羅《ろくはら》の館《やかた》へ使者を遣《つか》わして、こっそりと目立たぬよう、迎えを出すように申せ。それから、これも内密に兵を集めるようにとな」

「かしこまりました」

重盛は、郎党《ろうどう》のほうへ馬を走らせる。

ここで待ち伏せされては、万に一つも無事にすむまいと思われた阿倍野の森を、駒音高く駆け抜けた清盛、重盛たち平家の面々は、生駒《いこま》山麓にうねうねとつらなっている東高野《こうや》街道を、旋風のごとく走り抜けて、交野《かたの》へとたどり着いた。

淀《よど》の流れが悠々と横たわって、もうここまでくれば、都はつい間近である。

「まだ日脚《ひあし》のあるのをさいわい、夜陰に乗じて六波羅へ入るといたそう」

そのまま一行は道を急いで、石清水《いわしみず》八幡宮のあたりで、砂洲《さす》を利用して木津《きづ》川を越えた。そして伏見に達すると、出迎えの郎党が待ち受けていた。

すでに日は暮れていたが、先駆《さきが》けの郎党の掲《かか》げる松明《たいまつ》の灯《あか》りを目印として、平氏の一行は、夜陰に紛《まぎ》れて東山の麓《ふもと》、清水寺《きよみずでら》を東北方に仰《あお》ぐ、六波羅の館へと到着した。

寒中なのに、とめどなくしたたる汗を濡れ布で拭《ぬぐ》ってほっとした清盛父子は、夜食の膳に向かった。

「まだ夢のようでございます」

「わが家の運の尽きざるところよ」

「それにしても、油断がすぎまするな、堀川《ほりかわ》の館は……」

「どうせ、常盤の許へ通っているのであろう……」

その父の吐き捨てるような言葉の陰に、そこはかとなく嫉妬がひそんでいることに重盛は気づいた。

——やはり世間の噂《うわさ》は本物であったのか……。

九条院の雑仕だった常盤は、数百名の中から選ばれたという評判の美女だけあって、引く手あまただったが、中でもせり合ったのが清盛と源義朝の二人で、どんな秘訣《ひけつ》があったのか、とうとう義朝に射止められてしまった。

そんなことを思い起こしたのも余裕が生じたからだろう。こうして伊勢《いせ》平氏の棟梁清盛が本拠地に戻り着いた頃、河内源氏の棟梁義朝は、清盛の察したとおり、常盤の許で夜を過ごしていた。

三人目の男児牛若丸に乳房を与えつつ、常盤は、すこしも衰えをみせない艶《つや》やかな肌の張りをみせている。

盃《さかずき》を手にすることも忘れて、義朝はその肌の絖《ぬめ》りをまさぐっていた。

しなやかに身をくねらせた母の乳房が離れたためか、牛若が泣き声を上げた。その口を乳首でふさいで、

「風がやみました……」

と、さきほどまで激しく家鳴りさせていた北風のないことを常盤は聞き咎《とが》めた。

義朝はうなずくことも忘れていた。

凍りついたような真冬の底で、唸《うな》るように吹き募《つの》る北風が、ふとやんだかと思うと、森羅万象《しんらばんしょう》が死に絶えたかのごとき静寂が訪れてきた。その荒れすさぶ風を、京の人たちは、雪起こしと呼んでいた。

声をかけることも憚《はばか》られるような静謐《せいひつ》の中に、風の花を散らしでもしたように、はらはらと、雪が舞った。

低く垂れ下がった雪雲のあいだから、雪の花びらを撒《ま》き散らしたように降ってきた雪片が、やがて家並みや大路小路を白く染め上げていった。

「冷えると思うたら、雪……」

骨に絡《から》みつくような京の底冷えであった。

常盤は、はだけた肌を、衣で覆《おお》った。

「お常《とき》……」

男の手がまた衣を剝《は》ぎとろうとした。

睡《ねむ》っているはずの牛若が、ひくっと小さな手足をすくめた。それにつれて、ほのかな乳の香《か》が、あたりに拡《ひろ》がっていった。

夜を導く灯火すら凍りついたように動かない。

平治《へいじ》元年（一一五九）十二月二十三日。夜とともに雪は降り積もった。

あまりの寒さに常盤はふと目覚めた。

「和子《わこ》……」

着せてあった衾《ふすま》をはねのけたのか、ずり落ちたのか、牛若丸は、手足をむき出しにしていた。

その襁褓《むつき》を取り替えてやって、牛若を抱き寄せると、この先どうなることだろうかと、母は身ぶるいした。

世間の噂では、また合戦が起こるのではないかという。

――この子にはなんの罪もないのに……。

なまじ源氏の大将と縁を結んだばかりに、と彼女は唇を嚙《か》みしめた。するとこんどは隣室に寝かせておいた今若《いまわか》、乙若《おとわか》のことが気になった。

――それにしても、なんと殿御《とのご》のお窶《やつ》れなされたこと……。

この荒くれ男にも、それなりに憂悶《ゆうもん》があったのだろう。それが常盤にはいっそう気がかりだった。

翌朝、雪を蹴立《けた》てて、早馬の使者が紫野の邸《やしき》に駆けつけた。知らせに接して、朝食をとっていた義朝は驚きの声を上げた。

「なに、清盛が六波羅へ入っただと……」

こうしてはおれぬと、義朝は、衣服を改めて、さっそく内裏へと向かった。

二

天子の住まい給《たま》う清涼殿に寝起きしている信頼は、わずかな間に、また肥《こ》え太って、参上した義朝を殿上から見下ろした。

白雪が朝日を浴びて光り輝いていた。

信頼は、用件ならわかっておるぞと言わんばかりに薄ら笑っていた。

「にわかに駆けつけたは、清盛がことであろう」

「すでにお聞き及びでござるか」

「いかにも……」

「ならば、今夜にでも夜討ちを……」

「無用じゃ……」

「なんと⁉ 兵法の示すところによらば……」

「大臣大将が申しておる、無用と……」

「油断は禁物、平氏の軍勢が、もし万一……」

「臆《おく》したか、播磨守《はりまのかみ》……」

「なんの！　清盛づれに遅れをとる義朝ではござらん」

胸を張ったが、信頼のかたわらにすっと近寄って腰を下ろした、見上げるばかりに長身で、骨格逞《たくま》しい天魔の姿に眉《まゆ》をひそめた。

「のう播磨守、いかな武将とて、この者には及ぶまい」

否定しようとした義朝は、天魔の血を啜《すす》ったように紅《あか》い唇を目にして、寒気を覚えた。

「ところで播磨守、つい先刻、名簿《みようぶ》が届いたぞ」

「名簿？　誰のでござるか」

名簿というのは、いわば名札であって、これを差し出すことは、つまりあなたの傘下に入ります、臣従しますという印《しるし》とされていた。

「誰のだと思う？　清盛めよ」

「なに、あの清盛が名簿を……」

それこそ天地が覆《くつがえ》ったような驚きだった。

「そうよ、あの清盛めが、恐れをなして臣従を誓って参った」

「信じられませぬ」

そこで信頼は、かたわらへ顔を向けた。

「天魔よ、見せてやれ」

だが天魔は、鼻先でせせら笑った。

「それに置いてある。見たくば、見に参れ」

顎《あご》をしゃくって、背後を示した。

――おのれ……。

屈辱《くつじょく》に、義朝は身をふるわせた。

十二月二十四日のことだった。

「まァよい、これですべて円満に進むことじゃろう。義朝、天魔、仲よういたせ。これから祝宴を開こうぞ」

気楽なもので、信頼は官女に命じて酒肴《しゅこう》をととのえさせた。

だが、その夜、師走《しわす》の空を赤く染めて二条大宮のあたりで火事が起こった。

内裏にあって、宿直《とのい》を務めている滝口《たきぐち》の武者たちは、夜の火事は近くみえるという諺《ことわざ》どおり、二条大宮の火災の見物に気をとられていた。

なにしろなんのたのしみもない宿直のことなので、火事は夜空を焦《こ》がすひとときのみものだった。

ちょうどその時、西中御門にさしかかった牛車《ぎっしゃ》があったので、門を守っていた源氏の郎党金子《かねこ》十郎が問いかけた。

「いかなるお方のお車にて候《そうろう》ぞ」

するると車のかたわらから直衣《のうし》姿の人物が答えた。

「控えよ、これなるは、大納言経宗《だいなごんつねむね》卿と北の方にて候。別当惟方《べっとうこれかた》が供御《ぐぶ》して、これよりご帰邸じゃ」

「恐れ入り奉《たてま》つる。なれど役目ゆえ、失礼の段、お許しください」

松明を掲げ、簾《すだれ》をそっと上げて、差し覗《のぞ》くと、たしかに直衣姿と十二単《ひとえ》の女人の姿がほの見えた。

風が出たせいか、手にした松明の火が吹き消されそうになった。

「どうぞお通りくだされ」

あわてて火をかばったが、牛車が動き出すと、たちまち掻《か》き消されてしまった。

やれやれと、詰所へ戻りつつ、男女のほかにもうひとり車の奥に人影があったようだが、と思い返した。

——姫御前《ひめごぜん》だろうか、それとも……。

いずれにせよ、大納言経宗も別当惟方も、信頼の側についているので、大事あるまいと金子は考えた。

その夜も、翌日も、なにごともなくすぎていったが、二十六日朝のことである。中将成親《なりちか》が清涼殿内朝餉《あさがれい》の間《ま》に寝起きしている信頼の許へ急ぎ足で駆けつけた。

「信頼どの、一大事ですぞ」

「騒がしい。なにごとぞ」

大臣大将ぶっているが、それは自称にすぎず、元を知る成親には通じない。

「なにを納まってござるやら、それどころか、黒戸《くろど》御所を覗かれはったか」

「いや」

「一品御書所《いっぽんのごしょどころ》は？」

「知らん……。それがなんとした……」

「どちらも藻抜《もぬ》けの殻《から》、誰ァれもいはらへん」

「痴《たわ》けたことを……」

「痴けは、そちらよ。主上《しゅじょう》も院も、とうの昔に、どこぞへ行ってしまわれたわ」

「ほんまか……」

「自分の目で見てきなはれ」

これで情勢は変わったぞと、成親は声を上ずらせていた。

京の底冷えは骨に絡みつくようだというが、しんしんと夜が更けてくるにつれて、骨が、かちかちと鳴るようだった。

「若殿、もそっとこちらを向いてくだされ」

郎党の光盛《みつもり》と時定《ときさだ》が、右兵衛権佐《うひょうえのごんのすけ》となった頼朝《よりとも》に、鎧《よろい》を着せてくれた。

新調の鎧直垂《ひたたれ》がごわごわして、頼朝は袖《そで》を引っ張ったり、襟許《えりもと》をゆるめたりと、落ち着かなかった。

「では、これより大袖《おおそで》をつけまする」

大袖というのは両肩を覆って垂らした矢ふせぎで、その下には籠手《こて》をつけている。

源氏には、月数《つきかず》、日数、八龍《はちりゅう》、沢瀉《おもだか》、薄金《うすがね》、楯無《たてなし》、膝丸《ひざまる》、そして、頼朝がつけている源太《げんた》の産衣《うぶぎ》と八領《りょう》の家宝が備えられていた。

そこで棟梁義朝が楯無を、長子義平が八龍を、次子朝長《ともなが》は沢瀉を、それぞれ着用の予定だった。

まだ十三歳の頼朝は、鎧を身につけただけで、よろよろした。

「若殿、背筋をしゃんと伸ばしてくださらぬと、馬に乗れませぬぞ」

「わかっておる……」

「さて、最後は兜《かぶと》でござる……」

灯火の光を浴びてきらめく星を打った兜がずっしりと頭にこたえて、頼朝は立っているのがやっとだった。

そんな若武者に、髭切《ひげきり》といって、八幡太郎義家《よしいえ》が、千人の首を顎鬚《あごひげ》ごと切ったという、これも重代《じゅうだい》の名剣を、光盛は腰に吊るしてくれた。

そして大将の持ち物とされている重籐《しげとう》の弓を渡してくれた。これは弓の幹《みき》を、籐でぎっしりと巻き上げてあったので、重籐の名がついた。

――なれど、これでは小用も足しがたい……。

その時はどうするのかを、父に聞いておけばよかったと、頼朝は、にわかに尿意を催《もよお》した。

「いざ、床几《しょうぎ》にかけられませ」

大鎧を着用してからは、床上に坐ることは難しい。そこで立ち上がるのに楽な床几がありがたかった。

「若殿……」

背後から呼びかけられても、振り向くことができない。

「いよいよ矢合《やあわ》せ（矢を射ち合うこと）となれば、大将は誰よりも目立って、狙《ねら》い射ちされます
ゆえ、兜を前へ傾けて、顔に当たらぬよう、用心召され」

「こうするのか……」

右手を上げようとしたが、なかなか動かなかった。

苦労しているその姿が郎党の笑いを誘った。

――こんなことで、合戦に出られるのだろうか。

戦場に立つのだと思っただけで、身ぶるいが起こった。

籠手と大袖をつけた腕が、顔どころか胸先までも上がらないありさまでは、弓を引くなど、と
てもできそうになかった。

頼朝は兜のおかげで、強張《こわば》った顔を見られなくてよかったと思った。

隣室でやはり鎧を着せられているのは、異腹の兄に当たる十六歳の朝長だった。

「もそっとゆるめてくれぬか、苦しゅうて息もできぬ」

「ご辛抱が肝要、合戦がはじまれば、きついのゆるいのと言ったものではござらん。まごまごす

れば、生命《いのち》をとられます。首、掻《か》き切られて……」

筒抜けの声に、頼朝は首をすくめた。

──なんたることか、こんなことなら武人の家になど生まれてくるのではなかった……。

しかし人は、生まれてくる所と時を選べないのである。

いよいよ尿意しきりとなって、頼朝は思わず立ち上がった。

「なんとされました？」

郎党の光盛が、叱声《しっせい》を投げつけてよこした。

「いや、歩いてみねば、鎧に慣れぬと思うてな」

「よいことを仰せかな。では、表へ出てお試し召され……」

郎党二人、顔見合わせてくすりと笑ったようだ。

──なんの、嘲《あざけ》られてなるものか。年少なれども源氏の後継ぎぞ。

憤《いきどお》りを覚えはしたけれど、その怒りに倍する不安の大きさに、頼朝は、そろそろと脚を動かしたが、すこし大き目の臑当《すねあ》てが行動の自由を阻《はば》んで、まるで鉄と革に鎧われた案山子《かかし》のようなものだった。

「転ばぬように召されよ。一度転ぶと、自分の力で起き上がれませんからな」

まるで見世物だ。人の難儀を見て笑い者にするとは、と頼朝は怒りを弾力として、すこし歩いた。

ずっしりと背中をしめつける鎧の重さに喘《あえ》ぎつつ、それでもあとは伝《つた》い歩きをして、戸外に出ると、辛抱なりかねて住居の横で、上にはね上げた草摺《くさずり》を顎で押さえて、なんとか用を足した。

——やれやれ、これでほっとした……。

屋内へ戻ろうとすると疾風のごとく六条堀川の館へ馬を躍り込ませてきた者がいる。

「やよ急げ！　いざ出陣ぞ！」

その声に答えるごとく、横ざまとなって激しく雪が降りしきった。

三

黒糸で縅《おど》した楯無《たてなし》と呼ぶ源家重代《じゅうだい》の鎧を着し、鍬形《くわがた》打った兜の緒《お》をきりりと緊《し》めた源氏の棟梁義朝は、厳物《いかもの》づくりの太刀佩《は》いて、黒月毛の逞しい馬に打ちまたがっている。

三十七歳と、男盛りで、その隣りには長子義平が、つづいて次子朝長、三子頼朝とつづき、義朝の乳《ち》兄弟鎌田《かまた》正清《まさきよ》が鬼をも取りひしぎそうな怖い顔つきであたりに眼《まなこ》を配りつつ、全軍を束ねていた。

降りしきる雪を蹴立てて、彼らは新造なった内裏へとやってきた。

そこに待ち受けていたのは、彼らが大将軍として推戴《すいたい》することになった大臣大将藤原信頼とその子信親《のぶちか》をはじめとする貴族たちだった。

ところで頼朝は、六条堀川の館を出る時は、郎党光盛と時定が担《かつ》ぎ上げるようにして鞍上《あんじょう》へ乗せてくれたが、ここまでくるのが精いっぱいで、いつ滑り落ちるかと危ぶむほど、鎧の重さにてこずっている。

いっぽう、六波羅の館に本拠を置く伊勢平氏の棟梁平清盛は、二十三歳になる嫡男重盛に合戦の手筈《てはず》を任せていた。

左衛門佐《さえもんのすけ》重盛は、衆に優《すぐ》れた智謀ばかりか人望も高く、性格も温厚で、もはや清盛が出るまでもなく、一門一統は重盛の命のままだった。

「ところで重盛、主上にはかしこまりましたと奏上《そうじょう》しておいたが、大内《おおうち》(皇居)を焼かずに源氏を攻めることは難しい」

「なにぶんにも新造の内裏にございますれば……」

「焼くことはいとやすいが、新造するとなると、莫大な費《つい》えを必要とする……」

「となれば、策を立てて源氏の一統を内裏よりおびき出すよりほかに道はありませぬ」

「引き受けてくれるか、重盛……」

「かしこまりました……」

「ならば、父は後詰《ごづ》めとなって、待ち受けると致そう」

清盛は頼もしげにうなずいている。

一礼して、さっそく重盛は出陣の支度を調《ととの》えた。

赤地錦《あかじにしき》の直垂の上に、櫨匂《はじにお》いの鎧を着し、竜頭《たつがしら》の兜の緒を締めて、小烏《こがらす》の太刀を佩き、黄《き》花毛《げ》の駒に打ちまたがった重盛は、一軍を率いて出陣することになった。

「やよ者ども、年号は平治、花の都は平安城、われらは平家なり。三拍子《びょうし》揃《そろ》うた以上、われらの勝利疑いなし……」

若々しい声音《こわね》で宣言すると「いざ出発！」と下知《げち》した。

波頭が上下するように、駒が弾《はず》み、乗っている武者たちの兜が躍って、新雪が蹴散らされて浪《なみ》の花のように飛んだ。

平重盛は、全軍を三つに分けて、それぞれを、内裏（御所）の陽明《ようめい》、待賢《たいけん》、郁芳《いくほう》の三門に向かわせた。

平氏の旗印は赤く、門内に詰めている源氏の面々は白旗を掲げている。

「寄せて参りましたぞ」

伝令が駆けつけてまもなく、鬨《とき》の声がひびいてきた。

天地を揺るがすような寄せ手の鬨の声に、守っている源氏の将兵は武者ぶるいした。

だが、鎧に身を固めていても、いまだ一度も流血の場に出会ったことのない信頼は、恐れを覚えて、顔色が変わった。

紫宸殿《ししんでん》の南の階段を、下りるには下りたが、信頼のふるえは止まらない。舎人《とねり》が曳《ひ》いてきた駒に跨《また》がろうとしたけれど、鎧の重さとふるえのため、なかなか脚が上げにくい。

「御《おん》大将、疾《と》く馬を召しませ」

武者たちに促《うなが》されて、信頼はようやく鞍《くら》をつかんで引き寄せ、よじ登ったのはよいけれど、鎧の重みで、馬の向こう側へずでんどうと滑り落ちた。

階段下の庭土の上にうつ伏せになって倒れている信頼の姿を見て、その場に居合わせた源氏の武者たちは、思わず笑い転げた。

それを眺めた源氏の棟梁義朝は、失笑しつつ、

「なんたる不覚《ふかく》者めが、あれでよくも大将と言えたものだ」

呆れ果て、そのまま打ち捨てて、寄せ手の平家勢めがけて駒を進ませた。

その頃、舎人たちに担ぎ上げられて、ようやく信頼は馬上の人となった。しかし、肥え太ったうえに大鎧を着ているので、馬が哀れなくらいだった。

「これ、天魔はいずれぞ？　天魔を呼べ！」

天魔に守ってもらおうというので、信頼はしきりに捜しているが、内裏の樹《こ》かげに身を隠した天魔は、もう近寄ろうとしなかった。

――これで、あやつの運も尽きたというもの……。

ならばしばらく旅に出るかと、天魔は、まだ敵勢に囲まれていない西側の宮門めざして駒をやった。

ところが、なんとしたことか、耳の中に虻《あぶ》でも入っているかのごとく、何かが鳴りひびいてやまない。

――なんだ、これは……。

まるで誰かが頭の中に手を突き込んで掻き廻しているかのようだった。

――こりゃたまらん……。

頭を抱え込んだが、馬は遠慮なく進んで、ふと気がつくと、待賢門のかたわらにさしかかっ

た。

割れるように痛む頭をねじ向けて、天魔が眺めやると、門の向こうは赤い旗印でみちみちていた。

——ちぃッ！

舌打ちして、天魔が馬首をめぐらそうとしたとたん、右の太股《ふともも》に石でも当たったような衝動を覚えた。

——おのれ、やりおったな！

見ると太股に深々と矢が突き立っている。

ぎりぎりと歯噛みして天魔は口惜《くや》しがったが、これでは敵陣を突破できそうにない。しかたなくまたもや木立ちの奥へと引き返していった。

その直後に、信頼がさしかかった。その姿をすかさずみつけた重盛が呼ばわった。

「この門の御大将と見受けたり。かく申すは、桓武《かんむ》天皇の末裔《まつえい》、大宰太弐《だざいのだいに》清盛の嫡子、左衛門佐重盛なり。生年《しょうねん》二十三歳、いでや尋常《じんじょう》に勝負したまえ」

と、聞いて、信頼はあわてて馬首を元きたほうへ向けた。

「防げ！　防げ……」

命令しつつ逃げて行く総大将の姿を見て、源氏の一統は、なんたる卑怯者《ひきょうもの》ぞやと、口惜しがった。

これはいかんと、源氏の棟梁義朝は、

「源太はおらぬか」

と振り返った。

「これに控えて候《そうろう》ぞ」

源氏重代の八龍の鎧がひときわ映《は》えてみえる悪源太義平が鹿毛《かげ》の駒に乗って進み出た。

「やよ、不覚人《ふかくじん》が逃げ出したぞ、待賢門の防ぎをいたせ」

「承《うけたまわ》って候」

すぐさま門近くへとやってきた。

「この手の大将は何者ぞ？　かく申すは、清和《せいわ》天皇の後胤《こういん》、左馬頭《さまのかみ》義朝が嫡男、鎌倉《かまくら》悪源太義平なり。十五の年に武蔵《むさし》大倉《おおくら》の大将帯刀先生義賢《たてわきせんじょうよしかた》を討ってより、たびたびの合戦に一度も不覚を取ったことなし。生年十九歳、いざ見参《けんざん》！」

大音声《だいおんじょう》に呼ばわると、源氏重代の名剣石切《いしきり》を引き抜くなり、数百名もいるかと思える敵陣めがけて突き進んでいった。

右に左にと敵を斬り伏せて、悪源太とその部下十七騎が、平家の陣を二つに割ろうとするのを見て、重盛が名乗りを上げようとした。

だが御大将を討たれてなるかと、平家の武者たちが行く手を塞《ふさ》いだ。しかし、あれぞ重盛と目をつけた悪源太はいち早く迫っていった。

そうはさせじと、重盛とその配下は、大将を守って、源平互いに馳《は》せちがい、左近《さこん》の桜、右近《うこん》の橘《たちばな》のまわりを、五めぐり六めぐりと、めぐり合って、いつ果てるとも思えなかった。

鬨の声や人馬の響きに追われるようにして、天魔は建物のかげに入ると、傷ついた馬を下り、着慣れぬ鎧兜も脱ぎ捨てて、矢の立ったままの太股を強く紐《ひも》で縛ったうえで、仰向けに寝転がった。

そして右足を空へ向けて差し上げると、左手で太股の傷口近くを押さえて、右手で刺さった矢を引き抜いた。

常人ではとてもできることではないが、そこはマの息子だけあって、呻《うめ》き声一つ立てないでぐいと引き抜いた矢を恨《うら》めし気に見て、林の間へ投げ込んだ。

手早く持参の傷薬を塗って、噴《ふ》き上げてくる血を布で押さえて、何重にも縛り上げた。そしてしばらく横になっていた。

もう先刻のような激しい頭痛は跡形もなく治っている。手を伸ばして木の枝の雪をすくい取って頬《ほお》張ると、天魔は肚立たしげに呟《つぶや》いた。

——母者、これが懲《こら》しめというのなら、笑止《しょうし》千万……。もう二度と冥府の一族には戻らんから、そう思うがよい。

心の隙間《すきま》に忍び込んできてならない母の面輪《おもわ》を、つかんでむしり取るように天魔は、

「ウオォ！」

と咆《ほ》えた。

咆えたとて、かえって嫌われるだけなのに、母のやさしさを知らぬ天魔は、やさしい心根とい

うものを知らずに育ってきた。

傷ついた脚を引きずりつつ、どこへ行く当てもなく、天魔は鬼のように引き攣《つ》れた顔になりながら、北へ北へとさすらっていった。


その頃、内裏の庭を右へ左へと逃げ廻っていた重盛は、今こそと思い定めて待賢門をあとにした。


「待てーッ！　いでや一騎討ちを……」

と、叫びつつ、義平たちもその後を追って門を出た。

それにつられて、源氏の一統もどっと門外へ出ていった。

「留《とど》まれ！　門を出てはならぬぞ！」

大声を発しつつ、内裏を守るのが肝腎《かんじん》と考えている義朝まで、彼らを追って、鴨《かも》河原へとやってきた。

鴨川は、三筋ほどの流れとなって広い河原の東寄りに見えていたが、西の河原は柳《やなぎの》馬場《ばんば》まで拡がっていて、その川砂を蹴立てて、重盛は落ちていった。

それを見て、鎌田正清は配下の八町《はっちょう》二郎を手招いた。

「引っ捕らえよ」

かしこまったと、早足で知られた八町は、走りに走って追いつくと、長い柄《え》のついた熊手を伸ばして、重盛の兜の頂上に開いた穴に引っかけた。

兜の頂上には、熱気が籠《こ》もらぬよう、息抜きの孔《あな》があいている。八幡座《はちまんざ》、天辺《てへん》の孔と呼ぶのがこれである。

その天辺の孔に熊手を引っかけられた平重盛は、今にも引き落とされそうになった。

「若殿！」

重盛を救《たす》けようとして、平家の郎党が割って入った。両者の間を隔てる人数がふえ、八町二郎の手から熊手が離れた。

重盛はそれを取り除く遑《いとま》もなく、熊手をつけたまま南へ南へと落ち延びていった。その行く手に、父清盛の率いる平氏の軍勢が待ち受けていた。

ようやく味方の陣営に駆け込んだ重盛がほっとひと息ついている頃、思わぬ深追いをしてしまった義平は、しまったと後悔の臍《ほぞ》を噛んだ。

だが、義平の背後にはすでに百騎近い源氏の一統が詰めかけ、さらにすこし遅れて一団の武者たちが見えていた。

——よし、さらばこのまま平氏の本拠地まで突っ込むとするか。

ひと息入れて、ふたたび義平は六波羅めざして駒を進め、つづく源氏の軍勢も鴨河原を南へとひた向かった。

それと見て、河内源氏の棟梁義朝は、今こそ仕掛けの潮時と思って、かたわらにいる朝長、頼朝に声をかけた。

「やよ倅《せがれ》ども、間もなく側面より矢が飛んでくるぞ。弓の支度をせい！　敵をみつけたら矢を放つのじゃぞ」

注意しておいて義朝は馬腹を蹴った。その父を追って、子息二人が駒足を速めた。

頼朝は、あんなに重かった鎧が、いまは、あまりその存在を感じなくなっているのに、気づいた。それは馴《な》れたためというより、いよいよ合戦という緊張感のせいだった。

いつ敵の矢が飛んでくるかわからぬと思っただけで、身がすくんだ。それでも兜の眉庇《まびさし》の下から左右に目配《めくば》りすると、左手の河原をこちらへと向かってくる敵の一隊があるのに気づいた。

矢を番《つが》え、夢中で射放つと、敵の一人が鞍から転げ落ちていった。あっと思ったが、その間も駒は進んでいくので、鞍にかけた手綱を取って、河原を走らせた。

もう前方では合戦がはじまっている。六条河原の東の堤に楯《たて》を並べ、その間から平家勢が矢を射込んでくる。

その矢玉の雨を浴びて倒れる者、掻いくぐって先へ進む者、それが動く影絵のごとく冬空の下で繰り返されている。

——地獄がみえてきた……。

そう感じたけれど、大将の子息が、敵に背を向けるわけにはいかなかった。

馬上にあって頼朝は、なおも矢を射放って、馬首を左へ向け、鴨川の東岸めざして進もうとした。

そして気づいたのは、いつの間にか朝長の姿のないことだった。

——いずこへ？

まさか逃げたわけではあるまいと思ったが、それを気にしている暇はなかった。

空《くう》を切るような衝撃を覚えて、ぴくりと首をすくめたが、その目の前を横切《よぎ》って、兜に当たったらしい征矢《そや》が落ちていった。助かったと思う間もなく流れ矢が鎧の袖に命中した。けれどすでに勢いを失っていたので、鎧を通す力はなかった。

そんな頼朝の右手前方で戦っていたのは、異母兄に当たる悪源太義平だった。

義平は、六条河原の東側に陣を布《し》いた百人ばかりの一団めざして馬を馳せていた。

「やよ、兵庫頭頼政《ひょうごのかみよりまさ》、汝《なんじ》は源氏の一統なるに、なにゆえそれに控えおるぞ。察するに、源氏勝たば源氏に、平氏優勢なら平氏につかんというのであろう」

そんな奴輩《やつばら》は許しておけないというのが義平の気持ちだった。

「おのれ、悪源太義平が父に代わりて成敗《せいばい》してくれようぞ」

十数騎の配下とともに、義平は真一文字に源頼政軍の間を割って突進した。

右に左にと太刀をふるって頼政軍を斬り伏せていったから、たまらず相手は退却して、散り散りになった。

その頃、義朝の本隊は六波羅へ向かったけれど、肝腎の戦力となる義平が頼政勢にかまっていたため、いまひとつ迫力に欠けていた。

やがて矢玉が尽き、しかも背後に平家勢が廻ったため、ひとまずここは兵を引こうと義朝も決心した。

どんなに剛《ごう》の者でも、矢玉が尽きてはなんともしようがない。その間も、休む暇なく敵の矢が飛んでくるのである。

「大殿、これ以上味方を失うてはなりませんぞ」

汐時《しおどき》よく鎌田が声をかけた。

「ならば汝に任せよう」

「かしこまった……」

鎌田が引き揚げを命じたが、それに応《こた》える兵数はわずかとなっていた。しかも鴨川の両岸から矢を射かけられて、内裏へ戻りもならず、しかたなく一団となって鴨川の上流へと落ちていった。

そんな源氏の一団を、あの信頼が待っていた。

「麿《まろ》を置き去りにいたす気か」

語気《ごき》を荒げて信頼は必死に追ってきた。

第八章　驕《おご》る平家は

一

降り募《つの》る雪が、あたりの音という音をみな吸い取ってしまうせいか、木ノ花《こはな》一族の住んでいる吉田《よしだ》山の東麓あたりは、まるで生き物が死に絶《た》えてしまったかのように、静寂に包まれていた。

朝を迎えて、ようやく雪がやんだが、山里はまだ目覚めていなかった。

けれど炊煙が立ち昇って、そこに人里のあることを示していた。

膝まで埋まりそうな雪を踏み破るようにして一覚《いっかく》が、栗田郷《あわたごう》の弥九郎《やくろう》の住居にやってきた。武者たちが乱入してこないように犬たちが番をしていたが、一覚の匂いを憶《おぼ》えていたとみえて、吠《ほ》えはしなかった。

「真名《まな》さまはおいでですか」

戸口から声をかけつつ、一覚は荒い息遣《いきづか》いになっていた。

その時、真名は、武者たちがこの粟田郷の吉田山の東麓に近づかないように、いわば法力の網を張りめぐらせていたので、いっときも気が抜けなかった。

長《おさ》の弥九郎は小柄な身体《からだ》を小まめに働かせて、一覚の濡れそぼった衣を、着替えさせたり、暖めさせたりしたうえで、真名の許《もと》へつれていった。

真名は一室に正座して西南方を向いたまま微動だにせず、彫像にでもなったかと思われる姿だった。

邪魔をしてはいけないと思いつつ、その知らせをもって雪野をやっと駆けつけたのだからと、一覚は声をかけた。

「いよいよはじまりましたぞ。内裏《だいり》に籠《こ》もった源氏の一統を、平氏が攻め込んできて合戦となりました。その矢玉の雨を浴びて、お師匠さまが亡《な》くなりました」

「なに、琵琶《びわ》の師匠が……」

「はい、先ほど、息を引き取られ、これを形見に戴《いただ》きましたのです」

背にした一面の琵琶を指《さ》し示した。

「そうか、それでここへ……」

「はい、源氏の一統が鴨《かも》の河原を南へ向かいました隙《すき》をみて、鴨川を東へ渡りました」

「そうですか。それより問題は、ここへ武者がいつ押し寄せてくるかです……」

「はい、とんだお邪魔をして申しわけありません」

「それはよいが、すこし向こうで休んでいらっしゃい」

ふたたび西南方へ法力を集中すると、ちょうど一覚の足跡をたどるようにして、七、八人の武者たちが、東へ向かってくるのに気づいた。

――やはり……。

彼らは赤い旗印を手にしていた。

平氏の一隊は鴨川を東へ渡った所にある熊野《くまの》神社の森かげに隠れ込んだ。おおかた、そこで源氏の一統を待ち伏せしようというのだろう。

「今のうちに朝食をすませ、残りを屯食《とんじき》(間食)として、いつでも逃げ出せるように支度をしておきなさい」

真名の言葉に従って木ノ花の一統は忙しく立ち働いている。

「それから、真名さま、忘れておりましたが、信頼卿《のぶよりきょう》についておりましたあの天魔《てんま》が、矢傷を受けて、どこかへ姿を消しました」

「あの天魔が傷を受けたとすると……」

それは母であるマに見放されたためだろうと察した。だがそれを一覚に告げてもしかたのないことなので、胸におさめておいた。

「それよりすみません。先刻は、大事なところでお騒がせ致しまして……」

「どうせ敵はここへ参ります。このぶんでは、源氏の負けとなりましょうゆえ、落武者を追って平家の荒武者がこの一帯の人家を捜し歩くことでしょう」

「平家の勝ちとなるのですか」

「まんまと内裏より釣り出されて、矢玉もすくなく、待ち受けている平家の軍勢に出会っては勝ち目もありますまい」

「では、このままでは危なくなりますね」

「そうです。源氏が高野《たかの》川沿いに近江《おうみ》を目指して落ちていく前に、われわれも、高野川を渡って岩倉《いわくら》のほうへ難を避けなくてはなりません」

真名と一覚が話しているところへ弥九郎がやってきた。

「御祖《みおや》さま、一同、支度が調《ととの》いましてございまする」

「では、出かけましょう。表戸は開けておくように伝えてくれましたね」

「はい、大事な種《たね》や衣類や食物はすべて安全な所へ隠してありますゆえ、出入り自由にして、あとは犬どもに守らせます」

「一乗寺《いちじょうじ》への使いは……」

「もう着いている頃です」

うなずきつつ、真名は当座の入用な品を収めた袋を手にして立ち上がった。それを奪うようにして一覚がもつことにして、大事な琵琶の入った袋を背に廻して供をした。

陽光とともにだいぶ雪は薄くなっていたが、山麓の谷道に向かって、木ノ花一族の老若男女四十名ばかりが、北へと歩んでいった。

右手に如意《にょい》ケ獄《だけ》、左手に吉田山を眺める谷道を縫うようにして白川《しらかわ》が流れ下っていく。花崗岩《かこうがん》の砕けた白砂によって河原を覆《おお》われているので、その名のとおり、白々と光り輝いてみえた。

そこから一乗寺までは畑道が通じていた。

冬の夕暮れは忍び寄るように、ひっそりと訪れ、気がつくといつの間にか隣りにやってきて、人影を包み込んでしまう。

先駆《さきが》けの郎党《ろうどう》が安全をたしかめつつ、山鼻を廻って、こんどは北東へと高野川沿いに進んでいった。

鎧《よろい》金具のふれ合う音、駒音、人声などが河原を通りすぎつつ、今はもう黒く立ちはだかる黒い影となった比叡《ひえい》山の山懐《やまふところ》へと忍び込もうとした。

ところが八瀬《やせ》の手前あたりに、山法師《やまほうし》たちが焚火《たきび》しながら待ち受けていた。

いつの合戦でもそうだったが、負け犬となって逃げ延びていく落人《おちうど》に襲いかかって、金目《かねめ》の物を奪い取ろうというのが、彼らの狙《ねら》いだった。

鎧姿の一団を目にするなり、五、六十人の法師が手に手に武器《えもの》を取って立ち上がった。

「やぁやぁ、あれに見ゆるは源氏の一統なるぞ」

すでに源氏敗戦の報《し》らせが届いているらしい。

これは厄介《やっかい》なことになったと、義朝《よしとも》は、鎌田正清《かまたまさきよ》を振り返った。

「大殿、右手の丘かげにも、四、五十人ひそんでおりまするぞ」

闇《やみ》の中に、点々とつらなる松明《たいまつ》の火がこちらへ向かってくる様子だった。

「ひと戦《いく》さするぞ」

「いえ、ここはご辛抱なさりませ」

鎌田は、斎藤別当《さいとうべっとう》を差し招いた。

「法師どもの狙いはわれらの具足《ぐそく》じゃ」

「いかにも、手前にお任せあれ」

斎藤別当実盛《さねもり》は馬より下りて鎧兜《かぶと》を脱すると、従者のぶんも合わせて、まず闇の中へ兜を投げ込んだ。

「そら拾え！　われこそは武蔵《むさし》の住人、斎藤別当実盛なり、これより帰国いたすゆえ、われらの具足を与えてとらす。それ拾え！」

大袖《おおそで》、草摺《くさずり》と、一つずつ撒《ま》き散らすと、焚火のまわりにいた連中まで飛んできて奪い合った。

その隙に義朝たちが落ち延びると、斎藤別当実盛たちも馬に乗って、

「そら、まだあるぞ。こんどはそっちだ！」

と呼ばわりつつ、馬を進ませ、最後の臑当《すねあて》を投じると、一目散に東へ向かって山道を駆け抜けていった。

そのあわただしい蹄《ひづめ》の音を、八瀬の里で耳にした者がいる。民家の藁《わら》小屋で横たわっていたその長身異相の若者は、右の太股《ふともも》からとめどなく流れる血に困り果てていた。

もう動けぬ、とさすが驕慢《きょうまん》な天魔も、弱音を吐きそうだった。

しかし自分にこんな苦しみを与えた母に対する恨《うら》みが消えない以上、死ぬわけにはいかないと思った。

「その血を止めて差し上げましょう」

闇の中からやさしげな女の声がひびいた。

「何者ぞ？」

「案じることはありませぬ、天魔……」

「誰だ？　どうしてわが名を……」

「私は真名、そなたの母の……」

「知っておる。木ノ花一族の長《おさ》だな」

「じっとしていなさい。今、傷口をふさいで上げますゆえ……」

真名は、指先で、天魔の右の太股の大きな傷口にふれた。突き刺さった鏃《やじり》を力まかせに引き抜いたために、肉が裂け、傷口が拡《ひろ》がってしまったのだろう。真名の指先が傷口に沿ってふれると、傷口から流れていた血がとまった。その上から塗り薬をつけて、布で巻くと、真名は持参した食物と水を与えた。

「その強い体力なら、二、三日すれば、傷もよくなりましょう」

「その正義ぶった顔つきが気に食わん。汝《うぬ》を初めて目にして、われら冥府《よみ》の一族が木ノ花一族を憎む理由がようわかった。よいか、こんど出会うたなら、真っ二つに引き裂いてやるわい！」

「闇は光を憎むものです。私は、たとえ相手が誰であれ、傷つき病んでいる者を捨ててはおけません。それだけのことです。ではご無事で……」

すっと真名は闇に消えた。天魔は口にするまいと思いつつ、つい空腹に負けて、屯食《とんじき》を頬《ほお》張った。

けれど母親から受け継いだ神通力《じんつうりき》によって、すこし離れた所で起こった話し声に耳をそばだてた。

それはどうやら源氏の一統らしい。

「斎藤別当、ただ今、参着《さんちゃく》つかまつりまいた」

「おお無事であったか。われらもここでひと息入れておる。馬に水をやり、藁を与えたりしておる。そなたも腰の兵糧《ひょうろう》などロにするがよい」

郎党や諸国から馳《は》せ参じた一統の束《たば》ねは、鎌田が引き受けていた。

義朝、義平《よしひら》、朝長《ともなが》、頼朝《よりとも》の父子は、車座となって、少憩《しょうけい》をとりつつ、今後の相談を行なった。

「父はこれより東国へ向かうゆえ、義平は北陸道へ、朝長は美濃《みの》より信濃《しなの》路へと入って、諸国の源氏を集めてくれぬか。そうすれば、一、二年のうちにふたたび都へ攻め上らんと思うておる」

義朝の指示に従って、山越えののち、別れ別れとなって落ちゆくこととなった。

ちょうど義朝たちが、ふたたび出発しようとした時、闇の中から馬蹄《ばてい》のひびきが聞こえてきた。

様子を見にいった郎党が、信頼の一行の到着を報告に及んだ。

「なんじゃと……」

顔をしかめた義朝の前に、肥満体に鎧をからませたような姿の信頼が現われた。

「なにゆえ麿《まろ》を置き去りにいたせしや。総大将は麿なるぞ」

あくまで信頼は威厳をもって臨《のぞ》もうとした。だがもう義朝は、今朝までの彼ではなかった。

「おのれこの不覚人《ふかくにん》めが！　とっとと失せよ！」

いきなり、兜を脱した信頼の丸々とふくらんだ頬に平手打ちをくれた。よろめいて、信頼はおのれの図体に引かれるようにして、ずしんと地響き立てて地上に転落した。

信頼の乳兄弟《ちきょうだい》である式部大夫《しきぶのたゆう》が罵《ののし》ったが、かまわず義朝の一行は、大原《おおはら》めざして落ちていった。その大原を抜け、古知谷《こちだに》を経て、琵琶《びわ》湖畔の和邇《わに》が浜へ向かおうとした時、途中でまたしても山法師の一団に襲われた。

この時は相手の人数がすくなかったので、右に左にと斬り伏せて、ようやく落ち延びたが、その際、朝長が闇から放たれた矢を受けて脚を傷つけてしまった。

東の空の明るむ頃、ようやく琵琶湖畔に達して、ほっとした一行は、敵襲の予想された大津《おおつ》の浜をなんとか通り抜けたが、昨早朝からの合戦つづきで人馬ともに疲れ果てていた。

もう口をきく元気もなく、一人一人が黒い鎧石になったかのごとく黙り込んでいる。それに郎党や雑兵《ぞうひょう》の多くはそれぞれ好む方面へ落としてやったので、人数も八人ほどに減っている。

近江の国は白一色に覆われ、凍りついたような湖面が遠くに見えているばかりで、あとは行けども行けども雪また雪、そして振り返ると、そこもまた銀世界だった。

天も地も白く染め上げられて、疲れきった戦士だけが、黒い汚点を、雪上に落として、清浄世界に紛《まぎ》れ込んだごみのようだった。北へ進むにつれて、さらに雪は深くなってあたりは飛雪《ひせつ》の舞う雪国と化していた。

──そうだ。一昨日から睡《ねむ》っていない。

それも馬上にばかりあって、身体《からだ》ごと鎧と化してしまったようだ。頼朝は五体の感覚を失ったばかりか、なにをしているのかさえ時折りわからなくなって、しだいに一行から遅れていった。

その頃から馬睡《うまねむ》りがはじまっていたのである。

白々とした銀世界から、黒点が一つこぼれて雪に覆われていった。

二

都では落人狩りがはじまっていた。この際、源氏ゆかりの者たちを根絶《ねだ》やしにしてしまおう、まして義朝の血を享《う》けた者は、幼児といわず女といわず、みな殺しにせよというので、平家の郎党が手分けして、六条堀川《ほりかわ》の源氏の館《やかた》はむろんのこと、義朝の子を生《な》した女たちの住居を次々襲って、殺戮《さつりく》をほしいままにした。

さらに落人のうち、傷ついて白川や八瀬の人家でかくまわれている者はいないかというので、これまた虱潰《しらみつぶ》しに農家を廻り、戸締まりをした家は、いきなり火をかけてしまうという乱暴さだった。

武者と聞いただけで、農民や職人は縮み上がったもので、女は犯す、金目の物や食物は奪う、すこしでも反抗すれば刃を引き抜いて斬りつけるというのだから、この世に武者ほど無惨なものはないと思われていた。

中でも恐ろしいのは、雑兵である。いわば下っ端《ぱ》たちで、日頃の欲求不満をはらすのはこの時とばかり、手当たり次第に乱暴を働いたから蛇蝎《だかつ》のごとくに忌《い》み嫌われている。それがたらふく酒を飲んで、誰彼の見境いなく白刃で威嚇《いかく》して暴れ廻ったから、しばらくの間、洛中洛外は恐慌状態だった。

紫野《むらさきの》に住まっていた常盤《ときわ》は、五条河原で源氏が敗れたと聞くより早く、今若《いまわか》、乙若《おとわか》、牛若《うしわか》の三人をつれて、嵯峨《さが》へ逃げ、大堰《おおい》川から木津《きづ》川へ廻って、大和《やまと》の国竜門《りゅうもん》にいる叔父を頼って落ちていった。

その頃、いったん御室《おむろ》の仁和寺《にんなじ》におられる後白河《ごしらかわ》院を頼って逃げ込んだ信頼だが、たちまち平家の軍勢が押し寄せてきたため、どうすることもできなくて、同類とともに捕らえられた。

後白河上皇は、内裏の一品御書所《いっぽんのごしょどころ》に軟禁されていたところ、すでに二条《にじょう》天皇と中宮《ちゅうぐう》が、平家側に寝返った経宗《つねむね》、惟方《これかた》の協力によって内裏を脱出して、六波羅《ろくはら》へ行幸されたと知ると、今のうちにと思われたのだろう、馬の支度を命ぜられた。そして姿を変えて駒に乗ると、そのまま仁和寺へと駆け込まれたものだった。

上皇の御身《おんみ》で、そんな目に遭《あ》われたのも、元はといえば信頼のためなのに、よくも抜け抜けとすがってきたものと、後白河院は、平家の兵に引き立てられていく信頼になんの同情も示されなかった。

どこまでもつけ上がって、世の中を甘く見くびっていた信頼だが、そのまま六条河原へ引き出された時は、胸塞《ふさ》がって、泣き声を上げた。

「重盛《しげもり》は慈悲深いと聞いておったのに、なぜ麿をこんな目に……」

立ち上がって右に左によろめき歩くので、押さえつけて、松浦太郎《まつらの》が首掻《か》き切った。

近江より美濃（岐阜県）へと向かう途中に関ヶ原《せきはら》がある。ここは伊吹山《いぶき》の南麓に位置していて、日本海を渡ってくる北風の吹き出し口に当たっているため、冬は、地上から雪の消える日がないくらいである。

馬上で揺られつつ居眠りすることを馬睡りというが、二夜にわたって一睡もせずに、初陣《ういじん》に出て、そのまま落人となった頼朝は、白一色の冬野のただなかで、つい睡ってしまった。一度は、鎌田正清に捜し出されて、父義朝の許へ戻ったものの、またもや雪中の逃避行で、頼朝は馬睡りした。

危うく落馬しそうになってやっと目が覚めたが、その馬の口を取っていたのは、見も知らぬ武士であった。

しまったと、血の気の引くのが自分でもよくわかった。けれどまわりを囲む武者たちの前で、見苦しい振る舞いは、恥の上塗りとなる。すると、従者に馬引かせた武者が馬上から声をかけた。

「それにおられるは頭殿《こうどの》（左馬頭《さまのかみ》義朝）のご子息とお見受けする。いざ、都までお供いたさん……」

相手は名を告げたが、頭ががんがんと鳴るばかりで、頼朝は、ただ呆然《ぼうぜん》としていた。

——同じ死を迎えるのなら、なぜ自刃しなかったのだろう。

困った困ったと心中で呟《つぶや》きつつ、前後を固められたまま、頼朝は都へ護送されていった。

当分、都へ戻ることはあるまいと思ったのに、わずか二、三日で、こんどは山科《やましな》から三条河原へ、そして清水寺《きよみずでら》の西麓に当たる六波羅へと到着した。

頼朝を捕らえた弥平兵衛宗清《やへいひょうえむねきよ》は、平頼盛《たいらのよりもり》の家人《けにん》だった。頼盛は、棟梁清盛《とうりょうきよもり》の弟に当たっていた。

頼盛の邸《やしき》には池があって、そのため彼は池殿《いけどの》と呼ばれ、その母を池《いけ》の禅尼《ぜんに》と呼んでいたのである。

清盛の継母に当たるこの池の禅尼は、つれてこられた頼朝を一目みるなりはっとした。それは、すでに亡《な》くなった家盛《いえもり》と瓜《うり》二つの姿形をしていたからだった。

頼朝はしばらく宗清の警固の下に暮らしていたが、正月になって間もなく、父義朝が、乳母子《めのとご》鎌田の妻の実家、長田《おさだ》の荘司忠致《そうじただむね》のために斬られたと聞いて、以来、ひたすら写経に努めた。

父義朝は、鎌田の舅《しゅうと》の許に立ち寄って正月を迎え、浴《ゆあ》みをすすめられて、身を守る刀一つないところを襲われて、せめて木剣でもあればと無念がりつつ討たれて絶命、つづいて鎌田もあとを追ったということだった。

行く先に待っているのは死あるのみと思うにつけて、しだいに、夜の睡りが浅くなった。

軒端《のきば》の雀《すずめ》たちがしきりに囀《さえず》っている。それにまじって、端女《はしため》たちの話し声が聞こえてきた。

「こんどは、三位《さんみ》さまにおなりになったんでしょう」

「ええ、三位さまといえば、いよいよ公卿《くぎょう》のお仲間入りですからね」

「それにつけても、哀れなのは源氏の一統、この前、見物に行きましたでしょう、六条河原へ……」

「ええ、悪源太義平《あくげんたよしひら》の打ち首……」

厠《かわや》で聞いていた頼朝は、えっと飛び上がらんばかりに驚いた。

——あの異腹の兄、父義朝さえ及ばぬ豪《ごう》の者、鎮西《ちんぜい》八郎為朝《ためとも》の再来とも称されたあの兄が、首に……。

信じられぬと首を振った。

「でもまだ二十《はたち》の若さでしょう。それにあの人が、最後に叫んだ、われ雷《いかずち》となって汝《なれ》を打ちこらしめんという、あの絞り出すような声……」

「でも殺されてしまえば、それっきり……。人間なんて、どんなに威勢がよくても、はかないものですね」

「ええ、こちらにおいでの若者もあとわずかの生命《いのち》……」

「しいッ、もしあの若者の耳にでも入って、逃げられたら、どうするのですか」

「そんなことになれば、こちらの生命が……」

「でしょう。こわや、こわや……」

女たちの声が止《や》むと、こんどは雀の囀りがいちだんと高くなった。けれど頼朝には、呪詛《じゅそ》のように思えた。

——あとわずかの生命……。

わずかとは、いつまでなのだろうか。あとひと月の生命なのだろうか。それとも、悪源太義平のように捕らえられてすぐ……。

——わずかとは、ほんの二、三日のことかもしれないぞ。

厠を出て元の部屋へ戻った時は、もう顔色が変わっていた。

——八幡大菩薩《ぼさつ》、われを救いたまえ。

河内源氏の守り本尊である八幡の神に祈ったけれど、なんの応《こた》えもなかった。あきらめて、坐り直すと、こんどは数珠《じゅず》を手にして念じた。

——南無阿弥陀仏《なむあみだぶつ》……。

こうなれば、石ころにだって祈ってやるぞと思った。しかし、いくら祈っても、いくら念じても、いっこうに効験はなかった。

このまま死ぬのか、目を閉じると、無惨な生首が、ぐるぐると宙を舞っていた。

——助けてくれ。なんでもするから……。

思わずそう叫んだ時、誰かがにたりとした。

神仏が笑うわけはない。ましてほくそ笑《え》もうはずもない。けれど頼朝が、この生命を助けてくれたら、なんでもすると心に叫んだ時、誰かが、どこかでにたりとした。

そんなものが見えるわけでもないのに、たしかににたりと笑った者がいる。

——誰だろう。悪魔か、それとも物《もの》の怪《け》か……。

いずれにせよ、ただものと思えない。それに、こう思うことが、すでに妄想であって、死ぬのが怖くて、幻想を抱いたのにすぎない。

――そんなものが、この世にいそうなはずがないだろう。

誰一人として、神仏やあの世を見た者がいないように、鬼神や怨霊《おんりょう》も人の心に棲《す》んでいるだけではないか。

否定したけれど、本心は藁にもすがりたい思いだった。その助かりたい一心が幻の笑まいを想像させたのだろう。

頼朝は、物事を合理的に考える性質《たち》だったので、そんなふうに解釈してみた。

――しょせん、人の力とは、そんなもの、ここにこうして坐ったまま、人の力では、塀《へい》の外へすっと移れるものではない。

そうした力をもつのが近頃では天狗《てんぐ》だといわれているが、その天狗すら誰も見たことがないのである。

――嘘《うそ》の多いこの世……。

心に呟いた時、天空の一角から哄笑《こうしょう》が起こったように思った。

――幻覚だ。幻聴に耳など借すものか。

叫び出したい心を押さえて唇を嚙《か》みしめていた。

そんな頼朝を、遠くから眺めていたのがマであった。

冥府の一族の若者に肩や腰を揉《も》ませつつ、マは、ふむふむとうなずいた。

——清盛のあとは、頼朝というのも面白かろう。

ふと、それまで生きられるかなと思った。

——たとえ人の五倍長い寿命をもとうとも、始めがあれば終わりがあるもの……。このマにも生命の燃え尽きる日がやがてくる。

だが、そのあとは、この子が継いでくれると、マは胎《はら》の児《こ》に望みを託した。

——それにしてもあの愚か者は、あろうことか木ノ花の御祖《みおや》に救《たす》けられおった。

自分が、矢傷を受けるようにして、信頼との縁を切ってやったのに、あの愚か者は、それに気づくどころか、自分を怨《うら》んで、冥府の一族とは縁を切るつもりで突っ張っておる。

どこまで愚かな男かと呆《あき》れはするが、一族と縁を切ることは、死に値いするというのが一族の掟《おきて》なのに、そこは母子で情が断ち切れなかった。

三

六波羅の館にいて、内裏を思いのままに動かせる実力者となった平清盛は、正《しょう》三位の公卿らしく、鷹揚《おうよう》に構えていた。

河内《かわち》源氏の一統を根こそぎ捕らえて、根絶やしにしたあとは、もう天下に敵対する武力はなく、清盛は武人政治家として、宮廷に君臨したようなものだった。

弟頼盛が、頼朝の助命を願い出てきたけれど、あくまで清盛は、首を横に振った。

「母君のたってのお頼みにござるぞ」

「そんな情にかまけていて、なんとするぞ。頼朝は、義朝の後継ぎ、まだ十三というのに、佐《すけ》の官職を得ておる。そんな者を助命いたさば、十年も経《た》たぬうちに、平家討滅の旗を上げよう」

「いいえ、本人は出家の覚悟とか……」

「髪など、あとからいくらでも伸ばせる。頼朝と、常盤腹《ばら》の三人の男児は、一人残らず首にしてくれるわ」

「生かしておいても大事あるまいに……」

「それが油断と申すもの……」

「ここまでになれば、多少は寛容を示さぬば、世人の反撥《はんぱつ》を買いましょうぞ」

「それが驕《おご》りというもの……」

「覇道《はどう》は王者の道とは言えませぬでのう」

「重盛のようなことを申すな。王道も覇道もない。天下を制するか、敗者として滅び去るか、道は二つに一つしかない」

「なれば、能《あた》う限り、穏やかに政治《まつりごと》を行ないませぬと、人心が離れてしまいます」

「政治と源氏とは別物、源氏は、われら平氏の仇《あだ》、殺さねば殺される。それがわからぬのか……」

「それでは果てしがありますまい。根絶やしにしようとて、しきれるものでなく、残った蝮《まむし》の子が、どこかで育って、こんどは平氏の一門を討つ、そんな殺し合いで誰が救われるというのですか。なんの意味があるのです。源平以外の誰かを利するだけだ……」

しかし清盛は答えなかった。横を向いたまま頑固に意地を張っている。

——まるで駄々っ子だ……。

幼児の頃からわがままいっぱいに育った清盛は、皇胤《こういん》ゆえに別扱いされていると、世間も思い、本人も信じていた。

——兄にして兄にあらざる人、いわば蛇の仲間にまじった蝮の子にほかならない。

高貴の血統を利用して、一族の栄達を図《はか》るだけ、と割りきってしまえば、清盛にこだわることはないのかもしれない。だが頼盛はまだこだわっていた。

——たとえ蝮とはいえ蛇の一族に変わりはない以上……。

清盛の過《あやま》ちを、自分たちで庇《かば》わねばと心にきめていた。

清盛は、放免《ほうめん》を使っていると、もっぱらの評判だった。放免というのは、獄舎につながれていた囚人が、放免されて、こんどは政府側の密偵として、市中に放たれたもので、蛇《じゃ》の道は蛇《へび》というか、放免は、盗人の集まりやすい所をよく知っていた。

しかしおかげで宮廷の官人たちは、公卿から仕丁《よぼろ》に至るまで、どこに放免がひそんでいるかわからなかったので、同僚といっしょに清盛の悪口や批判がましいことは口にできなくなってしまった。

それどころか自宅へ帰っても、垣根の向こうに誰かがいるような気がして、新妻とともに奔放に夜をたのしめないことになって、たえずびくびくしていた。

そのかわり清盛のほうは安心だった。館のまわりをうろついて暗殺の機会を狙う者も、今は見かけなくなって、それこそ安眠を貪《むさぼ》ることができた。

おまけに反対者の抬頭《たいとう》を押さえるのに役立ったから一石二鳥だった。

権力者のすることは、洋の東西を問わず似たりよったりで、一度手中にした権力をいかにして守ろうかというので、自分の地位を狙う者と反対の声を挙《あ》げる者たちを、なによりも真っ先に見つけて叩き潰そうとするものである。

――こわや、こわや……。

首をすくめて、宮廷の貴族たちは、互いにうなずきあった。

――それにしても、父君は、熊野詣《もう》で以来、すっかり人柄が変わられた。

嫡男《ちゃくなん》の重盛は、平治《へいじ》の乱の直後、伊予守《いよのかみ》に任じられ、弟の宗盛《むねもり》、知盛《とももり》などもみな異例の昇進を遂《と》げている。

しかし国家のため世の中のために役立ったのだろうかと考えると、重盛は冷汗の滲《にじ》む思いだった。

――要するに多くの人の生命を奪い、建物を焼き払って、都の人たちに恐怖と被害を与えただけのことではないか。

それが勝利の名に値いするのだろうか。こんなものは、要するに私利私欲のための無益な殺生であり、権力奪取のための私闘ではあるまいか。

そう考えると、むしろ恥ずかしさの募る栄華であり栄達であった。

——一度、久しぶりに父君をお諫《いさ》めせねばならぬな。

重盛が、そう思って父の許へ急いでいた時、坂道の途中で、ふっと風が吹いて、目の前をふさがれた。

立ち止まると、一陣の風が、頬を軽く叩くようにして吹きすぎていった。

——せいぜい親孝行をしてらっしゃい。

知り合いの女に囁《ささや》かれたような気がした。

——誰ぞ？

振り返ったが、白い砂埃《すなぼこり》が、影のように立ち昇って、すっと消えていった。

——人と思えたのは、幻か……。

重盛は眉をしかめた。

——いや、たしかに人影が……。

あったと、首をひねって訝《いぶか》った。

同じ頃、清盛は、焼栗を噛んでいて、虫歯に痛みを覚えた。

「痛たたッ……」

顔をしかめたのは栗のかけらが、虚《う》ろとなった虫歯の穴にはまり込んでしまったからだった。

「誰ぞ……」

歯をせせるものをと、振り返ると、侍女らしい姿が近寄ってきて、

「お任せくださいませ」

と、柳の小枝を削《けず》ったものを虫歯のうろに刺し込んだ。

「うむ、痛い！」

「首を斬られたら、もっと痛うございまするぞ！」

「何者だ！」

「マでございます。熊野詣での折り、思い出されましたか……」

「あの時の熊野比丘尼《びくに》……」

「わらわの予言どおり、源氏を倒して、あとは、太政《だじょう》大臣まで、まっしぐら……」

「うむ……」

「ただし、頼朝を助け召され。さもないと、ご運が傾きまするぞ」

「よけいなことを……。汝《うぬ》を斬ってくれるぞ」

「どうぞ、いつなりとも……」

素知《そし》らぬ顔で、にっこりされると、おのれと憎悪が走って、清盛は太刀を引き抜いた。

「さァ、斬れますかな」

「斬らいでか！」

えい！　と斬りつけた。たしかな手応えあって、由《よし》ないことをいたしたと、顔色が変わった。

ところが朱《あけ》に染まって倒れるどころか、相手は微笑を浮かべていた。

「や、やっ……」

「斬れぬと申したでしょう」

「汝《うぬ》は何者ぞ」

「マだと申したはず……」

「魔物か……」

「頼朝を助けておやり。さもないと、屋敷の屋根にペンペン草が生えようぞ」

乾いた声で笑いつつ、女の姿はすっと宙に浮いて消えた。

「な、なんと……」

白昼夢をみたように、清盛は呆然と口をあけて見送った。そこへ重盛が入ってきた。

いったいなにをしておいでですか、というように、重盛は、呆然と立ち尽くしている父に、非難するような顔つきを示した。

「なんぞ用か」

清盛はやや迷惑顔だった。

「は、頼朝の件につきまして……」

「また助命か……」

「私はまだなにも申しておりませぬが」

「顔に書いてあるぞ」

「やはり父君もそうお思いですか。あまり血腥《なまぐさ》いことがつづきましたので、仏門に入ることを前提条件として……」

「ならぬ。源氏の一統は根絶やしじゃ」

「なんのために……」

「きまっておろう。われらに讐《あだ》をなさぬため……」

「それなら今後もまだまだ殺さねばなりませぬぞ」

「なんじゃと……」

「まだ頼朝の弟に当たる希義《まれよし》が都の外のどこかに、それから範頼《のりより》も東の方のいずこかにおりまする。義朝の弟行家《ゆきいえ》をはじめ、それぞれ血統を継ぐ者がおります。さらにその子息たちとなると、いったい何名に上ることやら……。この者たちを全国各地より捜し出して殺害していったのでは、いったい何年かかることやら。その間、父君は、政治《まつりごと》に打ち込むこともできず、また気持ちの安らぐ時もありますまい。それを思えば、もうこのへんで源氏捜しをやめて、それよりずっと手ごわい藤原《ふじわら》一門をどう押さえ込むかを、お考えになるべきではありませぬか、われら一門の繁栄をお望みなされるのなら……」

「理屈を申しおって……」

「怒りや憎しみのままに身を任せては、道を誤る因《もと》、どうか大局に立ってご判断のほどを……」

「わかっておる。ならば重盛、そちに任せよう。いずれはすべて任せることになるのだから……」

「ではしかるべく取り計《はか》らいまする」

「うむ、あとに悔《く》いを残さぬようにな」

「かしこまりました……」

いつになく物わかりのよい父だと、重盛は不審を覚えた。ひょっとすると、これは先刻の父の謎めいた行動と、どこかで結びついているのではあるまいか。それに、あの時、父と話していたらしい何者かがいたはずだが、いったいどこへ消え失《う》せてしまったのだろう。それとも父につきまとう物の怪がいるのだろうか。

不審は残るが、とにかくとうてい翻意《ほんい》するまいと思われた父の態度の軟化がうれしかった。

――これで無益な殺生《せっしょう》をしなくてすんだ……。

しかし、重盛の知らないところで、新たな犠牲者が出ようとしていたのである。

大和の国、宇陀郡《うだごおり》竜門に住んでいた叔父を頼って逃れてきた常盤御前は、あまりに目立ちすぎて、近隣の噂《うわさ》の的《まと》となったため、叔父は、これではやがて、平家の連中に嗅《か》ぎつかれてしまうと、びくびくしていた。

その恐れが現実となって、郡の政所《まんどころ》から通達が届けられた。

さっそく六波羅へ参らばよし、もし参らねば捕らえてある母の生命はないものと思え、というのである。

母を死なせてよいのか、と脅迫されては、もう放ってはおけない。常盤は決心した。三人の子をつれて、常盤は竜門を出た。本当なら、せめて牛若だけでも叔父に託していきたいところだったが、すでに敵に知られた以上、たとえ残しておいても牛若の生命の保証はなく、かえって叔父が咎《とが》めを受けることになる。

——しょせん、逃れられぬ運命《さだめ》……。

そもそも源氏の棟梁と縁を結んだことが間違いの因《もと》だったのだ。常盤は懐に牛若を抱きしめ、今若、乙若に、自分の衣の両端を握って放さぬよう命じて、大和の国から、すこしは春めいてきた綴喜郡《つづきごおり》を経て、伏見《ふしみ》へ入り、夜は農家の納屋を借りて、疲れた身体を横たえた。

「母《かか》さま、都へ行って、元の邸へ戻るのですか」

「いいえ、紫野の住居はすでに人手に渡っております」

「では、どこへ行くのですか。婆《ばば》さまの所ですか」

今若は甲高《かんだか》い声を放ち、乙若は、腹が減ったと、しくしく泣いてばかりいた。

「母さま、早よう参りましょうぞ」

行く先が三途《さんず》の川とも知らず、子供たちは先を急いだ。けれど常盤の脚は重くなるばかり、それも無理はない、母の身がわりになろうと思ってここまでやってきたものの、鴨の河原へ引き出されて、首打たれるのかと思えば、胸塞《ふさ》がれて、足は進まない。

そこで今生《こんじょう》の名残《なご》りにと思って、清水寺へ参詣した。すると顔馴染《なじ》みの役僧が、お気の毒なと、粥《かゆ》を振る舞ってくれた。

「今夜はお堂で休んで行きなされ」

「はい、お言葉は身に沁《し》みてうれしゅうございまするが、もしそれが知れてお咎めをお受けなされてはいけませぬゆえ……」

それに五条坂の東にある清水寺から、六波羅はつい目と鼻の間、あまり近すぎて、すぐ平家の放免に見つけ出されそうである。

――たとえ一夜、ここに留《とど》まろうとも、明日はどうでも行かねばならぬ。

とすれば、引き延ばすほど決心が鈍りそうだった。そんな常盤たちを見守っている視線があった。

「もおし……」

呼びかけられて振り返ると、被衣《かつぎ》姿の女人が市女笠《いちめがさ》を傾けていた。

「常盤さま、どうぞお案じなさいますな。きっとご運が開けます」

「どなたですか……」

常の人のようで、並の女人とはとても思えない気品が身辺より漂っていた。

「真名と申します。三人《みたり》のお子たちも、きっと助かります。私が陰ながら守っておりますゆえ、その悲しげなお顔はやめて、微笑《ほほえ》みをもって清盛さまのおん前に出られたほうがよいと思います」

「母も助かりましょうか」

「それはもう。なれど、あなたご自身、覚悟がいりましょうぞ」

「死ぬ覚悟なら……」

「でも、死にたくないと思っていますね」

「そりゃ、なろうことなら……」

「ならば、それはあなたにお任せするとして、三人のお子たちは、きっと守って差し上げますゆえ、おのれの心のままに振る舞われたらよろしゅうございましょう」

　これ以上、立ち入るまいと、真名は身を引いた。

「では、ご幸運を……」

　ふっと夕闇に溶けて消えた女人の姿を目で追いながら、常盤は六波羅へ行く決心がついた。疲れ果て、夜のことでもあったので、その日は休ませてもらって、翌朝、清盛の許へ母の命乞《ご》いに参上した。

「常盤か、久しぶりじゃな」

　男の声音《こわね》は、昔とすこしも変わらない。それに値踏みするような視線も以前と同じだった。

「ご立派におなり遊ばして、おめでとうございます」

　女に褒《ほ》められて怒る男はいない。

「いや、なに、勝負は兵家《へいか》の常……」

　と、夫を失った女への慰《なぐさ》めと、勝者の自信とを綯《な》いまぜつつ、それでもしっかりと、常盤が、まだ容色を保っていることを確かめていた。

――蕾《つぼみ》の花の可憐さこそ失われたものの、今は咲き誇る女の色香を滲ませているわい。

　まだ二十そこそこと、若い常盤であった。

「お情けです。どうか母をお助けくださいませ。そのためになら、妾《わらわ》と幼い者たちの生命を召されようと恨みはいたしませぬ」

「母はよい、それより……」

常盤がほしい。しかしもし三人の子の生命を奪ったなら、すんなりとそうはなるまい。ならば、三人の子の生命と引き替えにと、清盛は胸算用に忙しい。

「それになろうことなら、三人の子の命を……」

思いきって、常盤は男にすがってみた。

第九章　春の調べ

一

水面《みなも》を渡ってくる風に、氷の鞭《むち》のような厳しさが消えて、頰《ほお》を撫《な》でる風の触手が、たおやめのようにやさしく感じられた。

けれど河原の枯れ草に腰を下ろして、ゆるやかに、そして時には急湍《きゅうたん》のごとくに激しく琵琶《びわ》を掻《か》き鳴らしている一覚《いっかく》の頰は緊張でふるえていた。

誰が聞いているわけでもない。誰に頼まれたわけでもない。なのに一覚は、まるでこの一曲が、おのれの生死を分ける境目となるような、熱心というより祈りをこめて、嫋々《じょうじょう》と、あるいは咽《むせ》ぶがごとくに訴えつづけた。

その胸に秘めた情念の絃《いと》を掻き鳴らすような琵琶の調べに、耳を傾けて、真名《まな》は眉《まゆ》を曇らせた。

すでに木ノ花《こはな》一族の弥九郎《やくろう》たちは、吉田《よしだ》山の東南部にあるもとの村落へ戻っていた。

平家の落人《おちうど》狩りが、村落へ踏み込んできたけれど、台所の残り物を漁《あさ》っていっただけで、たいした被害もなくて助かった。

「これも御祖《みおや》さまのおかげ……」

「でも弥九郎、私は旅立たねばなりません」

「どちらへとお尋《たず》ねしてはいけませんか」

「しばらく近隣の同族を訪ねて廻るつもりです」

「さようですか。われらだけで御祖さまをひとり占めできませんが、お名残《なご》り惜《お》しゅうございます」

「まだ二、三日はこちらで、お世話になります……」

「お別れの集まりをいたさせてくださいませ」

「あまり気を遣《つか》わないでください」

それより、真名は遠くの物音に気を取られていた。

——池《いけ》の禅尼《ぜんに》の許《もと》を、頼朝《よりとも》が、旅立っていく。護送役の家人《けにん》に守られて……。

伊豆《いず》へ流されることにきまった頼朝は、池の禅尼たちに礼を言いつつ馬に乗った。

「頼朝どの、必ず出家するのですよ。そうすれば都へもまた戻れましょうゆえ」

「はい、仰《おお》せどおりに致します」

しおらしく、頼朝は、首に数珠《じゅず》をかけていた。それでも前右兵衛権佐《さきのうひょうえのごんのすけ》だけあって、ちゃんと馬を与えられている。

「では、これにて……」

生命《いのち》の恩人に別れを告げた頼朝の一行を、つい近くで見物していた子守り娘がいる。十四、五歳の小女の背に赤児《あかご》が負われていた。

それがまさか、異腹の弟牛若丸《うしわかまる》とは、夢にも頼朝は思わなかった。まだなんの考えもない牛若は、おのが指をしきりにしゃぶっている。

永暦《えいりやく》元年（一一六〇）三月（旧暦）十一日のことだった。

並足《なみあし》でゆっくり遠ざかって行く馬の列を、子守り娘の背中で、なんということもなく、牛若丸の瞳は映しつづけていた。

そのつい近くの小さな屋形《やかた》の中で、母の常盤《ときわ》は、清盛《きよもり》の腕の中だった。

そんな乱れた衣裳のあいだに、どこから迷い込んできたのか、花びらがひとひらふたひら舞い落ちてきた。

――餅《もち》肌じゃな……。

ただ掌《てのひら》で撫でさすっているだけで、男は時を忘れた。

「のう、牛若は赤児ゆえ傍《そば》に置いてよいが、上二人は、世間の手前もあるゆえ、僧にいたすぞ」

「はい、殿のお気のすむように……」

これで当座の処分は終わったと、清盛は、もう一度、身体《からだ》を寄せていった。その耳許に、小さな羽虫がまとわりついて、しきりに羽音を立てていた。

――気楽なものよのう。

呟《つぶや》いたのはマであった。春を迎えて、マはしばらく事もなく胎内の子の生育を待っていた。

――当分は事もなし……。

しかしマの神経にちくちくと刺さった脳波の働きがあった。

——おや、木ノ花の真名が、なにか企《たくら》んでおるようだな。

真名の発する脳波に乱れが感じられたからだった。

——いつものあの深い湖のように澄みきる心境とちがって、どこか悩まし気《げ》でもある……。

もうやがて、自分と同じく生命の泉が涸《か》れようとしている真名のことである。

「これ千本針《せんぼんばり》……」

「はい、親方さま……。なんぞご用でも……」

「真名のかたわらに、男の影は……」

「いえ、ありませぬ。一族の男たちのほかには……」

「なにか見逃していたものがあるやもしれぬ」

いつになくマはすっかり考え込んだ。しかし胎児のことを思うと、あまり激しいことはできそうにない。

——天魔《てんま》にかわって、一族を統率していける後継ぎを、どうしても生み落とさねばならぬ。

そのために、少々の不利は堪《た》え忍ぼうと思った。

ちょうどそんな時、鴨《かも》河原で琵琶を弾じていた一覚の絃《いと》に乱れが生じた。誰か近づいてくる、真名だろうかと思っただけで、心に迷いが生まれた。

しかし人影は墨染《すみぞめ》の衣に身を包んだ青年僧だった。

一覚は心の乱れを見抜かれたかと狼狽《ろうばい》した。

僧侶の姿をしているが、衣を透《す》かして現われた筋骨はまことに隆々としていて、並の僧とは思えなかった。

「よい琵琶をおもちじゃのう」

「はい、亡《な》くなった師匠からいただきました」

「私は、まだ頭を丸めたばかりの僧で、慈念《じねん》と申す者……」

「これはどうも……。私は修業中の一覚という者です」

「長く修業しておられるのか」

「いいえ、まだほんの習いたてです」

「それだけ弾《ひ》けたら立派なもの。ずっと都に住んでおられるのか」

「生まれは大和《やまと》です……。あなたはひょっとして、武者ではありませんか」

あまり突っ込んではいけない、と思いつつ一覚は好奇心のままに尋ねてみた。

「たしかにそのとおりだ。なれど、殺し合うのが厭《いや》になって逃げ出した。合戦で死んでいった人たちの菩提《ぼだい》を弔《とむら》うためと口では言っているが、その実、怖くなったのだ。殺し殺さねばならぬ、武士の暮らしがな」

「それで僧侶に……」

「そこもとと同じで、まだ経も碌《ろく》には読めぬ。目下、修行中でな……」

「お互いによく似たことをしているのですね」

「そうらしいな。師の御坊《ごぼう》の使いで久しぶりに都へ出て参ったが、今はもう平家の世だ……」

では源氏の武士か、うなずいたが声には出さなかった。

「山にいればなにも考えなくてすむが、都には罪の匂いがぷんぷんしておる」

「お気をつけなされ。放免《ほうめん》がどこにひそんでおるやもしれませぬゆえ」

「そこもとが放免でないことを祈っておるぞ」

「これからお山へお戻りですか」

振り返ると、比叡山《ひえい》が、都の守護は引き受けたというように下界を見下ろしていた。

「当分、修行に励むつもりだ。まだ若いから……」

「私も、これから修業の旅に出ます。各地にいる琵琶弾きを訪ねて、教えを乞《こ》います」

「そりゃいい。どうじゃな、十年経《た》った同じ三月十一日の昼下がり、ここで再会いたさんか。のう一覚どの……」

「はい、慈念さま、どうかお気をつけて……」

「そこもともな……。家族といっしょか」

「いいえ、両親も兄妹もありませぬ。今は、真名さまという方のお伴《とも》をしております」

「女性《にょしょう》か。どなたの北の方であろう」

「並の方ではありません。神さまのような方です」

神という言葉を口にした時、一覚はわれ知らず戦慄《せんりつ》を覚えた。

なんと畏《おそ》れ多いことだろう、その神のごとき女性を、自分は世の常《つね》の女人にしようとしていたのである。

——そんなことの許されようはずはない。

かぶりを振りつつ、それでもなお振り捨てられない情念の炎の熱さに、一覚は身をよじった。

「ここで知り合うたのもなにかの縁、では十年後に……」

「はい、必ず……」

慈念は、活発な足取りで、ふたたび比叡山へと戻っていった。会うは別れの始めというが、出会いのたのしさが、別れの淋《さび》しさに閉じ込められて、そのまま凍りついてしまったようだった。

夕暮れが迫ってくるまで琵琶の稽古《けいこ》に励んで、というより、ともすれば重苦しくなりそうな思いをすこしでも忘れようとして、一覚は川風の中に坐りつづけたが、夕鴉《がらす》が啼《な》き交わすようになってはねぐらへ帰らないわけにもいかず、布袋に琵琶を仕舞って、立ち上がった。

今まで西方に向かっていたので、そこは明るい夕焼けに染まった彩雲が浮かび漂っていたけれど、東方へ向かったとたん、彼は夜の扉《とびら》に出会った。

——これからなにをして、どう生きていけばよいのだろう。

師匠が生きていたなら、宮廷の楽人として残れたかもしれないが、もともと私的な師弟関係だったので、それこそぷっつりと縁が切れてしまった。

かといって、いつまでも木ノ花一族の世話にもなっておれず、この先、真名の件をしてよいものかどうかと、迷いは迷いを生んで、足取りも重かった。

憔悴《しょうすい》の色を浮かべた一覚を迎えた真名は、気軽い口調で話しかけた。

「急なことで悪いけれど、明日、朝食をいただいたあと、ここをいっしょに発《た》ちましょう」

「私もですか」

「なにか予定がおありですか」

「いいえ、でも、お伴をしてよいのですか」

「吉野へ参ります。いっしょにきてくれるでしょう」

「はい、喜んで……」

あれこれ迷っていたのが嘘《うそ》のように、ただの一言で明日がきまってしまった。

「今日は、熱心に稽古をしていましたね。でも、小手先だけで、曲に心がこもっておりませんでした」

「では、聞いておられたのですか……」

「虚《うつ》ろな心が空《むな》しくひびきました」

もう琵琶をやめろと言わんばかりだった。一覚は血の気の引く思いで肩を落とした。

二

翌日、別れを惜しむ弥九郎や村人たちをあとに、真名は一覚をつれて南へ、大和路へと向かって旅立った。

若者は菜の花畑に舞う白い蝶のようなものだというが、今の一覚は秋の蝶のごとくしおれていた。

黙々と歩みを拾って、蓮華野《れんげの》を行く一覚は、まるで拗《す》ねてでもいるように、どんどん足を早めて、真名を置き去りにした。

むろん神通力《じんつうりき》をもつ真名にすれば、追いつくのはいと易《やす》かったが、そこは外見どおり嫋女《たおやめ》らしく蓮歩《れんぽ》を運んで、すっかり距離が開いてしまった。

——まァよい、気のすむようになさい。

日頃、自分を抑《おさ》えつけて暮らしている若者は、時としてひどく頑《かたく》なになりやすいもので、いわば夢と現実のはざまでもがき苦しむ、自虐《じぎゃく》の年頃でもあった。

高く低く、囀《さえず》りつづけている雲雀《ひばり》の行方を目で追いつつ、真名は足をとめた。

——おや、あいにく、今夜から雨になるらしい。

とかく春先は雨が多い。真名は先を行く一覚を呼びとめた。

「こちらへ寄り道しますよ」

左手の山中道を東へと進んだ。そんなに高くもなければ、険《けわ》しくもない山路だが、とてもその先に人里があるとも思えなかった。

「どこへ行くのですか」

「昔、この先に、私のご先祖が村落を営んでいました」

「こんな山奥にですか」

「そうです。こちらから入ると洞穴道《ほらあな》が塞《ふさ》がれておりますが、裏へ廻ると、案外楽に行けるはずです」

「行ったことがあるのですか」

「夢にみただけです。ご先祖が住んでいた頃の夢を……」

「どんな人が住んでいたんですか」

「木花須加流《このはなのすがる》と咲《さき》という方です」

「夫婦ですか」

「いえ、兄妹です。今から四百年以上、昔のことです……」

「そんな昔のことがわかるのですか」

「そりゃ血のつながりがありますから……」

真名はすいすいと登っていくが、一覚は山坂をよじ登るのにひと苦労した。その苦しみが、こんな山の上に村落などあるものかという抵抗、拒否の思いにつながった。けれどいやいや登ると、岩角に蹴《け》つまずいたり、握った藤蔓《ふじつる》がぷっつり切れたりと、難儀が重なった。

「真名さま、本当にあるんですか」

「もうすこしです。あの大きな岩が頂上です」

軽々と登りきった真名のあとから、一覚はようやく大岩に手が届いた。

そこは壺《つぼ》の縁《ふち》のようなもので、真下に位置する壺の底に当たる部分が平地となっていて、倒木や木の葉の腐った土などに埋もれているものの、何棟かの住居址《あと》が上から見るとはっきりわかった。

「真名さま、家の形がまだ残っておりますぞ、あの一軒は……」

「ええ、夢にみたとおりです」

そこで山部王《やまべのきみ》（桓武《かんむ》天皇）と咲が結ばれたのである。

「焼け跡《あと》だらけですね」

「冥府《よみ》の一族に襲われたのです。穏やかに暮らしていた人たちの大半が、ここで生命を失いました」

その人たちの骨を納めた形ばかりの土饅頭《どまんじゆう》が、林のかげに残っていた。

「水もあるようです」

「汲《く》んできてください。竈《かまど》が残っています。炉《ろ》も……」

「屋根もあるし、これなら一日や二日、十分泊まっていけますよ」

一覚は、新しい玩具《おもちゃ》をみつけでもしたようにはしゃいでいた。水を汲み、薪《たきぎ》を探し、褥《しとね》にできそうな草までみつけてきた。

真名は古びた広口の壺をよく洗って水を加えた米を入れた。それに蓋《ふた》をして火にかける前に、持参してきた雑魚《ざこ》と塩と山菜や山芋《いも》を加えておいた。

ぐつぐつと煮え立つ壺から、蒸気に乗って旨《うま》そうな匂いがあたりに流れ漂いはじめた。火の気があって、食物の匂いがあると、人は心を和《なご》ませる。

「お椀《わん》がないので、割り竹を使ってください」

箸《はし》もまた竹であった。

「旅の最中に、こんな温かい食事がとれるとは思いもよりませんでした」

「明日は多分、雨になりましょうゆえ、ここで……」

「いいですよ。ここなら何日でも……」

真名といっしょならここに住んでもいいと、一覚は心に呟いた。

満腹して、一覚は、琵琶を弾いた。この山中では、撥《ばち》音も思いきりのよいものとなった。心の弾《はず》むままに奏《かな》でられる弦《げん》のひびきに、時の経つのを忘れた。

うっとりと聞き入っていた真名は、弾き終わった一覚の手をとって、感謝の印《しるし》に、頬を寄せた。

今までに感じたことのない女らしさが匂い立つようで、一覚は驚くとともに悦《よろこ》びを覚えた。

「一覚さん、お願いがあります」

思い詰めたような声音《こわね》に女の情が絡《から》みついていた。

「真名さまのおっしゃることなら、どんなことでも、けっして拒《こば》みはしません」

生暖かい春の夜は、花の香や草木の萌《も》え出る匂いにみちて、甘ったるく挑みかかり、人をして恋の冒険に誘《いざな》うかのようだった。

「お願いというのは、ほかでもありません。あなたの素直な心を受けた子供がほしいのです。木ノ花一族の長《おさ》になってくれるような」

驚きのあまり、一覚は呆然《ぼうぜん》としていた。

「私の寿命もやがて尽きます。そのためどうしても後継ぎが必要です。けれど私は、親しくもない方は厭なのです。いつも自分の身近にいる素直な心の持ち主……」

それで自分を選んだのかと、一覚はうなずいた。

「一覚さん、目を閉じてくださいませんか」

「はい……。閉じるだけでよいのですか」

「ええ、できれば心を空《くう》にしてください」

要望どおりにしたかと思うと、いきなり真名の心が入り込んできた。それは拒む暇もなく、するりと入り込んで、一覚の心をみたしていった。

すると雑念も批判もためらいもなく、身体中に男がみなぎってきて、かたわらに寄り添った女体を抱きしめた。

榾火《ほたび》が炉の中で、弾《はじ》けていたけれど、あたりは森閑として、お互いの呼吸《いき》づかいだけが聞こえてきた。

絡み合い、一つに溶け合おうとする雄《お》と雌《め》の姿は、天地根元を現わす太極《たいきょく》そのままの相だった。

自分の血を分けた後継者に、太極の印を遺《のこ》したい。

初めはためらい勝ちだった男女が、やがて夢中になってわれを忘れたけれど、この深山の春の夜は、いつ果てるとも知れなかった。

翌日、雨が二人を閉じ込めて離してくれない。

三日目、雨があがった。空は晴れてきたけれど、雷鳴が轟《とどろ》いて、なんとなく不安を醸《かも》していた。

「こんな日に出かけるのですか」

一覚はいつまでもここにいたいと不満げだった。

「さァ、どうしましょう。だんだん食べ物がなくなってきました」

「私が竹の子や山芋を掘り出してきます」

「でも、安全なのは、籠《こも》りの洞《ほこら》です」

そこで真名は後継ぎを生み育てるつもりだった。

「では、明日、出発しましょう」

その時、雷光がきらめき走って、高々とそびえた大杉が身もだえつつ裂けていった。そして哄《こう》笑《しょう》とともに、妖魔が姿を現わした。

どす黒く、そこだけ墨《すみ》を流したような天の一角から、マの声がひびいてきた。

「みつけたぞ！　そんな所に隠れ忍んで、密事《みそかごと》を行なっていようとは、とても木ノ花一族の御《み》祖《おや》とは思えぬわい」

「これは生けるものの定め、誰にも止められはせぬ」

「ぬけぬけと、ようほざいたわ。ならば、われらも汝《うぬ》も同じこと、もうわれらを咎《とが》め立てできぬぞ」

「これまで一度も咎めたことはない。冥府の一族を、たとえ一人たりと、傷つけたことがあろうか」

「傷つけたとも。汝たちがこの世にある限り、われらは落ち着けぬ。絶えず心を責められているようで……」

「お互いに干渉せぬよう、生きていけば、それでよいのではないか」

「ところが、そうはいかぬ。われらの行く手にいつも立ち塞がってきたのが、木ノ花一族。ならば一つずつ、叩き潰《つぶ》していかねば、冥府の世にはならぬ」

「冥府の世とはどんなものですか」

「よう聞いたものよ。よいか、冥府の世は、人間の本性のままに自在に振る舞い、力のままに相手をねじ伏せ押し倒して、世の中に君臨する。つまりあくなき権力の座を意味する。権謀術数こそわれらの武器、奸智《かんち》狡智《こうち》の限りを尽くして覇権に近づくことが、すなわち喜びというもの……」

「ならば、その陰に犠牲となって倒れた人たちに手を差し伸べ、助け起こそうとすることこそわれらの役目……」

「邪魔をいたさば、ひねり潰してくれようぞ」

ゆっくり地上に下り立ったマは、真名の背後に隠れるように佇《たたず》んでいる一覚をみつけて指さした。

「汝か、真名の相手を務めしは……」

ただの青二才ではないかと、マが片手を上げると、その指先からほとばしり出る法力に、金縛《かなしば》りとなって、一覚はおびえた。

「手出しは無用、そちらも後継ぎがほしいのなら、おとなしく帰るがよい。さもないと胎《はら》の児《こ》に障《さわ》りが起ころうぞ」

「おのれこのまま見逃すのは残念なれど、この始末はいずれ胎の児がつけてくれよう」

「役目を終わらば、われら二人、自然の理《ことわり》に従って、静かに永《なが》の睡《ねむ》りにつかねばなるまい」

「長い戦いの末にのう」

「思えば、因果《いんが》なものよのう、われらとそなたの一族は……」

真名は嘆息を洩《も》らしたが、マは勝ち誇ったようにせせら笑った。

「憐れむべきは、木ノ花一族よ」

マはさらに言い募《つの》った。

「汝《うぬ》が望みを託した牛若丸に明日はないぞ」

「そなたが縁をつないだ頼朝も同じこと……。合戦のない世の中がくれば、どんなによいことであろうか」

「殺し合うから殺しかたも進歩する。武器もより優れたものとなる。殺し合いもせぬようになっては、人は退化するだけ……」

「せめて骨肉の争いや、女子供を巻き添えにするような合戦だけはやめてほしいものです」

「虫のよいことを。戦さのおかげで出世しながら、合戦とはなんのかかわりもありませんと、それが正義の正体なら、悪人のほうがよほど自然じゃないのかね。木ノ花一族なんて、ないほうがよい。人はもっと欲深く、本性のままに振る舞ったほうがよい。もうすぐ三百歳に手の届く老婆だったことを、こちらの若者に、ちゃんと見せる勇気があるのなら、やってごらん。なにしろ私より年上なんだからね」

「それがどうしたというのですか、一覚さんは、私の年齢を、ちゃんと知っています」

「姿を見せたことはあるまい。老いさらばえた姿を……」

「これ以外の姿はありません」

「そうかな。どうじゃ一覚、このわらわとそちらの真名と、どちらが若く美しくみえるか、正直に言うてみよ。さ、早よう」

問い詰められて、一覚はうろたえた。

「そりゃ、真名さまにきまっとる……」

「なにをこの追従者《ついしょうもの》めが！　そんなに尻《し》っ尾《ぽ》を振りたいのか。汝になど訊《き》くのではなかった……。やい真名、このうえは、力尽きるまで戦うて、果てるとするか」

「冥府の一族が滅びてもかまわぬのか」

「木ノ花一族さえ滅ぼすことができれば、それでもよい」

「なんと執念深い」

「悪女の一念、受けてみよ！」

ほとばしるような強い法力を丸めて投げつけてきた。危《あや》うくかわして、体勢を立て直そうとした真名は、次の火の玉が、一覚めがけて投げつけられたのを知って、どきりとした。

「身をそらせよ！　一覚、まともに受けてはなりませぬぞ」

しかしその注意も及ばず、一覚は、まともにおのが胸許で受け留めてしまった。

「うわッ！」

もんどり打って一覚は転倒した。

「一覚ッ！」

飛びつくように、わが身で、倒れ伏した一覚の体を覆《おお》って、真名はマの攻撃を防いだ。

いつでもくるがよい。差し違えて死ぬつもりなら……。その強い真名の気力に弾き飛ばされて、マは、ちいッ！　と唇を嚙《か》みしめた。いざとなるとそこまでの覚悟はまだ定まっていないマであった。

「そんな青二才の胤《たね》をもろうてなんとするぞ！　わらわの胎《はら》の子は、清盛の胤ぞ。いずれ太政《だじょう》大臣となって天下を制することになる」

「それがなんですか。たとえ天下をとろうと、その栄華は十年とつづくまい。われら木ノ花一族は、もともと名もなき民草《たみくさ》、これは一覚とて同じこと。なれば、権力者の走狗《そうく》となって働く冥府の一族とは、まるで根本の成り立ちが、違《ちご》うておる。われらはただの民草、そちらは権力者の手足となって働く闇の力。闇が光を恐れるのは、おのれを恥じる心がまだ残っているからではないか」

「つべこべ申すな。いずれ一人残らず滅ぼしてくれるゆえ、たのしみに待っておるがよい。雑草など引き抜くよりしようのないもの。それを思い知らせてやるワ」

「ひつこいぞ！　足許の明るいうちに疾《と》く立ち去るがよい」

真名は一覚を抱き上げて屋内へ戻った。

火傷《やけど》よりも衝撃のほうが大きかったのだろう、一覚はまた意識を失った。目覚めた時の用意に食事をととのえておいて、真名は立ち上がった。

枯れ枝を使って、文字を床に残しておいた。

これよりこもりに入ります。

かげながらごぶじをいのっております。

風に飛ばされないよう、蔀戸《しとみど》を下ろして、真名は南へと向かった。

——もう二度と、この世に戻ることはあるまい。

むろん一覚にも、弥九郎にも、二度と会うことはないのである。

——名残り惜しいけれど、いつかはこうして永の別れを告げなくてはならない日がやってくる……。

洞穴に籠《こも》って、子供を生み育て、その子をこの世に送り出すと、真名は実体のない幻として、木ノ花一族の脳裏に住むだけとなる。御祖《みおや》と呼ばれ、一族の守り神となって、今日まで過ごしてきたけれど、ようやく世を去る時を迎えることになった。

真名は、人跡《じんせき》一つない山中をたどって、産所となる洞窟《ほこら》へと戻っていった。

三

花が降ってきた。音もなく前ぶれもなく散り舞う花びらを目にしながら、真名は胎児に話しかけた。声もなく、言葉もなく、存在そのものに自分の心を伝えようとした。それはなにも考えなくても、ひとりでに心に湧《わ》いてくる思いのしずくであり、呟きであった。

静かに日脚《ひあし》が移ろうように、すこしずつ時刻が動いていったが、真名は動かなかった。動いて消耗するよりも、動かずにおのれのすべてを、胎児に注ぎ込もうとした。

誰にも知られない山奥の小さな泉に住む魚のように、真名が時間の流れから忘れられて母体となろうとしていた頃、マもまた産み月を迎えて、まわりに仕えている配下たちに呪《のろ》いを吐きかけた。

「なに、鮎《あゆ》が手に入らぬだと……。あと三月《み》待てと申すのか。愚か者めが、五月になれば鮎のとれるのは当たり前、それならなにも汝《うぬ》らに頼みはせぬ。よいか、真冬に竹の子をとってきてこそ、親方思いと申すもの。本来なら汝らの子の生血を求めるところなれど、それではこれから生まれてくる次の代のマに逆恨《さか》みする者があってはならぬゆえ、せめて鮎なともって参れと申したのじゃ。わかったら、早よう参れ！」

喚《わめ》いていると、鬱屈《うっくつ》が消し飛んだ。いかに魔力をもっていようとも、子を産むことに不安は拭《ぬぐ》えない。ましてその子に、冥府の一族の将来を託さなくてはならないのである。

——わが身はすでに用済み、あとは死ぬだけ。なれど神代《かみよ》よりつづいた冥府の一族を絶やすわけにはいかぬ。それこそ長《おさ》の務め……。

長くつづいたマの血統に恥じない強力な子孫を残すために、やはり自分のすべてを胎児に与えなくてはならない。だが配下たちを諸方へ追いやったのは、産み月になったためだった。

取り上げ婆となる千本針ひとりを残して、他の配下に気づかれないうちに子を産んで、役目を終わりたい。

そんなマの気持ちは、聞かなくてもとっくに察しのつく千本針の婆は、いよいよだなと思うと、夜明け前から湯を沸かして待っていた。

東の空に張りつめた雲間を破って暁《あかつき》の光が射《さ》し初《そ》めた頃、マは、屋内にあってその光を感じ取るなり、今ぞと胎児を叱咤《しった》した。

「出《い》でよ。疾《と》く……」

それと気づいて、千本針が駆け込んできた時、マは生まれ出たばかりの赤児の両脚をつかんで逆さに振っていた。

「さァ泣け、早よう！　このように屋根のある家の中で、マの子が生まれたのは、初めてかもしれぬ」

呪いにみちて生まれてくるのが通例と、産湯《うぶゆ》を使っているわが子を眺めやった。

「親方さま、色白で愛らしいお顔でございまするなァ」

惚《ほ》れ惚れと、千本針は腕の中の赤児を眺めている。

「それより、脇の下を調べてみよ。右か左かに、赤い痣《あざ》があるはず……」

「ございまする。左の脇の下に……」

「その緋牡丹《ひぼたん》こそ、冥府の一族の長《おさ》の印……」

「血のように燃え立っておりまするぞェ」

「そのかわり、こなたの緋牡丹が、色褪《あ》せて参ったわ」

「でも、立派なお子でございます」

「この子が歩き出すようになれば、並の大人では手出しもできまいが、それまでは千本針、そなたが守らにゃならぬぞ」

「はい、生命にかえても……」

「あとふた月か三月は乳を与えるが、それから先は、当てにいたすな」

「はい……」

「三月経つと、神通力はこの子に移るが、まだそれを使いこなす力はない」

「親方さま、お気づきですか、早くも誕生を知って、ほれ、あのように鴉たちが……」

「集まって参ったのか」

「何百羽となく……」

「鴉はわれらの使い、これからも役に立つことであろう」

その鴉にわが身を与えるため、三月経てば幽所へ赴《おもむ》かなくてはならないのである。

そんなことはオクビにも出さず、マはかたわらのわが子を眺めつつ、ひとり酒盃を傾けた。

――ところで、次の代のマと戦うことになる、木ノ花の子は生まれたのであろうか。多分あのあたりと思う方角に探《さぐ》りを入れてみたけれど、よほど用心深くできているのだろう、真名の居所はつかめなかった。

――これがわが法力の限界であろうな。

ましてこんなにも気力が衰えてしもうてはと、マは、おのが胸許を眺めやった。

――もはやこれでは老人も寄ってはくるまい。

男が迷わなくなったマになんの価値があろうかと、マは三ヵ月、わが子に授乳して、春のおぼろ夜、花の香《か》に誘われたかのごとく、東山めざして坂道を登っていった。すでに神通力はおろか、並の老婆の力すら失ったマは、とある窪地《くぼち》に身を伏せて、荒い息遣いとなった。その頭上に数百羽の鴉の群れが乱舞していた。

早く、遠慮なく啄《ついば》むがよい。マは胸許をくつろげると、岩角にわが身を打ちつけ、皮膚を破り、腕を折って、鴉を誘った。

春はうたかたと過ぎ去って、夏の夜は短く、秋たけて、冬を迎えた頃、母のない子は疑わしげな目つきで、あたりを眺めるようになった。

「マさま、あまり遠くへ行ってはなりませぬぞ」

千本針の老婆は、伝《つた》い歩き二日で、もう戸外へ出るようになったマに声をかけたが、みどり児《ご》は、振り返りもしなかった。まだ話を交わすことはできないが、千本針の気持ちを察していたはずである。

新生したマは、よちよち歩きながら、表通りへ出ていった。それは咲きそめた梅の香に誘われてのことだったかもしれない。

そこへ竹馬に乗った幼童がさしかかった。

すこし離れて、兄二人が呼んでいた。

「牛若！　早ようこんかいな」

「われらは今日、頭を丸めるのじゃぞ」

口々に叫んでいるが、牛若はいま一つよくわかっていない様子だった。それは路傍で見ているマも同じであるが、向こうで待つ少童《しょうどう》たちが、牛若に早くこよと命じていることだけは理解できたはずである。

まだしっかりしていない脚を使って竹馬を操《あやつ》る牛若が、かたわらを通り過ぎようとした時、なにを思ったのか、マが小さな口をとがらせて、プーッと吹いた。

それがただの息吹きでなく、悪気となって牛若の顔面を襲ってきた。だが身ごなしの俊敏《しゅんびん》な牛若は、ひょいと身をかわした。一つの塊《かたまり》となった悪気が、牛若の頬をかすめて空中に消えていった。

もしまともにその悪気を顔面に受けたなら、あるいは目を痛めたかもしれないのである。まだよちよち歩きをはじめたばかりの嬰児《えいじ》なのに、蛇《じゃ》は寸《すん》にしてその体《たい》を現わすという諺《ことわざ》どおり、マは、すでに母譲りの毒気を備えていた。

変な奴だなというように、牛若は振り返ったが、そのまま兄たちの所へ駆け込んだ。そこへ小《こ》女《おんな》が、母《かか》さまが呼んでおいでですと催促にやってきた。

今若《いまわか》、乙若《おとわか》、牛若と、三人の子を迎えた常盤は、早ようと、膳の前に坐らせた。

迎えにきた僧二人と、見届け役の平氏の武者たちが、膳を前にして、すでに酒を酌《く》み交わしていた。

「和《わ》子《こ》たちも揃いましてございます」

常盤は客たちに、三人の子を引き合わせた。子供たちといっても、これから寺へやられる今若、乙若の二人は、これが母子兄弟の別れかと神妙な顔つきだが、牛若は、なんのことかわからず、まだ遊んでいたい気分そのままにむっつりしていた。

その日、常盤には別の運命が待っていたのである。

懐妊した常盤を、清盛は誰かに下げ渡そうと考えた。すでに義朝《よしとも》の子を三人もって、今回、清盛の子を孕《はら》んでいる常盤を、果たして引き受けてくれる奇特《きとく》な男が、いるのだろうかと首をひねったけれど、世の中よくしたもので、捨てる神あれば、拾う神あって、一条大蔵卿《おおくらきょう》長成《ながなり》が、仰せとあらばと、承知してくれた。

正四位下と、身分はまずまずだが、それ以上の地位は望めず、現在の場を確保するのが精いっぱいという長成だった。温厚で、平凡きわまりない人物のことなので、権力者清盛の前へ出ると、言いたいことの半分も口に出せず、常盤という天下に聞こえた美人なら、もらっても損はあるまいと、承諾したもので、長成はすでに四十近くになっていた。

むろん常盤の意向など、尋ねもせず、知らぬ間に嫁入り先がきまって、清盛の手から胎児もろとも、長成の腕の中へ下げ渡された。

一条通に邸《やしき》をもつ長成の対屋《たいのや》に入った常盤は、長男、次男を手放して、三男牛若とともに長成の扶養《ふよう》を受ける身となった。

三位《さんみ》から上を公卿《くぎよう》と呼んで廟議《びようぎ》（今でいう閣議のようなもの）に与《あずか》ることができたが、正四位下の大蔵卿（長官）というと、公卿の次に控える身の上で、長成は、経済のことを宰《つかさど》る役所の長を務めていた。

寝殿《しんでん》づくりの邸には、正殿の左右に対屋と呼ぶ家族の居間が設けられ、ふつう正妻は北の対《たい》に住んでいたので、北の方とも呼ばれたのである。

池や厩《うまや》まである邸の内外を遊び場として、牛若は、春夏秋冬を追いかける水車のように、ただわけもなく日々を過ごしている。

一方、母の常盤は、鵯《ひよどり》に凝《こ》っていた。それは貴族の間で、鵯の啼き合わせ会が流行していたためだった。殺し合う宿命をもった武人の縁者でなく、今は気楽で、なんの責任もない立場の北の方に収まって、常盤はすこしずつ肥《ふと》りはじめてきた。

――でもいい。ただのどかに暮らせたなら、それでいい年になったのだから……。

なんの危険もない所で日向《ひなた》ぼっこをしている猫のように、妻が背を丸めてしまったので、一条大蔵卿長成も安心して、別の女の許へ通いはじめた。

そして牛若が十一歳になると、もうそろそろ寺入りをさせなくてはと、周囲から、なんとなく声がかかった。

出家とはどんなことなのか、牛若にはわかりかねていた。

義父となった一条長成は、祝膳の前に坐って、盃《さかずき》を傾けている。母の常盤は、いつになくしくしくと泣いていて箸もすすまない。

異父弟は、誰にもらったのか、サイコロを膳の上に転がしては、父に、「これ」と叱《しか》られていた。

――この弟にあとを継がそうというのだな。

そのため邪魔になる自分を僧にして、この邸から追い出そうというのだというくらいの察しはついたが、この義父の前に、どんな父がいたのかは、なにも聞かされていなかった。

黙々と砂を嚙むような食事の時がすむと、家司《けいし》がやってきて、そろそろ出発を、と告げた。

「ならば牛若、行くがよい。達者でのう」

義父が口にしたのは、それだけだった。

礼をして、家司とともに、牛若は邸を出た。大小の馬二頭が彼らを待っていた。

――自分がいようといまいと、この邸にはなんの変わりもない。

つまり自分は不要なのだと、牛若は悟った。

――もうここへは戻れない、二度と……。

では、どこへ行けばよいのだろう。寺院か……。そこになにが待っている？　僧になって、一生、経を読んで暮らすのか、香を焚《た》いて……。それ以外に、自分の行く道はないのだろうか。

厭だ、厭だと、突っ張っていると、身体《からだ》が固くなって、何度も馬から転げ落ちそうになった。

「なにをしとる！　源氏の棟梁《とうりよう》の子だというのに……」

いまいましげに家司は怒りを投げつけた。邸にいた時は、さもうやうやしげに仕えていたのに、もう邸の若君ではないという思いがあってのことだろう、ただの少童に対するごとくに態度を変えていた。

──もう麿《まろ》は四位の大蔵卿の子ではなくなった。それにしても源氏の棟梁の子というのは、なんなのだろう？　なぜそんなことを、この男が……。

口にしたのかと訝《いぶか》った。牛若にとって、この世は、まだわからないことばかりだった。

──どうして、自分が僧にされるのだろうか……。

なぜ、なぜと、問いかけつつ、馬は北へ北へとひた走っていった。

みどろが池のほとりを過ぎ、北山を越えて、道は鞍馬《くらま》へとつづいていた。右も左も丘また丘、森また森の間に、木下道《このしたみち》が細々とつづき、頭上には高々と枝差し交わす大木が茂って、昼なお暗い。いかにもそこは暗間《くらま》であった。やがて、彼らは鞍馬寺の麓《ふもと》に到着した。

第十章　蛭《ひる》ケ小島の流人

一

都の真北、三里（十二キロ）ばかりの所にある鞍馬《くらま》山は、いわば王城の北壁であり、京の水源であって、山腹に都の守り本尊として鞍馬寺が営まれていた。

そんなに高い山ではないが、千年杉が山容を荘厳に装っているので、いかにも霊山といった趣《おもむ》きがある。

山門に佇《たたず》んで頭上を眺めやると、鬱蒼《うっそう》と樹木が生い茂って、寺院の所在を窺《うかが》うことが難しい。折れ曲がった山坂を本堂めざして登っていくことになるが、これを八町道とも鞍馬の九十九折《つづらおり》とも呼んでいる。

その途中、多くの僧坊が樹間に見え隠れしていて、牛若丸《うしわかまる》がつれていかれたのは十を越える坊舎をすぎ、さらにすこし離れた所にある東光坊《とうこうぼう》だった。

師の御坊《ごぼう》となる東光坊阿闍梨《あじゃり》は高齢のせいか、いささか気難しい。

一条大蔵卿《おおくらきょう》から贈られた絹布がすくないと、顔をそむけて、稚児《ちご》となった牛若の挨拶《あいさつ》を聞こうともしなかった。

頭を丸めるのは、一般でいう元服《げんぷく》と同じ十五歳でよいと聞いて、牛若はほっとしたけれど、稚児の役目は、いわば下働きと同じことで、炊事、洗濯、掃除はむろんのこと、師の御坊の身の廻りの世話から、求められたなら、男色の相手も務めた。

牛若という幼名をここで使うわけにはいかぬというので、遮那王《しゃなおう》と呼ばれることになった。名前は気に入ったが、しょせんは稚児にすぎない。

「遮那王、この文《ふみ》を本坊へもっていきやれ」

師の御坊は、神経痛を患《わずら》っていた。痛む膝を撫《な》でさすって、稚児をかたわらに引き寄せようとはしなかった。

日に何度も本坊や他の坊舎へ行かされているうちに、牛若改《あらた》め遮那王は、山中の道なき道を、飛ぶように走る術《すべ》を身につけた。

曲がり角を爪先で蹴《け》るようにして、曲がりくねった山路を走り抜けて行く彼を目にした他坊の稚児たちは、天狗《てんぐ》の子と噂《うわさ》した。

京の町では、鞍馬山には天狗が棲《す》んでいると恐れ敬《うやま》っているが、その天狗の申《もう》し児《ご》と牛若は思われていた。

「あれはただものではないぞ」

「そりゃそうよ、遮那王こそ、源氏の棟梁《とうりよう》源《みなもとの》義朝《よしとも》の忘れ形見じゃもの……」

「なんと、すりゃ平清盛《たいらのきよもり》に滅ぼされた源氏の大将の……」

「そうとも、知らなんだのか……」

長年の稚児が、仲間に教えているのを、牛若は耳にしたけれど、いまひとつうなずけなかった。

「それになにを隠そう、あの遮那王の父、源義朝の祈禱僧《きとう》をしておられたのが、じつは東光坊の阿闍梨よ」

稚児仲間は、暇を盗んで山中に集まると、栗を焼いたり、果物を持ち寄ったりして、愚痴《ぐち》とともに、噂話に花を咲かせるのを唯一の楽しみとしていた。

そんな仲間たちの話を立ち聞いていた牛若は、内心、どこまで信じてよいものかと疑った。

——もし義朝の子なら、なぜ、一条大蔵卿の邸《やしき》で母とともに暮らしていたのだろう。

まさか母の常盤《ときわ》が、源氏の大将の子をなしつつ、その夫を殺害した平家の大将の庇護《ひご》を受けて、清盛の子まで生んだとは、思いもよらなかった牛若は、本当に自分は義朝の子だろうかとまだ首を傾《かし》げていた。

——わからぬ。

しかし知りたいとは思わなかった。これ以上、知ろうとすると、出生の謎に突き当たるばかりか、平氏を敵とすることになる。本能的に危険を避け、身を守るため、牛若は、過去など早く忘れてしまおうと、首を振りつつ、山路を蹴って走り抜けていった。

その時、途中の坊舎から、誰かが自分をみつめていると感じたが、一瞬のうちに通り過ぎてしまった。

本坊へ師の文を届けての帰り道、同じ坊舎にさしかかると、先刻、視線を投げかけてきた人物らしい僧体《そうたい》の男が待っていた。

「しばし足を留《とど》めさせ給《たま》え」

呼びかけられて、遮那王こと牛若は立ち止まった。初めて見る顔なのに、相手の表情に懐かしさと敬愛の念があふれていた。

「こちらへ……」

手招かれて、すこし山中に入ると、男はいきなり地面に両手をついて平伏した。

「若君、初めてお目にかかります。かく申すは、亡《な》き父君の乳母子《めのとご》鎌田正清《かまたまさきよ》が一子正近《まさちか》にございまする」

いきなり名乗りかけられて、牛若には返事のしようがなかった。どこまで本当かと考え込んでいると、正近の涙に気づいた。

——冗談や偽《いつわ》りで僧の身が涙をこぼすであろうか。

では真実かと、わが身が空恐ろしくなってきた。

——源氏の大将の子……。

それではとても平家が黙ってはいるまい。むろん身の上が知れては、とても生きてはおれぬと思うにつけても、過去を知ったことが今は恨《うら》めしくもあった。

「若君、諸国に源氏の一統がひそんでおります。今は平氏の勢いが強うございまするが、いずれそのうちに……」

鎌田正清の子正近は、涙ながらに訴えかけた。

「河内《かわち》の国には石川判官《いしかわほうがん》、紀伊《きい》には新宮《しんぐう》十郎、摂津《せっつ》には多田蔵人《ただのくろうど》、都には源三位頼政《げんざんみよりまさ》、近江《おうみ》の国には佐々木《ささき》の一統、尾張《おわり》の国には蒲《かば》の冠者《かじゃ》、常陸《ひたち》の国には志田《しだ》、佐竹《さたけ》の一統、そして伊豆《いず》の国には若君の兄に当たる兵衛佐《ひょうえのすけ》頼朝どの、いずれも名だたる大将たち、どうか心強くお思いくださいませ。そしてご成人ののちは、平氏を討ち滅ぼして父君兄君の恨みを霽《は》らしてください」

風が林間の笹藪《ささやぶ》を鳴らして吹き過ぎていったが、牛若の頭の中は真っ白になっていた。そしてそのしらじらとした頭の中に、点々と血の色をした文字が刻まれていった。

『平家を討つ』

しかし、あわてて牛若はそれを否定した。

――武者にはならぬ。

だが、それ以外にはどんな生きかたがあるというのだろうか。

――できることなら一条大蔵卿の子でいたかった。

しかしすでに養父の手によって鞍馬寺へ追いやられ、実の母が送り出しているのである。

――もう意地でも一条通の邸へは戻れぬ。

とすれば、このまま東光坊にいて得度《とくど》を受け、髪を剃《そ》り落として、読経三昧《どきょうざんまい》で生涯を果ててよいのかといえば、それも受け容《い》れ難かった。

――いったい、どうすればよいのであろう。

これまで蓋《ふた》をして考えまいとしてきた自分の将来について、厭《いや》でも考えさせられて、遮那王こと牛若丸は、恨めしげに鎌田正近と名乗る僧を眺めやった。

「若君、いずれ時至らば、手前も還俗《げんぞく》して、お供をつかまつります」

うっかりうなずいて本気にされてはと、牛若は無言のまま風音を聞いていた。

「突然のことで、さぞ驚かれたことでしょうが、鞍馬寺に若君がおいでと知って、いつかご対面をと、機会を待っておりました。本日、お目にかかれて、さいわいでございました」

「うむ……」

「いずれこの寺を出る手段と落ち着き先を考えて、お迎えに参上つかまつりますゆえ、けっして頭を丸めたりなさいませぬように……」

「していずれに住まいおるか……」

「七条の御堂《みどう》にあって正聞坊《しょうもんぼう》と申しまする」

「憶《おぼ》えておこう」

「はい、ご用があらば、いつなりとお申しつけくださいませ」

牛若は、いまだに夢みる心地だった。

二

銀色の雨が斜めに降っていた。配所の雨である。なにも見るものがないから、頼朝は、終日、雨を見て暮らしていた。なんという白々とした風景なのだろう。飛ぶ鳥も雨を嫌って姿をみせず、視界をさえぎるものは、銀色に光る雨すだればかりである。

──でもいい、こうして生きていられるのだから……。

今から考えても、あの時、助命のうえ、流罪《るざい》となったのは、まったくのところ、奇跡としか言いようがなかった。

しかし生きてはいるが、前途になんの望みもなく、いつまた平氏政権の方針が変わって、刺客が差し向けられるかわからないのである。

──かりそめの生……。

いつ毟《むし》り取られるかわからない生命《いのち》だから、生きている験《しるし》がほしくて、東海岸に勢力をもっている伊東祐親《いとうすけちか》の娘の許《もと》へ通って、懇《ねんごろ》な仲になった。そして千鶴《せんづる》という子が生まれた。

そこまではよかったが、京都へ番役《ばんやく》に出ていた父親の伊東祐親が、三年の役目を終わって伊豆へ帰ってくると、激怒のあまり、千鶴を滝に投げ捨てさせたばかりか、娘を江馬《えま》小四郎に嫁がせてしまった。

平氏の傘下にあって豪族となった伊東のことなので、源氏の流人の子を生かしておいては、わが身も危ないと考えてのことだった。

一度に妻子を失った形の頼朝は、憤怒《ふんぬ》して祐親を殺してやりたいと思ったが、伊東の配下に襲われて、生命からがら蛭《ひる》ケ小島《こじま》の配所へ戻ってきた。

そこは伊豆半島のつけ根に近い小盆地で、狩野《かの》川の中洲《なかす》のような隆起部だが、しばしば流路が変わるので、島といっても川中に取り残された感じはない。

北条《ほうじょう》の集落がつい間近にあって、平氏に属する北条もまた伊東と同じように、流人である頼朝の監視役を務めている。さらに丘を隔てた東方には伊豆の目代《もくだい》として山木兼隆《やまぎかねたか》が役所を開いていた。

流罪といっても、格別獄舎があって番人がついているわけでなく、狩りに行こうが、恋人の許へ通おうが、それは自由である。

そのかわり、衣食住を平氏政権が保証してくれたわけでなく、すべて自前となっていた。さいわいかつて乳母だった武蔵《むさし》の国比企《ひき》丘陵に本拠をもつ比企一族が、ささやかながら住居をつくり、衣食の面倒をみてくれたばかりか、下僕や下女までつけてくれている。

この比企の尼と同じく、もう一人の乳母だった三善《みよし》一族も、都にあって、欠かさず便りを送って、平家や都の動静を伝えてよこした。

こうして縁のある人たちに守られて、頼朝は、写経や読経を日常生活の柱として青春期を過ごしていた。

十四歳の時、伊豆へ流されて、もうかれこれ十五年になる。

十五年もよくまぁ生き永《なが》らえられたものと思ういっぽう、十五年もの間、よくぞ鳥籠《かご》の中で暮らしてきたものと、頼朝は、自分の辛抱強さ、いや無気力さに感心もした。

頼朝の配流地がなぜ伊豆となったのかというと、処罰の慣例で、東は伊豆や佐渡《さど》、西では土佐《とさ》や隠岐《おき》が配流の地と定められていたからで、頼朝の弟に当たる希義《まれよし》は土佐へ流されていた。

雨空を眺めつつ、今日の夕食はなにが供されるかと、そんなことよりほかに考えることのない頼朝の身の上であった。

「殿、なにをごらんですか」

安達藤九郎盛長《あだちとうくろうもりなが》が顔を出した。彼は、頼朝の生活を支えてくれている乳母比企の尼の娘婿《むこ》で、暇あるごとにやってきて身の廻りの世話をしてくれた。

「雨を見ておったが、太郎はもう帰ったか」

「はい、こんどこそ大猪《おおいのしし》を射留めてみせると、明日にもやってきそうな口ぶりでした」

「そうか、太郎は猪の肉が大好物じゃでのう」

「河越《かわごえ》にはとんと猪がおりませぬゆえ」

「なるほど、それで伊豆へきたがるのか」

「さよう、こちらは猪の本場でござるゆえ」

笑い声を立てて、頼朝はすこし胸のつかえが下りた。

「ところで殿、もし伊東が襲って参りましたら、遠慮のう、北条へ逃げ込み召されよ」

「北条とて平氏の見張り役ぞ」

「そこでござる。もし殿になにかあれば、北条の監督不行届きとなりましょう。したがって北条も逃げ込んだ殿を守らなくては役目が果たせますまい」

「つまり伊東と北条を張り合わせるのだな」

「御意《ぎょい》……。ここから北条まで、走ればほんの一またぎ……」

窓の向こうは、雨脚に煙っているが、北条の集落が点々と浮かんで見えた。

「なれど、伊東に祐清《すけきよ》がいる限り、その心配はあるまい」

「はい、祐清はわれらと同じ比企の娘婿でござれば、父の企《たくら》みを知らば、すぐ知らせて参りましょうゆえ」

「祐親がわれらを襲おうとした時、祐清の働きでやっと逃れられたでのう」

「しかしわかりませんぞ、いくら父子でも、平氏は平氏ゆえ、一族の将来のため、源氏の殿を……」

「討つやもしれぬのう」

「なにぶん、都より遠く距《へだた》っておりますゆえ、不慮の死と偽って、殿を害するやもしれませぬ……」

それが怖いと、頼朝は首をすくめた。

笑っていても、ふと明日はどうなるわが身かなと思うと、笑顔が凍りついてしまいそうだった。

死の影がいつも背中に貼《は》りついているようである。

「ところで殿、都の異端者と評判の文覚《もんがく》が伊豆へ流されてくるそうでござるが、お聞き及びですか」

「いや、知らぬぞ。文覚とはいかなる者か？」

「それが噂によれば、異常な人物でして、もともとは遠藤《えんどう》武者盛遠《もりとお》という荒武者で、たいそうな力自慢、それが十八の折り、他人の妻に懸想《けそう》して執拗《しつよう》に言い寄ったところ、その人妻は困り果て、今夜忍んできて夫を殺害してくれたなら従いましょうと答えたそうでござる」

「それで……」

「はい、喜んだ遠藤武者は、さっそく女の邸に忍び込んで、主《あるじ》の寝所へ向かうと、横たわっていた者の首を掻《か》き切ったのでござる。なにぶん暗夜のことでして、その首を灯《ひ》の下でよくよく見れば、なんとそれは恋い焦《こ》がれていた女の首でござった」

「そりゃまた、なかなかの貞女じゃのう」

「いかにも……。おのが身を犠牲にして操《みさお》を守ったのでござる。いっぽう、おのが手で愛《いと》しい女を殺害した遠藤武者は、無常を覚えたとみえて、僧となり申した」

「それが文覚か……」

「はい、ところがなにせ凄《すさ》まじき者でして、とても僧房に収まらず、深山幽谷《ゆうこく》をめぐり、熊野《くまの》、葛城《かつらぎ》、比叡《ひえい》、愛宕《あたご》と各霊場を歴訪して修行すること十三年、その後、高雄山神護寺《たかおざんじんごじ》の僧となったものの、あまりにも寺が荒れ果てているというので、修復を発心《ほっしん》して、後白河《ごしらかわ》上皇に願い出ようとしたそうにござる。それもいきなり押しかけてきた文覚を咎《とが》めようとした警護の武士に乱暴を働いたため、激怒された上皇の命で伊豆へ流されたと、ざっとこんなところでござる」

「かなり厄介《やっかい》な人物らしいな」

「はい、知らぬ顔をして、おかまいなさらぬのが重畳《ちょうじょう》かと思いまする」

うなずいて、同じ流人でも向こうはいずれ許されて都へ帰る身の上だが、こちらは死ぬまでここで朽《く》ち果てられたら幸運とせねばならぬ、いわば目こぼしの身と、ついそんな歎《なげ》きが先立った。

ところが、その文覚が、やがていきなり頼朝の住居に押しかけてきたのには驚いた。

「やァ、汝《うぬ》か、故左馬頭《こさまのかみ》源義朝の後継ぎというのは……」

背も高く、筋骨逞《きんこつたくま》しい、見るからに精悍《せいかん》な三十男だった。しかもその手に髑髏《どくろ》を提《さ》げていた。

「拙僧《せっそう》は文覚じゃ。目下、この近くの奈古屋《なごや》寺に流人として参っておる」

じろじろと無遠慮に頼朝を睨《にら》みつけている。奈古屋寺は韮山《にらやま》にあって、蛭ケ小島とは、それこそつい目と鼻の先である。

「ところで、なぜ訪ねて参ったと思う？　それもただの挨拶と思うか」

「なにかご用でも……」

「この愚か者めが！　汝は口惜《くや》しいと思わんのか。汝の父を討ち滅ぼした平清盛は、今や都にあって太政大臣となり、一門一族、みな公卿《くぎょう》、国司となって世にときめき、平氏にあらずんば人にあらずと、奢《おご》りを極《きわ》めておる」

それは風の噂に聞いてはいたが、現在の頼朝にとっては、他の世界の話だった。

「しかるになんぞ。汝はこの伊豆にあってなにをいたしおったか。平氏の豪族の娘に子を生ませたり、他の娘に色眼を使《つこ》うたりと、これではまるでただの遊蕩児《ゆうとうじ》ではないか」

言われてみれば、たしかにそのとおりだった。

「よいか。乳母の援助でやっと生活しながら、なんという情けない男か。やい、それでも源氏の棟梁の後継ぎか」

と言うなり文覚は、縄を双の眼窩《がんか》に通してぶら提げている髑髏を、ぐいと頼朝の目の前に突きつけた。

「これをなんと心得るか。これこそは、汝の父のしゃれこうべなるぞ」

土まみれの汚れた頭蓋骨だった。

「これをわざわざ京の墓穴より掘り出してきてやった。受け取って供養《くよう》せよ」

父の頭蓋骨がもしあったとしても、すでに十五年の歳月を閲《けみ》して、とうの昔に、土に還《かえ》っている。

だが、理屈を言えばいっそうこの男を調子づかせると思って、ひとまず受け取っておいた。

「こりゃ、父御《ててご》の骨を受け取るのに、なんだその態度は！　まるで汚い物を受け取るような顔をしおって。なぜ、うやうやしく供養いたさんのじゃ」

「なれど、これが父かどうかは……」

「おのれ。この文覚が偽りを申すとでもいうのか」

「いや、なれど……」

「その賢《さか》しげな顔つきが気に食わぬ。この臆病者めが！　なぜ、父や兄たちの仇《あだ》を討とうといたさんのだ？　それでも武者の子か、男かよ」

だが、うかつなことは口にはできない。頼朝は唇を噛《か》みしめて、辱《はずか》しめに堪《た》えていた。

「なんたる腑《ふ》抜《ぬ》けぞ。これでは源氏が滅びたのも無理はない。呆《あき》れ果てて物も言えんわい」

吠《ほ》えるだけ吠えて、文覚は帰っていった。

三

頼朝が、北条時政《ときまさ》の娘政子《まさこ》と知り合ったのは、それから間もない頃のことだった。

伊東祐親の娘の許へ通って、一子千鶴《せんづる》を儲《もう》けたのも束《つか》の間、都の番役から帰ってきた祐親の激怒に出会って、千鶴を殺され、妻ともいうべき女を他家へ嫁がせられて、頼朝は妻子を失った。

その後、良橋《よしはし》太郎の娘亀《かめ》の前《まえ》に近づいたが、いつも父の目が光っていてままならず、それより狩りの帰りに立ち寄った北条の館《やかた》で食事の世話をしてくれた長女政子が忘れかねた。

どこか鄙《ひな》びた感じがあって、伊東の娘よりすこし容姿は劣るかとみえたが、それはあくまで好みのちがいで、今の頼朝には、選《え》り好みしている贅沢《ぜいたく》は許されなかった。いっぽう政子は、もう二十《はたち》になっていて、当時としては、いささか嫁《ゆ》き遅れた感があった。

というのも実母を失って、父時政の世話を長女としてみなければならない立場にあったこと と、多くの弟妹の母がわりを務めていたためだった。

そんなしっかり者の印象が、今は誰にでも縋《すが》りたい立場の頼朝に頼もしく映ったのも事実で、互いに惹《ひ》き合う縁《えにし》を感じた。

そのうえ、頼朝は、年わずか十三歳で右兵衛権佐《うひょうえのごんのすけ》に任ぜられた貴公子で、この伊豆の国ではおそらく最高位といってよいだろう。そのせいか、どこか悠揚として、見るからに長者の風格があった。

土まみれとなって育った汗臭い男たちのなかにあってみると、頼朝が目立ってしようがない。

とにかく美男子であるというので、妹たちや侍女たちがうるさくてしようがなかった。

「姉上、こんどお立ち寄りになったら、お給仕役は妾《わらわ》にお任せくださいね」

次の妹が冗談めかしてきっと睨んだ。

「はいはい」

「こんなことなら姉上に、夢を買っていただくのではなかったわ」

いささか蓮《はす》っ葉《ぱ》なところのある妹だった。

「でもあの時は……」

「ええ、あの時は、それがよいと思いましたわ」

「では、しようがないでしょう。それに夢と頼朝さまを結びつけるのは、こじつけすぎます」

「それぐらいわかっております。でも口惜しいのも本当です」

どうやらそれが本音らしい。それに誰かが幸せを手にしかけると、その裏側で誰かが不幸を受け取るものだった。

政子は、夢を買ってよかったと思った。

それはすこし前のことだった。妹が朝食の席で、妙なことを口にした。

「姉上、変な夢をみましたが、吉か凶か、判断してくださいませんか」

「どんな夢ですか」

「ええ、とても高いお山に登っていったんです。そしてね、お日さまとお月さまを、右と左の袂《たもと》に入れて、実が三つ生《な》っている橘《たちばな》の枝を手にかざしていたんです」

「それで……」

「それっきりなの。でも妙な夢でしょう」

「そうね、お日さまとお月さまを袂に入れるなんて……」

「こわいわ。いい夢ならいいんだけど……」

「一度、みてもらいましょうか、行者《ぎょうじゃ》どのに……」

「ええ、どこの行者どのにですか」

「ほら、箱根《はこね》の行者どの……。権現《ごんげん》さまにお詣《まい》りした時、庵《いおり》を結んでおられたでしょう」

「ああ、あの背の高い天狗の申し子のような方……」

ひと睨みされると、すくみ上がりそうな恐ろしい風貌をした人物だった。それも箱根の山中へ行こうというのだから、若い娘二人ではとても無理である。そこで屈強《くっきょう》の郎党《ろうどう》十人をつれての小旅行となった。

表向きは参詣《さんけい》のためだが、目当ては夢占いである。三島《みしま》を経由して、箱根峠めざして登ってくると、眼下に芦《あし》ノ湖《こ》が見え隠れしている。

その湖岸沿いに北へ向かうと、箱根権現の門前へやってくる。参詣人目当てに食物や土産物《みやげ》を売っている男女の姿があって、祈禱を引き受ける行者がそれぞれに注連縄《しめなわ》を張った祈禱所を設けていた。

「ほら、あの方でしょう」

妹がそっと姉に耳打ちした。

ひときわ大きな松の木の下に、その男は護摩壇《ごまだん》を設けていた。常人の一・五倍ほどある身長と、魔人のような筋骨を備えたその人物は、蒼《あお》白い顔にかかる黒い髪と、血を吸ったかと思うような朱《あか》い唇をもち、何物をも信じないような冷酷きわまりない表情をたたえていた。それはどう見てもあの天魔《てんま》そのものだった。すこし足を引きずって歩いている姿をみれば、たしかに紛《まご》うかたなく天魔である。

「そこなご息女、なんぞ用か……」

「はい、夢を占っていただきたいのです」

「ふむ、どんな夢をみられたのだ？」

そこで妹が例の夢を物語った。天魔は首に提げた数珠《じゅず》をつまぐりつつうなずいた。

「なるほど、それでお年は？」

「はい、十八でございます」

その時、天魔はちらっと政子を眺めやった。

「そちらの姉者は……」

「二十にございまする」

「ならば、妹《いもうと》御《ご》のその夢、姉御前《ごぜん》が買《こ》うて上げなされ」

「買うと申しますと……」

「絹なりなんなりと交換されたがよい」

「それは、なにゆえでございますか」

政子は天魔の異相を恐れず見つめ返した。

「さればじゃ、妹御のみられたその夢、二十を過ぎた女人には吉となるが、十八では凶となる故《ゆえ》でござる」

天魔は、政子がその夢を欲していることをいち早く見抜いていたらしい。こうして政子は、亡き母よりもらった唐《から》渡りの鏡を妹に譲って、夢を手に入れた。

夢など、なんの頼りになるものか。たかが夢ではないかと、否定しつつ、それでも政子はその霊夢に縋《すが》った。

そして頼朝と知り合うという縁を得た。政子はわが家で搗《つ》いた栃餅《とちもち》を、使いにもたせて頼朝の許へやった。

すると頼朝は、折悪《おりあ》しく風邪《かぜ》のため熱を発して頭も上がらないというのである。

政子は侍女ひとりをつれて、東へ、蛭ヶ小島へと急いだ。かつての中洲は、今や小島どころか田畑の中のこんもりした小丘となっている。

下男夫婦が近くに住んでいて、用があるとやってくるが、もう夕方となって引き揚げたものらしく、誰もいなかった。

政子は、侍女に火を熾《おこ》させ、父がよくしているように玉子酒をつくると、高熱のため、目もうつろになっている頼朝の枕許に近寄った。

「お薬を召しませ。熱をとる薬です」

「うむ、そなたは……」

「政子にございます。必ずこの風邪、治してみせます」

頼朝の上体を起こして、火傷《やけど》しそうなほど熱い玉子酒を、時間をかけて呑《の》ませた。

力ない頼朝を抱きかかえるようにして手を添えると、肌身がすれ合って、なんとなく頰が火照《ほて》ってならない。そうでなくても火のように熱い男の身体《からだ》だった。

今夜は寝ずの看病をするゆえと、侍女を帰した政子は、やがて頼朝が、噴《ふ》きこぼれるような汗をかいているのに気づくと、単衣《ひとえぎぬ》を脱がせて、布で拭《ぬぐ》ってやった。

裸の男を目にしたばかりか、両手で撫でさすっているのである。二度、衣をかえてやると、頼朝はさも心地よげな寝息を立ててぐっすりと睡《ねむ》った。

そして明け方、ふと気づくと、いつ睡ってしまったのか、政子は男の腕の中で衣を失っているわが身を羞《は》じらった。

第二部　風の軍団

一一六七年（仁安２）	平清盛、太政大臣となり、平家一門栄華を極める。
一一七四年（承安４）	この頃、源義経、鞍馬《くらま》を出て奥州へ下る。
一一七七年（治承元）	清盛、平家打倒の罪で西光《さいこう》を斬首、藤原成親《なりちか》を配流（鹿《しし》ヶ谷《たに》の謀議）。
一一七八年（　２）	清盛の娘徳子（建礼門院）、高倉天皇の皇子（後の安徳《あんとく》天皇）を産む。
一一七九年（　３）	清盛、後白河法皇の近臣を解任・配流。院政を停止し、法皇を幽閉。
一一八〇年（　４）	安徳天皇即位（三歳）。以仁王、平家追討の令旨を諸国の源氏に下す。以仁王・源頼政敗死。清盛、福原に遷都。源頼朝、木曽義仲挙兵。平氏軍、富士川で大敗。源義経、兄頼朝に黄瀬川で対面。旧都に遷都。院政再開。
一一八一年（養和元）	高倉上皇没（二十一歳）。平清盛没（六十四歳）。
一一八三年（寿永２）	平家、倶利伽羅《くりから》峠で木曽義仲に大敗、幼帝を奉じて西海へ。義仲、入京。
一一八四年（元暦元）	源義経ら、宇治川で義仲を破り、入京。義仲、近江で戦死（三十一歳）。頼朝に平氏追討の命が下る。平家、一《いち》ノ谷《たに》で義経らに大敗。
一一八五年（寿永４）	義経、屋島《やしま》で平家を破る。壇《だん》ノ浦《うら》で平氏一門滅亡。義経、鎌倉入りを許されず「腰越状《こしごえじょう》」を認《したた》める。
一一八七年（文治３）	義経、藤原秀衡《ひでひら》を頼り奥州へ下る。
一一八九年（　５）	義経、秀衡の子泰衡《やすひら》に襲われ、衣川《ころもがわ》で死す（三十一歳）。
一一九二年（建久３）	頼朝、征夷大将軍となる。

第二部・主な登場人物

源　義経《みなもとのよしつね》　幼名・牛若《うしわか》。頼朝の弟。平家討滅の大功を立てるが、兄頼朝に疎《うと》まれる。

源　頼朝《よりとも》　二十年間、伊豆で流人生活を送る源氏の棟梁《とうりょう》。以仁王の令旨を受け、挙兵。

平　清盛《たいらのきよもり》　栄華を極める平氏の棟梁。浄海入道《じょうかいにゅうどう》、平相国《へいしょうこく》ともいう。

後白河院《ごしらかわいん》　三十余年院政を執《と》り、権謀術数で源平を翻弄《ほんろう》。「日本一の大天狗《おおてんぐ》」と称される。

以仁王《もちひとおう》　後白河院の第三皇子。源頼政と謀《はか》って平家追討の令旨を出す。

源　頼政《よりまさ》　保元《ほうげん》・平治《へいじ》の乱に功を立て、平家全盛の京で唯一生き残った源氏の将。

木曽義仲《きそよしなか》　頼朝の従兄弟《いとこ》。平氏を追討して入京、征夷《せいい》大将軍に任ぜられ、朝日《あさひ》将軍と称す。

北条時政《ほうじょうときまさ》　平氏の流れを汲む伊豆の豪族。頼朝挙兵に協力。

北条政子《まさこ》　時政の長女。流人頼朝と結ばれる。

ミ　ナ　木《こ》ノ花《はな》一族の御祖《みおや》真名《まな》の娘。

静《しず》（シイ）　ミナの友達。白拍子《しらびょうし》となり義経と恋におちる。

エ　マ　冥府《よみ》一族の長《おさ》マと清盛の間にできた魔性の女。

天《てん》　魔《ま》　マの息子。異能の行者。

第一章　鶴や舞う

一

「例年より今年は、よう冷えるのう」

平清盛《たいらのきよもり》は近頃、癖になってしまった背を丸めて、両手を擦《こす》り合わせていた。

すると白拍子《しらびょうし》の仏御前《ほとけごぜん》が、鼻先でふふんと弾《はじ》いた。

「あら、今年は暖かいんですよ、ほんとに……」

「どこが暖かいものか、今年ほど寒い年があるか。その証拠に上賀茂《かみがも》の池の氷のいかに分厚いことか」

「でも、それは人の話で、ご自身でご覧になったわけではありませんでしょう」

「仏、ええ加減にせんか、いちいち小ざかしい」

「お怒りですか。すぐお怒りになりますのね、この頃は……。お年のせいかしら、怒りやすいのは……」

なにを小癪《こしゃく》なと、清盛は、もう口をきくまいと横を向いている。そうなると仏も引っ込みがつかなくなってきた。

お互いに妥協点を手探りする間が空白の時刻となったが、それを過ぎると、もう溝となって、二人の間を隔《へだ》てることになった。

けれど、まだ仏は自信をもっていた。名前は仏御前でも、ようやく十七歳になったばかりという若さのことゆえ、男の心が自分を離れたとは、とても思えない。

——きっと戻ってくる。

白拍子たちは、それぞれ抱え主の許《もと》に住んで、招かれると、酒宴に赴《おもむ》いて、歌いつ舞いつして酒席をとりもち、求められれば枕を交わした。

かつて都の遊子《ゆうし》たちは、江口《えぐち》、神崎《かんざき》の遊女の許へ通ったものだが、彼女たちは歌っても舞いはしない。

ところが水干《すいかん》姿で歌い舞うばかりか、貴顕《きけん》の邸《やしき》へ出張してくる白拍子は調法な存在だった。

そのため、さしも盛んだった江口の里の賑《にぎ》わいに翳《かげ》りが生じたという。

清盛は、かつて祇王《ぎおう》という白拍子を寵愛《ちようあい》していたが、加賀《かが》からやってきた仏御前に心を移してしまった。

だがまだ仏には未練があった。時には驕慢《きようまん》だが、それは若さゆえの突っ張りであり、跳《は》ね返りであって、鞠《まり》のように弾《はず》む心とからだをもっていた。

けれど、いささかそれが煩《わずら》わしくなってきたことも否《いな》めない。

——また、いつものようになにげない顔つきで招いてやろうか。

しかしそれではかえって相手をつけ上がらせることになる。とつおいつ迷っている矢先のことだが、ある宴席で思いもよらない少女に声をかけられた。

「お父君……」

いきなりそう呼びかけられて、清盛入道《にゅうどう》は目を剝《む》いた。

平治《へいじ》の乱（一一五九）の翌年、正三位参議《しょうさんみさんぎ》となった清盛は、それから七年後に従《じゅ》一位太政大臣《だいじょうだいじん》という、これ以上はない最高位の位置を手に入れている。

そして長子の重盛《しげもり》は内大臣、次男の宗盛《むねもり》は中納言《ちゅうなごん》、三男知盛《とももり》は三位の中将、その他一門の公卿《くぎょう》十六名、殿上人《てんじょうびと》三十余名、諸国の受領《ずりょう》など六十余人と、官廷の顕職《けんしょく》を一族で占めていた。

さらに八人の娘たちも、中宮《ちゅうぐう》となって皇太子を生んだ徳子《とくこ》をはじめ、それぞれ関白摂政《かんぱくせっしょう》、大《だい》納言《なごん》などの北の方となって、一門の栄華《えいが》は、後世の語り草となった。

けれど清盛は、たった三ヵ月で太政大臣を辞退して、髪を剃り、浄海《じょうかい》入道と名を改めた。

それは大病を患《わずら》ったためだが、その頃から清盛は西八条の邸に住居を移していた。

その日、三女盛子《もりこ》の婿《むこ》関白藤原基実《ふじわらのもとざね》の招きを受けて宴席の客となった。宴なかばとなって、白拍子が酌《しゃく》に廻った時、背後から「お父君」と呼びかけた妓女《ぎじょ》がいる。まだ幼さの残る声音《こわね》に振り返ると、十三、四かと思われるあどけない笑顔に出会った。

「今、なんというた？」

「あい、父君と呼びました……」

「それは戯《たわむ》れのつもりか」

「いいえ、妾《わらわ》はマの娘、熊野詣《くまのもう》での折り、母が入道さまのお情けを受けました」

「なんと、あのマの娘とな……」

思い起こせば、開運の第一歩となったのがマの予言によるもので、たしかに身に覚えがあったから、しげしげと眺めやると、その言葉どおりマの面影《おもかげ》を映していた。

「名はなんと申す？」

「母の名を継いでマと申します」

「望みがあらば申してみよ」

「では、今宵の伽《とぎ》をお命じください」

「な、なに？　娘というたのに……」

「それはそれ、今の望みは、入道さまのご寵愛を受けることです」

「痴《たわ》けたことを……」

あまりにも幼稚すぎると、かえって憐憫《れんびん》の情が湧《わ》いた。それに白拍子となった以上、客の歓心を惹《ひ》き、人気の的《まと》とならなくては務まらないのである。

「まあよい、のちほど寝所へ参れ」

どうせ今日は、そんなつもりはないのだと、清盛は成り行きに任せておいた。

宴果てて、寝所へ向かうと、にわかに雷鳴がとどろいて、なにごとかと清盛は耳をそばだてた。

なんとない不安の念がきざして、几帳《きちょう》の内側へ入るのがためらわれた。だが一足踏み込んで、そこに横たわる少女のからだが白光を発しているのに気づいた。

そこは闇《やみ》の中のはずなのに、マのからだが闇に浮き上がり、微光に包まれて輝いているのである。

——さすが、マの娘だけのことはあるようだ。

ただの少女ではないと、その正体を見きわめようとしたけれど、白磁のように滑《なめ》らかで光り輝くようなその裸身を眺めているうちに、年にもあらず、心がときめいた。

そこにはなんの翳りもなく、生毛《うぶげ》の光る小丘のようでもあった。漆黒《しっこく》の髪を肩から胸許へと散らせているが、手をふれることさえ冒瀆《ぼうとく》と思えるほど清らかな肌であって、見つめているうちに、それが桜色に染め上げられていくようだった。

この世のものとも思えぬ、こんなに女体が美しいものとは知らなかったと、見つめているうちに、誰にもふれさせてなるものかと思った。

「もう、そなたをどこへもやらぬぞ」

うわ言《ごと》のように呟《つぶや》きつつ、清盛は、膝ついて、ふくらみそめたばかりの胸許に唇をそっと寄せた。

花の蕾《つぼみ》のようにほんのりと色づいた乳暈《にゅううん》のまわりに生毛が光っていた。

——眺めているだけで見飽《あ》きぬ……。

もう仏もいらぬと呟いた。

今はまったく見捨てられたと知った仏御前は、かつて自分のために捨てられた祇王の許へと身を寄せた。

嵯峨野《さがの》の一隅に庵《いおり》を営んで尼となった祇王とその妹祇女《ぎじょ》は、母刀自《ははとじ》と三人尼となって、現世を捨てた。

十七歳の仏が、世捨人となって三人の尼の仲間入りをしたと聞いても、清盛は、そうかと心も虚《うつ》ろにうなずいたきりだった。

そんなふうに、清盛入道ともあろう権力者の心を奪ったのは誰ぞと、嫡子《ちゃくし》の重盛が身を乗り出した。

「なに、西八条の邸へ引き入れたのは、十二歳の女童《めわらべ》じゃと……」

呆《あき》れ果てたが、父が痴《うつ》けとなったのにはそれなりのわけがあるだろうと気づいた。

――そうじゃ、十数年前、父の部屋で、風とも幻とも思えぬ女の気配を感じたことがある。

あの時と似ていると、察しのよい重盛は触角を働かせた。毒には毒をというので、祈禱《きとう》師をつれて、西八条へやってきた。

「女童の背後には、必ず大物のまやかしが控えておりましょう。さもなくば、お父君をたぶらかすことなど、とてもできぬ業《わざ》です、十二やそこらの女童では……」

祈禱師は自信満々だった。

まさか祈禱師をつれて、その怪《あや》しげな女童を追放にやってきたとも言えないので、重盛は、清盛の前では、ご機嫌伺《きげんうかが》いと称していた。

「ところで父君、近頃、年少の女童をお傭《やと》い入れとか……」

「もう聞き及んだのか……」

「たいそう美しいとの評判で……」

「まぁな、酌をさせようか」

清盛は侍女にその旨《むね》を告げた。

やがて衣《きぬ》ずれの音とともに、マが現われた。一目みて、重盛はぞくりと背筋が寒くなった。

――たしかに花のようではある。しかも、この世のものとも思えぬ妖美をたたえておる。

このような者を近づけて父の身に万一のことがあってはと、重盛は、合図の咳《せき》払いをした。それを受けて祈禱師が、魔物退散の祈りをはじめた。

けれどマはあどけない顔つきのまま、平然と重盛の盃《さかずき》に酒瓶を傾けている。

「いくつになる？」

「はい、明けて十二にございまする」

「母御《ははご》が恋しゅうはないか」

「母は生まれた年に亡《な》くなりました」

道理でしっかりしておると、重盛はしだいにマに惹きつけられていった。

――こんな少女を、劫《こう》を経た祈禱師に祈らせて、大事ないのだろうか。

かえって、マの身を案じる始末だった。ところが必死に祈っているはずの祈禱師の効《き》き目がいっこうに現われない。

どうしたことかと思いつつ、父と雑談を交わして、座を立った。縁先《えんさき》へやってくると、そこにいたはずの祈禱師の姿が消えていた。

——はて、いずこへ……。

と、気になって郎党《ろうどう》（家来）に尋《たず》ねると、どうしたことか、祈禱師は気絶して供待ちの部屋に担《かつ》ぎ込まれてきたということだった。

「なに、まだ正気に戻らぬと申すのか……」

「いいえ、なんとか平常に……」

そこで帰り道で、どうしたのだと尋ねると、祈禱師は身ぶるいをした。

「もうこりごりでございます。なんとも恐ろしい妖気で、とても手前の力では及びませぬ」

「なれど相手はただの女童《めわらべ》、しかも指先ひとつ動かす様子はなかったぞ」

「顔色ひとつ変えませんでしたか」

「にこやかに酌をしておるだけであったぞ」

「いよいよもって恐ろしゅうございます。あのまま年を経ましたなら、まずこの国に、太刀《たち》打ちできる者は誰もおりますまい」

「そも、いかなるまやかしぞ？」

「わかりませぬ。あれ以上つづけたなら、こちらの生命《いのち》がありませぬ」

そんなにも恐ろしい力をもった女童を父のかたわらに置いてよいものかと、重盛は気になってならないが、当代一流の祈禱師でさえ太刀打ちできぬとあっては、どうにも手が出ない。

どうしたものかと悩んでいるうちに、かりそめの風邪《かぜ》がこじれて、重盛は頭も上がらない病いの床につくことになった。

重盛ばかりか、例の祈禱師も病いを発し、今は重態と伝えられた。

「さようか、あれ以来、ずっと病いに……」

となれば、これはマの毒気に当たったものとしか思えない。しかし、女童を近づけている清盛にはなんの障《さわ》りもみられないという以上、どうやらその者は、清盛に寄生する肚《はら》づもりなのだろう。だからその妨《さまた》げとなる重盛や祈禱師に毒気を浴びせたものと思われる。

——となると、これは医師や薬では役に立たぬかもしれぬな。

厄介《やっかい》なことになったと重盛は陰鬱《いんうつ》な気分にさせられた。そんな矢先に予期せぬ報告が届いた。

「ただいま入った放免《ほうめん》（密偵）の報《し》らせによりますと、鞍馬《くらま》寺に入った牛若丸《うしわかまる》の行方がわからぬそうにござる」

家司《けいし》の報告を受けつつ、重盛は、どうしたものかと思案した。

「おおかた、出家を嫌って逃げ出したのであろう」

「お察しのとおりと思いますが、姿を消して、すでに五日ほどになるとか」

「そうか、一人で逃げ出したのなら案じることはないが、もし源氏の一統が手引きいたしたものなら、これは油断がならぬ」

「では、さっそく行方を捜させます」

「うむ、ただし禿《かむろ》は使うな」

「はい……」

「切髪《きりがみ》姿の禿は、若者ゆえ機敏ではあるが、行き過ぎが多く、放免といい切髪といい、いずれも、平家の政事《まつりごと》に対する反対の声を封じ込めるために父君がはじめられたが、今となっては、かえって平家圧政の印《しるし》となったかのようじゃ」

「さりとて、武者どもでは、調べるどころか、争いを起こすばかりで……」

「役に立たぬか、合戦以外には……」

「はい、歯痒《はがゆ》きことながら……」

「やむを得ん。ならばとりあえず放免どもに命じて捜すことにいたせ……」

父清盛にかわって、平家政権の頂点を占めている重盛は、必ずしも平家による政権独占が永続するとは思っていなかった。

彼は冷静に物事を判断して、公平で無理のない政治を執《と》ろうとした。けれどそれが反平家勢力に、つけ入る隙《すき》を与えたことも否《いな》めなかった。

二

都のあちこちに、誰がきめたわけでもないのに、うかつに立ち入ってはならない聖域のようなものがあった。

それは、たとえば鷹野《たかの》に設けられた氷室《ひむろ》のように、宮廷御用の氷塊が貯《たくわ》えられて諸人の立ち入りを禁じられているというような場所ではなく、さりとて神の領域として注連縄《しめなわ》が張りめぐらされているような浄域というわけでもなかった。

おそらくそこはかつて誰かの邸跡《やしきあと》だったのだろう。けれど、今はわずかに崩れた土塀《どべい》が残っているばかりで、建物はすべて地上から消え去っている。

高々とそびえ立った榎《えのき》がかつて門のあった位置を示しているようだが、物《もの》の怪《け》に取り憑《つ》かれると言って、小童《こわっぱ》すら近づかない。

八重葎《やえむぐら》茂れる宿といった趣《おもむ》きもなく、中を覗《のぞ》くと竹林があって、乾いた竹の葉擦《はず》れの音とともに、ふくら雀《すずめ》が何十羽となく飛び立っていった。

そして入れかわるように二、三十羽の大鴉《おおがらす》がやってきた。啼《な》き声も立てず、大鴉たちは邸を囲む木々の梢《こずえ》にとまって、今は空白となった庭跡を眺めやった。

そこに十人ばかりの男女がいずれも膝ついて、わずかに残った庭石の上に立った少女を見つめていた。

白磁のように滑らかな肌をもつ少女は、わずかに被衣《かつぎ》一枚を身につけているだけで、絹地を透《す》かしてみるその裸身は、神々しく輝いてみえた。

そのかたわらに控えているのは、かつて千本針《せんぼんばり》の婆《ばば》と呼ばれていたマの腹心とそっくりの顔立ちをしていた。

「みなの者に伝える。先代のあとを継がれたこちらのマさまに、初めてお目にかかる者もあろうかと思うが、今、マさまは清盛入道の邸に住まわれておる。そのおかげで、今日、ここに集まった冥府《よみ》の一族の小頭《こがしら》たちには、それぞれ年五十石《こく》の手当てを下されることになった……」

それはむろん清盛の懐《ふところ》から出たものだろう。それを受けて、つむじの一統を代表する権七《ごんしち》が一同にかわって挨拶《あいさつ》を行なった。

「ありがたく頂戴《ちょうだい》つかまつる。われらと同じく、鬼の一統、ねじれの市《いち》のあとを受けた者ども、いずれも先代同様、お頭《かしら》のお指図《さしず》とあらば、生命《いのち》をも惜しまずお仕えを申し上げまする」

すると、うなずきつつマが甲高《かんだか》い声で命じた。

「ならば命じる、木《こ》ノ花《はな》一族の新しい長《おさ》を捜し出せ。それとともに、木ノ花の御祖《みおや》が助けて縁をつないだ牛若丸をみつけ出して殺すがよい。この二つをさっそく行なうのじゃ」

言葉とともにすこしずつ空中に浮き上がったマのからだに天女の羽衣《はごろも》のごとく被衣がまとわりついていた。

白昼の幻のごとく、マは空中を漂いつつ、地上の一角にふと視線を注《そそ》いだ。

——はて、何者であろう……。

どうやら自分と会ったことのある者が、その家の中にいるらしい。しかしそれが誰で、いつ会ったのかとなると、おぼろげであった。

——まぁよい、なにも気にすることはない。

自分に害意を抱く者以外の存在を気にすることはなかった。それより多くの事象に出会って経験を積むことが必要だった。

けれど、それよりもまだ欲しいものは金銀の目をもつ三毛猫だった。なろうことなら猫を自在に操《あやつ》ってみたい。そんなことを想いつつマは、西八条の邸館へ戻っていった。

そこでは清盛の願いを容《い》れて、エマと呼ばれていた。

「これエマ、どこへ行っておった？　いっしょに芋粥《いもがゆ》を食そうと思うたのに……」

「粥より葛湯《くずゆ》より、妾《わらわ》のほしいのは、父君だけ……」

甘えてすり寄ると、マのからだから発する香気に、清盛の頬《ほお》がゆるんだ。

だが、その西八条の邸館から、そんなに遠くない寺の一隅で、旅支度をしていた若者の姿があった。

「若殿、薄暗くなりましたら、すぐ出立《しゅったつ》いたしましょう」

「うむ、いつでも……」

「では、早目ながら、夕食を召しませ」

気がせくせいか、湯漬けにして搔《か》き込むと、もう彼らは草鞋《わらじ》を取り出した。

「ここを出ましたなら、放免や切髪にお気をつけてください。すでに若殿が、鞍馬山を抜け出されたことを嗅《か》ぎつけたとみえて、放免たちが、しきりにうろついておりまするゆえ」

「麿《まろ》は身軽ゆえ、振り切れようが、なにぶんこう暗《くろ》うては……」

「万一の場合、鳥羽《とば》に舟をとめておりますゆえ、拙僧《せっそう》にかまわず、淀《よど》川を下って、神崎へお急ぎください。そこに臼杵《うすき》の船がきております」

「もしはぐれたなら、そこで落ち合うといたそう」

「鳥羽の小舟に新六《しんろく》という者が乗っておりまして、舟を操ってくれます」

「わかった、では、正近《まさちか》……」

「はい、出かけるといたしましょう」

新しい草鞋の紐《ひも》を指先でゆるめて履《は》くと、二人は小門を出て、夕闇の中に分け入った。

無言のまま南へ向かうと、いきなり闇を駆けてくる足音が近づいてきた。すばやく牛若は頭上の枝に飛びついて隠れ、正聞坊《しょうもんぼう》こと鎌田《かまた》正近は銀杏《いちょう》の樹に貼《は》りついた。

その直後に切髪の禿《かむろ》たちが駆け込んできた。

「はて、たしかに人影がここに……」

「二人ほど、ここに立っておった……」

「いずこへ隠れおったのか……」

放免といって、獄舎を出た囚人が、市中を嗅ぎ廻って密偵を務め、その手足となって切髪の若い衆が、洛中《らくちゅう》を走り廻っている。

彼らは、平家を倒そうと企《くわだ》てる者がどこかに潜《ひそ》んでいないかと嗅ぎ廻ることを職業としていた。

——どこかに、なんとなく不穏な気配がする……。

たとえば都に残った一人の源氏、源《みなもとのよりまさ》頼政は、平治の乱で義朝《よしとも》の味方をしなかったため、平氏全盛の世に、都に踏み止《とど》まることができた。

しかし昇殿《しょうでん》はおろか、官位官職も元のままだ。

この頼政は、鵺《ぬえ》退治で知られている。ちょうど近衛《このえ》天皇の頃、夜な夜な御所《ごしょ》の真上に黒雲が現われて、天皇を悩ませた。

お召しに応じて、頼政が、黒雲のここぞと思うあたりをめがけて矢を射放つと、悲鳴を上げて化鳥《けちょう》が落ちてきた。見ると頭は猿、軀《からだ》は狸《たぬき》、手足は虎の姿で、啼き声は鵼という怪鳥だった。

しかし、それも今は昔、平家全盛の世に取り残された頼政は、不遇を歌に托《たく》して訴えた。

昇るべき　たよりなき身は　木の下に
椎《しい》（四位）を拾ひて　世を渡るかな

それが効いて、とくに従三位を許された。

ところが子息仲綱《なかつな》の愛馬に目を留めた平宗盛が譲れと言ってきかなかった。あまりの執拗さに、頼政が仲綱を説いて宗盛に愛馬を贈らせた。

しかし宗盛は、事もあろうに、この馬に仲綱と命名して、「おい仲綱、もっと走れ！　こら遅いぞ！」とさんざんに罵《ののし》った。

伝え聞いて頼政父子は、思わず落涙《らくるい》した。

こうした平家一門の驕慢と源氏一統の鬱屈《うっくつ》が、しだいに募《つの》ってきたのである。

それを察して平家は放免に不穏分子を探《さぐ》らせた。

「あの華奢《きゃしゃ》な体つきといい、もう一人の僧侶姿といい、あれはまさしく鞍馬山を抜け出した牛若と、手引きした僧に違いあるまい」

「なれど、どこへ消え失《う》せたのか」

「鳥羽の水駅《すいえき》か、それとも西国路か、二つに一つじゃ」

「ならば、二手に分かれるとしよう」

と言っているところへ、すり寄ってきた人影がある。

「放免の方々とお見受けする……」

「何奴じゃ？」

「はい、西八条殿《でん》にお仕えするエマさまゆかりの者にて、ねじれの権七と申す」

「それで……」

「もしや鞍馬山の牛若丸をお捜しかと思いましてな」

「知っておると申すのか」

「褒賞《ほうしょう》さえいただけたら、ご案内つかまつろう」

どうやら恩賞目当ての訴人《そにん》のようだった。

放免を率《ひき》いていた長《おさ》は、近寄ってきた相手を、たかが訴人と見くびった。

「褒賞がほしいだと？　そんなことは牛若丸を捕らえてからあとのことにいたせ。それより西八条に仕えているなど、嘘《うそ》もたいがいにせい。いい加減なことを申しておると、牢にぶち込んでくれようぞ」

「これは面白い。せっかく、手柄を立てさせてやろうと思うたに、牢にぶち込むだと？　できるものならやってみい」

松明《たいまつ》をかざした彼らの仲間は、三人ばかりと見受けられた。いっぽう、放免と切髪の人数は二十人近かった。数を恃《たの》んで、放免の長は、小うるさい奴めと、配下を振り返って顎《あご》をしゃくった。

「容赦《ようしゃ》は無用、叩きのめせ！」

命令一下《いっか》、配下数名が棍棒《こんぼう》をふるって、ねじれの権七たちに打ちかかった。

「愚か者めが!!　首が飛ぶぞ！」

いきなり権七の山刀が鞘《さや》走った。とみるなり、先頭の放免の首が宙に飛んだ。噴《ふ》き上がる鮮血の雨に打たれて、放免の長の顔色が変わった。

「汝《うぬ》もこうなりたいか！」

二人目の首が飛んだ。と同時に、権七の山刀が、長の首にぴたりとつけられた。

「動けば首が切れるぞ」

「ま、待ってくれ……」

「よいか。われらは西八条殿ゆかりの者ぞ。汝の首のすげ替えぐらいわけのないこと。なれどこちらにも都合があってのう、荒絹二十反《たん》が入用なのだ」

「二十反、とてもそんなことは……」

「ならばこの刃で首を引き切ろうか」

「いや、待ってくれ、証文を書こうぞ」

しかたなく、放免の長は、筆をとった。その鼻に突きつけられた松明の火で、ちりちりと眉《まゆ》が焦《こ》げた。

「よし、この絹、明日貰《もら》いに行こう。ならば急げ、鳥羽の水駅に牛若とその従者正聞坊が向かっておる。これは源氏の残党よ、早よう行って手柄にせい」

たった一言《ひとこと》で絹二十反とは、取りも取ったものだが、生命と引き替えとあっては、なんともならない。いまいましげに舌打ちしつつ、放免たちは鳥羽へと走っていった。

三

牛若と正聞坊は、人目につかぬよう松明ももたずに、道なき道を水たまりに突っ込んだり、石に蹴《け》つまずいたりしながら、ようやく鳥羽の水駅にたどり着いた。

水駅といっても舟着場があるだけのことだが、夜も更けて、どこにも舟影が見当たらない。

はて、これはと、暗闇に声をかけた。

「おーい、正聞坊じゃ！」

墨《すみ》を流したような闇夜に閉ざされた水面に向かって呼びかけたが、なんの答えも返ってこなかった。

「こりゃ不思議じゃ。たしかに約定《やくじょう》ができておったのに……」

正聞坊の声に狼狽《ろうばい》の気配が漂った。すると闇の中から、男の声がひびいてきた。

「おーい！　おいでか？　待っとりましたが、ついうとうとしとりましてな」

「そうか、江口まで送ってくれるのだな」

「へえ、聞いとりま……。どうぞ」

「そうか、では若君、早よう！」

促《うなが》されて牛若も舟に乗った。うねうねと上下動する川面《かわも》に浮かぶ小舟は、なんとも頼りない物である。

生まれて初めて舟に乗った牛若丸は、その微妙な動きに戸惑《とまど》ったが、持ち前の敏捷《びんしょう》さで、その変化の律動をいち早くつかみ取った。

しかし正聞坊は緊張と不慣れなため、川中へ舟が出ただけで、もう舟酔いに喘《あえ》ぎはじめた。

鳥羽に流れ着いた鴨《かも》川が、やがて桂《かつら》川と合流し、さらに宇治《うじ》川をも呑《の》み込んで、淀川へと成長していくのだが、正聞坊は桂川まで保《も》たなかった。

うつ伏して、しきりに苦しんでいる正聞坊のかたわらにすり寄った船頭が介抱するふりをしながら、ひょいとその背中を押して水中へ投げ込んだ。

大きく揺れた舟べりをつかんで身の安定をはかった牛若は、舟尻から、正聞坊の落ちたあたりへ向かって、身を躍らせた。

「待て、牛若！」

思わず叫んだ船頭の声にやはり偽者だったのかと牛若丸は察した。だが鞍馬山で闇を見透かす夜目《よめ》の術を身につけていなかったら、不慣れな水中で正聞坊を捜し当てることは難しかったことだろう。

さいわい浮きつ沈みつしている正聞坊を見つけると、その衣をつかんで川岸へ向かった。なんとか救《たす》けはしたけれど、かなり水を呑み込んでぐったりしている正聞坊では、とても江口まで旅することは難しい。しかたなく近くの寺へ正聞坊を預けた牛若丸は、翌朝まで待って、小舟を傭った。

旅の費《つい》えとして正聞坊の用意してくれた荒絹七反のうち、四反を正聞坊のために残して、小舟に揺られて淀川を下った。

当時、西国から旅客や貨物を運んでくる船は、神崎川を遡上《そじょう》して、淀川との合流点である江口の里に近い川湊《みなと》に集まってきた。そのため舟人や旅客目当ての遊女宿が繁盛した。そこにようやく牛若丸はたどり着いた。

遊行女婦《ゆうこうじょふ》と呼ばれた遊び女《め》は、京より東方へ向かう海道筋にも現われたが、各宿駅の長者《ちょうじゃ》の家にも抱えられていて、貴人や官人、あるいは番役勤めの武士たちといった旅人の枕席《ちんせき》にはべった。

まだ後世でいう花街というほどの遊び場はみられないが、西国からやってくる船と人の集まる江口、神崎の川湊に、遊女宿が建ち並び、歌ったり酌をしたり、夜をともにする歌妓が嬌声をあげていた。

さらに遊び女を乗せた小端舟《こはしぶね》が、碇泊《ていはく》中の船に漕《こ》ぎ寄って、男を誘った。舟を操る中年女が声をかけ、交渉が成立すると、小端舟の中ほどに設けられた苫屋《とまや》に男を導いた。

そこにしどけなく小袖《こそで》をまとった遊女が待っていて、男を迎え入れた。

水上でも陸上でも、脂粉《しふん》の薫《かお》りが支配しているこの江口、神崎の里のような歓楽地は、日本中を探しても、ここよりほかには見当たらないのである。

——これが話に聞く江口の里か……。

牛若丸は、さんざめく遊び女の姿を、ふと覗き見したくなったが、つい昨日まで経を読む身であったことを思うと、邪心を恥じた。

——それより臼杵の船を探さなくてはならぬ。

九州豊後《ぶんご》の国臼杵、そこに真野《まの》一族が住んでいる。

「その一族の長《おさ》、真野太郎《たろう》をお訪ねのうえ、鎌田正近の名前をお告げくだされば、お身の上をお守り申すばかりか、お言いつけどおりに従うとのことでござる」

正聞坊はそう言っていたけれど、今後、自分がなにを目指してどう生きていくかについては、まだ考えていなかった。

だが正聞坊の話によると、自分の祖父為義《ためよし》は、かつて臼杵の庄《しょう》を所領としていたそうで、その時、真野一族の娘に生ませたのが、鎮西《ちんぜい》八郎為朝《ためとも》だった。

「つまり牛若さまは、彼らにとって主筋《しゅすじ》となりまする」

けれど、だからといって、彼らが自分の味方をしてくれるとは限らぬと、牛若丸は感じていた。

しかしなにはともあれ、この強大な平氏の勢力圏から離脱しないことには、こちらの生命が危いのである。

絹布三反を包んだ布袋を背負った牛若が娼家の間をさすらっていると、好餌《こうじ》到来とばかり、客引きの中年女が袖を引いた。

「さあ、ござれ……」

「いや、こちらは臼杵の船を探しておる」

だが、耳を傾ける者は誰もいなかった。

恋すてふ　袖志の浦に拾ふ玉の
たまたまきては
手にだにたまらぬつれなさは
からからと懐《ふところ》貝のからかひて
つひに逢《あ》はずば玉匣《たまくしげ》……。

そんな歌声を耳にして、夢うつつのような時を過ごしているうちに、背負ってきた荒絹が一反減ってしまった。

夕暮れ近くなって、ようやく遊女宿をあとにしたけれど、まだ浮雲を踏んでいるような気分だった。

そんな牛若丸の耳に、「臼杵の船」という言葉がふと飛び込んできた。

「いずこぞ？　臼杵の船は……」

「目の前じゃ！　夢でもみておるのか……。今、あの小舟が荷を運んでいくところよ」

「かたじけない……」

礼もそこそこに河岸を走っていくと、舫《もや》っていた小舟が、纜《ともづな》を解《と》いたところだった。

「待ってくれ！」

そこは身軽さをもって知られた牛若丸のことなので、ひらりと宙を飛んで小舟の中に移った。

「こりゃ、なにをするぞ」

「許せ、臼杵の船に乗りたい」

小袖に半袴《はんばかま》姿、腰に小刀を挟《はさ》んでいる半大人の小柄な姿を見て、舟人も安心したらしい。

丈《たけ》高い葦原《あしはら》の間を抜け出すと、何艘《そう》もの大きな船が碇《いかり》を下ろしている。

「あの大船か……」

「たわけめ、あれは平家の交易船よ。筑紫博多《つくしはかた》に、宋《そう》（中国）船がきておるとかで、綾《あや》や錦《にしき》や伽羅《きゃら》や唐紙《とうし》といった高価な品々をどっさり積み込んで着いたところよ。あれが都のお偉い方々に買い取られて、平氏一門の倉はお宝でいっぱいという寸法よ」

「なるほど、平家は武人というだけではないのだな」

「あの稼ぎぶりには商人《あきんど》もびっくり仰天《ぎょうてん》、これから瀬戸内《せとうち》へ出てみなはれ、どっちを向いても平家の息のかかった船また船……」

聞いて牛若丸は内心、あっと思った。平家の勢力圏から逃げ出すために海を目指したのに、その海上もまた平家に押さえられていたのである。

——こんなことなら、いっそ東国へ向かったほうがよかったやもしれぬな。

ためらっているうちに、小舟は早くも臼杵の船に横づけされた。

「さあ、上がった上がった！」

追い立てられて船内へ乗り込むと、舟人たち六人ばかりがいっせいに振り向いた。

「やい、童《わっぱ》、なにしにきおった？」

いきなり怒鳴《どな》りつけられて、もう一度驚いた。

「この船は、臼杵へ向かうのであろう」

一呼吸して、牛若丸は、尋ね返した。

「それがどうした？　童に用はない。とっとと失《う》せろ」

それを潮《しお》に西海へ行くのをやめようかと一瞬思ったけれど、行きがかり上、このまま馬鹿にされっ放しでは、なんとも肚立たしい。

「われは童にあらず、豊後臼杵の真野の太郎を訪ねて参る。この船に乗船を許されたい」

「たいそうなことをほざきおって、只《ただ》乗りしようという了簡《りょうけん》じゃな」

「つれの者とはぐれて、今はこれだけしかもっておらぬが、取っておかれよ」

「荒絹二反で、臼杵まで行こうとは太い奴め。よし、こいつを船奴《ふなやっこ》がわりにこき使《つこ》うてやるがよいぞ」

乗船はできたが、そこから先は地獄に堕《お》ちたようなものだった。

夕方、満潮とともに碇を上げた臼杵の船は、網代《あじろ》（竹を編んだもの）帆を張って、神崎川を下ると、大物《だいもつ》の浦《うら》（尼崎）へ向かった。それから先は背後から吹きつける順風を受けて西へと帆走した。

「右梶《とりかじ》よう！」

水先が塩辛声《しおからごえ》を張り上げると、いきなり船の方向が変わって、甲板《かんぱん》にいた牛若丸は横倒しとなった。

「馬鹿もん！」

表仕《おもてし》（航海長）が飛んできて、したたかに牛若の腰を蹴り上げた。

「まごまごしちょると、海ん中へ放り込むぞ、やい！」

野太い声で怒鳴りつけられて、なにくそ！　と牛若は立ち上がろうとしたけれど、なにぶん波に洗われて船上は濡れ光っているので、まともに立っていられない。いくら敏捷《びんしょう》をもって聞こえた牛若でも、生まれて初めて体験する波の上では、勝手がちがった。

――なんと、これが海というものか、まるで樽《たる》にでも乗ったようではないか。

しかもただの上下動でなく、左右にも揺れ、のた打つようにくねくねとして変転極まりないのである。

――ここで争って、海に放り込まれたならそれまで……。となれば、ここはひとまず膝を屈しておいて、なによりもまず、海に慣れなくてはなるまい。

このとめどない変化をみせる海を知らずにうかつなことはできないと悟ったからだった。

しかしこうして受け容《い》れた船奴の運命は、地獄の責め苦にほかならなかった。帆綱を握って、風と波に翻弄《ほんろう》されつつ、帆を右に左にと動かしているうちに、掌《てのひら》の皮が破れて血がしたたり落ちた。

「わりゃ、甲板を血で汚しおったな。一滴残さず、早よう舐《な》め取らんかい！」

帆綱を腰に巻きつけて、おのれの掌からしたたり落ちる血を、口を使って吸い取らなくてはならない。

ところが六甲《ろっこう》山から吹き下ろしてくる六甲颪《おろし》に煽《あお》られて、帆が動き、それにつれて帆柱が揺れ、軽い牛若丸の身体《からだ》は宙に浮き上がり、そのまま海上へもっていかれそうになった。思わずちぢめた体を、波が手を伸ばしてつかみ取ろうとした。

——もしここで綱がほどけたら……。

血の気も引いて、必死に綱をたぐり寄せ、帆柱が風向きで、すこし動いたのをさいわい、やっと舷側《ふなべり》に手がかかった。

生命《いのち》からがら、ようやく甲板に戻ってくると、鬼のような顔つきをした船頭が待ち構えていた。

「わりゃ、なにを遊んどるかや！」

いきなり突き飛ばしたからたまらない、牛若の身体は鞠《まり》のように転がって帆柱にしたたか背中をぶっつけた。

「うむ……」

呻《うめ》いたまま気絶してしまった。

けれど誰ひとり助けてはくれず、よくまぁ転がって海中に転落しなかったものと、ひやりと胆《きも》を冷やした。

ところがその間に夕食をすませたらしく、空《から》になった食器洗いの仕事だけが残っていた。明石《あかし》、高砂《たかさご》、相生《あいおい》、牛窓《うしまど》、坂手《さかて》、と航海して、風待ちのため屋島《やしま》へ入った。そして塩飽《しあく》諸島をくぐり抜けると、もうそこはわだつみの国であった。塩分の多い潮風を浴びて、声まで塩辛くなったようだ。釣り上げた魚を帆柱に吊り下げておくと、ほどよく塩分に馴染《なじ》んでくる。

相変わらず、人間以下の扱いを受けてはいるが、それでも波の律動に合わせて甲板を歩くこつも覚え、船の扱いかたもすこしは身についてきた。そのうえ、人の心の裏表を察し、どん底の生きかたを体験した。

いったい都を出てから何日経《た》つのかもわからなくなった頃、臼杵の船は九州豊後の臼杵湾に入った。都から衣裳や調度品、武具などを仕入れてきた臼杵の船を、近くに本拠を構えている真野一族が待っていた。

「この者は何奴ぞ？」

牛若丸をみつけて真野の一統が眼をとがらせた。でっぷりと肥《ふと》った赧《あか》ら顔の中年男に睨《にら》まれて、牛若丸は、いざとなれば逃げ出す肚づもりだった。

「へえ、こやつは船内に忍び込みましたゆえ、船奴《ふなやっこ》として使うてやりました」

船頭も船主の前では恭順《きょうじゅん》な顔つきに変わっていた。

「ふむ、華奢《きゃしゃ》な身体つきよのう」

「なにをしておった小童《こわっぱ》か知りませぬが、お館《やかた》さまを訪ねていくのだなどと、ほざいておりました」

「なんじゃと？　汝《うぬ》はいったい、どこの何者だ？」

うかつなことを口にすれば斬り殺されそうな相手の形相《ぎょうそう》だった。

「左馬頭《さまのかみ》源義朝が遺児牛若丸……」

「な、なんじゃと？」

「この地で育った鎮西八郎為朝はわが叔父に当たる……」

「そりゃまことか？」

「偽《いつわ》りを申してなにになる……。養い親一条大蔵卿《いちじょうおおくらきょう》の許より鞍馬山へ修行に参ったが、もとより僧になるつもりはなく、父の乳母子《めのとご》鎌田正清《まさきよ》が一子正近が、出家した正聞坊の手引きにて、鳥羽より江口へ参ったが、正近は海に落ちて養生中ゆえ、やむなく臼杵の船を探して乗ったのはよいが、これより真野の太郎を訪ねて参ると申したところ、船奴にされてしもうた」

「それは失礼仕《つかまつ》った。われらはもとより若君の祖父に当たらせられる為義判官《ほうがん》どのを主《あるじ》と仰《あお》いで参ったもの。さらば若君は、われらの主筋に当たるお方、どうぞわれらの館へお出《い》でくださいませ」

その一瞬を境として、牛若丸は地獄から極楽に這《は》い上がったようなものだった。

手厚く遇されて、旅の疲れを休めると、牛若丸は、真野の一族が武者というより製錬を業としていることに気づいた。

しかもこの九州には、さして強力な源氏の一統がいるわけでなく、それどころか、瀬戸内海を押さえている平家の一統の勢力が強すぎて、いつみつかるかと、ひやひやしながら生きていかなくてはならないことに思い至った。

――やはり東国へ行くべきだった。

今は亡き父や兄たちも東国を目指して落ちゆく途中で平氏に阻《はば》まれている。

――それなら海路を行くとしよう。

真野太郎の話によると、筑紫より出雲《いずも》、丹後《たんご》、越前《えちぜん》と海路をたどっていけば、平家の目にふれることなく東国へ行くことができるというのである。

――ならば東へ参って、運を開くとしよう。

方針が定まると、あとは実行あるのみだった。

第一章　風は海から

一

袋状に延びた入江の底に当たる宮津湾《みやづ》は、波の荒い冬季はともかく、春の光の下では、湖のように穏やかな表情をみせ、砂浜に面した人家のかたわらに高々と掲《かか》げられた漁網が、こまかい網目模様を砂浜に投影している。

乾された網は浸《し》み込んだ磯の香《か》をあたりに振り撒《ま》くように時折り身ぶるいした。

――うむ、たしかに腥《なまぐさ》い風だ。

赧《あか》んだ鼻をうごめかしつつ、海を眺めているのは、この日、都からやってきた金売《かねう》りの吉次《きちじ》だった。

金売りといっても、金属の王ともいうべき黄金《こがね》が専門で、みちのくの砂金をもって、都へ売りにくるのである。

当時は、この黄金を通貨としていたわけでなく、もっぱら太刀《たち》や仏具を飾る荘厳《しょうごん》に用いられた。需要は多いが、高価な品なので、右から左へというわけにはいかない。

吉次は、奥州平泉《ひらいずみ》に本拠を構えているので、北方の勇者と評判の高い平泉の支配者奥州藤原《ふじわら》氏のために、都へくるたびに、注文を受けた綾《あや》や錦《にしき》といった織物や調度品などを仕入れて帰った。

そんな吉次が宮津へやってきたのは、祈禱《きとう》僧に、鞍《くら》馬《ま》山を逃げ出した牛若丸《うしわかまる》が、宮津にくると教えられたためだった。

「いかがでござる。牛若といえば源氏の棟梁《とうりょう》左馬頭《さまのかみ》義朝《よしとも》の忘れ形見、なにしろ源氏の正統を継ぐ御曹子《おんぞうし》ゆえ、これをつれ帰らば平泉のお館《やかた》が喜ばれるのではあるまいか」

「うむ、まことの牛若丸なら、担《かつ》いでみるのも面白かろう。万一、お気に入らねば、謀叛《むほん》人を捕らえてござると、六波羅《ろくはら》へ差し出してもよいのだから、どちらへ転んでも損にはならぬ」

「それはそちらの都合。それより宮津へ行けば牛若丸に会えるという卦《け》の出たことだけはたしかなこと……」

「それはかたじけない。では、すこし廻り道をするとしよう。どうせ敦賀《つるが》の湊《みなと》で、東国の船を待つことになっておるゆえ」

四十なかばの脂《あぶら》ぎった顔つきだった。

その吉次が旅支度をした伴《とも》の者三人をつれて、宮津に姿を現わしたのである。

「なるほど、あれが話に聞く天《あま》の橋立《はしだて》か……」

海中につらなる松並木の砂洲《さす》を、天に登る橋と見立ての天の橋立だった。

寄せては返す浦波を眺めて、吉次はこの与佐《よさ》の海辺のどこに牛若丸がいるのだろうかと思った。

丹後《たんご》の国与謝郡《よさのごおり》宮津郷、古くは波路《はじ》といったともいう。ここでは天の橋立と、救《たす》けた亀に迎えられて竜宮城へ行ったという浦島子《うらしまこ》の伝承が有名だが、もうひとつ鬼の住むという大江山《おおえやま》も世に知られていた。

京より三十里、山路を越えて海に行き当たる、それが与佐の海だった。

――こちらがよいか、それとも京より琵琶湖《びわこ》の西岸を舟で今津《いまづ》へ向かい、それより、若狭《わかさ》の国敦賀、あるいは小浜《おばま》の湊へ至る路筋がよいか、一長一短かもしれぬな。

じつのところ、吉次は、奥州平泉に館をもつ藤原秀衡《ひでひら》のために、京より海に至る路筋を調べていた。

――しかし、いざ都で事が起こった場合、琵琶湖沿いに逃げるより、この丹後路のほうがより安全かもしれぬ。

さらにもうひとつ、朽木《くちき》越えという間道《かんどう》があるが、冬季は雪深くてなんともなるまいと思われた。

――それにしても、牛若丸捜しとは、都合のよい隠れ蓑《みの》ができたものだ……。

そのうえ、本物にぶつかったなら、それもまた好都合というものである。

――ところで、次の満月の夜まで、あと四日ほどある……。

それならここで一日半ほど、旅の疲れを休めてからでも、十分迎えの船に間に合うはずと計算して、吉次は宮津に宿をとった。

そこは鍛冶《かじ》屋で、船具や農具をつくっていた。その空《あ》いている離れ家を借りて、供された煎豆《いりまめ》をかじっていると、五歳ばかりの女の子が庭先に入ってきた。

その姿になにげなく視線をやった吉次は、雷《いかずち》にでもふれたように、どきんとした。

なぜそうなったのかはわからない。その子が格別異相であったわけでなく、可愛らしくはあるが、この世のものとも思えぬというわけではなかった。

ところがその眸《ひとみ》に出会った時、思わず吉次は頭《こうべ》を垂れてすくみ上がった。これまで黄金を都へ運んできて、盗賊に出会ったり、爪牙《そうが》を伸ばしてくる国司や荘司に睨《にら》まれたりと、さんざん危《あや》うい橋を渡って、武人よりも胆《きも》が据《す》わっていると自他ともに認めているはずなのに、その吉次が、冷汗を覚えたのだからただごとではない。

まして相手は五歳ほどの童女であった。あこめという幼児用の衣を着て、草鞋《わらじ》を引きずっているその童女は、手に紅《あか》や黒の糸束《いとたば》をもっていた。なにも話さないが、すべてを察している様子だった。

「おや、ミナちゃん。お使いにきてくれたのかい」

鍛冶屋の女房が屋内から顔を出した。

「はいはい、糸をもってきてくれたんやね。はい、ありがとうよ」

色糸を入れた手提籠《てさげかご》を受け取って、鍛冶屋の妻は、籠の中へ煎豆を入れてやった。

にっこりと頭を下げはしたが、童女はすぐそれを口にしたりはしなかった。帰っていく小さな姿を見送って、吉次はもう一度首をすくめた。

子供だろうか。

――あの子は、こちらの正体も目的も、なにもかも見通しているらしい。いったい、どういう子供だろうか。

不審を覚えて、この家の女房に声をかけた。

「近所の子供さんかね？」

「へぇ、ついそこの小屋に住んでいる寡婦《かふ》の子でして、というより、じつは京の町角で行き倒れていた女の子を拾うたとか……。実子でないことだけはたしかです。でも実の母子より仲がよくて、母親が病気だと、あんなふうによく使いをするんですよ」

「となると、本当の身の上は、まったくわからないってことだね」

「へぇ、そうなりますな。けれどちょっと変わったところがありまして、あの子が雨というとかならず雨になるばかりか、明日なにが起こるのかを、ちゃんと知ってるんですからこわいところもありますわな」

「ほう、先が見えるってのかい」

「ええ、口には出しませんが、どうも気味の悪いところがおましてな。外見は、ごくふつうの女の子なんです……」

「ふむ、十で神童、十五で秀才、二十《はたち》すぎればただの人とね……」

それにしても気になる存在だった。なにごとも自分でぶつかっていくことを信条としていた吉次は、都からもってきた薬草を手土産《てみやげ》として、ミナという童女の住んでいる小屋を訪ねていった。

なんの飾りもない貧しい暮らしながら、家の中はきちんと整っていて、すがすがしい気配すらあった。

「どうだろう、お子さんに占ってほしいのだよ。じつは、待ち人があってこちらへ参ったのだが、果たして、くるかどうか、みてもらいたいんだ」

いきなり押しかけられて、養い親はどぎまぎしていたが、五歳の童女は平然としていた。

「どうじゃろう、くるかね、その人は……」

「ウシワカじゃろ……」

知るはずのない名前を言い当てられて、吉次は顔色が変わった。

「ウシワカの名をどうして知ったのだ?」

牛若丸が敦賀へくるこないということより、ウシワカの名をぴたりと言い当てた童女の異能ぶりに、吉次は驚愕《きょうがく》した。

——これは噂《うわさ》以上じゃわい。

思わず膝を乗り出していた。

「それでその牛若丸は、平泉まできてくれるだろうか」

すると、「あい」と童女はこっくりをした。

「なんと、きてくれるのか、そりゃ、まことじゃな」

思わず腰を浮かして声が上ずった。童女ミナの養い親は、おびえたように手を振った。

「いいえ、お許しください。なにぶん五歳の子供ゆえ、なにも知りませんし、礼儀も……」

「礼儀など、どうでもよい。そうか、牛若丸がきてくれるとなると、こりゃこうしてはおれんわい。それでいつくる？」

「二日あと……」

「それで、このわしが誰か知っておるのか」

「キチジ……」

「うむ、そこまで知っているとなると、こりゃ本物じゃ」

吉次は、養い親のほうへ向き直った。

「どうじゃ、この子を譲ってくれぬか。そうすれば一生食べられるだけの絹を与えよう」

するとあわてて女は首を振った。

「いいえ、この子はどこへもやりませぬ。この子がいなければ、私は一日も暮らしていけませぬ」

「しかし、一生ゆたかに暮らしていけるのじゃぞ」

「いいえ、富もなにもいりませぬ。この子は私の宝でござります」

「厭《いや》か、どうしても……」

「はい、この子を取られては、死ぬしかありませぬ」

「ならばせめて教えてくれぬか、この子の真の親を……」

「それはわかりませぬ。この子は、行き倒れた女のかたわらに坐っていました。私が、都へ色糸の仕入れに参った折り……」

「なにか守り袋か書きつけをもってはおらなんだか」

「はい、なにひとつ……。あると申せば、左の肩先に、二つ巴《ともえ》のような印《しるし》があっただけです」

「二つ巴……。見せてはもらえぬか」

女は、童女の袖《そで》を掲《あ》げてくれた。そこに二つの勾玉《まがたま》がからみ合っているような盛り上がりがみられた。

「こりゃ、人ではつくれぬもの……」

なんとも奇妙な感じだが、それ以上この童女の身の上に踏み込むことはできなかった。

吉次が帰りかけた時、別の少女が小屋へやってきた。

「小母《おば》ちゃん、黒糸を分けておくれ」

近くの住人らしい。

「はいはい、一束でいいのかえ……」

「ええ、これはお代です」

笊《ざる》に入った米をもってきた。

「シイちゃん、暇があったら、ミナと遊んでやっておくれ」

「うん、これから家へこない？　夕飯まで……」

振り返って吉次は驚いた。鄙《ひな》には稀《まれ》な美形というが、これなら都でも一、二を争うと感心させられた。

ミナは、シイちゃんの差し出した手にすがりつつ、ちらっと吉次のほうを向いて、

「ウシワカと、シイちゃん」

と呟《つぶや》いた。

吉次はえっ‼ と驚いて、今日はびっくりばかりさせられていると苦笑した。

けれどシイちゃんには、それがなんのことだかさっぱりわからない。

「なァに、そのウシワカというのは？ なにかの呪文《じゅもん》？」

だが、ミナは、牛若丸とこの少女との間になにかの因縁《いんねん》のあることを告げようとしたものらしい。

——なんだろう……。

今日は、首をひねることの多い日でもあった。

驚きと疑問はそのままとして、吉次は急がなくてはならないと思った。そこで、翌早朝、宮津をあとにした。

まだ暗かったが、驚いたことに、あの童女ミナの住んでいる小屋のあたりの上空に微光が漂っていた。

——やはりただものではない。

吉次は、ひょっとして、自分と牛若丸を引き合わせようとしているのは、あの童女ミナの意向ではなかろうかと思った。

——とすれば、都の祈禱僧もなんらかのかかわりをもっていて、牛若丸を平泉へ赴《おもむ》かせようというので、それぞれ手分けして働いているのだとも考えられる。

わずか五歳の童女にそんな考えや企《たくら》みのできそうなはずはないと否定しつつ、それでもなお、そんな心地がしてならなかった。

――まァいい、すべては、これから敦賀の湊で牛若丸と会えるかどうかにかかっている。もし牛若丸に会えたなら、なんらかの力が、背後に働いていることを認めてもよい。しかし会えなければ、すべて偶然と錯覚の所産と思うべきだろう。

吉次は敦賀へと海沿いの道を急いだ。

二

かつては角鹿《つぬが》といった敦賀は、古来から、大陸交通の要地とされていた。

若狭小浜と敦賀をひっくるめて若狭湾と呼んでいるように、朝鮮《ちょうせん》半島から黒潮に乗って航海してくると、越前《えちぜん》海岸にぶつかる直前に、まず行き当たるのが常神《つねがみ》半島で、その内側に巾着《きんちゃく》状をした良港が隠れていた。

その敦賀湾を眼前にしても、まだ吉次は疑いを拭《ぬぐ》いきれなかった。

――だってそうじゃないか、現実にいるかいないかもよくわからない故義朝の忘れ形見牛若丸が、いままでどこに隠れ忍んでいたのかも不明なのに、たまたまこの敦賀へやってきて、自分とめぐり会うなんて、これは七夕《たなばた》の星の出会いよりまだ難しい。とても信じられんことだ。

だから信じまいと、何度打ち消しても、その尻から、つい沖合いを眺めてしまって苦笑した。

「これはご主人さま、お早いお着きでございましたな」

番頭の平蔵《へいぞう》が先着していた。吉次はこの平蔵に都で買い集めた衣類や調度品を葛籠《つづら》に詰めて、ここまで運ばせたので、彼の姿を見てほっとした。

「無事かね、荷は……」

「はい、馬の背に揺られて、事もなく」

「そりゃよかった。ところで迎えの船は、いかがじゃ」

「はい、満月は、明日と思います」

「そうか、明日であったか。それはともかく、この湊に、源義朝の忘れ形見である牛若丸がきておるという噂を耳にしてはおらぬかな」

「牛若丸……。はて？……」

「他国者がやってくれば、すぐわかるはず……」

「ましてそのような御曹子なら、人の口に戸は立てられません」

「見たところ、さして戸数も多くはないようだ」

湊に臨んだ松林のかなたに点々と民家が散らばっているが、人影はほとんど見当たらなかった。

「当地へ参って三日目になりますが、牛若丸という名前を耳にしたことはございません」

「もうよい。べつだん、いようがいまいが、われらには痛《かゆ》くも痒くもない。ならば明日は、船に乗れるのう」

「さようで……」

話し込みつつ、ふと吉次は入江の向こうに姿を現わした船影に気づいた。

「あれは、なんだ？」

網代《あじろ》の帆を掲げた異装の船であった。

「まさか、酒田《さかた》からきた船ではあるまいのう」

吉次は、迎えの船が一日早く着いたのかと疑った。

「いえ、それはないと思います。酒田の船は筵《むしろ》を編んだいつもの帆のはずです」

「ならば、いずこの船であろう」

「わかりませぬ。いずれこの地で水や食物を仕入れるものと思いますゆえ、住民に尋《たず》ねたなら、すぐわかります」

「ならば、宿へ帰って一服いたすとするか……」

吉次は、番頭の平蔵に案内されて、船主の屋敷へ向かった。

薄曇って、やや冷たい風が吹いていたけれど、べつだん、雨になりそうな気配はなく、今夜一晩の辛抱と吉次はすすぎの水で、埃《ほこり》にまみれた足を洗った。

そして乾し烏賊《いか》をあぶって酒を酌《く》み交わしていた時のことだった。屋敷の前庭が騒がしくなったのに気づいて、蔀戸《しとみど》を開けると、つい真正面に、女かと見紛《みまご》うような優男《やさおとこ》の姿が目に入った。

年の頃は十六、七歳だろうか、水干《すいかん》姿に太刀を佩《は》いた瞳の美しい若者だった。

「あれは……」

「今、着いた船の客かもしれませぬな」

番頭がすぐ出かけていって、その若者の身許《みもと》を尋ねてきた。

「驚きました、ご主人さまのおっしゃっていた、あれが、その牛若丸だそうにございます」

「なに、牛若丸が、この敦賀に船でやってきたと申すのか」

「不思議なことでございます」

「信じられんが、たしかに牛若丸なのか」

「内密といっておりましたが、この家に泊まるそうです」

「そうか、やはりあの童女の予言どおりであったか。よし、夕食をともにするよう申し入れてくれぬか」

「はい、かしこまりました」

「して、あの船はいずこより……」

「筑紫《つくし》豊後《ぶんご》の国の臼杵《うすき》の船にございます」

「臼杵か……。待てよ、臼杵といえば真野《まの》太郎にゆかりがあろう。その真野一族は、牛若丸の祖父を主《あるじ》と仰《あお》いだ者たち……」

「ならば、やはり源氏ゆかりの……」

「臼杵の船なら酒田へも参っておる」

「では海を通じてみちのくと筑紫が……」

「結ばれておる。よいか、これよりあの牛若丸を平泉へおつれして、お館さまと縁を結んでいただく。源氏と藤原一族とが手を結ぶのだ……」

吉次はおのれの思い描いた夢に心を弾《はず》ませた。

迷いもためらいもなく、出会ったその時から、この人のために自分は生まれてきたのだと言えるような相手がいるものだ。

宿命の恋、運命的な出会い、なんと呼んでもよい。男同士、あるいは女同士、大人と子供とであってもよい。ちかっと視線が出会ったとたん、会うべくしていま出会ったのだと思えるような、人間関係があるもので、金売り吉次は座敷へ入って、牛若丸が振り返ったとたん、この人だと直感した。

彼が自分を求め、自分が彼を必要としていると、はっきり感得したのである。

「ご主人さま……」

まだ初対面の挨拶《あいさつ》どころか、名乗りも上げないうちに、まったく自然に、その呼びかけが口をついて出てきた。そして牛若丸は、それを不思議とも思わずにうなずいた。

「なんなりとこの吉次めに、ご用をお言いつけください。今日から奥州へお伴いたしまする」

それは酔いに似ていた。酒が言わせる言葉のように、魔物にたぶらかされでもしたように、いい年をした男が、忠義を尽くすと、初めて会った若君に、献身を誓ったのである。

「奥州へ行くと、なぜ知っておった？」

「はい、私めは、みちのくの黄金《こがね》売りでございまして、北方の勇者藤原秀衡《ひでひら》さまの許へお出入りさせていただいております」

「そこへ案内《あない》致す所存か」

「はい、奥州平泉に、みちのくの京を造られた秀衡さまを、攻める力は、今、全盛の平氏にもございません」

「そんなに強い勢力を……」

「おもちです。だいいち奥州へ入る道筋すら、都人《みやこびと》にはわかりますまい」

「なれど、秀衡がこの牛若を受け容《い》れるかどうかはわかるまい」

「そのご心配はご無用です。秀衡さまは心の広い、真の勇者です。孤立無援の若君を守りこそすれ、けっして敵に売ったりはしませぬ」

「平泉とはどんな所か、まだ聞いたことがないが、言葉のひびきにやさしさがある。そこへつれていってくれるか」

「お伴つかまつりまする」

誠実にあふれた吉次の表情に偽《いつわ》りは感じられなかった。

「して、いつ旅立つ？」

「明日、迎えの船がここへ参る予定でして、その船にお移り願います」

「任せよう、わが身のさだめのままに……」

牛若丸はこの吉次に、おのれの運命を賭けてみた。

陽《ひ》の昇るような勢いの感じられる時は、なんでも思うように運ぶもので、翌日の昼前、酒田の船が敦賀の湊へ、しずしずと入ってきた。臼杵の船よりひと廻り大きくて、みちのくの富の大きさが感じられた。

「さあどうぞ九郎君《ぎみ》……」

と吉次が呼びかけたのは、前夜牛若丸が、自ら元服《げんぷく》の式を挙《あ》げて、

「今日より、九郎義経《よしつね》と名乗ることにいたす」

と宣言したからだった。

父義朝の九番目の男子ゆえ九郎と呼び、義朝の義をもらって、義経と名乗ることにきめた。名づけ親も、加冠《かかん》役もかたわらにはいないが、自ら元服して、孤立無援を標榜《ひょうぼう》したことは、いかにも孤児らしくてよいと、義経は気に入っていた。

奥州藤原の一族を頼っていく以上、幼名のままでは恥ずかしいというので、わが手で冠《かんむり》をかぶって一人前の男子となったのである。一人前の成年武士の姿となって、義経は酒田の船に乗り込んだ。

およそ一昼夜かかって、飲料食物を積み込んで、その間陸上でゆっくりと休息をとった船頭以下が、ふたたび船上に戻ってくると、順風を待って、纜《ともづな》を解《と》いた。

すでに義経は、航海に習熟していたので、少々荒天でも船酔いするようなことはなかった。

吉次も、しばしば酒田と敦賀の間を往復しているので、いくら揺れても平然としていた。

「ところでわが君、平泉に着きましたら、当分の間、すくなくとも二、三年はお留《とど》まり願えましような」

「それはしかし、相手によることではないか。たとえこちらがそのつもりでも、先方が否《いな》と申されたなら、叶《かな》わぬこと……」

冬季は荒天の多い日本海も今は波静かで、航海は順調だった。越前三国《みくに》湊を経て、能登《のと》半島を廻り、越中富山《えっちゅうとやま》から寺泊《てらどまり》へと向かった。吉次は、船上より、あれは白山《はくさん》、向こうに見えるは親不知《おやしらず》と、それぞれの特徴を義経に教えつつ、越後《えちご》路を過ぎて、いよいよ酒田湊へとさしかかった。

そこは最上《もがみ》川の川口にあって、古くから物資の集散地として知られ、奥州藤原氏が平泉に繁栄をもたらしてからは、京と平泉を結ぶ要地として重んじられた。

「さあ、ここまでくれば、もはや平氏を憚《はばか》ることはまったくございません」

庄内《しょうない》平野を背後に控えて、酒田もまた繁盛の地であった。

義経は北の風物に好奇の目を瞠《みは》っていた。

三

奥州藤原氏は、平将門《たいらのまさかど》の乱の折り、手柄を立てた藤原秀郷《ひでさと》にはじまるといわれている。

その子孫藤原経清《つねきよ》が、前九年《ぜんくねん》の役《えき》（一〇五一～六二）で、源義家《みなもとのよしいえ》（八幡太郎）と戦った安倍《あべの》貞任《さだとう》、宗任《むねとう》兄弟の妹を妻として生まれたのが、藤原四代の始祖となる清衡《きよひら》だった。

彼は七歳の時、父経清が敗死したため、母の再婚先である清原武貞《きよはらのたけさだ》の許で養われることとなった。

後三年《ごさんねん》の役《えき》（一〇八三〜八七）を惹《ひ》き起こした清原家の内紛を鎮《しず》めようとした義家は、近づいてきた清衡と結んだ。それを知った清原家衡《いえひら》は、清衡の妻子や一統を攻め滅ぼした。

単身脱出した清衡は、乱後、奥《おく》六郡の支配権を手中にして、やがて生まれた嫡男基衡《もとひら》に譲った。

となると清原家の内紛に際して、養い子の清衡がうまく立ち廻って漁夫の利を占めたことになる。

陸奥《むつ》の国の押領使《おうりようし》という肩書を名乗っているが、別に朝廷から任命されたものとは言えず、したがって代々世襲にして名乗っていた。

この清衡四十歳の頃、それまで本拠地としていた豊田《とよだ》（岩手県江刺市餅田）から、平泉《ひらいずみ》（岩手県西磐井郡）へと館を移した。

そこは衣川《ころもがわ》の関に近く、清衡・基衡は、柳御所《やなぎごしよ》に住まい、三代目秀衡と四代目泰衡《やすひら》の二代は伽羅《きやら》御所を居館としていた。

ところで奥六郡は、胆沢《いざわ》、江刺《えさし》、和賀《わが》、稗貫《ひえぬき》、志波《しわ》（紫波）、岩手《いわて》の各郡で、北上《きたかみ》川に沿った肥沃《ひよく》な土地を擁し、しかも砂金の産地で、その富は莫大だった。

こうした権力と富を土台として、豪気な三代目秀衡の雄姿は、北方の王者と呼ばれるのにふさわしい偉容をもっていた。

彼は「俘囚《ふしゆう》の長《おさ》」だの「東夷《とうい》の長」だのと、辺境の民と見られることを嫌って、中尊寺《ちゆうそんじ》や毛《もう》越《つ》寺といった大伽藍《がらん》をもった寺院を営み、さらに京都に劣らぬ文化的風土をつくろうとして大いに努力した。

宇治《うじ》の平等院《びょうどういん》を模したという無量光《むりょうこう》院は三代秀衡の建立《こんりゅう》によるもので、本尊は丈六《じょうろく》の阿弥陀《あみだ》仏《ぶつ》を祀《まつ》り、なかでも三重の塔は傑出していたという。

秀衡の居館は、その東門に接していたので、あたかも彼の持仏《じぶつ》堂のようなものであった。

黄金造りの金堂《こんどう》をもつ中尊寺は、全体が黄金仏と金色《こんじき》の堂宇によってみたされていた。

さらに秀衡はせっせと京文化の移植に努めたので、平泉は、まったくの小京都となりつつあった。

吉次に案内されて平泉に到着した義経は、都へ戻ってきたようだと驚きを覚えた。

その表情を見て安心したのだろう、吉次はさっそく伽羅御所へと案内した。

見かけは、そんなに偉丈夫《いじょうふ》、豪勇の将軍といった感じはないが、義経を眺めやった眼光の鋭さは、まさしく王者の威厳にみちていた。

「お館さま、故頭殿《こうどの》の忘れ形見、源義経君《ぎみ》にございます」

金売り吉次が平伏すると、奥州藤原氏の当主三代目秀衡は静かに声をかけた。

「藤原秀衡にござる。遠路はるばるとよう渡らせ給《たも》うた」

「義経です。今後お見知りおき願います」

「われらの先祖は、そなたの先祖八幡太郎義家さまと、縁を結んだと聞いております。さすればどうかお心安く、この館をわが家と思《おぼ》し召して、いつまでなりとも気安くお使いくだされ」

「忝《かたじけ》ない。生まれた年に父を失い、養い親である一条大蔵卿《いちじょうおおくらきょう》に鞍馬へ送られて以来、孤立無援の身にて、お言葉、身に沁《し》みてうれしゅうござる」

鞍馬寺に入って以来、他人に揉《も》まれて苦労を重ねてきたので、義経は応対の術を心得ていた。

「ではお疲れでござろうゆえ、部屋に入って、ゆっくりと手足をお伸ばしください。そして夕食の折り、愚息たちをご引見ください」

後ろ楯《だて》のない孤児に対するという見下した態度は毛筋ほどもなく、終始秀衡は源氏の棟梁左馬頭義朝の子息に接するという礼節を守り抜いた。

礼儀をもって遇されていると知って、義経は心を開く気持ちになった。

――まるで叔父にでも出会ったようだ。

この先どうなるかはわからないが、いましばらくここに身を寄せようと心にきめた。

――たとえ気に染まぬことがあろうとも、そこは辛抱して、みちのくの風に馴染《なじ》むとしよう。

まだ自分の将来を、どんな目的に結びつけようと考えていたわけではないが、義経は、奥州藤原氏を頼ることにした。

こうして義経が落ち着き先を得た頃、都では、平清盛《きよもり》がしきりに海に執着していた。

海は、平家に富をもたらし、その富を使って朝廷に取り入り、官位官職を手にしたのである。

宋《そう》（中国）の国から海を渡って、綾や錦、伽羅や麝香《じゃこう》をもたらす交易船を、九州の湊で待ち受けて、平氏はその財宝を都で売りさばいた。

そのために瀬戸内《せとうち》の水軍にして、時には海賊ともなる海の豪族と結んで、瀬戸内海航路を押さえたのである。

海の回廊と称された瀬戸内海の交通手段をおのが勢力下に置いたため、平氏は異常なほどの躍進を遂《と》げた。

これまでは九州にくるだけだった宋の交易船を、瀬戸内海に導き入れて、できる限り京の近くに碇泊《ていはく》させようというのが、清盛の考えだった。

そのために、彼は、安芸《あき》の国警固屋《けごや》の岬と倉梯《くらはし》島の間にある音戸《おんど》の瀬戸を切り開いて、大船が交通できるようにした。

さらに兵庫《ひょうご》大輪田《おおわだ》の湊が海からの突風を受けやすいので、風を防ぐ人工島をつくらせた。経ヶ《きょう》島《しま》である。

この航路を行けば、厳島《いつくしま》神社まで七日で到着した。

瀬戸内海随一の大社として聞こえた厳島神社は、海中に突き立った朱塗りの大鳥居《おおとりい》で知られた航海安全の神を祀ったものだった。

清盛は安芸守だった時、社殿の修復を行ない、都へ戻ってからも、しばしば船を仕立てて厳島へ参詣《さんけい》した。

海の寝殿造《しんでんづくり》と称され、水上に浮かぶ回廊の華麗さで人目を奪った厳島神社には、厳島内侍《ないし》といって、巫女《みこ》にして遊女ともなる女人が詰めていたという。安芸の厳島へ多くの男たちが参詣にやってきたのも、そのためというが、清盛は内侍の一人に子を生ませている。

治承《じしょう》二年（一一七八）十一月二十日のことである。

都中の車がすべて集まってきたかと思うほど、その日、六波羅の平氏邸館前に諸車輻輳《ふくそう》して、混雑を呈していた。

後白河院《ごしらかわ》をはじめとする高位高官が、六波羅に駆けつけてきたのは、高倉《たかくら》天皇の中宮《ちゅうぐう》となった徳子《とくこ》（清盛の娘）が、出産日を迎えたからだった。

もし男子なら、その親王を皇太子として、後白河院が院政をつづけられるが、もし女子であったら、その時は前帝（二条《にじょう》天皇）の皇子に皇統を譲らなくてはならない。重大な政治権力をめぐる争いの絡《から》んだ徳子の出産を、平家一門も息を呑《の》んで見守っている。

徳子が高倉帝の中宮として入内《じゅだい》（後宮《こうきゅう》へ入ること）したのは、十五歳の時のことだった。いっぽう高倉帝は、清盛の外戚作戦のため、わずか八歳で即位、十一歳で元服されると、すぐ徳子を押しつけられた。

しかし、十一と十五の夫妻の間に子の授かるわけもなく、七年経《た》って、ようやく出産の日を迎えたのである。

「さて、エマ、そちはいずれと思うぞ？」

清盛は、西八条殿《でん》を発《た》つ前に、遅い朝餉《あさげ》をとっていた。ともに箸《はし》をとりつつ、エマは微笑《ほほえ》んだ。

「どちらをお望み……」

「男子なら、次の帝《みかど》となる……」

エマは清盛に流し目をくれて、うなずいた。

「ならば男子……」

エマは呟いた。

「これ、軽々しく申すな。天下国家の明日がかかっておるのだぞ」

「妾《わらわ》にはどうであろうがかまいませぬ。ただ殿御《とのご》のご寵愛《ちょうあい》の変わらぬことを念じるのみ……」

「それでよい。それなら、留守をして男子出生を祈っておるがよいぞ」

「今日は、都中の陰陽師《おんみょうじ》や方士《ほうし》、修験僧などが六波羅に集まっておるそうですね」

「そのとおり、多勢で男子出生を祈願しておる……」

「無益なこと、妾が男子ときめたなら、必ず男子が生まれましょう」

「こりゃまた神にでもなったつもりか。おとなしゅう留守しておれよ」

言いおいて、清盛は、牛車《ぎっしゃ》に乗り込んだ。そのまま都大路を東へと向かったが、今まで密雲が立ち込めていた東の空に、この時、明るみが射《さ》しはじめた。

中宮徳子の産所となったのは、池殿《いけどの》と呼ばれている平頼盛《よりもり》の邸《やしき》で、池泉《ちせん》の備えのある庭の風情が一入《ひとしお》だった。しかしこの日、池殿に詰めかけていた後白河院をはじめとする関白《かんぱく》以下の諸卿は、冬を迎えた池の侘《わび》しさなど、まるで眼中に入らなかった。

「いかがかな……」

産所から下ってきた女官に、関白がそっと尋ねた。

「はい、それが……、お苦しみになるばかりで……」

どうやら弱陣痛らしいと、女官は眉《まゆ》を曇らせている。

「うむ、そりゃ難儀よのう……」

関白は、後白河院にそっと耳打ちした。諸卿たちは、互いに顔を見合わせた。

――もし万一、難産で亡《な》くなられたなら……。

――それに死産、あるいは母子ともにということにでもなったら……。

そうなれば、後白河院の対立者と目される二条前帝が、にわかに勢いづかれることだろう。となれば権力構造に変化が起こり、諸卿たちの対応に変化が生じることとなる。そんな思惑を孕《はら》んだ控室の様子を、清盛はちらりと眺めやって、後白河院の前に着座した。

読経《どきよう》の声が、またいちだんと高くなったようだ。

さては出産が近づいたかと、清盛は垂れていた頭を上げた。その剃り上げた頭が、灯光に照り映《は》えた。

中宮職《しき》の次官頭中将《とうのちゆうじよう》重衡《しげひら》が走り寄ってきた。

「御産平安、皇子御誕生候《そうろう》ぞ！」

頭中将が朗々たる高声を張り上げた。

ほっと後白河院の曇った眉《まゆ》が開き、思わず清盛もにんまりした。平家の血を引く天子を擁立したい。その悲願が、今、叶ったのだ。

この邸の主、池殿頼盛は、兄清盛と目を見交わすなり、声もなく涙を浮かべていた。

かつて藤原一族が代々天皇家と婚姻関係を重ねて繁栄をつづけてきたように、平氏もまた第二の藤原氏となることによって、なおいっそうの栄華をつづけたい。

――これでようやく天皇の外祖父《がいそふ》となることができた……。

かつて清盛の妻（時子《ときこ》）の妹滋子《しげこ》が後白河帝の後宮に入って、今の高倉天皇を生んだが、滋子は平氏の一族ではあっても、直接清盛の血を引いているわけではなかった。

だが、こんどこそ直系の孫を天子と仰ぐことができる。それは清盛だけでなく、経盛《つねもり》、頼盛といった弟たち、さらに子である重盛《しげもり》、宗盛《むねもり》たちの悲願といってよかった。

それが今、ようやく成就《じようじゆ》したのである。

ふつうなら平氏のように低い家柄から、中宮を出せようはずもなく、まして天子の外祖父となろうことなど望むべくもなかった。その慣例を破り、無理を重ねて、ようやく頂点に駆け上ったのである。

平氏一統は、この日、喜悦の雨に打たれた思いで、ただ茫然《ぼうぜん》としていた。

けれど同じく皇子誕生を喜びつつ、後白河院は、こんどこそ平氏一門を押さえ込まないと、第二の藤原氏をつくってしまうぞと警戒心を強められていた。

すでに後白河院は、何度か、平家に厭がらせを試みられていて、清盛側の公卿《くぎよう》を差しおいて近臣の藤原成親《なりちか》を権大納言《ごんだいなごん》に押し上げたり、これも近臣の定能《さだよし》と光能《みつよし》を蔵人頭《くろうどのかみ》に昇進させたりと、平氏側を憤《いきどお》らせている。

そんな駆け引きが何度も繰り返されたあとのことである。放免《ほうめん》（密偵）が嗅《か》ぎつけてきた鹿《しし》ケ谷《たに》山荘での談合を、こんどは平家側が事件に仕立て上げることになった。

「今宵も集まっておりまする、俊寛《しゅんかん》の山荘に……」

「して、今宵の面々は……」

「はい、院の近臣西光《さいこう》、平判官康頼《ほうがんやすより》、近江《おうみ》中将成正《なりまさ》、それに例の成親などでござる」

「院のお姿は……」

「今のところ、見当たりません」

　もともと平氏がこの鹿ヶ谷山荘の集会を知ったのは、いったんその仲間に加わった多田行綱《ただのゆきつな》の裏切りによるものだった。

　その夕刻、兵士の一隊が鹿ヶ谷へと向かった。

　法勝寺《ほっしょうじ》の執行《しゅぎょう》俊寛の鹿ヶ谷山荘に集まった藤原成親、西光、平康頼たちは、いつものように気やすい仲間だけの集まりというので、あるいは謡《うた》い、あるいは談じて酒が弾《はず》んだ。

「ところで今宵は、行綱の姿が見えんのう」

「彼は、平氏とも親しいゆえ、あるいは恐れながらと……」

「訴え出たと申すのか」

「さよう、清盛入道《にゅうどう》を祈り殺さんとしておると言うてのう」

「よかろう、大いに訴えてもらおうかい」

　高笑いした時、にわかに表戸を叩くひびきが伝わってきた。

「行綱が参ったのかな、呼ぶより譏《そし》れと言うでのう」

　しかしその笑顔がたちまち凍りついたのは、黒い具足《ぐそく》をつけた一隊の兵士が踏み込んできたからだった。

「ご一同、おとなしく縛《ばく》につきたまえ」

「なぜじゃ？　われわれをなんと心得るか。退《さが》りおろう！」

叫んだのは、とかく怒りっぽい西光だった。

「官命によって参った。いざ……」

「ええい、黙りおろう、かく申すは院のお傍《そば》に仕える……」

「おのれ邪魔だて致すか！」

鞘《さや》走らせた白刃が一閃して、西光の首のつけ根から、ざあッと音たてて血潮が噴出した。

そのため成親たちは血の気を失って、へなへなと坐り込んでしまった。

こうして捕らえられた成親は備中《びっちゅう》へ、その子成経《なりつね》と、俊寛、それに康頼の三名は、薩南《さつなん》の海上に浮かぶ鬼界《きかい》ケ島《しま》へと流されていった。

だが、この件に関して、後白河院はなにひとつ抗議もせずに沈黙を守っておられた。

この鹿ケ谷事件を、院の策謀とみるか、それに対する素早い清盛側の防衛の成功とみるか、それとも、清盛の過剰防衛、先制攻撃によって策謀の芽を摘《つ》み取った姿とみるか、真相は藪《やぶ》の中である。

しかし、後白河院と清盛の対立が、この事件をきっかけとして、あらわになったことだけは間違いない。

「それにつけてもお父君、この際ご自重くださって、どうかエマを遠ざけくださいい」

「なにを申すか重盛、皇子誕生は、エマの祈りによるものぞ」

「お父君、それがまことなら、あの若さで、それほどの術をもつなど、魔性の者でなくてなんでしょうか」

重盛は、口をきわめて諫言《かんげん》したけれど、うるさいとばかり清盛は、ぷいと兵庫へ出かけていった。

その留守中、重盛は重病に取りつかれてしまった。

第三章　埋木《うもれぎ》に花咲くや

一

清盛《きよもり》は海に執《しゅう》していた。そのため兵庫《ひょうご》の湊《みなと》を眼下に眺められる小丘の上に雪の御所《ごしょ》を設けて、五十代の初めから、京住まいより、この海の見える邸《やしき》に滞在しているほうが多いくらいだった。

けれどエマは、ただ海が見えて、冬季も暖かいというだけでは気に入らないらしい。

「ここは魚が新しい。それに風邪《かぜ》も引かずにすんで長生きできる」

「そりゃ入道《にゅうどう》さまには向いておりましょうが、妾《わらわ》は、海も魚もいりませぬ」

「都はとかくうるさいもの……」

「そのうるさいところがたまりませぬ。こんなのどかな所は、妾には向きませぬ」

「そう申さず、あと三日、辛抱せい。ならばともに都へ戻ってもよい」

「あと三日もいれば退屈で死んでしまいます」

「はてさて、困った奴めが……」

この世に望んで叶《かな》わぬことのない清盛の権勢をもってすら、この一少女の心を左右できないのである。

その歯痒《はがゆ》さにじれて苛立《いらだ》つことが、いわば楽しみなのだから、どうにも始末が悪い。金波銀波を織りなす海が、しっかりと昼の暖気を貯《た》め込んでくれるので、雪の御所は夜も暖かく過ごせる。

皺《しわ》寄って、血の巡《めぐ》りが悪くなったせいか、清盛は、めっきり手足の冷えと痺《しび》れを覚えるようになった。

夕餉《ゆうげ》の膳を運んできた侍女が、エマの席を設けようとしないのに気づいて、

「これ、エマはいかが致した？……」

と、清盛の声が尖《とが》った。近頃、ちょっとしたことにもすぐ癇《かん》を立てたり、怒りをあらわにする清盛だった。

「はい、先ほど、京へ旅立たれました」

「なに、京へ？　なぜそれを早く申さん？　引き止めも、知らせもせずに、旅立たせるとはなにごとぞ！　光久《みつひさ》を呼べ！　黙って発《た》たせるとはもっての外《ほか》……」

憤《いきどお》りが募《つの》ってきて、声がとぎれた。

その頃、昼と夜の合わせ目を縫うようにして、黒衣の男たちが、二人の女を守って、京へと道を急いでいた。

「お頭《かしら》、すりゃもう福原《ふくはら》へはお帰りなさらぬおつもりか」

千本針《せんぼんばり》の婆《ばば》といっても、婆は名のみで、まだ代替わりして間のない千本針は二十《はたち》を過ぎて間のない若さである。それでも自分の役割はちゃんと心得ていて、若い主《あるじ》をたしなめた。

「我儘《わがまま》を申されては、われら一族が路頭に迷いまする……」

もはや旅は無用と、千本針は足をとめた。

エマは、振り返りもせずに、つんと顎《あご》をしゃくった。

「千本針、妾《わらわ》に清盛の許《もと》へ戻れと言いやるのか」

「それが、われら一族のためになりまする」

「厭《いや》なこと、あのように血の冷えた枯れ木の機嫌取りはもうまっぴら……」

「お頭《かしら》、それでは一族の束《たば》ねは叶いませぬぞ」

「叶わずともよい。一族一族とふた言目《こと》にはそれを申すが、もう聞き飽《あ》きた。千本針、こんな妾が気に入らぬというのなら、いつでも去るがよい。これからは妾も気儘《きまま》に生きていきたい、男どもを次々に狂わせてのう」

「それだけですか。二年か三年のことならそれもたのしゅうございましょう。私もしてみました。けれどお頭は、三百年の寿命を授かっておいでです。三百年もの間、そんなことで満足できるとお思いですか」

千本針は、母の亡霊が憑《の》り移りでもしたように髪を逆立《さか》たせた。

「三百年間、飽きもせずに過ごせるように、天はわれらに、木ノ花《こ》《はな》一族という鼠《ねずみ》を与えてくれました。われらは猫の性《さが》のままに鼠を追って根絶《ねだ》やしに……」

「鼠より殿御《とのご》のほうがよい」

「たのしみかたを教えましょう。ただの密事《みそかごと》でなく、これから天下をとる男を惑《まど》わせ、鼠が味方しようとしている名だたる武将を狂わせる。そうすればたのしみが五倍になりましょう」

「妾にはそこまでの力はまだない」

「あります。お頭が、あると思いさえすれば……」

「そうすれば三百年、たのしめると申すのか……」

「お母上は、そうされて参りました」

「母は母、妾は妾……」

「と、言うておいでのうちに、母上と同じ道をたどられます。私も、なにがあろうと母と同じ生きかただけはしとうないと思うて育ちましたが、いつの間にか、名前も同じ千本針となりました」

「だから妾にそうなれといっても無理なこと……。どこへ行こうと妾は妾……」

「そんなエマさままでかまいませんから、冥府《よみ》の一族の頭であることだけはお忘れになりませぬよう……」

「ならば妾をひとりにしてほしい。いつも黒い衣をまとった男たちといっしょでは、言い寄ってくる殿御も……」

「なれど、西八条のお邸にはお戻りください。一族のために……。それならあとはお好きなように……」

千本針は、取り囲んでいる男たちに目配せした。

ひらりと身を翻《ひるがえ》すと、エマはもう、冥府の一族の輪を抜け出していた。そのまま常人の三倍はあろうかと思われる速さで闇中を走り出した。

そしてたちまち速度を増して、目にも止まらぬ疾《はや》さで都の方角へと姿を消してしまった。

その都では、清盛入道が兵庫福原へ行ったきり、なかなか帰ってこない留守をさいわいとして、後白河《ごしらかわ》法皇が、しきりに失地回復の機会を狙《ねら》っておられた。

先年、鹿《しし》ケ谷《たに》事件後、後白河院の近臣西光《さいこう》は斬られ、その兄の藤原成親《ふじわらのなりちか》は備中《びっちゅう》へ流罪、僧俊寛《しゅんかん》や康頼《やすより》は鬼界《きかい》ケ島《しま》へ流された。

これは当初一味に加わっていた多田蔵人《ただのくろうど》行綱《ゆきつな》が寝返って平氏に密告したためと言われているが、実際は、院の近臣が鹿ケ谷の山荘に集まって世間話をしながら酒を飲んでいたのを、反平氏勢力の謀議ときめつけて、一挙に叩き潰《つぶ》そうとした平家側の策謀だという声が上がっている。たしかに後白河法皇が院政を執《と》っている院の庁にとっては、この鹿ケ谷事件は、それこそ大打撃だった。

院側の失点は、取りも直さず平氏側の得点ということになる。

――これで当分、反平氏陰謀は下火となることだろう。

だが、清盛が兵庫福原にほとんど行きっきりとなり、その後継者重盛《しげもり》が病の床に臥《ふ》す身となって、こんどは院側が活気づいてきた。

そんな矢先に摂政《せっしょう》基実《もとざね》の未亡人だった清盛の娘盛子《もりこ》が他界すると、その父清盛に一言《ひとこと》の相談もなく、盛子の受け継いでいた旧摂関領のほとんどを、後白河院が没収という形で取り上げてしまった。

　これには清盛も立腹したけれど、つづいて七月に清盛の長子重盛が死亡すると、なんとその知《ち》行《ぎょう》国を法皇側が没収してしまったから、これは黙っておれぬと、清盛も膝を乗り出してきた。治承《じしょう》三年（一一七九）十月、法皇は、平氏と仲のよい近衛基通《このえもとみち》の昇進をとめて、わずか八歳の師家《もろいえ》を権中納言《ごんちゅうなごん》に任じた。

　それと知った清盛は入道の身でありながら数千騎の大軍を率いて、都大路狭しと縦横に駆けさせた。

　馬蹄《ばてい》音のとどろきは、それこそ百雷が一時に落ちたかと思われるほどだった。

『さては叡山《えいざん》攻めの軍勢よな』

と都人《みやこびと》は恐怖して、家財を担《かつ》いで東山《ひがしやま》山麓へ避難しはじめた。

　平氏の軍勢はひしひしと内裏《だいり》を取り囲んだ。

関白基房《かんぱくもとふさ》の罷免《ひめん》、その子権中納言師家の解官を奏請《そうせい》したばかりか、平氏と親しい近衛基通を関白とした。

　さらに太政《だじょう》大臣以下、法皇の側近にいたるまで、およそ三十九名の反平氏側の公卿《くぎょう》殿上人《てんじょうびと》の官職を剝奪《はくだつ》して、その後任に平氏の係累《けいるい》を充《あ》てた。

　このため後白河法皇は、近臣のほとんどを側近から追い払われてしまった。

「なんたる暴挙ぞや」

　法皇は憤怒《ふんぬ》されたが、手足を奪われてはなんともならなかった。しかたなく法皇は、法印静憲《ほういんせいけん》

を使者として、

「今後いっさい、政治《まつりごと》には口を出さぬゆえ、なんとか近臣を呼び戻してもらいたい」

と申し入れたが、清盛は耳を貸そうともしないばかりか、反対に、鳥羽殿《とばでん》に幽閉されてしまった。こうして後白河院は政治的勢力を失った。

むろん不満の声はあちこちに渦巻いているが、公然と反対を唱《とな》える声の起こらなかったのは、都の要所要所に配された武士たちのためだった。

十二月に入ると、もはや誰一人として非難する声もなくなって、治承四年（一一八〇）二月二十一日、高倉《たかくら》天皇は、まだやっと二十《はたち》になられたばかりの若さで退位を迫られ、わずか三歳の皇太子に皇位を譲られることになった。

いくら天皇の外祖父《がいそふ》となってその地位と権力を保持したいためとはいえ、この清盛の強引さは誰の目にも不自然、無理押しと映った。

しかし、すでに六十の坂を越えた清盛は、いくら自制しようとしても押さえきれない焦《あせ》りにさいなまれていた。そのうえ、いつも彼のやりすぎを諫《いさ》めていた重盛に先立たれて、歯止めがきかなくなっていたのも事実である。

傲《おご》りたかぶって、なんでも手に入り、すべて望み通りになるものと思っている子息や孫たちをみていると、自分自身も人一倍我儘に育ったくせに、清盛は苛立ちを覚えた。

――このようなありさまでは、この後十年と保《も》つまい。

繁栄のあとにくる頽廃《たいはい》と堕落が恐ろしいのである。不安と恐怖におのれを失った権力者ほど、周囲にとって迷惑なものはなかった。

三歳の幼帝（安徳天皇《あんとく》）が誕生して、清盛は外祖父、娘の徳子《とくこ》は御国母《おんこくぼ》となったが、そこで徳子が幸福だったかというと、それは案《あん》の外《ほか》だった。

徳子は清盛の次女に生まれたが、長女がすでに藤原成範《なりのり》（信頼《のぶより》の子）の妻となっていたので、八歳で即位した高倉天皇の後宮《こうきゅう》へ送り込まれ、十四歳で女御《にょうご》となり、十五歳で中宮《ちゅうぐう》となったが、夫はまだ九歳、そこで初めて子を産んだのが、二十四歳、夫十八歳の時だった。

つまり夫十七歳の時に妊娠したことになるが、その頃、夫には七条院《しちじょういん》藤原殖子《しょくし》との間に親王が生まれていた。

さらに中宮徳子に仕える葵《あおい》の前《まえ》をしばしば召し出されていたけれど、人の噂《うわさ》に上るようになって、葵の前は実家に帰っていった。

もうこの頃になると、中宮徳子との間にすっかり溝が生じていた。というのも徳子の父清盛が、帝《みかど》を人形扱いにして強権をふるっていたためで、気に入った官女を召し出すことさえ自由にならぬのかと、そこは青年らしく理《ことわり》を立てて怒りをあらわにされたが、結局は泣き寝入りに終わって、無力感の虜《とりこ》になられた。

一天万乗《いってんばんじょう》の君主なのに、どうして臣下にすぎない清盛の言いなりにならねばならぬのかと、沈み込んでおられる高倉天皇を慰《なぐさ》めようと、宮廷一の笛の名手　源仲国《みなもとのなかくに》と琴を弾《だん》じては右に出る者がないばかりか宮廷一の美女と謳《うた》われた小督《こごう》の局《つぼね》の合奏による音曲の催《もよお》しが行なわれることになった。

すると初めは陰鬱《いんうつ》そのものだった帝の表情がしだいに明るくなって、三度目の合奏の夜などは、御自身も鼓《つづみ》を打って参加されるという具合で、企《くわだ》ては見事に図に当たった。けれど当たりすぎて、帝は小督の許へ通われるようになった。ところがこの小督の局には通ってくる冷泉大納言隆房《れいぜいだいなごんたかふさ》という男がいた。

帝の新しい恋人が小督と知った清盛は激怒した。

「おのれ、小督め、二人の婿《むこ》の心を二人ながらに奪うとはもっての外、許せぬ」

二人の婿の妻の一人は次女徳子、もう一人は四女であった。そこで清盛は小督を捕らえて殺害せよと放免《ほうめん》に命じた。

しかし直前に身の危険を察した小督は、西八条の動きを教えてくれた知人の手引きで宮廷を抜け出すと、嵯峨《さが》野《の》の一隅に身を隠した。

それを知った帝は深く歎《なげ》かれ、見かねた仲国は嵯峨野に出かけていって、あの小督のことだから、きっとこんな月明の夜には琴を弾《ひ》いているだろうと、耳を澄まして捜し廻った。すると耳に馴染《なじ》んだあの『想夫恋《そうふれん》』の曲が聞こえてきた。

峰の風か、松風か、尋ぬる人の琴の音か、と、仲国に、『想夫恋』の琴のひびきを頼りに訪ね出された小督は、ふたたび宮廷につれ戻されて、姫宮《ひめみや》を生んだという。むろんそうなっては清盛の耳に噂の入らぬはずはなく、捕らえられた小督は、無理矢理髪を下ろさせられてしまった。

心ならずも尼にされた小督はまだ二十三歳、嵐山《あらしやま》渡月《とげつ》橋の南のほとりに庵《いおり》を結んで経読む身となったが、のちに東山の清閑寺《せいかんじ》に移った。

ところがその翌々年、高倉上皇は二十一歳の若さで崩《ほう》じられ、以来、小督はその墓陵のかたわらで死ぬまで菩提《ぼだい》を弔《とむら》った。

その死因は不明だが、清盛を恨《うら》み、人の世を怨《うら》んで、わが身を儚《はかな》まれたことだけはたしかなことだろう。

上皇が崩御になる以前のことだが、退位して上皇となられたなら、通常まず社参の儀を行なわれるが、その参詣先は、石清水《いわしみず》八幡宮、賀茂《かも》社、もしくは春日《かすが》大社か日吉《ひえ》社のいずれかときまっていた。

けれど清盛は、この宮廷の慣例を破って、厳島《いつくしま》神社へ、上皇をつれていこうとした。それを知った各神社がまず反対の声を挙《あ》げ、つづいてかねがね平氏一門と対立していた比叡山延暦寺《えんりやくじ》、園城寺《おんじょうじ》、奈良興福寺《こうふくじ》の大衆《だいしゅ》（僧侶）が異を説えて立ち上がった。

彼らは鳥羽に幽閉されている後白河法皇を救出して、高倉上皇とともに法城へ動座《どうざ》願おうと企てた。

しかし平氏一門の武威の前にこの企ては挫折《ざせつ》して、上皇の厳島社参は敢行された。この失敗に懲《こ》りて、これまで互いに争い合っていた延暦寺と園城寺、さらに興福寺といった大寺院勢力が共同して平氏の権勢に対抗する気運が出来上がった。

そしてその謀議の目的は、結論として平氏討滅と定まった。

高倉上皇は治承四年三月十九日に都を出て、厳島社参に向かい、四月九日に帰洛《きらく》している。

そのちょうど同じ日に、平氏討滅の檄《げき》文が、諸国に隠れひそむ源氏の一統に向かって発しられた。

これを、世に以仁王《もちひとおう》の令旨《りょうじ》と称している。

後白河法皇の第三皇子高倉宮《たかくらのみや》以仁王の発しられたこの令旨は、源為義《ためよし》の第十男、故義朝《よしとも》の末弟十郎義盛《よしもり》、通称行家《ゆきいえ》の手によって各地へ運ばれていった。

むろん表面上、後白河法皇は、なにもご存じないことだったが、反清盛運動の根源は、清盛より十歳ほど若い後白河法皇にあると、誰もが思い、清盛もまたいち早く察していた。

二

若年の頃、今様《いまよう》（今風の歌謡）に凝《こ》っておられた法皇に、近頃、若い歌妓が侍《はべ》っていた。エマである。

鳥羽殿に幽閉されて以来、後白河法皇は、長年にわたって蒐集《しゅうしゅう》に努めてきた今様を整理して、一巻の書物に編《あ》もうと企てられた。こうして成ったのが、『梁塵秘抄《りょうじんひしょう》』であるが、その完成祝いの小宴に招かれた白拍子《しらびょうし》の一人が、法皇の耳許で囁《ささや》いた。

「本朝、源三位入道《げんざんみにゅうどう》（頼政《よりまさ》）どのが、十郎行家どのをつれて高倉宮さまの許へ参上されました」

淡々と文《ふみ》でも読み上げるような口調だった。

「なに!? どうしてそれを……」

わざわざ自分に告げるのかと、不審そうに振り返ると、まことにあどけない、十三、四歳かと思われる少女の微笑に出会った。

白拍子といっても、舞い唄うだけで、まだ枕席《ちんせき》に侍《はべ》ることはあるまいと思われる稚《おさな》さだった。

「占いの家に生まれました」

「ふむ、占いでわかろうとは思えぬが……」

「それならば、お傍《そば》近くに召されませ。さすればなんでも占うて進ぜましょう」

「大きく出たものよのう。ならば残るがよい」

あまり気乗りせぬような様子だったが、寝所に入ると、白拍子は、三毛猫を抱いたままだった。

「けものは遠ざけるがよい」

「でも、この猫に、語らせまするゆえ、その間、しばしお宥《ゆる》しのほどを……」

少女は膝から下ろした猫の頭を、軽く二度撫《な》でた。すると猫は、法皇に顔を向けた。金銀の眼がきらりと光って、法皇は目を外《そ》らすことができなくなった。

「宮さま、諸国の源氏に令旨を伝えるには、この者を措《お》いてほかにはありませぬ。故義朝の末弟十郎行家にございまする」

猫が七十五歳という老《おい》武者の声を発したのである。

「十郎行家か、苦しゅうない、面《おもて》を上げるがよい」

その声は、後白河法皇の第三皇子以仁王とあまりにもよく似ていた。猫の姿を見ないようにして聞くと、皇子がそこにきているのかと思うばかりだった。

以仁王は、二条天皇の弟で、高倉天皇の兄に当たっている。そのため当然、兄の次に皇位に即《つ》かれてしかるべき方なのに、皇位は平時忠《ときただ》の妹にして清盛の妻の妹に当たる滋子《しげこ》の生んだ高倉天皇へと遷《うつ》った。

まして以仁王の母は大納言藤原季成《すえなり》の娘で、平氏とは無縁だった。そのため建春門院《けんしゅんもんいん》滋子に嫌われ、不運な皇子以仁王は三条高倉に住んで高倉宮と呼ばれていた。

この時、後白河法皇は宝算五十四歳、ちょうど十一年前に出家しておられるので、法体《ほったい》もすっかり身についている。

出家したのは、清盛も同じ頃だが、年齢のほうはすでに六十を越えていて、残る寿命を数えると、そぞろ焦りを覚えるようになっていた。

だが、五十四歳では、まだまだ血の気が残っている。

ましてこの君は、若年の頃、もっぱら白拍子や江口《えぐち》の遊女を集めて、今様を好み、ご自身も咽《の》喉《ど》を潰《つぶ》すまで、寒夜に発声の練習をされていて、政治にはあまり関心をもたなかった。

ところが、上皇になってから、皇位の継承問題に影響力を発揮されたり、公卿たちの任免に関心を寄せられるようになったりして、人事を動かすことに面白味を覚えられたとみえて、院政に精を出された。

ところが軍事力を背景としてのし上がってきた平清盛は、その院政を押しのけんばかりに我儘を押し通しはじめた。娘の徳子を高倉天皇の後宮に入れたのち、しきりに荘園《しょうえん》(私有地)をふやし、関白家の一つである近衛基実が若死した時、その妻だった娘を通じて巧みに財産を取り込んだりと、目にあまる振る舞いが多くなった。

だが平氏一門の力を必要とされた後白河院は、じっと我慢して、清盛のすすめるままに宋《そう》の使者を、兵庫福原の清盛邸で引見したかと思うと、こんどは清盛の信仰する厳島神社へ参詣されるというように、清盛との協調を失うまいと努められている。

しかし天に二日なく、地に二君なしで、権力者二人の共存は長くはつづかない。

とくに高倉天皇と清盛の娘徳子の間に生まれた幼い皇太子を、強引に皇位に即けた頃から、両者の溝は越えがたいほど深まっていった。

人生の駆け引き、他人の操《あやつ》りかたに通暁《つうぎょう》されている法皇は、外面と内面を巧みに使い分けて、清盛という太陽をもつ平氏一門の追い落としに取りかかられた。だが、それには、平氏の武力に対抗できる兵力が必要というので、多数の僧兵を抱える比叡山延暦寺や奈良興福寺といった寺院勢力に接近された。

もともと延暦寺は皇室とのつながりが深く、平氏はこれまでも叡山の強訴《ごうそ》や圧力に頭を悩ませてきたものである。

けれど長刀《なぎなた》片手の僧兵は、騎馬の風習がなく、まして馬上で弓を引いたりといったことは苦手だった。

そこで武士には武士をと、平氏に対抗する武士の出現が望まれた。

治承二年十二月二十四日のことである。長らく四位に留まっていた源頼政が、特例を受けて従三位に昇進した。

その裏で、時の権力者平清盛の意向が働いていた。

「つらつら考えるに、源平二氏は、わが国の武力の根本である。しかるに近年、平氏は朝恩をこうむって威勢を全国に張りめぐらせたが、源氏の多くは逆賊として追いやられてしまった。そのわずかに残った源氏の中で源頼政は、正直者としてとおり、その武名は誰もが知るところである。よって頼政を三品《ぽん》に昇らせるのは至極《しごく》当然なことであろう」

清盛が言っているのは、源平二氏が協同して叛逆《はんぎゃく》者や賊を討って朝廷を守るべきだが、残念ながら源氏は逆賊に味方して、今や都に残っているのは頼政ぐらいだというのである。

その点、どう大言壮語されても反論できないほど、平氏の一門が廟堂《びょうどう》にひしめき、全国の主要地点に国司として派遣されているので、今や少々源氏に手を差しのべても、痛くも痒《かゆ》くもないという自信のほどを窺《うかが》わせる言葉だった。

そこで清盛は、孤塁を守って宮廷に残っている頼政を、その長年の辛抱に報いるため、三位に昇進させてやろうではないかと情けをかけた。

この清盛の同情に右大臣藤原兼実《かねざね》も驚いたが、都人も珍事であると噂し合って、ともかく頼政の昇進は実現した。

ところが、平氏のお情けでやっと三位になったということを誰もが知っているとあっては、頼政も心平らかではなかった。

もう七十の坂を越えて、老い先短い身なのだから、三位にしてやったのも、いわば冥途《めいど》の土産《みやげ》と、平氏の公達《きんだち》は、宮廷で頼政と出会っても挨拶《あいさつ》はおろか会釈《えしやく》も送らない。むろん朝廷の公卿たちは、例によって、表向きは穏やかな顔つきを示しているが、頼政が通りすぎると、互いに額《ひたい》を寄せ合って、

「あんな昇進なら、せぬが身のためよのう」

「あれではせっかくの寿命を縮めようぞ」

「まァよろしいがな、夢が叶《かの》うたのやから、それに見合う気苦労ぐらいはしてもらわにゃならんわい」

おほおほとお歯黒《はぐろ》塗った口をあけて笑い合った。

聞こえよがしに浴びせかけられる嘲笑《ちようしよう》を、背中一つで受けとめた頼政は、ふつふつと湧《わ》き上がってくる憤懣《ふんまん》を、口許引きしめて、ようやくこらえると、足早に帰っていった。

頼政は、清盛ですら敬服したほど、律義な人柄だった。

和歌に巧みで、弓矢をとっては鵺《ぬえ》退治で知られるように武人としても武名を知られていた。

この文武両道の頼政が、平治《へいじ》の乱で、同じ源氏の一統に与《くみ》せず、平氏の勝利に力を貸す形となったのは、保元《ほうげん》の乱以後、天皇を内裏から追いやって自らの寝所とするというような思い上がった信頼に同調して、源氏の棟梁《とうりよう》源義朝が事を起こしたのに反対したまでで、けっして源氏を裏切ったわけではなかった。

しかし結果としては、平氏に協力した形となって、義朝たちが都を追われて以後も、宮廷に仕えていた。

けれど平氏にあらずんば人にあらずという平氏全盛の世の中に、源氏の末流の栄えようはずはなく、ずっと不運のまま七十の声を聞くに至った。

そこで、せめて死ぬまでに従三位になりたいと願って、ようやく昇進したけれど、それは平氏のお情けによるものと、誰の目にも明らかだった。

これでは、かえって苦しみをふやしたことになる。どうしたものかと思い惑っていた矢先に、こんどは子息の仲綱《なかつな》が、愛馬を平宗盛《むねもり》にとられ、しかも「仲綱」と名づけて、鞭《むち》打たれるというおよそ武人としては堪《た》えがたいような恥辱を受けた。

仲綱の訴えにうなずいた頼政は、しばし暗然たる面《おも》持ちで考えに耽《ふけ》っていた。

「ところでこの先、いかがいたす所存じゃ」

重い唇を開いて、ようやく頼政は子息を打ち眺めた。

「どうするかとおっしゃっても……」

「つまり、なにごともなかったように、平然と、宮仕えがつづけられるか、どうかじゃ」

「はい、つづけたいとは思いますが、平氏の一統と顔を合わせて、なにごともないかのごとく談笑できるかどうか、自信はありませぬ。とくに宗盛卿と顔を合わせたなら……」

「うむ、太刀《たち》に手がかかるやもしれぬな」

「はい、ともに天を戴《いただ》くつもりはありませぬ……」

「この先、われらの行く手に待っておるのは、恥につぐ恥であろうな」

「どこまでそれに堪えられるか、それを考えると、生きた心地もいたしませぬ」

「うむ、どこかで衝突することじゃろうな」

「それに、このままでは郎党《ろうどう》たちが承知しますまい」

「それじゃ、難しいのは……。たとえわれら父子が堪えたとしても、郎党が不満とし、さらにわれらを侮《あなど》って背を向けるようになれば」

そうなればこの先、立ちゆくまいと思われた。

「のう仲綱、わしはもはや七十の坂を越え、いつ死んでも惜しゅうはない。なれど、仲綱、そなたはまだ若い……」

「たしかに前途がございまするし、この家を守り継いでいく責任がございます」

「そのとおりじゃ。ならばこそ尋ねておるのだ。この先、いかがいたすかを……」

「それでございます。まだまだ私には先がございますゆえ、この先、度《たび》重なる恥を忍んでやっていけるかどうか、不安です」

「それでどうしたいと考えておる？」

「まだ気持ちが乱れて、考えがまとまりませぬが、この先、驕《おご》りたかぶる平氏に尾を振って笑顔をつづけられようとは思いませぬ」

「というて、われらになにができようか」

「はい、大浪《おおなみ》の中に小舟を漕《こ》ぎ出すようなもので、このままでは万に一つの勝ち目もありますまい。なれど、もし源氏の一統と手を結べたなら……」

「それが可能なら、平氏に背を向ける覚悟をすると申すのか」

「はい、父上はどうお考えですか」

「わしの肚《はら》はすでにきまっておる。老い先短くなると、気短かになるものらしい」

「では、父上は平氏に……」

「もはや従う気は毛頭ない。これ以上、恥はいらぬ」

「私も同様です」

「ただし、死ぬ覚悟がいるぞ」

「おのれの恥をそそいで死ぬるなら、悔いはありませぬ」

「そうか、潔《いさぎよ》く散るといたすか、武人らしゅう……」

そこで初めて老父は頰《ほお》をゆるめて、笑みをこぼした。

三

それから間もなく、同じく不遇を託《かこ》っておられる高倉宮以仁王の許へ老武者は姿を現わした。

以仁王は、三十歳になってもまだ親王の宣下《せんげ》も受けていなかった。そのためあたら才学を謳われ、人望もあったのに、しかたなく詩歌管絃《しいかかんげん》に気を紛《まぎ》らせて、不満の日々を送っていた。

ところが人相をよくみる少納言《しょうなごん》が、『いつか国を受くべき相がある』と言ってくれた。

『国を受くべき相がある』と言われた時、以仁王は一瞬ぎくりとしながら、内心にやりとした。

それは国王になるだけの器量の持ち主と認められたことへの喜びの表明であり、それだけの人物なら帝位を望んでもいいじゃないかという胸中を言い当てられたように思えたからの笑《え》まいだった。

たしかにできることなら、自分も皇位に即いて、兄や弟たちと肩を並べたい。しかし誰に訴え、どこへ申し出たなら実現するのか、その方法なり手段なりがわからなかった。

むろん時の権力者平清盛と心安ければ、希望を述べることもできただろうし、それならなにも言わなくても、向こうがさっさと推挙してくれたことだろう。

ところが平氏とはなんのゆかりもないどころか、むしろ疎遠であり、敵視されやすい間柄だった。

いまだに親王にもなれず、平氏出身の建春門院滋子によって養子に出された以仁王は、平氏には恨みはあっても恩を受けたことがなく、内心おのれ平氏めがと、覆《おお》いがたい憤りをいまだに燻《くすぶ》らせていた。

そんな以仁王の胸中をぴたりと察知したかのように、源頼政は迷わず皇子を標的に選んだ。

奢《おご》れる平氏を倒して、政事《まつりごと》を正しい姿に帰すべきではありませんか、と訴えかける頼政の言葉に、以仁王は思わずうなずいた。

あまりにも長く待ち望んでいた機会の到来と感じたため、つい素直にうなずいてしまった以仁王は、思わずあたりを見廻した。

「なれど頼政、絵に描《か》いた餅《もち》、ならぬ話など、あまり口にせぬがよいぞ」

聞かなかったことにしようと、以仁王は顔をそむけた。

「ごらんくださいませ。全国各地に、これだけ多数、有力な源氏の武者が身をひそめておりまする」

書き出された名簿によると、摂津《せっつ》の多田、近江《おうみ》の山本《やまもと》、美濃《みの》・尾張《おわり》の河辺《かわべ》、木田《きだ》、甲斐《かい》の武田《たけだ》、逸見《いつみ》、信濃《しなの》の岡田《おかだ》、平賀《ひらが》、木曾《きそ》、陸奥《むつ》の九郎義経《よしつね》など、およそ四十九人の名前が記されていた。

「さらに南都北嶺《なんとほくれい》をはじめとする大社寺の提携がございますれば、お心強よう思し召されませ」

「動いてくれようか、この者たちが……」

「皇子《みこ》の令旨さえあれば……」

「令旨はいつなりと……」

「それさえあれば百万力《りき》……」

「なれど、いったい、誰に運ばせるつもりなのか」

以仁王はすでにそこまで引き込まれていた。

「皇子、ご安堵《あんど》なさいませ。諸国の源氏に決起を促《うなが》すには、源氏の一統に顔のきく者を使者とせねばなりませんが、さいわいなことに、故義朝の末弟に当たる義盛(行家)が、在京中にござる」

「その者がもし不承知ならば……」

長年不遇で、悲運に堪えてきた以仁王は、どうしても疑い深くなっていた。

けれど平氏全盛の世の中に堪え抜いてきた老武者頼政は、かくもやあらんと、すでに手を打っていた。

「義盛もまたこの時を待っていた者の一人にござる」

「それならすでに話を……」

「話はついておりまする」

「さようか、すべてお膳立てができておると申すのか」

「さもなくて、御前にまかり出て、平氏討滅のおすすめなど、できようはずがありませぬ」

「ならば、もし麿《まろ》が否というたなら……」

「その時は、皺腹《しわばら》切ってでも、おすすめ致しまする」

老武者は、どうでも引き込むぞという姿勢を示した。そこまで押し込まれては、もうあとへは引けなかった。

「皇子、令旨はこれでよろしゅうございますな」

すでに記された四十九通の令旨を示されて、以仁王は眼がくらみ、唇は乾いて、握りしめた両手がふるえ出してきた。

――これでもう、逃げ出せぬ。

あとは運任せだが、失敗すれば生命《いのち》はないものと覚悟がいった。

そのかわり成就《じょうじゅ》すれば、内裏はわが物になって、積年の望みが叶うのである。

――吉と出るか、凶と終わるか……。

以仁王は、終始落ち着き払っている頼政の頼もしさに、もっぱら倚《よ》りかかっていた。

そしてそれから二日後、早くも頼政は源十郎義盛を引きつれて、三条高倉の御所に以仁王を訪ねた。

「新宮《しんぐう》十郎めにございます」

無位無冠の義盛を頼政が紹介した。

故義朝の末弟で、長兄たちが都を追われて死に至った頃、熊野《くまの》神宮に隠れ忍んで、今日に至ったが、むろん公然と名乗りを上げて姿を現わすわけにはいかないので、官位官職につくことはできない。

そのため、なんとかしてふたたび源氏の世に戻したいと、かねがね望んでいたところへ、頼政の誘いを受けたものだった。

「宮、できますれば、諸国へ使いをいたす都合上、八条院《はちじょういん》の蔵人《くろうど》に任じられますように……」

諸事、頼政にぬかりのあろうはずはなかった。

源頼政が、高倉宮以仁王を抱き込んで、平家討滅の令旨を諸国にひそむ源氏の有力者四十九名に送ろうとしている経緯《けいい》を、後白河法皇は、金銀の眼をもつ三毛猫を介して知ることができた。

なるほどとうなずいている後白河法皇を見つめて、エマは、もう催眠を解いてもよいだろうと、三毛猫の頭を二度叩いた。

「にぃあん……」

甘えた鳴き声で、猫は主を振り仰いだ。

「ここへおいで……」

エマは自分の膝をぽんぽんと打った。そのひびきに、法皇は催眠を解かれて、はっと額《ひたい》を起こした。

「なにか申したか」

「いえ、もうおわかりでございましょう」

「うむ、ところでその令旨とやらの内容は……」

「これにございます」

エマは、かたわらの料紙を取り上げると、ふっと息を吹きかけて、差し出した。

「これか、なるほど……」

法皇は白紙の上に浮かぶ文字を眼でたどった。

　東海・東山《とうさん》、北陸三道諸国の源氏ならびに
　群兵等《など》の所に下《くだ》す
　応に早く清盛法師ならびに従類《じゅうるい》叛《む》逆《ほん》の輩《やから》を
　追討すべきの事
　右、前伊豆守正五位下源朝臣《あそん》仲綱宣《せん》す
　最勝《さいしょう》王（以仁王）の勅《ちょく》を奉《たてまつり》うけたまわるにいわく、（以下略）

　　治承四年四月九日

そこまで読んで法皇が料紙を膝へ置くと、すでにそれは白紙に戻っていた。

怖い夢をみたようにぶるッと、法皇は身ぶるいした。

「そちはそも何者なるぞ」

「マにございます」

「そのマが、なにしに参った……」

「さればお望みどおり清盛入道を亡き者とし、平氏の一統をことごとく都より追い払うために……」

「できるのか、そのようなことが……」

「マにできぬことはありませぬ」

「人を滅ぼしてなんの益がある？」

「栄華を誇る者を滅ぼすことは、世のため人のため、これから興《おこ》る者のため、と言っておけばよいのでしょうか。踏ん反《ぞ》り返っている者たちを蹴落とすことほど面白い遊びはありませぬ」

「ならば遊びか……」

「法皇さまと同じことです。源氏と平氏を双六《すごろく》の駒のごとくに戦わせて、しばしの座興といたしましょうぞ」

これは正真正銘の魔物だと初めて法皇は背筋を寒くされた。

第四章　炎の使者

一

伊豆《いず》の国は、源仲綱《みなもとのなかつな》の知行《ちぎょう》地だった。平氏の配下となっている北条時政《ほうじょうときまさ》は、ちょうど京都での番役を終えて、伊豆へ帰るところだった。

同じく帰国する伊豆の目代《もくだい》（後の代官のようなもの）山木兼隆《やまきかねたか》が同道していた。焼津《やいづ》まで戻ってきた時、たまたま別の用事で近くまできていた家人《けにん》と出会った。二年近く家をあけていたので、時政は家族たちの身の上に変わりはないかと尋《たず》ねた。その時、長女政子《まさこ》について家人が口を濁《にご》したのを聞き咎《とが》めて、問いただした時政は仰天《ぎょうてん》した。

「なに、政子が、あの源氏の流人《るにん》と……」

「はい、蛭《ひる》ケ小島へしばしば……」

「ふむ、どこぞの三男坊かなんぞならともかく、源氏の流人など婿《むこ》に取れると思うておるのか」

「はい、北の方さまはじめ、皆々案じなされてお諫《いさ》め申し上げましたが、止めて止まらぬ恋の道とでも申しましょうか、なんともはや……」

「よいか、このことけっして他言はならぬぞ」

その夜の泊まりでは、寝もやらず時政は考えあぐねて、ようやく始末の方策を考えついた。そこで翌日、旅の道づれの山木に話しかけた。

「いかがでござろうか、手前の娘を嫁にもろうてはくださらぬか」

家父長の一存で縁談のきまる当時のことなので、山木もさして怪《あや》しまなかった。

「お手前の娘御《むすめご》というと、あの政子どののことかな」

「いかにもその政子でござるよ。お気に召しませぬか」

「いやいや、なかなか美しい女性《にょしょう》と聞いておる。おいくつになられる？」

「二十一になり申した……」

「ご当人に否《いな》やがなくば、手前に異存はござらぬ」

「それはありがたい。では帰り次第、吉日を選び……」

とんとん拍子に話が進んで、政子の与《あずか》り知らないところで、縁談がまとまってしまった。北条四郎時政は、館《やかた》へ戻ってくると、家父長の特権で、政子を呼びつけると、

「これ喜べ、嫁入り先がきまったぞ。三国一の婿どのは山木どのじゃ」

えっ!?　と内心、政子は驚きの声を上げたが、まさか源氏の流人と通じておるなどと、言えた義理ではないから、ただ黙って唇を嚙《か》みしめていた。

——どうしよう……。

どうすればこの危難を避けられるのだろうかと、政子は考えあぐねて朝を迎えた。

支度に手間取っているうちに、政子と頼朝が駆け落ちするようなことが起こっては、それこそ

一大事というので、北条時政は、後妻に言い含めて、どんどん準備を進めて、三日後には輿入《こしい》れさせてしまった。

頭に綿帽子《わたぼうし》をかぶり、白無垢《しろむく》の衣裳に身を包んだ政子は、輿に乗せられて、山木の館へと運ばれていった。

途中、蛭ヶ小島の近くを通ったけれど、運の悪いことに、頼朝《よりとも》はこの時、伊豆山権現《ごんげん》に参籠《さんろう》していて、留守中だった。

――このままでは山木の妻にされてしまう……。

政子は気が気でなかった。けれど、どうすればよいのか決心がつきかねた。

暗雲が空を閉ざして、もう夕暮れになったような暗さである。

――やはり逃げるよりほかに道はない。

そうは思ったけれど、まわりを父の家人たちが取り囲んでいて、どうにも隙《すき》がみつからなかった。

心ばかり焦《あせ》ってやきもきしているうちに、とうとう山木の館に送り込まれてしまった。

「花嫁御寮《ごりよう》のご到着じゃぞ！」

逃げ出すどころか、山木の部下や女中たちまで加わって、身動きできないくらいだった。

――これで盃事《さかずきごと》がすんでしまえば、あとはお床《とこ》入り……。

そうなっては、操《みさお》を守り抜くのが難しくなってくるばかりか、たとえ拒《こば》みつづけたところで、世間はもはや山木の妻として扱うことだろう。となれば盃事の前になんとかしなくてはならないのである。

「衣裳を直したいのだけど……」

つき添いの老女に頼むと、気をきかせて厠《かわや》へ案内《あない》してくれた。それも裏庭の片隅に設けられた野外の一隅だった。

――今を措《お》いては機会はない。

思いきって政子は庭から木戸を押して外部へ飛び出していった。もうあたりは夜の気配に閉ざされている。

しかも悪いことに雨が降り出してきた。むろん雨が降ろうが霰《あられ》が降ろうが、今の政子にはかまうことはない。ただ一心に闇《やみ》の中へ走り込んでいった。

そして北東の方角へ、ただひたすら走りに走った。

むろん山木の館では祝言《しゅうげん》の席から姿を消した花嫁の行方を、八方手を尽くして捜し求めていることだろう。けれど今ここで見つけられてつれ戻されるようなことがあっては、それこそ恥の上塗りとなる。

その時、背後から駒音が迫ってきた。

気ばかり焦っても、疲れきった足は、もうすこしも前へ進まず、裾《すそ》がからんで政子は倒れ伏した。

――万事休す……。

これですべてが終わった。もう死ぬよりほかに道がない。そんな思いがちらついて起き上がる勇気も出なかった。

ところが不思議なことに、背後に迫っていた駒音がぴたりと止まってしまったのである。なにがあったのだろう？　振り向いてみると、十歩ばかり向こうで二頭の馬がたたらを踏んでいる。

「おのれ！　そこのけ！　なにをいたすぞ？」

供をつれた騎馬武者がしきりに喚《わめ》いている。見ると政子と彼らとの間に、闇夜のためはっきり見えないが、誰か突っ立っているようだ。

「道をあけろ！　さもなくば押し倒してでもまかり通るぞ」

「どうぞ、ご自由に……」

「おのれ、参るぞ！」

ピシリと馬に鞭《むち》をくれたが、どうしたわけか立ちふさがった男の手前までくると、馬はぴたりと止まってしまった。

「なにをいたした？」

「なにもせんぞ。かまわず進まれよ」

わざわざ体を開いて迎え入れたが、それでも馬は、金縛《かなしば》りに出会ったように一歩も進もうとしない。

「ううむ、おのれ！」

今はこれまでと、馬を下りた武士が、いきなり刃を引き抜いて斬りかかった。ところがどうしたことか振り上げた手がそのまま動かなくなってしまった。

「何奴じゃ？　ただものではあるまい。われらは目代の手の者ぞ」

「それはそれは、お偉い方々がお揃《そろ》いで……。して、いかなるお役目でござるか」

「あの女人をつれ戻しに参ったのだ」

やはり山木の部下だった。政子はようやく立ち上がった。だが目の前の人物が、敵かどうか、まだ不明だった。

「なるほど、女を捕らえるのが役目か」

「いや、つれ戻すだけだ」

「ところが肝腎《かんじん》のご本尊は厭《いや》がっておるようだ。ならば当方が預かると致そう」

政子に近寄ってきたのは、長身に白衣をまとった行者《ぎょうじゃ》だった。

「おや、あなたさまは……」

いつか夢を占ってもらったあの異相異能の行者であった。あの夢を買って以来、頼朝と結ばれたが、まだ行く手には雨風の吹きすさぶ嵐の中だった。

「娘御、その様子ではもう歩けまい」

どうするつもりか、行者は政子を抱き上げた。

軽々と政子を抱いたまま、行者は足早に歩き出した。それを目にして、山木兼隆の部下たちは、

「待て！　いずこへ参る？　戻れ！」

と地団駄踏《じだんだ》んでいるが、どうしても足が前へ進まないのである。

行者は、そんなことは百も承知といった顔つきで、振り向きもせず林間の小道を進んでいった。

「娘御、いずこへ逃げるつもりであった？」

「はい、伊豆山権現へ……」

「そこになにがある？」

「夫がおりまする」

「夫？　これから祝言を挙《あ》げるのではないのか」

「いいえ、無理矢理、父に目代の許《もと》へ送り込まれましたが、じつは、夫ときめた方が」

「誰じゃ？　それは？」

「源頼朝さまにございます」

「流人か……。そなたは？」

「北条の娘政子にございます」

「そうか、北条といえば平氏、それがこともあろうに源氏の流人を……」

「妾《わらわ》にとってはただ一人の夫、源氏も平氏もありませぬ」

その一言《ひとこと》で行者の心はきまった。

「一生添い遂《と》げるか」

「はい、たとえなにがあろうとも、妾の気持ちは変わりませぬ」

「幸せな奴よのう、頼朝は……。ならばこちらも頼朝を買うてみるか」

「行者さまは、なんとおっしゃいますか」

「わが名は天魔《てんま》、いささか法力を会得《えとく》しておる」

その法力によって山木の配下を無力に変えてしまったのだろう。それにしても、この行者を味方につけたなら、今後夫の役に立つだろうか、それともかえって災《わざわ》いを招くだろうかと、政子は軽々と抱えられたまま考え耽《ふけ》った。

——もしそれで夫の運勢が傾くのなら、とても流人の境涯を抜け出せまい。

それならひとつ賭《か》けてみようと、女人としては大胆すぎるほど覚悟のよい政子は、さっそく肚《はら》をきめた。

「ならばわが夫を助けてくださるか」

「頼みとあらば……」

林を抜けると雨脚が強まったが、天魔はひるむどころか、かえって足を速めて、伊豆山権現に到着した。

白小袖《こそで》をぐっしょりと雨に濡らして駆け込んできた政子を目にして、参籠中の頼朝はさては時政が帰国したなと察したが、山木の許へ嫁にやられる途中、やっと逃げ出してきたと聞いて、緊張を覚えた。

——いよいよ始まったか……。

これでひとときの安穏《あんのん》な暮らしは過去のものとなりそうだった。

蛭ヶ小島を挟《はさ》んで、その東と西に対峙《たいじ》する形の山木と北条の館に、政子が伊豆山権現へ駆け込んだ、そこに頼朝がいるという報告が届いたのは、ほとんど同じ頃だった。

「なに？　政子があの流人の所へ逃げ込みおったとな……」

あいた口がふさがらぬと、北条時政は憤《いきどお》りを現わしたけれど、すぐつれ戻しに参れとも、兵を出そうとも言わなかった。

いっぽう、山木兼隆は、文字どおり烈火のごとく怒ったけれど、まだ祝言がすんでもいない、つまり夫婦となってもいないのに、自分が表立って騒ぐのは大人気ない、しかも目代という立場からいっても世間の聞こえが憚《はばか》られると、なんとなく黙り込んでいる。

いずれ父親の時政がなんとかしてくれるだろうと、山木は期待していた。しかし時政は、婿どのが黙っているのに、こちらが顔を出すのはいかがかと思われる、といって、これまたなんの行動にも出なかった。

そのかたわら、時政はひそかに家人《けにん》を伊豆山へやって、政子の衣類や食物などを届けさせている。

むろん受け取った政子は、手紙も伝言もないけれど、父の気持ちがよくわかったと、そこは聡明な女人のことなので、無言のまま、しばらく伊豆山に籠《こ》もっていた。

人の噂《うわさ》も七十五日、二ヵ月ほど経《た》って、政子はそっと父の許へ帰り、頼朝もまたなにくわぬ顔つきで蛭ヶ小島の配所へ戻ってきた。

山木の配下が、それと知って様子を探《さぐ》りにきたけれど、小者相手に、写経に精を出している頼朝の姿が見えるだけなので、なんとも手出しがならなかった。

そのうちに、政子は妊娠のうえ、治承《じしょう》三年になると、長女大姫《おおひめ》を出産した。

家人《けにん》の家で無事出産した政子は、そのまま産後の療養をつづけ、時折り、頼朝が通ってきた。

二

治承四年（一一八〇）四月のことである。頼朝の許に、一通の書状が届いた。八条院《はちじょういん》の蔵人《くろうど》十郎行家《ゆきいえ》が、これより数日後に令旨《りょうじ》の伝達に立ち寄るゆえ、よろしく頼むというものだった。

――そも、なんの令旨であろう。

だが、都から皇子の命令書が届くとなると、ただごとではなかった。

――こちらは平氏に監視されている流人の身の上だぞ。

その平氏の流人が、平氏に断わりなく令旨を受けてよいものだろうか。懸念が、頼朝の心にこだわりを生んだためか、叔父に当たる十郎行家が蛭ヶ小島に姿を見せた時も、まだ釈然としなかった。

まして平氏討滅の令旨を、平氏の流人が受け取ったのである。頼朝は叔父を恨《うら》んだ。

「いかがいたした、頼朝。そなたは故頭殿《こうどの》のあとを継いで、源氏の棟梁《とうりょう》となるべき身ぞ」

十郎行家は山伏《やまぶし》姿に身を窶《やつ》して伊豆の国へ下ってきたのである。

「なれど叔父上、聞くところによりますと、源氏にも諸流があって、多田《ただ》源氏、甲斐《かい》源氏などと流れを異《こと》にする、その中の、われらは、河内《かわち》源氏の一統にて、源氏すべての棟梁とは申せませんﾞ」

「理屈を申すな、われらの祖《そ》八幡太郎義家《よしいえ》公以来、源氏一統はわれらを宗家と仰《あお》いでおる」

頼朝は本当にそうだろうかと首をひねったが、表立って異は唱《とな》えなかった。

「なれど、なにぶん、流人の身でござれば……」

「頼朝、その流人の境涯を脱するためにも、平氏を討たねばなるまい。さもなくば、未来永劫《えいごう》、流人のまま身を果てずばならぬぞ」

心の中で、それでもよいではないかと、囁《ささや》く声があった。しかしそれを面と向かって言いきる勇気はなかった。

「そなたは平氏の掌《て》の上にとまっている蠅《はえ》のようなもの、いつひねり潰《つぶ》されぬとも限らぬ。それを忘れてはなるまいぞ」

その十郎行家の一言が、悪魔の捨て台詞《ぜりふ》となって頼朝の心に残った。

——いつひねり潰されぬとも限らぬ身の上……。

今までひたすら平穏を念じて暮らしてきたのに、それでもなおひねり潰されなくてはならないのかと、そう思うだけで頼朝は唇がふるえてきた。

——束《つか》の間の平穏……。

それを思い起こさせる一言だった。

一夜の宿を提供して、十郎行家をもてなした頼朝は、翌朝、東国へと出立《しゅったつ》する十郎行家を見送って、門口《かどぐち》に佇《たたず》んだ。

できれば令旨を返したいと思わぬでもなかったが、旗上げするかしないかは、自分の自由だと思って、令旨をそっと経巻の間に巻き込んでおいた。

突然やってきた叔父に肉親の情を覚えるより、なんという重くて厄介《やっかい》な難題を置いていったものかと、むしろ肚立たしかった。

自分さえ黙っていれば、それですむだろうと、彼はしばらく様子をみていた。ところがそれから半月ほど経った頃のことである。北条の館へ政子を訪ねていくと、時政の近臣が呼びにやってきた。

まだ婿と認められたわけではないが、すでに大姫という初孫《ういまご》が生まれていることなので、時政も半《なか》ば認めた形となっていた。

「ところで、京よりこのようなものが……」

時政は、通牒《つうちょう》を差し示した。

「諸国の源氏の一統に、以仁王《もちひとおう》の令旨を配布すべく、新宮《しんぐう》十郎行家が、去る四月十日の夜半に京を旅立ったというのじゃ。ところで、そのような者が立ち廻ったか否か、いかがかな」

時政はいささか遠慮した言いかたながら、源氏の棟梁義朝の後継者となった頼朝の許に、令旨が下らぬはずがないと読んでいるふうだった。

——どうする？

あくまで白《しら》を切り通すか、それとも正直に打ち明けて、相手の懐《ふところ》に飛び込んでいくか、どちらを選んだほうが賢明かと、頼朝は迷った。

そんな人間の苦労など知ったことかと、季節に遅れた紋白蝶《もんしろちょう》が、庭木のあいだを、ひらひらと舞っていた。

——さて、なんとしょう？

ちらっと時政の表情を窺《うかが》った頼朝は、ここはいちばん、舅《しゅうと》の気持ちを試してやれと思った。

「じつは、十郎行家と名乗る山伏が訪ねて参りましたが、なにぶん初めて見るお方でして、果たして叔父かどうか、見きわめがつきませぬ」

「うむ、それで令旨は？」

「はい、それらしき物を置いて参りましたが、本物かどうかもわかりませぬゆえ、焼き捨てようかと思いましたが、一度、ご相談のうえと考えまして……」

「やはりか……」

これは困ったことになったぞと、時政は頰《ほお》をしかめた。といって、頼朝を突き出す気にもならなかった。それは窮《きゅう》鳥《ちょう》懐に入らば猟師もこれを殺さずという心境でもあった。

「こちらへもって上がりましょうか」

「いや、それには及ばぬが……」

時政もどうしてよいか、結論を出せないでいる。

ところで以仁王の令旨を十郎行家が、諸国の源氏に配布するために都を出発したことを、どうして平氏が知ったかというと、じつは、平氏と親しい熊野本宮《くまのほんぐう》から知らせてきたからで、本宮がなぜその事実に気づいたかというと、敵対関係にあった熊野新宮の動静によるものだった。

というのも、じつは以仁王の令旨を預かって諸国へ廻るために八条院の蔵人という役名をもらった十郎行家は、生まれて初めて公式の役目を授かったというので、嬉《うれ》しさのあまり第二の郷里ともいうべき新宮へ知らせてやったのである。

そのため本宮側は、驚いて兵庫《ひょうご》雪の御所《ごしょ》にいる清盛《きよもり》の許へいち早く報告に及んだ。

そこで平氏が、以仁王を捕らえるために遣《つか》わしたのは、なんと源頼政《よりまさ》の子息だった。

源三位《げんざんみ》頼政の二男兼綱《かねつな》は、諸国の源氏に令旨を出した高倉宮《たかくらのみや》以仁王を捕らえて、土佐《とさ》の国へ流すべしという入道相国《にゅうどうしょうこく》（清盛）の命令を受けて、出動を命じられた。

同僚の出羽《でわ》の判官光長《ほうがんみつなが》は、責任者となった三条大納言《だいなごん》の許から下がってくる廊下で、

「あの宮がのう。わからぬでもないが、それにしても勇気のあること……」

と兼綱の同意を求めた。

「たしかにのう……」

「しかし、これには誰ぞ有力な武者が背後についておるにちがない。そうは思わぬか」

「そうよのう……」

適当に相槌《あいづち》を打っておいたが、内心、兼綱はぎくりとした。そこで内裏《だいり》を退出すると、さっそく父頼政の許へ駆けつけて報告に及んだ。

「そうか。いよいよ入道が動き出したか」

「はい、召し捕って土佐へ流せとのことにござる」

「よし、さっそく宮に伝えて、御動座《ごどうざ》を願うといたそう」

「それもお急ぎください」

「うむ、なれど兼綱、以仁王を捕らえよと、そちに命じたとは笑止千万《しょうしせんばん》。どうやらわれら一族が宮の後ろに控えておるとは、いまだ露顕《ろけん》しておらぬらしいな」

「はい、私も耳を疑いました」

「それもわれらに運のあるところじゃ。兼綱、戦いは近いぞ。よいな、抜《ぬ》かるなよ」

「かしこまりました」

そのまま兼綱はなにくわぬ顔をして帰っていったが、頼政は、心きいた郎党《ろうどう》を、三条高倉の宮邸へ派遣した。

その夜、高倉宮は、女装して、同じく侍女に扮《ふん》した近臣や侍童をつれて、如意山《にょいやま》(大文字山)めざして落ちのびていった。

その折り、思わず侍童が溝を飛び越えたため、見ていた住人が、「なんとはしたない」と噂し合った。

如意山の山中より流れ出してくる小川沿いに宮たちは、暗夜の山坂をよじ登って岩角に足を痛め、笹原に顔や手を傷つけ、ようやく峰を越えて、三井寺《みいでら》へとたどり着いた。

その頃、兼綱、光長の両判官は、手勢を引きつれて三条高倉の宮邸に押しかけた。けれど兼綱は、さすが控えに廻って、口上役は光長に譲った。

乗馬のまま門をくぐった光長は、
「御謀叛《ごむほん》の企《くわだ》てありと聞こえたり。よってお迎えに参って候《そうろう》……」
と、邸内に向かって叫んだ。
すると待ち構えていた左兵衛尉《さひょうえのじょう》長谷部《はせべ》信連《のぶつら》は、大太刀《おおだち》抜いて、抵抗の構えを示した。

翌五月十六日、老武者頼政は、長子仲綱、次子兼綱、六条仲家《なかいえ》たち一族とともに、手勢三百余騎を率《ひき》いて三井寺へ向かった。

未練を断ちきるようにおのが館に火を放って東へ向かった頼政の一行は、やがて以仁王の許に参上した。

そこで三井寺は、山門と称される比叡《ひえい》山延暦《えんりゃく》寺へ参戦の申し入れを行なったが、すでに清盛から通牒が廻っていたため、叡山大衆《だいしゅ》は応じなかった。

一方、同じく合力《ごうりき》を求められた南都（奈良）興福《こうふく》寺は、兵を集めて応援すると答えてきた。けれどいつまで待っても援軍のくる気配がないので、頼政たちは、三井寺を出発した。

前夜の軍議では、夜明け前に六波羅《ろくはら》へ攻め入って、平氏を滅ぼそうと相談し合ったが、興福寺の僧兵を待っているうちに時が移りすぎてしまった。

挙兵以前、頼政は、鬼にもなれ、これ以上生き恥を掻《か》いて平家の走狗《そうく》となるぐらいなら、ここで死んでもいい、そう思い定めて、以仁王を担《かつ》いで叛旗《はんき》をひるがえしたのである。

しかし自分たち一族では、兵力が足りなくて、とても太刀打ちできないので、僧兵の応援を頼んだが、結局は機を逸《いっ》してしまった。

——やむを得ん、ここに留《とど》まって平家の大軍に取り囲まれるよりは、南都へ向かったほうがよい。

後悔している頼政の気持ちを、以仁王も察したのだろう、唇を嚙みしめて口を開こうともしなかった。

——僧兵を動かそうと他人の力を当てにしたことが、そもそもの過ちだった。

だが、いまさら追いつきはしない。覆水盆《ふくすい》に返らず、もうあとへは戻れない以上、平家と戦うよりしようがない。

「宮、南都へお供つかまつります」

老武者は慚愧《ざんき》に堪《た》えなかった。この若くて高貴なお方を、自分たちの私怨《しえん》の巻き添えにしてしまった。

——これはすべて私の罪でござる。

責めるなら、この老武者のかりそめの激情、辛抱のなさをお恨みくださいと、頼政は宮を見上げた。

こうなれば、いまさらなにを言ってはじまるまい。以仁王は、ついうっかりこの老武者のみた復讐劇の夢を信じて、身を預けてしまった自分の軽率と野心を、後悔しながら、それでもなお諦《あきら》めきれなくて、なんとか助かる道はないものかと、うつろな眼つきを向けた。

「いざ疾《と》く出発を」

と、頼政は南を指《さ》して逃れていった。

気持ちも動顚《どうてん》しておられたのだろう、宮は宇治《うじ》のあたりで六度も落馬された。

「なに、昨夜は一睡もされておらぬとな」

それは誰しもみな同じことであるが、武者ではない皇子の身を気遣《きづか》った頼政は、急ぎ平等院《びょうどういん》へと向かった。

だが、平《たいらの》知盛《とももり》、重衡《しげひら》、行盛《ゆきもり》、忠度《ただのり》たち平氏の面々が、万に近い大軍を率いて宇治橋に押しかけた。

橋をめぐって両軍せめぎ合ったが、おりから、増水のため宇治川は渡りにくくなっていた。

逆巻《さか》く川瀬を眺めてためらっている平氏の中で、下野《しもつけ》の国の住人足利《あしかが》又太郎忠綱《ただつな》は、上野《こうずけ》の国の住人新田《にった》入道を語らって、これしきの河なら、いつも渡っている利根《とね》川とは較《くら》べものにならぬ、いざわれらにお任せあれと、真っ先かけて濁流に飛び込んでいった。

連銭《れんぜん》葦毛《あしげ》（灰白色のまだらのある葦毛）に打ちまたがって、赤革縅《おどし》の鎧《よろい》をまとった足利が飛来する矢玉を恐れるふうもなく、たちまち対岸に押し渡って、平等院の門前めざして殺到した。

頼政の長子仲綱、次子兼綱も防ぎかねて門内へ逃れようとしたけれど、兼綱は組みつかれて地上に落ちたところを首掻《か》き切られ、仲綱は平等院の釣殿《つりどの》に入って自害を遂げた。

源三位《げんざんみ》入道頼政は、扇《おうぎ》の芝に坐してひと息つきつつ、今はこれまでと渡辺唱《わたなべのとなう》を手招いて、

「わが首討て」と命じた。唱は主《あるじ》の生け首討たんことの悲しさに、はらはらと涙を流して、「ご自害候わば」、と答えた。

うなずいて頼政は念仏を唱えて、

埋木《うもれぎ》の花さく事もなかりしに
身のなる果てぞ　かなしかりける

と辞世《じせい》を口にしつつ、くつろげた皺腹《しわばら》に太刀先を押し当てた。

その間に以仁王は、南都めざして落ちていかれたが、すでに気もそぞろで、目の前にある物もしかとはわからないありさまだった。三十人ほどの兵が以仁王を守っていたけれど、光明山寺《こうみょうさん》の鎮守の鳥居《とりい》前あたりで追ってきた平氏の軍勢八百余につかまってしまった。

「あれ見よ、謀叛人を討ち取れ！」

そんな野太い声が緑の風に乗って以仁王一行の耳にとどいた。

それ追いつかれた、逃げよ！　心は逸《はや》りに逸って、鼓動ばかり高鳴るけれど、手足は動かず、駒足もまた進まなかった。と見るうちに初夏の空を切って矢玉の雨が降ってきた。

征矢《そや》に切られた青葉若葉が、はらはらと鎧の上に散りかかった。殴《なぐ》られたような衝撃が走って、以仁王はまたもや鞍上《あんじょう》から滑り落ちていった。それを見てわっと飛びかかってきた平氏の軍勢が押しかぶさるようにしてその頸《くび》を掻き切った。

三

以仁王討死、頼政切腹をもって挙兵が失敗に終わったのは陰暦五月二十六日のことだった。ところで頼朝の許へ新宮十郎行家が令旨を伝えに立ち寄ったのが四月二十七日だったから、それよりおよそ一ヵ月後に、令旨を発した以仁王は、早くも鬼籍に入ってしまったことになる。むろん頼朝やその舅《しゅうと》に当たる北条時政は、まだその事実を知ろうはずもなかった。彼らは、令旨を受け取ったことを内密にしておけば、なんとか危機を切り抜けられるだろう、それともなにかよい手段はないかと、迷いに迷っていた。

毎日、湿っぽい梅雨《つゆ》空がつづいて、幼児にもそれがわかるのか、毎夜のように大姫が夜泣きした。

「これ、父《とと》さまに叱《しか》られますよ」

政子はちらちらと頼朝の顔色を窺っている。

——このまま無事に過ぎればなにも言うことはないのだが……。

いつなにが起こるかわからないという緊張感があるためか、一刻一刻が味わい深く感じられた。

そして六月十九日のことである。真夏を思わせるように入道雲が湧《わ》き立った空の下を走って、三善康信《みよしやすのぶ》の使者が京より下ってきた。

なにごとかと急いで書状をひらいてみると、すでに以仁王は敗死されて、清盛の命令が明日にも下るやも知れぬゆえ、すぐさま奥州へお逃げくださいというのである。

「宮はすでにこの世の人ではなかったのか……」

それを知らずに、うかつにも自分は令旨を受け取ってしまったのだ。なんたる軽率、せっかくここまで無事にたどり着いたのに、湊口《みなとぐち》で舟を破るとはこのことではないかと、悔やまれてならなかった。しかし黙っているわけにもいかないので、すぐさま頼朝は田畑の向こうにちらつく灯《あか》り目指して夜道を急いだ。

頼朝の話を聞いた北条時政はいよいよくるべきものがきたかと、もった盃《さかずき》を口許へ運ぶことさえ忘れていた。

「よもや王が亡くなっていようとは……」

「思いもしませんでした」

「そうよのう。なれど、いかがする？　考えはあるのか」

時政は、自分も迷っていることをあえて隠さなかった。たとえば、このまま頼朝を平氏の許へ差し出したなら、あるいは娘と縁を結ばせたことを目こぼししてもらえるかもしれないのである。

たしかにここで平氏が仇敵《きゆうてき》として捕殺しようとしているのは源氏の嫡流《ちやくりゆう》たちであって、平氏と縁を結んだ地方豪族の北条ではなかった。

——政子は恨むだろうが、北条の一族保全のためなら、頼朝を犠牲《いけにえ》とするのも、やむを得まい。

すこしずつ噛みしめるように、考えをまとめている時政の表情を、頼朝はじっと見つめていた。

「時に、このたびこの伊豆の国司に平時忠《ときただ》卿がおなりだそうで、その代官として、伊豆一国の支配を、あの山木兼隆めが仰《おお》せつかったそうでござるな」

「聞いておったか……」

「はい、山木は敵でござるゆえ」

妻の政子を危うく奪われようとした当の相手が、目代《もくだい》山木兼隆だった。

その山木に、すでに頼朝という虫のついている政子を嫁入らせようとしたのが北条時政であって、いわば時政にとっても山木は、煙たい存在のはずであった。だからあなたは山木の所へ率直に訴え出ていけますかと、頼朝は、謎をかけたのである。

——訴人《そにん》するには勇気がいりましょうぞ。

それに相手の山木も、娘婿を差し出す北条の真意を疑って、これはなにかの企みかもしれないと思うかもしれないのである。

——さあ、どうしますかね、舅どの……。

頼朝は、まことに弱い立場だったが、そのかわりなにも失うものがなく、死を覚悟すれば、なんでもやってのけられる自由な立場だった。

——それにあなたには北条の庄《しょう》と一族を守る責任があるはずだ……。

徒手空拳《としゅくうけん》の自分とちがって、守るべきものの多い立場だと、もう一度頼朝は上目《うわめ》づかいに舅の顔色を読んだ。

「それで、目当てはあるのか、味方をしてくれる武者の」

「そうですね、土肥《どひ》、工藤《くどう》、佐々木《ささき》の一族、それに三浦《みうら》の一統が……」

「さァて、きてくれるかな」

「波多野《はたの》、山内《やまのうち》も、保元《ほうげん》、平治《へいじ》の乱で、父についたと聞いております」

「集めてみるか、間に合わぬかもしれぬが……」

「さっそく盛長《もりなが》を使いに出しまする……」

それより舅どの、あなたは味方してくれるのですかと、また強い視線を当てた。

「いずれわしも、肚を括《くく》らねばなるまいな」

重い吐息だが、その肚を、どう括るのか、まだ時政は、どうするとも口にしなかった。

頼朝のいる蛭ケ小島と政子の住む北条の間には狩野《かの》川の清流が横たわっていた。川向こうの丘の麓《ふもと》に北条の館、その左手にひときわ高く見えるのが葛城《かつらぎ》山、さらに北方へ眼を転じると、長々と山裾《すそ》を曳《ひ》いた富士《ふじ》山が、それこそ目も鮮やかにそびえ立っている。

——明日もこの麗姿が眺められるのだろうか。

十四歳でこの伊豆の韮山《にらやま》に流人となって、もう二十年、もしこの日本一の眺めがなかったなら、自分は世をはかなんで自害したかもしれないと、時として思ったものだった。

しかしこの雄大にして優美な富士の麗姿をたのしんでいるうちに、いつの間にか二十年経ってしまったというほうがむしろ事実に近かった。

この眺めさえあればほかにはなにもいらぬ。まして政子もいれば大姫もいるのだから、このうえ苦心惨憺《さんたん》して天下を奪取することはないのである。

——この不二《ふじ》の峰さえあれば……。

無上の宝を手放して血みどろになって権力をほしがるより、この中伊豆でのどかに暮らしていたい。

そう人にも語り、自分もそう思うことにしていたが、それがすべてかというと、じつは自分でも考えたくないようなもう一人の自分が時折り顔を覗《のぞ》かせることがあった。

もう一人の自分、それは、人を操《あやつ》り人を働かせて権力を握ろうとしている政治家の顔をもっていた。

——いや、そんな者にはなりたくない。

無心無欲のまま、ここで富士山を眺めて暮らしていたい。

それは、そのほうが無難に一生を送れると思ったからだった。だから危険な存在である源氏の棟梁の後継者としての自分を、できるだけ忘れるように仕向けてきたのである。

もう一人の自分を地中の壺《つぼ》の中に閉じ込めて、固く蓋《ふた》をして外へ飛び出さないようにしておく。それがこの二十年間の生きかただった。

だが、どうやらそんな生きかたとは訣別《けつべつ》しなくてはならないことになった。

――天が、いや運命が自分をもう一つの世界へ呼び込もうとしている……。

どこからとなく、自分をそちらへ呼び寄せようとしている力が働いていることを、頼朝は感じていた。

――しだいに別の道へと追いやられていくようだ。

それもどうやらこの辺で踏ん切りをつけなくてはならないようだ。

頼朝は戦うしかないと考えた。

もし頼朝が挙兵でもしようものなら、いやその前に平氏討滅の令旨を受け取っているのだから、舅に当たる北条時政も、とても無事ですむはずはない。

さらに自分もその令旨を拝見しているのだから、娘婿と同罪とみなされても文句はいえなかった。

――やれやれ、あの男はやはり災いの種となったか。

だから娘を山木兼隆の嫁にやろうとしたのに、時すでに遅く、娘は頼朝の胤《たね》を宿していたらしい。しかも婚礼の席から逃げ出して頼朝の許へ奔《はし》られてはどうしようもなかった。

――不運とあきらめて、ここはみすみす平氏に捕らえられて赤恥かくより、起死回生の手段をとるとするか……。

ようやく時政も肚を括った。それに彼は都で平氏の堕落ぶりをさんざん見てきたので、そんなに恐ろしい相手とも思わなくなっていた。

――東国の土豪たちを味方につけて、頼朝を東国の大将軍とすることができたら、平氏政権も

た。

うかつに手を出せまい。

それに清盛入道も近年健康を害して、どうやらその寿命も運気とともに尽き果てんとしてい

──となれば、新しい星である頼朝に賭けてみるのも悪くはない。

なにぶん、頼朝は源氏の棟梁義朝の後継者で、前右兵衛権佐《さきのうひょうえのごんのすけ》の肩書をもっている。

──あとはこの男の器量と運次第……。

もしうまく東国の大将軍となったなら、北条一族も浮上のきっかけをつかんだことになる。

もともと時政の祖父が伊豆介《いずのすけ》となってこの北条の庄に住みついたため北条氏を名乗ったもので、時政より五代前に当たる平直方《なおかた》は、娘を源頼義《よりよし》に嫁がせている。そして生まれたのが八幡太郎義家だった。つまり頼朝とは遠縁に当たっている。

さらに因縁《いんねん》といえば、伊豆長岡《ながおか》にいた流人の娘菖蒲《あやめ》の前《まえ》が、父の赦免《しゃめん》に従って都へ戻って、鳥《と》羽《ば》上皇の寵愛《ちょうあい》を受け、さらに源頼政の妻となって生まれたのが源仲綱だった。

だが、その仲綱もすでに宇治平等院で敗死している。

「ところで旗上げの血祭りには……」

「それはもう目障《めざわ》りな山木兼隆を……」

「やはり思いは同じか。ならば婿どの、その日は、八月の十七日といたそうか」

今は時政も、頼朝を婿と呼んで憚《はばか》らなかった。こうなれば一蓮托生《いちれんたくしょう》、死なばもろとももという
ことになる。

「十七日とおっしゃるのには……」

「十七日は三島明神《みしま》の祭礼の当日、したがって山木の館も手薄となろうゆえ……」

「さっそく手配いたしましょう」

これでもう挙兵は本ぎまりとなった。

八月七日、北条時政四十三歳と、その女婿、三十四歳の頼朝が密議して、山木館に目代を襲って血祭りにあげることを決定、同日、工藤茂光《もちみつ》、土肥実平《どひさねひら》といった武士たちに協力を懇請《こんせい》した。

けれど、恩賞を約束しようにも無収入で領地のない流人の身では、なにを約束しても嘘《うそ》としか受け取られない。

「十七日の早朝ゆえ、できるだけ十六日の夜にはご参着あれ」

いずれこの殿が東国の大将軍となって、東国を束《たば》ねてくださることになると、かたわらから北条時政がしきりに推奨した。

しかし、それは詐術に似ていた。もし相手がそんな必要はないと思えばそれきりだが、相手が乗ってくれたなら、平氏政権を滅ぼすためというより東国の武者たちの気持ちをつかみやすかった。

もともと坂東《ばんどう》八平氏といって、関東には平将門《まさかど》の頃より平氏出身の武者が多かった。とはいえ、それは三百年ほど以前のことで、今は平氏の流れを汲《く》みつつ源氏と縁を結んでいる者もあるが、それでも現在の平氏政権を倒して、自分が取ってかわろうという叛逆者もなく、東国はやはり都とは違い辺境の地とされていた。

頼朝はこれぞと思う相手をみつけては、そこもとを片腕と頼み参らせるゆえ、なにとぞお力を貸したまえと頼み込んだ。

その成果が、十六日の夜に、はっきりするはずだったが、この日、伊豆方面は土砂降《どしゃぶ》りの大雨となった。

陰暦八月十六日は、今でいうと九月なかばのことなので、伊豆から南関東へかけて小台風が通り抜けたのだろう。それはともかくとして、夜になっても、頼みとする佐々木兄弟がなかなか姿を見せなかった。

「これでは明朝の襲撃は難しかろうな」

時政は腕組みをして考え込んでいる。

「ところが、十八日は、折りあしく、観音像を拝んで放生会《ほうじようえ》を行なう当日に当たっておりまして、殺生《せつしよう》はどうも……」

「なれど、それより遅れては山木に怪しまれ、攻めるどころか、襲われかねぬ」

「というて、佐々木の一統が参らねば……」

「われらと土肥、工藤ではせいぜい集まって二百ほど、これでは山木は倒せても、伊東《いとう》や大庭《おおば》が出てくれれば、もはやそれまでとなりかねない」

やきもきしているうちに十七日の夜明けが訪れた。

第五章　幕府を開いた男

1

八月十七日、決行の朝ときめた日時に、有力な味方と恃《たの》んでいた佐々木定綱《ささきさだつな》、経高《つねたか》、盛綱《もりつな》、高綱《たかつな》の四兄弟が、伊豆蛭《いずひる》ヶ小島の頼朝《よりとも》の住居に参着しなかったため、頼朝や北条時政《ほうじょうときまさ》は、いたずらにやきもきして時を空費した。

もう駄目か。旗上げは失敗……。声もなく、見交わす目と目で、そんな気持ちを通わせ合った頼朝と時政だった。

ようやく雨は上がったけれど、空には暗雲が立ち込めて、なんとも重苦しい気分だった。

失敗となれば、一刻も早く奥州へ逃げ出したほうがよい。

——噂《うわさ》によれば、奥州藤原秀衡《ふじわらのひでひら》の許《もと》に、九郎義経《よしつね》なる異腹の末弟が厄介《やっかい》になっているという。

それなら自分が頼っていってもまさか追い返されることはあるまいと思った。しかしそうなると、一族郎党《ろうどう》を抱えた北条時政のほうは、行き先に困ることだろう。

あれこれ考えているうちに昼になった。すると、ずぶ濡れ姿で、佐々木四兄弟がようやく到着した。

「申しわけござらぬ。なにぶん、昨日の大雨で、路上に水があふれて、腰まで漬《つか》るありさまで、思わぬ遅参をしてしまいました」

話を聞けば、天災のためさんざん苦労した様子、それでは恨《うら》みも責めもできはしないと、とりあえず食事と休息をとってもらった。

こうしてようやく予定の人数は集まったが、肝腎《かんじん》の時政と頼朝が、まだ迷っていた。それは機を逸《いっ》したためだが、天は時として悪戯《いたずら》をするものだった。

夕暮れ時、時政の郎党が、裏口に忍んできた男をみつけて引っ捕らえた。すると男はべそをかいて懇願した。

「お許しあれ、手前は、山木《やまき》の館《やかた》の傭《やと》い人でござるが、こちらの下女に用がござってな」

つまり忍んできたというのである。

捕らえてみれば他愛のない話だったが、頼朝の前へつれてきたのは、この住居に鎧《よろい》武者が詰めかけていたためだった。

「いかがいたしましょう。この者を……」

「夜這《よば》い男か……」

「でも、大事の前でござれば……」

「まァよい、許してやれ」

「なれど、こちらの様子を告げられては……」

「それもあるが、この者を帰さねば、かえって怪《あや》しまれよう」

それは時政も同意見だった。

「朝まで庭木につないでおけ。それより、もう一刻の猶予《ゆうよ》もなりませんぞ」

「ならば、出陣を……」

ようやく決心がついて、集まった五十人ばかりが、蛭ヶ小島を出発した。

寄せ集めの軍勢であり、奇襲でもあったため旗差し物は伏せておいて、五十騎あまりの頼朝軍は山木の館へと向かった。

用心深い頼朝は以前、京より下ってきた琵琶《びわ》に巧みで、歌道に通じた藤木邦通《ふじきくにみち》に頼んで、山木館の見取り図をつくってもらった。

さらに、伊豆守仲綱《なかつな》の父である源三位頼政《げんざんみよりまさ》が、伊豆訪問の途中であるという噂を、ばらまかせておいた。

それも以仁王《もちひとおう》を奉じて平家を討伐するためで、後白河院《ごしらかわ》の皇子である以仁王が皇位に即《つ》かれたなら、味方した武士たちはみな恩賞に与《あずか》るというのである。

こうして土豪たちの関心を惹《ひ》きつけたうえで、縁起かつぎらしく、文陽房覚禅《ぶんようぼうかくぜん》を招いて仏意を問わせたり、神官に祈禱《きとう》させたりと、神仏の加護を受けていることを誇示しておいた。

だが、どんな工作も、武力による勝利なくしては成功に結びつかないもので、山木攻めの大将となった北条時政が、五十人ほどの手兵を率《ひき》いて出発すると、頼朝はすぐ政子《まさこ》と大姫《おおひめ》を、伊豆の走湯権現《はしりゆごんげん》に避難させた。

その頃、山木判官《ほうがん》の後見役をしている堤信遠《つつみのぶとお》の住居へ向かった佐々木兄弟は、寝込みを襲って無事討ち果たした。

だが問題は山木兼隆《かねたか》である。八月十七日は三島《みしま》の祭礼の当日で、山木判官の手の者たちも祭りをだしとして、黄瀬《きせ》川の遊女宿へしけ込んでいる。

それを見込んでの襲撃だったが、予想より多くの郎党が残っていたため、思わぬ苦戦となった。

なにぶん、実戦は初めてという若武者揃《ぞろ》いで、時政自身も、生身の人間を斬るのはこれが最初だったから、いざ目の前に刃をふるった敵が現われると、かっと頭に血が上った。

カチンと音がして胸のあたりに衝撃を覚えたが、鎧に守られてなんとか助かった。

馬上から刃をふるうと、ガンと硬い物にぶつかり、突然、湯のようなものが顔に当たった。ぬめりとした感じから察するに、どうも返り血を浴びたようだった。

けれどこの緒戦で、ようやく時政は目の前が明るくなってきた。それまでは逆上して、おぼろげにしか見えなかったのだ。

「目指すは山木ぞ!」

楯《たて》を並べて相手はよく戦ったが、鎧武者と、裸同然とでは戦いにならず、騎馬武者が邸内へ乗り込むと、山木判官は放心したように目を丸くして、口をぱくつかせている。

この男に罪はない。罪がないどころか、祝言《しゅうげん》の夜に花嫁が頼朝の許へ走ったり、こんどは血祭りに上げられるのだから、まことに損な役廻りだった。

「まだ煙は上がらぬか？　盛綱、木に登って、山木のほうを見てくれぬか」

もう夜明けに近いのにと、頼朝は気が気ではなかった。

「殿、なにも見えませぬ……」

情けない顔つきで盛綱が地上に下りてきた。もういつの間にか、東の空は明るくなっていた。もししくじったなら、その時こそみちのくへ逃げて、一生を朽《く》ち果てなくてはなるまい。いやその前に殺されるかもしれないのである。しかし頼朝は待つことに慣れていた。忍耐強かったからこそ、こうして今日まで生き延びてこれたのだと、彼は待ちつづけた。

「盛綱、残った者をつれて山木へ行ってみてくれ」

「なれど、殿お一人では……」

「大事ない。馬の支度だけして、様子をみにいってくれぬか」

と言っているところへ駒音がひびいて、北条時政が帰ってきた。

首尾《しゅび》は？　と聞くまでもない。まるで首狩り族のように、太刀《たち》の先に山木の首級を刺して、誇らしげに掲《かか》げてみせた。

――無惨なもの……。

血まみれ泥まみれの首だった。

武者たちに酒食を給して休憩させつつ、時政と頼朝は、次の作戦の協議に耽《ふけ》っていた。

「これでもう元へは戻れぬぞ」

「山木を討った以上、平氏の追っ手がかかりましょう」

「北条へも蛭ヶ小島へも戻れぬ以上、行く先は東ときまったが、これより北へ進んで、まず三浦《みうら》の一統と落ち合うとしよう」

「それも急がねば……」

「そうじゃ、背後から伊東《いとう》一族が、前方から大庭《おおば》の一統が寄せてこようぞ」

「では、急ぎましょう」

「これからは、戦いに次ぐ戦いを覚悟しなければなるまい……」

自分に言いきかせるように時政は呟《つぶや》いた。

悪夢なら覚めてほしい。だが行く手に待っているのはどうやら地獄のようである。

――もう引っ返せぬ。

突進するしかないと言い聞かせて時政は、出陣を命じた。従う者およそ五十騎、駒を並べている頼朝は、もうこれが見納めかと、蛭ヶ小島を振り返った。

そこに住んでいた昨日までは流人《るにん》だったが、今は謀叛人《むほんにん》と名が変わった。

やがて彼らは、小田原《おだわら》の西、土肥《どひ》の郷《さと》にやってきた。そこは真鶴《まなづる》岬のつけ根に当たる溶岩台地だった。

土肥一族と合体したのち、彼らは石橋《いしばし》山に陣を張った。

そんなに高い丘ではない。六十メートルばかりの石橋山に、今は三百騎とふくれ上がった頼朝軍が山坂を登っていった。

上るにつれ視界が変化して、一望千里の大海原《うなばら》が展望できた。荒磯とみえて、磯波も荒かった。

——いざとなればあの海へ逃れよう。

しかしそこまでたどり着けるかとなると不安でいっぱいだった。

だが誰もそんな頼朝の心中を考えた者はいなかった。彼らはみな眼前に迫った合戦で頭がいっぱいだった。

その引きつれ強張《こわば》った顔に、冷たいものが降りかかってきた。

空を仰《あお》ぐと無情の雨であった。

陰暦八月二十三日、もう秋雨だった。

「こりゃいかん」

あわてて樹かげに駆け込んだが、いよいよみじめな気分で、早く家へ帰って酒でも飲みたいと闘志はおろか、帰心《きしん》矢の如《ごと》しである。

「おーい！　見えたぞ！」

樹上から物見が声を張り上げた。

「旗印《はたじるし》は？　どうじゃ？」

「あれは、大庭にございます」

秋雨煙る眼下の山裾《やますそ》を眺めやると、木の間隠れに鎧武者がちらついている。

「くるなら早くこい！」

りわからない。

半《なか》ばやけくそだった。大将の頼朝も初陣《ういじん》なら、大部分が若武者ぞろいで、勝手も様子もさっぱ

──味方は三百、向こうはすくなくとも三千……。

土肥実平《さねひら》は、時政を眺めやった。

「降るのう。この雨では向こうもやりにくかろう。この雨は天の助けじゃ」

だが、いよいよ雨脚はひどくなって、今は鎧ごと水浴びしているようなもので、直垂《ひたたれ》から下帯まで、ずぶ濡れとなっていた。

寒くて濡れそぼって、三百の頼朝軍は、みなガタガタとふるえながら、目はうつろだった。

もしこれで敵に夜営されたなら、それこそ朝までに誰もいなくなってしまうのではないかと、士気の衰えが時政にはなによりも不安の種だった。

だが大庭軍三千は、たかが三百の小勢とみて、一気に押してきた。

風まで加わって、暴風雨となった石橋山に、三千の大軍が、ひたひたとよじ登ってくる姿は、まるでごつごつした岩虫がむらむらと蠢《うごめ》いているようだった。

「やァやァ、われこそは相模《さがみ》の国にその人ありと知られたる大庭三郎景親《かげちか》なり」

つい間近から名乗り声がひびいてきた。

「控えよ大庭三郎、これにおわすは清和《せいわ》天皇第六の皇子、貞純《さだずみ》親王の御子《みこ》六孫王《ろくそんおう》より七代の後胤《こういん》、八幡太郎義家《よしいえ》公四代の御孫、前右兵衛権佐《さきのうひょうえのごんのすけ》頼朝公なるぞ。しかも悪名高い平氏を討てとの院宣《いんぜん》を下されたり。見よ、この錦《にしき》の袋を……」

旗竿《はたざお》の上に吊るした錦の袋を、時政は、これ見よがしに頭上で打ち振った。

貴族や高官に弱い坂東《ばんどう》武者たちは、やはり内心おそれを抱いたらしい。寄せ手の動きが一瞬とまった。

それとみて、大庭は、さらに大音声《だいおんじょう》を放った。

「やよ、昔は昔、今は今、われらは三千余騎、たかだか三百の小勢では歯も立つまい。ならば落ちさせ給《たま》えかし、見逃し奉《たてまつ》らん！　いざ疾《と》く！」

「やよ大庭、汝《うぬ》も先祖は源氏の一統、重恩受けし源氏の棟梁《とうりょう》に弓引かんとは笑止《しょうし》なり。いざ立ち去れ！」

「問答無用なり、いでや追い落としてくれん！」

下知《げち》につれて、大庭軍三千はいっせいに山頂めがけて突進していった。

——きた！　いよいよ死ぬのか……。

手足ばかりか、魂《たましい》まですくみ上がって、頼朝は茫然《ぼうぜん》と立ちすくんだ。

「佐殿《すけどの》、いざこちらへ……」

土肥実平が腕をとった。頼朝は心ここにあらずと、まだぼんやりしている。

「早よう、こちらへ！」

ぐいぐい引っ張って、奥へと導いた。まわりには、矢音、おめき声、刃と刃の発する金属音、断末魔の呻《うめ》き声などでみちみちているが、すでに暗くなっていたので、その早い雨夜の訪れをさいわい、どんどん山奥へと引き込まれて、頼朝は戦場を離れていった。

雨夜の山中のことなので、どこをどう歩いているのか、さっぱりわからない。

「この先は？」

「この暗闇では、土地不案内の者では一歩も進めませぬ。これより谷を渡って向こうの峰へ入りまする」

雨風はまたいちだんと激しくなって、その滝のような雨中を泳ぐようにして、頼朝と実平は、隣りの峰の山の中にあった岩穴に這い込んだ。もう精も根も尽き果てて、鎧を脱ぎ、ずぶ濡れの衣服を脱いで水を絞り、あとは欲も得もなく横たわって睡《ねむ》りこけた。


やがて夜が明け、白々とした光が洞穴《ほらあな》の入口に射《さ》しそめた。

——今の間に、遠くへ……。

逃げようとした時、つい近くから話し声が聞こえてきた。

ちょうど乾かしてあった衣服を身につけていたところだったが、思わずびくりとふるえて、頼朝と土肥実平の二人は、大きく瞠《みは》った目と目を見つめ合った。

「おい、ここにも洞穴があったぞ！」

「かなり大きそうだな」

「どーれ、たしかめてやるとすッか……」

誰かが入ってくる、そう感じて、せめて太刀をと思ったが、金縛《かなしば》りに出会ったように身体《からだ》が動かなかった。

その目の前にぬっと姿を現わした武者は、右手にもちかえた弓の先で垂れ下がる蔓草《つるくさ》をはね上げた。

敵も味方も、どちらものどかな顔つきのまま、突如として思いがけない対面をしたのである。

お互いにぎょっとして、息を噞《の》んだ。

相手も右手の弓を投げ捨てて太刀を抜くまでには暇がかかって、その間に組みつかれるか刃で刺されるかもしれない。それに仲間を呼ぼうにも、どうやら仲間は安全とみて、先へ進んだらしい。

ものには呼吸というものがあって、相手も大声を発する機会を失い、頼朝も、どうしてよいかと迷うばかりだった。だが殺気立っていなかったことが、相手に仏心を起こさせたのかもしれない。

「佐殿《すけどの》におわすか」

うなずくと、相手もうなずいた。

「梶原景時《かじわらかげとき》と申す……」

「世に出《い》でなば、かならずこの恩に酬《むく》いようぞ」

「ならばお救い申さん」

どことなく薄気味悪い男だった。梶原が背をみせたとたん、土肥実平は太刀をつかんで、頼朝に手渡した。しかし頼朝は、刃で相手を刺そうとは思わなかった。

殺気を感ずれば、梶原も救《たす》けを求めただろうが、頼朝が穏やかな顔つきを示したので、また安心して背中を向けた。

その一瞬の間に、いつどこから現われたのか、おそろしく長身でがっしりとした身体つきをした総髪の男がぬっと突き立っていた。白衣に袴《はかま》をつけたままだが、ひと睨《にら》みで相手を射すくめてしまうほどの妖気を漂わせて、梶原をぐいと睨みつけた。

「こなたは……」

「天魔《てんま》じゃ。黙って立ち去れば間もなくさいわいが訪れよう。騒げば汝《うぬ》の背に刃が立つことになる。わしは一町先の兎《うさぎ》を仕止める業《わざ》をもっておる」

頭の上から脅迫を受けて、梶原は、弓の先で洞穴に垂れ下がっていた蜘蛛《くも》の巣を引っかけると、よろめくように明るい外界へ出ていった。

「このとおりでござる」

弓先の蜘蛛の巣を指《さ》し示しつつ、梶原景時は、仲間たちの許へやってきた。

「いやもう、蜘蛛の巣だらけでのう」

ちらっと洞穴のほうを振り返って、にやりと狐目《きつねめ》で笑ってみせた。それでもしばらくの間、天魔は、彼らの姿を目で追っていた。

その間に、頼朝と土肥実平の二人は鎧姿に戻った。

「御両所《ごりょうしょ》、食物と水をもって参った」

長身異相の天魔を見上げて、土肥は、これでも人かと驚いている。頼朝は、政子の仲介で引き合わされていたので、驚きはしなかったが、どうしてここがわかったのかと、それが不思議だった。

「佐殿《すけどの》、昨夕、北の方に頼まれましてな。石橋山におられるとわかって、こちらへ」

「よくここがわかったもの……」

「そこは占いを業とする身。ところで、北条父子も、つい近くに隠れてござるゆえ、後刻おつれ申そう」

「では無事か、義時《よしとき》も……」

「他にも十四、五人の者たちが近くに……」

「では、さっそく海へ逃れて……」

「今はおやめなされ。大庭の一統が附近を捜索中ゆえ、四、五日、ここで待たれよ。さすればその間に舟を都合致すゆえ、真鶴岬より、安房《あわ》（千葉）へ渡られよ」

占い師という隠れ蓑《みの》があるので調法《ちょうほう》な人物だった。

「なにぶんとも、よろしく頼む。費用は北条より支払うゆえ」

「承知した。天っ晴れ大将軍となられるまで応援つかまつろう」

天魔は、時として、こんなふうに月並みな男となった自分が情けなかった。

——どうした天魔、こんなへなへな男に取って替わって、いっそ汝が将軍になってはいかがじゃ。

しかし彼は、自分がその器《うつわ》でないことを知ってしまったのだ。そして母のマがもっていた、あの天地をも覆《くつがえ》しかねない魔力には到底及びつかぬことをも知らしめられたのである。

——愚かな奴よ、二十年も経《た》って、ようやく母の力を知るとは……。

しかも今は、異腹の妹にも及ばぬのである。それはむろん、母のマが、冥府《よみ》の一族の頭首《とうしゅ》の地位を妹に継がせ、おのれの法力のすべてを与えていったからだが、母に見捨てられ、一族から追われて、天魔はこれまで細々と生命《いのち》をつないできたのである。

——天下を操《あやつ》るどころか、おのれ一人、死ぬこともできぬ男……。

それが今の天魔であった。ならばせめて、天下を操る男の手助けをと、考えていた。

二

陰暦八月二十八日、頼朝と時政は、十数人の味方をつれて、真鶴岬より舟を漕《こ》ぎ出して、対岸に当たる安房の国平北郡《へいほくぐん》猟島《かりしま》（勝山）へと渡った。

もともと今回の旗上げは、挙兵後、安房を目指す予定だったが、よもやこんな敗残の身となっていようとは、予想もしなかったことだった。

旧知の安西景益《あんざいかげます》の邸《やしき》に落ち着いた頼朝は小山《おやま》、下河辺《しもこうべ》、葛西《かさい》、豊島《としま》など源氏ゆかりの土豪たちに書状を発して、参集を誘い、大勢力をもつ上総介広常《かずさのすけひろつね》、千葉常胤《ちばつねたね》の二人には使者を送って説得に当たらせた。

それも現在の小勢で赴《おもむ》いたのでは馬鹿にされること必定《ひつじょう》だったから、両者に参集せよと、大きく出ておいた。

　すると千葉常胤は感激して、使者の安達盛長《あだちもりなが》に向かって、

「この安房の国は、とても将軍の居住地にふさわしいとはいえませんゆえ、どうか父君ゆかりの鎌倉《かまくら》へお移りねがいたい。さすれば関東一円の武者は、みな君のご威光に従い申そう」

と、すすめたという。

　九月十三日、今は副将となり同時に軍師ともいえる時政と相談のうえ、手勢三百を率いて上総の国を通って下総《しもうさ》を本拠とする千葉常胤の許へと向かった。

　九月十七日、千葉一族に迎えられて頼朝は国府《こくふ》に到着した。

「いざこちらへ、これからはこの館をわが家と思《おぼ》し召せ」

　慈父のごとく、常胤は温顔をもって労をねぎらった。

　いまだに返事をしてこない上総介広常を無視した形で、こうして下総へ落ち着いたのは、軍師時政の策略だった。

「こうしておいて、向こうの出かたを待ちましょう」

　下総勢はおよそ三千だが、上総の軍勢は約二万という巨大なものである。

　この大勢力を、たった三百の小勢でしかない頼朝の前に呼び集め跪《ひざまず》かせようというのである。

　この時政の詐術と頼朝のこけ脅《おど》しがどんな結果を呼ぶかと、賭けてみたのである。

　そしてよもやくるまいと、なかばあきらめかけた時、上総介広常が二万の大軍を率いてのっそりと姿を現わした。

だが、よくぞきてくれたと感謝するどころか、頼朝はいきなり雷を落とした。

「なにッ、今頃参ってなんになるか！」

目通り叶《かな》わぬと、てんで受けつけようとしなかった。

むろんここで二万の軍勢を失ったなら、東国の大将軍になろうという今回の企《くわだ》てはまず難しい。しかしここで広常に舐《な》められてはこれまた、前途多難である。そこで時政は危険な賭けを行なった。

人の心は風車《かざぐるま》のように動きやすいもので、もしここで、「やァよくきてくれた。おかげで助かったぞ」と頼朝が笑顔で上総介広常を出迎えたなら、広常は、やはり当てにして待っておったのだなと、頼朝を軽んじたことだろう。

ところが、いきなり怒鳴《どな》りつけて、出鼻を挫《くじ》いたのである。

そこで相手は、頼朝の威に服するか、それともわざわざきてやったのになんと冷淡なと、冷水を浴びせられた思いで帰ってしまうか、二つに一つとなった。

――しかし、危ない賭けをしたものよ。

これまでただ一人で、二十年に及ぶ流人生活を送ってきた頼朝のことなので、猜疑《さいぎ》心の強さは人一倍だった。そうしたおのれの心の迷いを、彼は他人に見せまいとして、仮面をかぶった生活を送ってきた。

その仮面が、今では、本物の顔と化した観すらあった。

なにが起ころうやもしれぬ、というので頼朝は、唯一の直臣《じきしん》といってよい天魔に身辺を守らせた。

むろん、時政もいれば、土肥もいるが、彼らはそれぞれの土地の豪族で、昔から仕えている家の子郎党をもっている。

けれど頼朝は流人の身で、誰一人として心を許し、最後の最後まで供をしてくれる家来をもっていなかった。

——この化物のような男とただ二人……。

思えばまわりは他人ばかりだった。

頼朝は、ともすれば頭を擡《もた》げてくる疑心と弱気をなんとか押さえつけつつ、相手の出かたを待っていた。

いっぽう使者を通じて頼朝の叱声《しっせい》を聞いた上総介広常は、

——なんと、石橋山で敗れてここまでやっと逃れてきた流人の分際《ぶんざい》で、上総介たるこの広常の遅参を責めるとは、とんだ思い上がり者……。

一時はかっとしたけれど、すこし経って怒りが収まると、いや待てよと考えた。

——これから関東の王たらんとするには、それぐらいの度胸がのうては務まるまい。

まして京都朝廷や平氏政権に対抗しようとなると、これぐらいの野放図さがなくてはと思い直した。

すると、広常の心に、「これからは頼朝の時代ぞ」と囁《ささや》く声が起《お》こった。

それを神の声と思うか、悪魔の入れ智恵と採《と》るか、あるいは幻聴と打ち消すか、それは当人次第だが、人はともかく迷いやすく、おのれの思い描いた幻覚を、神仏の啓示と思い込みやすいものである。

石橋山の洞穴で、土肥実平とたった二人でふるえていたあの自分が、それからわずかひと月足らずのうちに、総勢三万とも号する大軍を引きつれて、隅田《すみだ》川を渡って武蔵《むさし》の国に駒を進めたのである。

——夢ではあるまいか。

時々太腿《ふともも》をつねってみると、ちゃんと痛みを伴なった。

威風堂々と出現したこの源氏の棟梁を迎えた武蔵の土豪たちは、かつて彼らの先祖に私財を抛《なげう》って報いてくれた八幡太郎義家の再来かと、その眩《まぶ》しいばかりの大将振りに目を瞠った。

武者たちは、生命を抛ってもよいと思える主《あるじ》をもちたがるもので、彼らは王の旗の下《もと》に血を流して戦う習性をもっていた騎馬民族の子孫といってよかった。

『大将軍の旗の下に馳《は》せ参じよう』

長らく団栗《どんぐり》の背較《くら》べをつづけてきた東国武者が、待望久しい頭首を得たのである。

しかも八幡太郎義家の直系とあれば、否《いな》やはない。こうして武蔵、上野《こうずけ》、下野《しもつけ》、甲斐《かい》といったあたりまで噂が拡《ひろ》まって、ぞくぞくと武者が集まってきた。

十月六日、頼朝は、四万を超《こ》える大軍に守られて、威風堂々と相模の国に入って、鎌倉に居を定めた。

これは父義朝がここに住んでいた縁によるものだけでなく、鎌倉の地が海に面して、残る三方を山に囲まれた、攻めるに難く守るに易《やす》い要害の地だったからで、ここを本拠地とすれば、東国から東海へかけて睨みを利《き》かせることができた。

さっそく使者が立って、伊豆の秋戸郷《あきどごう》に隠れひそんでいた政子と大姫が呼び寄せられ、武者たちに引き合わされた。

源氏ゆかりの鶴《つる》ヶ岡八幡宮《おかはちまんぐう》に参拝した頼朝は、亡父義朝が住んでいた亀《かめ》ヶ谷《やつ》に館をと念願したけれど、そこはあまりに狭くて、とても、四万の将兵に号令する大将軍の住居には不向きと悟って、大倉《おおくら》の地に館を造営した。

わずか二ヵ月足らずで、一介の流人から、関東一円を支配する大将軍に早変わりしたのだから、人生とはわからないものである。

「わが君、それは自然に備わった強運があればこそでござる」

天魔はにこりともせずに解説した。

「この強運、一度きりのものなのか」

「いえ、いずれ平氏にかわって天下をとられましょう」

その時こそ、平清盛《たいらのきよもり》と縁を結んでいる冥府の一族の頭目マを見返して、いわば天魔が快哉《かいさい》を叫ぶ日となるはずだった。

「では、信じてよいのだな、この強運を……」

頼朝はその日から、天下を目指した。

伊豆韮山《にらやま》の蛭ヶ小島に流罪中の頼朝を訪ねて、以仁王の令旨《りようじ》を伝えた後、新宮十郎行家《しんぐうゆきいえ》が、常陸《ひたち》に住む兄志田義広《しだよしひろ》を訪問、それから甲斐の国に住む源氏の一統を廻って信濃《しなの》の国へやってきたのは、五月も末のことだった。

緑したたるような木曾谷《きそ》に中原兼遠《なかはらかねとお》という豪族が住んでいた。この兼遠に養われて育ったのが、駒王丸《こまおうまる》改め木曾義仲《よしなか》だった。

駒王丸は、春宮帯刀先生義賢《とうぐうたてわきせんじようよしかた》（義朝《よしとも》の弟）の次子で、源為義《ためよし》の孫に当たっていた。

義賢は、長兄の義朝が河内《かわち》源氏の棟梁となったので、もはや都に用はないとばかり、上野の国多胡《たこ》郷の豪族秩父重盛《ちちぶしげもり》の養子となって、武蔵の国比企《ひき》郡大蔵《おおくら》の館に住んで、附近一帯を支配していた。

なにしろ八幡太郎義家の曾孫という後光《ごこう》を背負っているので、いつも一目置かれていたけれど、義朝の長子義平《よしひら》に攻められて、あえなく討死してしまった。

こうなると叔父甥《おい》の仲だろうが容赦《ようしや》はない。血統を引く子供を一人でも残しておくと、後日、仇討《あだ》ちにやってくるから一家一族はみな殺しにと、血刀ふるって荒武者が大蔵の館へ乗り込んできた。

この時、遊女上がりの小枝《こえだ》の生んだ駒王丸は、大蔵の館から半里ばかりの所にある鎌形《かまがた》の別業（別荘）に住んでいたので、義平の命を受けた畠山重能《はたけやましげよし》が殺害にやってきた。

しかしあまりに不憫《ふびん》というので、乳母《めのと》の実家である木曾谷へ、母子を逃がしてやった。

中原家に引き取られた駒王丸は、母を失ったあとは、兼遠を保護者として成人した。いつかこの君が成人して平氏を討って天下をとったら、中原家も中央に出て浮上するだろうと、ひそかに夢を抱きつつ中原兼遠は、駒王丸改め義仲に、娘二人を娶《めあ》わせた。

姉はたちまち身籠《みご》もったが、妹は、駒を馳せたり、弓を引いたりして、男子に劣らぬ武者ぶりをみせたが、子を妊《はら》むことはなかった。さらに兼遠の子息、樋口兼光《ひぐちかねみつ》、今井《いまい》四郎などが義仲側近の臣となっている。

この雪深い木曾谷に、春の訪れにも似た、以仁王の令旨をもたらしたのが新宮十郎行家で、義仲は、うやうやしく受け取って、さァこれであとは都へ乗り込むだけだと気負い立った。

――もうわしも二十七歳……。

今立ち上がらなければ、このまま木曾谷で埋もれてしまうことになる。見るからに逞《たくま》しい偉丈夫になっている義仲は、逸《はや》りに逸って、さっそく挙兵の準備に取りかかった。

そんな義仲の許に、従兄《いとこ》頼朝の挙兵が噂となって伝えられた。

三

治承《じしょう》四年六月二日、ちょうど以仁王の挙兵騒ぎが片づいて間もない頃のことだが、入道相国《にゅうどうしょうこく》清盛は、突如として、兵庫《ひょうご》福原《ふくはら》への遷都《せんと》を強行した。

これはむろん以仁王に味方した園城寺《おんじょうじ》や興福《こうふく》寺といった寺院勢力との直接対決を避けるため

だが、比叡山延暦《ひえいざんえんりゃく》寺を筆頭とする僧兵の圧力を武器とする政治介入を躱《かわ》すためでもあった。山を下ると、すぐ宮廷のある京都とちがって、兵庫福原となると、いかに強勢を誇る僧兵とはいえ、そこまでは強訴《ごうそ》に押しかけてこない。

しかも宋《そう》船を兵庫に誘致して、つい目の前で交易が行なえるという利点もある。いわばそれは、なにかとうるさい宗教勢力を遠ざけて、経済を重視しようという姿勢だった。

輸入したおびただしい宋銭を、都まで運んでいく苦労を思えば、兵庫福原は、便利である。

そんな利点を数え上げて、清盛は遷都を正当づけようとした。

安徳《あんとく》幼帝は、母の徳子《とくこ》（建礼門院《けんれいもんいん》）に手を引かれて、なんの不満もなく輿《こし》の上で睡っておられたけれど、御父高倉《たかくら》上皇、さらに祖父後白河法皇となると、胸中に渦巻く憤懣《ふんまん》と憎悪を抱いての動座《どうざ》となった。

天皇法皇に従って、関白《かんぱく》も参議《さんぎ》も文武百官もみな福原へ遷《うつ》らなくてはならない。

「どんな所か、兵庫福原は？」

「冬暖かく夏涼しく、とれたての魚が食べられるそうな」

「ほう、夏は蒸し、冬は凍える京の逆とは。なんと結構な所でおじゃるのう」

「結構ずくめというのに、みなみな打ちしおれておわすのは、いかなる次第かのう」

古い習慣《しきたり》を身上とする殿上人《てんじょうびと》が、文句たらたら兵庫へやってくると、たしかに海は明るく、風も涼しく、魚も豊富らしいが、肝腎の都そのものは、どこを探しても見つかりそうになかった。

「これが一条通と申すのなら、あれが二条、その向こうの砂地が三条、つづく渚《なぎさ》が五条として、六条、七条は海の中、これでは内裏《だいり》もなければ、政庁もなく、ましてわれらの住居は、乾した漁網の下とでも申すのかな」

折りから、夏に向かう季節のことなので、なんとか雨露を凌《しの》いでいるうちに、病気や法要を口実に、有力な公卿《くぎょう》たちは、ほとんど都へ帰ってしまった。

そして十一月十三日、ようやく内裏は建ち上がったが、儀式を行なう大極殿《だいぎょくでん》も宴会用の豊楽《ほうらく》殿もなく、宮廷の行事は止まったままだった。しかも南都（興福寺）北嶺（延暦寺）の両勢力が、還都しなければ山城《やましろ》と近江《おうみ》を占領するぞといって脅したので、さすがの清盛も我を折った。

その矢先に頼朝挙兵の急報が届いたのである。

福原の都は、六月二日の遷都宣言から十一月二十三日の還都令まで、わずか半年間の短い生命に終わったけれど、和田《わだ》の泊《とまり》（港）に、清盛が造らせた人工島、経《きょう》ヶ島は日本初の海中工事といってよく、海に石を投げ込んで島をつくり出すという画期的なものだった。

これは人工島によって吹きつけてくる風波を避けるためだった。なにぶん難工事のため、白馬に白い鞍《くら》を置いた上に童子を乗せて人柱としたとも伝えられている。

清盛が工事の遅れを歎いて、西海に落ちていく夕陽を呼び戻すため、扇《おうぎ》で煽《あお》いだというのもこの時のことで、生暖かい潮風を受けて渚に立ちつくす清盛入道の姿が、磯人の眼に映ったのもこの時のことである。

しかし頼朝謀叛とあっては海のほうばかり向いているわけにはいかない。

公卿僉議《せんぎ》のうえ、小松権少将維盛《こまつのごんのしょうしょうこれもり》が大将軍に、薩摩守忠度《さつまのかみただのり》が副将に選ばれて、頼朝征討に出発することになった。ところが石橋山で頼朝敗走との報告が入ったので、これなら大事あるまいと油断しているうちに、日時がいたずらに空費された。

そのうえ、この治承四年は大凶作で、とくに近畿《きんき》地方は食糧難に喘《あえ》いでいた。となると、兵糧《ひょうろう》の調達が難しく、しかも家族を養いかねている農民を狩り集めて雑兵《ぞうひょう》に充《あ》てようと思うと、並の手段では集まらない。

ようやく頭数を揃えても、兵糧がなくては働かず、四苦八苦しているうちに九月になってしまった。

秋風立つ福原を発《た》った三万の討伐軍は、九月十九日、京へ入った。都には食物がないので、なんとか食糧のありそうな東海地方へとたどり着いて、三河《みかわ》から駿河《するが》に達した時は七万にふくれ上がっていた。

興津《おきつ》の清見《きよみ》ヶ関《せき》には、清見寺《せいけんじ》の前身ともいうべきお堂が建っていたので、維盛はそこを本陣として、大軍に休息を命じた。

秋も末に近い陰暦十月十六日のことである。

「今なら東国へ攻め入ることも可能であるが、遅れなば雪が難敵となろう」

二十三歳の維盛は血気に逸《はや》っていた。

頼朝が、坂東武者を引きつれて鎌倉へ入ったのが十月六日のことだった。

この頼朝の許に平家の大軍来たるの報告がもたらされ、さらにつづいて東国から陸奥《むつ》へと噂が伝わってきた。

北方の王者藤原秀衡《ひでひら》は、頼朝挙兵につづく平家の来襲と聞いて、義経の意向を尋《たず》ねた。

「はい、鎌倉へ馳せ参じたいと思います」

ここで参陣しなければ時機を失すると考えた義経は、この時二十二歳になっていた。

平氏軍の侍《さむらい》大将上総守忠清《かずさのかみただきよ》は歴戦の勇将だが、とにかく前進することしか念頭にない総大将維盛をなんとか引き留めて、富士《ふじ》川のほとりに陣を布《し》いた。

広い砂洲《さす》の間に清流がいく筋にも分かれて、きらきらと秋の光を弾《はじ》き返している。

富士山を初めて仰ぐ平氏軍は、これが噂に高い麗峰かと、初めはおとなしくしていたけれど、三日目に富士が曇ると、さっそく遊女を呼び込んで、帷《とばり》の中で組んずほぐれつに忙しい。

ところが、その間に駿河の目代《もくだい》橘遠茂《たちばなのとおしげ》が甲斐源氏の武田《たけだ》や安田《やすだ》と戦って討死してしまった。

「なに目代が……」

侍大将忠清は、これはいかんと眉《まゆ》を曇らせた。目代は、いわば各国の目付役であり現地の代官のようなもので、これがいるといないとでは、食糧の確保や情報の蒐集《しゅうしゅう》に不安が生じ、現地の住民を味方につけることも難しい。そのため頼朝が二十万の大軍を率いて鎌倉を出発したという報告を聞いても、真偽をたしかめられなかった。

――これではなんともならんわい。

さっそく物見を各方面に出したが、その間平氏の将兵は、ゆるみきって遊女の奪い合いをしていた。

いっぽう頼朝は、今や東国の支配者といってよく、石橋山で戦った大庭景親も、打ち首覚悟で降伏してくるというありさまだった。さらにかつて敵対した伊東祐親《すけちか》についてもそこは勝者の寛容で、頼朝は許してやった。

というのも人心をつかむためで、さすが大将軍と、安心して誰もが傘下に馳せ参じられるように、もっぱら人気取りに努めていた。

そんな風評はすぐ奥州の藤原秀衡の耳にも届いて、よしこれならば義経が鎌倉へ向かっても大丈夫というので、彼は、佐藤継信《さとうつぐのぶ》、忠信《ただのぶ》の兄弟をつけてやった。

そこで二人に義経のあとを追わせたけれど、表向きは、あくまで義経が一人で平泉《ひらいずみ》を脱出したことにしておいた。というのは、もし兵をつけてやったなら、頼朝にかえって警戒心を起こさせるかもしれないし、さらに頼朝という叛逆者《はんぎゃくしゃ》に味方したといって、都の平氏や宮廷から責められることにもなりかねない。

陸奥守という官職の手前、秀衡は積極的に流人の頼朝や逃亡者でもある義経の後ろ楯《だて》にはなりにくかった。

しかし今を措《お》いて、源氏の旗上げに参加できる時はないと感じて、九郎義経は奥州路を鎌倉めざして走っていった。

その頃、富士川を挟《はさ》んで源平の大軍が対峙《たいじ》していた。

やや高みから富士川の対岸を眺めやると、源氏の白旗が右に左にと馳せちがって、いかにも活気があった。

「二十万か……。この世の中に二十万の大軍があろうとは思えぬが、あれを見ると、まことやもしれぬな」

「おまけに東国の馬は力があって、武者もみな勇者ぞろいとか……」

「聞けば聞くほど恐ろしや、その坂東武者がわれらの三倍もあれにおるのじゃぞ」

対陣しただけで、寄せ集めの平氏勢は、すくみ上がっていた。そこで総大将の維盛は、勇者として聞こえた斎藤実盛《さいとうさねもり》を招いて、坂東武者の武力について設問した。

「頼朝勢に、その方ほど弓の引ける武者は何人ぐらいおろうかのう」

「これはしたり。それがしなど、とても強弓の持ち主とは申せませぬ。東国では、三人張《ば》り五人張りの弓をもつのが普通で、一矢で三人を倒し、鎧を二領三領重ねて射抜きます。男児は、三歳より弓を引き、朝夕、狩りをして、どこへ行くにも馬に乗りますゆえ、つねに人馬一体、それに戦いにつぐ戦いゆえ、目の前で親兄弟が殺されようが、振り向きもせず敵を討ちまする」

話なかばで、維盛はもうよいと手を振った。酒に溺《おぼ》れて恐怖を忘れたい。うかつに総大将を引き受けたが、生還は期し難いと、酒を切らすのが怖かった。

副将忠度や知度《とものり》、侍大将の忠清も大なり小なり恐怖心の虜《とりこ》となっていた。

まして酒はおろか食糧も十分に行き渡らない雑兵たちは、なんとかして飢饉《ききん》に喘いでいる郷里へ帰りたいというので、脱走の機会を窺《うかが》って、戦意どころか、監督の目を盗むことしか考えていなかった。

十月二十日、もう冬も間近で、富士川の東岸賀島《かしま》に陣取った頼朝軍は、いよいよ明日は決戦と、それぞれ弓矢の手入れに余念がなかった。

だが、常陸の豪族佐竹義政《さたけよしまさ》や上野の足利《あしかが》一族が姿を見せないのが気がかりだった。けれどその不安を打ち払うように木曾の義仲が旗上げをして、信濃から上野の国を窺うようになったので、足利や佐竹を牽制してくれた。そこへ甲斐の武田が横合いから強力な援護を行なった。

二十日、夜陰に紛《まぎ》れて武田信義《のぶよし》は、敵情偵察のため、川筋に明るい兵を先頭に浮き洲へやってきた。できるだけ音を立てまいとしたけれど何百もの鎧武者が河を渡れば厭でも鋭い金属音がひびいた。

第六章　久しからず

一

甲斐《かい》源氏の武田信義《たけだのぶよし》は、自分も同じ源氏の嫡流《ちゃくりゅう》というので、頼朝《よりとも》の指揮下に入るより独自の行動をと、夜陰に紛《まぎ》れて富士《ふじ》川を渡ろうとした。

何筋にも分かれて流れる富士川の広い河原や浮き洲《す》には、それこそ何万羽という水鳥が棲《す》んでいた。

そこへ何百人もの鎧《よろい》武者が馬を乗り入れてきたのである。夜の睡《ねむ》りを妨《さまた》げられた水鳥がいっせいに飛び立ちはじめた。それも夜目の効《き》かない水鳥のことなので、ただ周辺を飛び廻るだけだった。

けれどその水鳥の羽音に驚いて飛び起きたのが、平家の軍勢だった。

「敵じゃ！」

「敵襲ぞ！」

寝呆《ねぼ》け眼《まなこ》をこすりつつ、起き上がると、頭上をかすめて水鳥が飛び廻っている。

こりゃいかんと鎧を探したけれど、真っ暗なのでなかなか見当たらない。せめて太刀《たち》をと四つん這《ば》いになっているところへ前線の雑兵《ぞうひょう》が一団となって逃走してきた。

もうそこに敵がきたかというので、鎧も太刀も見当たらないままに走り出し、次から次へと群集心理に駆られて、平氏の大軍の大半が富士川の河原から西へ西へと、なだれを打って逃走を開始した。

河原には置き去りにされた鎧兜《かぶと》や弓、太刀をはじめ、踏み倒されて負傷した遊女や、脚を痛めた雑兵が呻《うめ》きつつ助けを待っている。

その様子を、斥候《ものみ》の兵に探《さぐ》らせた頼朝は、富士川の東岸に兵を集めて、勝鬨《かちどき》を三度挙《あ》げた。

もはや対岸に敵なしというので、頼朝軍は黄瀬《きせ》川まで兵を退《ひ》いて、ゆっくり休息をとっていた。

その旅宿に訪ねてきた若武者が、取り次ぎの兵に、九郎義経《よしつね》と名乗った。

陰暦十月二十一日、空は抜けるようによく晴れていたけれど、吹き抜ける風は冬の前ぶれを思わせた。

「なに、九郎義経だと……。年の頃から察するに奥州の九郎かと思われるが、これへ通すがよい」

旅宿といっても鎮守の社《やしろ》を借りての仮りの宿所だった。これへと神主の住まいに導かれて、九郎義経は、物心ついて初めて肉親の兄に出会った。

異腹とはいえ、兄は兄である。

「遅参いたしましたが、ただいま参陣つかまつりました。九郎義経でござる。なにとぞよろしくご教導くださいませ」

「よく参った……」

しかし頼朝は諸将の手前か、手を差し伸べたりはしなかった。

義経は、これまで兄弟と相会《あい》うことなく過ごしてきたので、初めて対面する頼朝から、せめて肉親の情を感じ取りたいと期待した。目と目が合うと、すがりつく思いで義経は気持ちを通わせようとして見つめたが、ふっと頼朝に外《そ》らされてしまった。

――どうして……。

なぜ受けとめてくれないのかと、もう一度見つめたけれど、やはりこの異母兄は、視線の合うのを避けたようだった。

――なにが気に入らないのだろうか。

義経は、うなだれたが、頼朝は、

「疲れたであろう、向こうで休息いたせ」

と、こんどは連絡にきた武者のほうへ向き直った。

しかたなく義経は本営をあとにした。たしかに自分は参戦のために駆けつけた。けれど合戦をしたいからここへきたわけではなく、兄との血のつながり、懐かしさを求めてやってきたのである。

だが兄はいまや坂東《ばんどう》武者たちの政治的な象徴となっていて、個人的な感情をどこかに忘れてきたらしい。

以来、義経は、鎌倉殿《かまくらどの》（頼朝）の配下に属して、「九郎主《ぬし》」と呼ばれる部将の一人となって、政所《まんどころ》（役所）に詰める身となった。

その頃、木曾《きそ》谷で兵を挙げた義仲《よしなが》は、伊那《いな》谷の笠原頼直《かさはらよりなお》と戦って勝ち、そのまま勢いづいて信濃《しなの》に進軍して、父義賢《よしかた》が勢力圏としていた関東地方へ入ろうとした。

すると、同じく関東を堅めようとしていた頼朝が牽制して、これ以上進んだなら、従兄弟《いとこ》同士だが、容赦《ようしゃ》はしない、討ち平《たいら》げるゆえ覚悟せよと申し渡した。

その権幕《けんまく》に恐れをなして、義仲は、十一歳になっていた嫡子《ちゃくし》の義高《よしたか》を人質として差し出した。

そして関東や東海地方に兵を進めないから、同族相討《あいう》つことだけは避けようと和解の道を選んだ。

そこで頼朝は、自分の長女大姫《おおひめ》の許婚者と定めた。

こうして頼朝との衝突は避けられたが、どうしても平氏を討ちたいという功名心に逸《はや》っていた義仲は、それなら北陸側へ出てやろうというので、信州善光寺平《しんしゅうぜんこうじだいら》から日本海岸めざして進出することにきめた。

ちょうどその頃、都では、清盛《きよもり》が、天皇、上皇、法皇を奉じて、元の都へ戻ってきた。

天皇は、藤原邦綱《ふじわらのくにつな》の五条東洞院《ひがしのとういん》の第《てい》に、高倉《たかくら》上皇は平頼盛《たいらのよりもり》の邸《やしき》に、後白河《ごしらかわ》法皇は六波羅《ろくはら》の邸へ、それぞれ入られて、平家一門の監視下に置かれていた。

源氏東国に挙兵、富士川の敗戦とつづいて、清盛は危機感を募《つの》らせていたのである。

富士川の対戦で、水鳥がいっせいに飛び立つ羽音に睡りをさまされた平氏勢は、すわ敵襲と浮足立って総崩れとなった。

そのまま立ち直るいとまもなく、都へ逃げ帰ろうとした平維盛《これもり》たちは、近江《おうみ》の国で待ち構える源《みなもと》義経の軍勢に攻め立てられて、生命《いのち》からがら逢坂《おうさか》山を越えた。

この源義経は、北近江の山本山《やまもとやま》を本拠とする近江源氏の一統で、山本（下《もと》）義経とも呼ばれていた。

当主の義経は、かつて都にあって宮廷の御用を務めていたことのある中年男だが、都ではかなり知られた存在だった。

その他各地の武士勢力が勢いづいて、北陸や東海方面から運ばれてくる荘園《しょうえん》（私有地）の貢納品や物資の輸送を妨げたため、都の貴族は、それこそ生活の脅威とばかり戦々兢々《きょうきょう》としていた。

そのうえ、比叡《ひえい》山や園城《おんじょう》寺の僧兵たちも平氏軍に対して反抗をつづけているので、都は物情騒然と、これまた浮足立ってきた。

この情勢に加えて、南都奈良の東大《とうだい》寺や興福《こうふく》寺の勢力も、反平氏の旗色を鮮明にして示威行動をつづけている。それはにわかに起こった危機状況だが、その根底に、平氏政権の独断専行に対する長年の反感反撥《はんぱつ》の気運が高まってきたからで、これは放っておけぬぞと、清盛は一門一族に危機を訴えた。

しかし長年栄華栄達に馴《な》れて、増長しきっていた平氏の面々は、つい目前に迫ってきた危機に対処する心構えがいっこうに見受けられなかった。

治承《じしょう》四年（一一八〇）十二月十八日、清盛は、後白河法皇の幽閉を解《と》いたばかりか、院政の再開を要請した。

政権返上、もはや平氏一門では国政を執《と》ることができませんというのは、国政担当者として敗北を宣言したことになる。

けれどそんな平氏に対する藤原貴族の反応はまことに冷淡なものだった。

——おのれ、これだけ譲歩しておるのに……。

清盛はいまや明けても暮れても憤《いきどお》ってばかりいるようなものである。

こんな時、いつも冷静に進言してくれた重盛《しげもり》はすでに亡《な》く、残る子息や孫たちは増長慢心しきっているので、頼りにならぬことおびただしい。

——よし、こうなれば、いま一度、平相国《へいしょうこく》の威勢を示すよりほかに道はあるまい。

清盛は、まず南都興福寺を標的として選んだ。というのは、興福寺の衆徒が、毬杖《ぎっちょう》の木球を、平相国の頭と称して叩いて踏みつけたりして騒いでいたためだった。

二

奈良興福寺は、藤原氏の氏寺《うじでら》として知られ、大和《やまと》一円を支配していた観のある大勢力だった。

この衆徒が、自分たちのつい目の前で、興福寺を頼んできた以仁王《もちひとおう》を惨殺され、さらに清盛がこの南都の勢力との対決を避けて兵庫福原《ふくはら》に遷都《せんと》したため、もはや黙っておれぬとばかり反抗の姿勢をあらわにした。

さらに清盛が派遣した大和の長官を襲って、一行六十人を討ち取って、その首を猿沢《さるさわ》の池のほとりに晒《さら》したと聞いて、彼の興福寺に対する憤りは歯止めを失った。

「衆徒を刺戟せぬよう、武装せずに大和へ入れと、こちらは心遣《づか》いを示したのに、その無抵抗な者たちを虐殺するとはなんたる暴挙ぞや」

これが僧侶のすることかと、清盛は、ただちに頭中将《とうのちゅうじょう》重衡《しげひら》を呼び寄せた。彼は、清盛の正室時子《ときこ》の生んだ四番目の男子で、この時、二十五歳になっていた。

重盛亡きあと、重衡は、東奔西走《とうほんせいそう》して、傾きかけた平家の屋台骨を支えてきたのである。

「重衡、南都の暴挙、これ以上許してはおけぬ。懲《こ》らしめて参れ」

「はい、二度と立ち上がれぬようにいたしましょうか」

「よかろう、これ以上増長させては、園城寺、叡山もまた呼応しよう。直ちに進撃いたせ」

命を受けて、重衡は、さっそく四万の大軍を率《ひき》いて、奈良街道を、怒濤《どとう》のごとく南下していった。

ちょうど奈良へ入る手前に砦《とりで》のごとくそびえ建っている般若寺《はんにゃ》で、楼門と十三重の石塔が人目を惹《ひ》いた。この般若寺と奈良坂の頂上を防衛の拠点として、興福寺の僧兵約七千人が待ち構えている。

ここを破れば興福寺はつい目前である。

「それ！　高《たか》が僧兵ごときなにほどのことやあらん。かかれ！」

富士川へ向かった維盛は連戦連敗の弱将だが、この重衡はいまだ戦って敗れたことのない常勝将軍だった。

下知《げち》に応じて平家軍四万が、雪崩《なだれ》を打って般若寺に討ち入った。

しかも騎馬武者が縦横《じゆうおう》に馳《は》せちがって、僧兵軍を蹴散《けち》らしたから、さしも勇敢な僧兵もしだいに勢いを失っていった。

あとひと押しというので、重衡は夜戦《よいくさ》に入って火をかけよと命じた。その下知を受けた播磨《はりま》の住人福井庄《ふくいのしよう》の二郎大夫友方《ともかた》は、おのれの楯《たて》を踏み割り、これを松明《たいまつ》として、民家に火をかけて廻った。

陰暦十二月二十八日といえば厳冬の真っ最中、まして北風が吹きすさんで、火は風を呼び、風は炎を煽《あお》って、夜空いちめんに金粉を振り撒《ま》いたように火の粉が散乱して、次々と伽藍《がらん》に火がついた。

老僧や稚児《ちご》や女、子供は、大仏殿に逃げ込んで恐れおののいていたけれど、そこへ烈風に運ばれて火魔が燃え拡《ひろ》がってきたため、逃げ場を失って泣き叫んでいるうちに、さしも広い大仏殿も煙にみたされ、殿内は焦熱地獄と化して、千余人が焼け死に、天下に名高い大仏が溶け落ちていった。

さしも壮麗さを謳《うた》われた興福寺の天平《てんぴよう》の堂塔を含む伽藍《がらん》群は火魔の暴威のままとなって焼け落ち、一夜で三千五百余人が生命《いのち》を失ったばかりか、たった一夜で奈良はすべて焼土と化し、大寺も名刹《めいさつ》もみな灰となって、生き残った人たちは声もなく立ち尽くしている。

東大寺を創建された聖武《しようむ》天皇は、

『わが寺興福《こうぶく》せば、世間興福し、わが寺衰微せば天下も衰微すべし』

と言われたそうだが、その東大寺も興福寺も、武人たちの手にかかると、たちまち焼け跡《あと》となって、跡かたもなくなった。

治承五年（一一八一）の正月は、東国の謀叛《むほん》と南都の火災のため、朝拝《ちょうはい》も停止され、主上《しゅじょう》の出御《しゅつぎょ》も舞楽もなく、藤原貴族たちは氏寺を焼かれたため、平氏が取り仕切っている朝廷には一人も姿を見せなかった。

火の消えたように淋《さび》しい宮廷に訃報《ふほう》が届いて、高倉上皇が一月十四日、六波羅の池殿《いけどの》で崩じられた。

御年二十一歳、その生涯を通じて清盛の思うがままに操《あやつ》られて、恋すらままならぬうちにはかなく世を去っていかれたことを、誰よりも深く知っていたのが清盛で、なんとも後味の悪い思いで、訃報を聞いたことだろう。

あくまで我意を押し通そうとして、人を押しのけ追いやってきた清盛だが、たとえ他人の痛みはわからなくても、自分の行く手がなんとなく侘《わび》しく思えてきたのだろう、宿敵の後白河法皇に、いまさらのごとく手を差し伸べてきた。お互いに権力も財力もありあまる身の上なので、贈り物にされたのは美女だった。

清盛がせっせと通った厳島《いつくしま》の内侍《ないし》が生んだ娘が、いまは花盛りの十八となったので、上臈《じょうろう》や女房《にょうぼう》をたくさんつけ、公卿殿上人《くぎょうてんじょうびと》に守られて、後白河法皇の許《もと》へ、一般でいう輿入《こしい》れをした。

それが高倉院の没後、わずか十日ほどというので、宮廷では眉《まゆ》をひそめる人が多かった。ところでそうなるとエマは心中穏やかではなかった。

木曾福島《ふくしま》より木曾川を下っていけば、やがて尾張《おわり》の国である。そこまでくれば京は近い。けれど、その尾張は、鎌倉を本拠地とする東国の王鎌倉殿頼朝と京を結ぶ道筋にあって、木曾義仲にとっては禁じられた土地であった。そこで南下して海へ出られぬ以上、北へ迂回《うかい》して北陸道を近江、京と進むより京へ出る道はなかった。

木曾義仲がこの時、自分の行方を阻《はば》む最大の敵として意識したのは、越後《えちご》の城《じょう》助永《すけなが》、助茂《すけしげ》の一族だった。

平氏はこの城助永を越後守に任じて、どうでも木曾軍を信州内に閉じ込めておくようにと命じた。

けれど助永が病いに倒れたので、弟助茂がかわって、兵一万余を率いて信濃へ侵入を開始した。

それを知った義仲は配下の井上光盛《いのうえみつもり》を、別動隊として城軍の背後に潜入させた。平氏軍に見せかけるため、彼らは赤旗を掲《かか》げて、千曲《ちくま》川の横田《よこた》河原で、城軍と戦って敗走に追い込んだ。

さらに伊予《いよ》の国では河野《こうの》水軍で知られた河野一族が源氏方に寝返り、九州では緒方《おがた》三郎、臼杵《うすき》惟隆《これたか》など、ことごとく平家に背を向けたと伝えられ、海の回廊と称された瀬戸内海も、今や平家の牙城《がじょう》とはいえなくなってきた。この様子にたまりかねた入道《にゅうどう》相国（清盛）は、自ら兵を指揮して、頼朝を討とうと言い出した。

「このままでは、諸国の兵に背《そむ》かれることになる。ここで頼朝を倒さねば、平氏の天下保《たも》ち難し」

そう看《み》て取った清盛の観察はまことに鋭かったが、もはや今の平氏には、いや現在の清盛には、それだけの体力が失われていた。

平氏は前右大将宗盛《むねもり》を、源氏追討《ついとう》軍の大将に任命しようとした。ところが清盛が高熱を発して倒れたため、それどころではなくなった。

なにしろ恐ろしい熱病で、水一滴咽喉《のど》を通らず、体内の熱気は、まるで火を焚《た》いているのかと思うばかりだった。そのため清盛の病室へ入っただけで、見舞い客まで熱気を受けて、身体《からだ》が汗ばんできた。

むろん清盛自身は、それこそ全身茹《ゆ》だったごとくで、ただ、うわ言のように、

「あた、あた……」

と呟《つぶや》くのみだった。

北の方時子《ときこ》、その兄時忠《ときただ》などが、医師や陰陽師《おんみようじ》を招いて対策を練ったけれど、どうにも手がつけられない。そこで霊水の聞こえ高い比叡山東塔の山王院千手堂《さんのういんせんじゆどう》の清水を運んできた。

うわ言のように入道相国清盛は呟いた。

「われ亡きあとは、堂塔もいらぬ、孝養も不要、ただただ頼朝の首を打ってわが墓に供えよ」

火傷《やけど》しそうに熱いその身体を板の上に乗せて、傾けた板の上から、千手堂の霊水を注ぎ込んだ。

身を切るように冷たい霊水が、清盛の坊主頭にふれたとたん、じゅんと音がしたかと思うほど、湯気が立ち昇って、霊水がたちまち熱湯と化したのである。

「暑い……。暑い……」

苦しみもだえつつ、清盛は何度もはね上がった。何日も高熱に苦しんだ老体のどこにこんな力が残っていたのかと思うほど、はね上がり、身もだえつつ、やがて清盛はあっち死《じに》を遂《と》げた。

人々は恐ろしいことだと口々に噂《うわさ》しながら、それでもこの異常な死は、経《きょう》ヶ島造築の折り、沈む夕陽を呼び返そうとしたためであり、南都を焼いて多くの人を死に至らしめた罪によるもので、業火《ごうか》に灼《や》かれたのだと囁《ささや》き合った。

強権をふるいおのれの意のままに天下を支配した者は、それだけ業《ごう》が深く、その死もまた苦しいものである。

亡骸《なきがら》は、愛宕《あたご》にて荼毘《だび》に附《ふ》された。入道相国は一筋の烟《けむり》となって都の空にたゆたいつつ空に消え、その骨は、円実法眼《えんじつほうげん》が頸《くび》にかけて、兵庫経ヶ島に納めた。

その夜、金銀をちりばめ、珠玉で飾った西八条殿《でん》は、誰の仕業《しわざ》か火を発してたちまちのうちに焼け失《う》せていった。

その直前に、異相黒衣の男女が十数人、邸館のあちこちを走り廻って金銀財宝を掻《か》き掠《さら》ったあとに、火をつけて廻ったとの証言もあった。

さらに六波羅の南のあたりから、二、三十人の声がひびいて、

「うれしや水、鳴るは滝の水……」

と歌いつ舞いつしたという。

一月に高倉上皇が、そしてそれからわずかな間に清盛入道が生涯の幕を閉じて、世の中が一変しそうな気配が濃厚となってきた。

だが、清盛が死のうが、平氏の世が源氏に変わろうが、すこしも変わらないのは、諸国の農民や漁夫の暮らしだった。

三

丹後《たんご》一の宮、籠《この》神社の境内の狛犬《こまいぬ》のかたわらで睡っていた少女が、ふと目を覚ました。

無言で立ち上がって、海の碧《あお》、空の青をしばし見つめて、ゆっくり歩き出した。

渚《なぎさ》で遊んでいた蟹《かに》たちが急いで道を開いたが、少女はほとんど土を踏んでいなかった。

なぜ、あんな夢をみたのだろうか。ミナは、やわらかい春の陽射《ひざ》しを浴びて、天《あま》の橋立《はしだて》の松原を歩みつづけた。

そこは丹後の国、なかば海に囲まれ、残りは山また山と盆地がすこしあって、一年を通して雨が多く、冬は、雪おろしに追われた。けれど山地より、海辺のほうがすこし過ごしやすかった。

ところでミナが、丹後一の宮籠神社の狛犬のかたわらでひと休みしていたのは、この日、養い親の遺品をもって、養母の郷里である伊根《いね》へ届けに行ったからだった。

——もうこれで、なんの縁もなくなった……。

養母がこの世にいなくなってしまえば、この丹後の国に住んでいる必要もなくなった。

これからどうしよう。かつては不思議な能力をもつ童女だったが、いまはもう背丈《せたけ》も大人とほぼ同じくらいになっている。

そのかわり他人の運命を読んだり、遠くの出来事を透視したり、相手の行動を封じたりするような異能の力は、できるだけ封じて、目立つまいとした。

ふつうに振る舞って、病床についている養母に孝養を尽くすことだけを心がけてきたのである。

山ふもとに鎮座する籠神社の狛犬の台座に腰かけて、携《たずさ》えてきた屯食《とんじき》(間食)をすませ、春日をあびてうつらうつらしていた。

すると、突然、瞼《まぶた》の裏にこんな情景が浮かんできた。それは四つの頃から姉のように自分を庇《かば》ってくれたシイちゃんの住居だった。小屋がけのたった一間《ま》の侘《わ》び住居だったが、そこへ見知らぬ男がやってきた。

「シイちゃんの母親というのは……」

「はい、私ですが、なにか……」

「娘さんが崖《がけ》から転んで大怪我《けが》をした。すぐきてくれないか」

「はい、それで娘はどこにいるのでしょう」

「案内《あない》するゆえ、とにかくすぐきてくれんか」

「はい、ちょっと支度を……」

娘の着替えや、消毒に使う酒や布を袋に詰め込んで背中に背負った母親は、十六の時に娘を生んだというから、まだ三十ほどで、色香が、ちょっとしたしぐさの端々に匂いこぼれていた。そんな姿を、じっと入口の陰から見つめている男の横顔に、邪心が現われて、にやりとした。

――ああいけない。あの人についていくとひどい目に遭《あ》う……。

ミナは背筋が寒くなった。

この一の宮から宮津《みやづ》まではどんなに急いでも一刻《とき》近くかかりそうだった。むろんミナはその半分以下で、帰れたけれど、それでも怪《あや》しげな男につれ出されて東へ向かったシイちゃんの母親に追いつくのは容易ではなかった。

それに、シイちゃんその人の身の上も案じられた。まだミナの力では、そこまで見透《とお》せなかったけれど、なにやら不吉な気配がしきりだった。

――いったい、どちらを先にすべきだろうか。

そんな迷いもあって、まだ世間のことや、物事の軽重についての判断が十分とはいえなかった。

昼下がりのことなので、浦人も海上には見当たらず、あたりはシーンとして、耳を澄ますと、寄せては返す浦波の囁きが聞こえてくるばかりだった。

昔、伊邪那岐《いざなぎ》、伊邪那美《いざなみ》の神が、高天原《たかまがはら》への通り路とされていたのがこの橋立だという伝承があるけれど、春霞《はるがすみ》に包まれて、松原道は朧《おぼろ》だった。

磯の香《か》に包まれて、早くもミナは文殊《もんじゅ》のあたりにやってきた。

この切戸《きりど》の文殊は、大和安倍《やまとあべ》、出羽亀岡《でわかめおか》の文殊と並んで、日本三文殊の一つとされている。大同《だいどう》三年（八〇八）、平城《へいぜい》天皇の勅願による創建と伝えられる小さな文殊堂の前でミナは掌《て》を合わせた。

いつもは、木ノ花《このはな》一族をお守りくださいと念じるのだが、今はシイちゃん母子の無事を祈った。

裾《すそ》についた砂を払って立ち上がると、社前にやってきた法師《ほうし》が、驚きの声を挙げた。

年の頃は三十なかばだろうか、頭を丸めていると若く見えるものだが、華奢《きゃしゃ》な身体つきの背中に背負った琵琶《びわ》の袋が、ひどく大きく感じられた。

「真名《まな》さま……」

小さく呟いた。讃美と無限の懐かしみのこもった音声だった。

「どうして母の名を……」

「昔、お世話になりましたゆえ」

「それで、似ているんですね、母と私と……」

見つめると、ミナもまた懐かしさがこみ上げてきた。初めて出会った、見も知らぬ相手なのに、生まれる前からよく知っている、いや血のつながりさえ感じられて、しきりに胸騒ぎがしてならないのである。

「どなたでしょうか」

問いかけて、ミナは生まれて初めてどきどきした。

「私はミナと申しまするが、お名前をお聞かせくださいませ」

この見知らぬ法師との間には、なにか深いつながり、存在の根元にかかわるような仔細《しさい》をもっているように思えてならないのである。

けれどもどかしいことに、心のどこを探してもこの人物の記憶も手がかりもみつかりはしない。

早くシイちゃん母子を救《たす》けに行かなくてはと思いつつ、それでも今ここで偶然行き会ったこの人との出会いも、自分にとってはとても大切だという思いがしきりだった。

「私は一覚《いっかく》という旅の法師だが、今どこにお住まいかな」

「宮津です。でも、母が亡くなりましたので、このあと、どこに住むか、まだきめておりません」

「亡くなられた？　いつのことだね」

「二十日ほど前のことです。でもそれは養い親でして、生みの親の真名は、私が生まれて間もなくみまかったそうで、物心ついた頃には養い親の許におりました」

「それが宮津だというのだね」

「はい、親も兄弟も、身内の者もおりませぬゆえ、なにを、どうすればよいのか……」

「木ノ花の一族について聞いたことはないのかね」

「はい、夢の中に母が現われて話してくれました」

「夢に出てくるのだね……」

真名さまらしいと、一覚は何度もうなずいた。そのいかにも人のよさそうな仕草に、ミナは、危険に遭っている友人の身の上を思い起こした。

「お坊さまは、どちらにお住まいですか」

「私は旅法師だから、定まった住居もなく、寺から寺を廻っている身の上です」

「これからどちらへお出かけでしょうか」

「しばらくご無沙汰《ぶさた》しているので、都へ一度、戻ろうと思っている」

「都へですか。じつは、仲よしの友達が、悪者にどこかへつれていかれようとしているので急いでいるのです。本当はゆっくりお話をお伺《うかが》いしたいのですが……」

「なるほど、それでそわそわしていたのだね」

「申し訳ありません。勝手なことを言いまして……」

「いや、いや、では、急いで行ったほうがいい」

初めて会ったばかりなのに、もう別れが迫っていた。

人の世は奇妙なものだった。思いもかけない時に、思いもかけない人に出会って、どうやらその人は自分の母のことや、出生の謎について知っていそうなのに、ゆっくり尋《たず》ねている暇がないのである。

それに智恵の文殊で、ずいぶん暇取ってしまって、もうシイちゃんの母の行方を捜すことが難しくなってきた。

どうしてこんな時に、よりによって、こんな大事な人にひょっこり出会ってしまうのだろうか。それもほんの立ち話で先を急がなくてはならないなんて、なんて人の世はままならぬものかと、ミナは吐息をついた。

「さあ、早く行っておあげ。またいつか会えるだろう、元気で生きてさえいれば……」

「ええ、でも、またいつお会いできるか……」

「なァに、近々会えるとも……。そう念じている。くれぐれも身の上に気をつけてな……」

「はい、あなたさまも、お身大切に……」

「ありがとう。そなたも……」

互いに見交わしつつ、名残《なご》りを惜しんで、右と左に袖《そで》を分かった。

一覚は、どうしてもっとはっきり自分のことを告げなかったのか、それになぜいっしょについていってやらなかったのかと、自分を責めた。

けれど人それぞれに道がある。その妨げになってはいけない。

――私はあくまで、陰の存在なのだから……。

軽く首を振った一覚は、背中の琵琶を揺すり上げるようにして、ふたたびいずこへともなく立ち去っていった。

その頃、ミナは海沿いの道を宮津へと急いでいた。

寄せては返す磯波が、磯岩にぶつかって、白い波の花が散っている。

すこし脚を早めて、自分たちの住居のあるあたりまで帰ってきたけれど、ミナの遠視力では、シイちゃんの母の所在がわからなくなっていた。

ミナは、養い親と住んでいた家に戻って、自分の着替えと当座の食べ物を用意した。もうここへは戻らないかもしれない。そんな気がしたので、飛ぶ鳥あとを濁《にご》さずと、誰があとへ入ってもよいように自分たちの使っていた物をひとまとめにしておいた。といっても簡単な鍋や椀《わん》、衣類を入れた柳行李《ごうり》に針箱がある程度で、これ以上簡素な暮らしはあるまいと思われた。支度もすぐすんで東へと道をとったのは、シイちゃんが今日は由良《ゆら》へ行ったと聞いていたからだった。

もう夜がついそこまで迫っていた。

それにしてもさっき出会った一覚という旅の法師が、どうしてこんなに気になってならないのか、ミナは不審を覚えた。

生みの母の世話になったと言っていたが、年の頃から考えて、自分が生まれる前、つまり真名の生きていた頃、あの一覚は十六、七の若者だったと思われる。

それにあの御坊《ごぼう》は、木ノ花一族のことを知っていた。けれど、かといって木ノ花一族とも思えないのである。

旅法師、それも琵琶を背負っていたところをみると、僧といってもれっきとした僧侶のようには思えない。

——いったい、生母とはどんな縁があったのだろう。

それにあの法師の自分を見る目の輝き、思いのこもった言葉の端々に滲《にじ》む情愛の温かさはとてもただの知人とは思えなかった。

それでも支度がすむと、すぐ東へ向かって歩き出した。

宮津から栗田峠《くんだ》を越えて栗田、由良へと向かう途中で、日が暮れはじめた。春から初夏へかけての黄昏《たそがれ》は、暮れなずむ余光がまだ西空のあたりに残っているのに、もう、足許には夕靄《ゆうもや》が迫って、木々の芽立ちが濃密な空気を醸《かも》し出していた。

春の宵は、ただでさえ悩ましさの漂うもので、木々も草々も、生きとし生けるものの定めとして、繁殖の時を迎えていた。

そんな時、突然、シイちゃんの叫び声が飛び込んできた。

日頃、シイちゃんと呼んでいるが、本当の名前を知らずにすませていたのである。

悲鳴は由良の湊《みなと》へ入る手前の松原あたりからで、そんなに遠くはない。雑念を追い払って頭脳を空《くう》にすると、逃げまどっている彼女の姿が浮かび上がってきた。

男の腕が執拗にからみついて、彼女の衣服を剝《は》ぎ取ろうとしていた。脂《あぶら》ぎった中年男とかねて彼女に言い寄っていた若者が、松林の砂の上にシイちゃんを押し倒そうとした。

――そうはさせない。

一心に気力を一点に絞って送り込んだ。

「痛たッ……」

中年男が首筋に手をやった。若者も首を振って痛がっている。

――早く逃げて！　こちらへ走って……。

直接、シイちゃんの心に呼びかけた。驚きながら、彼女は走り出した。いつもよくそうしていたので、ミナはシイちゃんを心の呼びかけで自分の居場所まで誘導した。

由良の海は、橋立の浜よりも波が荒い。それはたぶん橋立が遠浅《とおあさ》で、ここがそうでないためだろう。

海が暗さのあまり唸《うな》り声を立てはじめると、白い牙を剝《む》いた磯波が浜辺めがけて襲いかかってきた。

にもかかわらず、どうして渚を乗り越えてここまで襲ってこないのだろうか。時には汀線《ていせん》を越すような冒険をするのだろうか。

海があんなに騒いでいるのに、どうして浦人は知らないふりをして睡っていられるのだろうか。

誰もいない海と、たった一人で対しているのが怖いから、せめて夜の闇《やみ》で隠しておくのだとシイちゃんが声をひそめて話してくれたことがあったが、いま、恐ろしい目に遭っているのは彼女のほうだった。

——闇の中では、目をつむって歩いたほうがいいわ。まっすぐ歩いて、そのまま……。もうすこしくると右手に常夜灯の灯《あか》りが見えるから、そこで待っていてね。

それから十を数える間もなく、駆け込んでくる少女の姿が近づいてきた。月夜でもない限り、夜は真っ暗で、一寸先も見えはしない。けれど夜の闇に馴れた人たちは、うっすらと物の形を見分けていた。

「ミナちゃん……」

抱きつかれて、ミナは恐怖にふるえている少女の心を肌で感じた。

生まれてからこのかた十数年間、貧しくとも穏やかな暮らしがつづいていたのに、ある日突然、地震にでも出会ったように、生活そのものが音立てて崩れていったのである。

それもたった一人の身寄り、天にも地にもかけがえのない母親をどこかへつれ去られたのだから、少女にとっては、すべてが失われたのにもひとしかった。

しかも男二人に拐《かどわか》され、手ごめにされるところだった。

なにも言わなくてよい。すべてわかっているからと、ミナは、友人を慰《なぐさ》めつづけた。驚きと悲しみのすべてを吸い取るように包んで、相手の心の痛みを労《いたわ》った。

「夜が明けるまで、ここですこし睡ろうね」

松林に引き上げられた舟かげに坐って、移ろいゆく時の流れを感じていた。

朝のくるまで、なにも考えないで過ごそう。そうすることによって心身の疲れを癒《いや》そうとした。獣が生まれながらに薬草を知っているように、人は誰に教えられなくてもおのれを守る術《すべ》を身につけているものだった。

夜通し渚に挑《いど》みかかっていた海も、暁《あかつき》の光とともに静まって、穏やかな表情をたたえている。

ミナの持参した煎米《いりごめ》を頬《ほお》張りつつ、二人はもう一度、栗田峠を越えて宮津へ戻ってきた。それはひょっとしてシイの母が帰ってはいないかという期待と、身の廻りの品を取りに帰るためだった。

母の姿のない住居は、ただの小屋であり、脱ぎ捨てられた衣服のようなものであった。着替えや日常必要な品を荷づくりしていると、ミナが叫んだ。

「急いで、シイちゃん、誰かくるわ」

「ええ……」

急いで二人は、裏手の林に隠れて、住居を見つめていた。ひょっとして母かもしれないと目を凝《こ》らしていると、のっそりと現われたのは、例の男たちだった。

「あの二人よ。母が怪我をしたからといって、私をつれ出したのは……」

男二人は、母子の住居へ入っていったが、入口に立っただけで裏口まで見渡せるしがない暮らしのことなので、すぐ出てきた。

「帰っとらんな」

「金目《かねめ》の物もなし、しくじったな」

「なァに、いずれ戻ってくる。こんどは逃さんぞ」

捨て台詞《ぜりふ》と未練を残して、彼らは引き揚げていった。

これではとてもここには住めない。うなずき合って、二人は草鞋《わらじ》に履《は》き替えると、南へと道をとった。

それは由良を通る道を避けたからで、まっすぐ南へ南へと向かっていくと、道はしだいに山坂となり、山中へと分け入って、名にし負《お》う大江山《おおえやま》にやってきた。八百メートルあまりの山ではあるが、往還する人もすくなく、登るにつれて心細さが加わってきた。

峠を越えて、河守《こうもり》の里で泊めてもらい、そこから先は由良川に沿って京街道を進んだ。

「あの男たちは、私に、都へ行きたくはないか、母親も向こうで待っておるぞ、などと口走っていたけど、本当に母《かか》さまは、都へつれていかれたのかしら……」

「さあ……。でも行きましょう、都へ、都へ……」

「ええ、都へ行けば……」

そこになにかきらきらした夢が待っているように、少女には思えたのだろう。

丹波亀山《たんばかめやま》（現亀岡）から老《おい》ノ坂を越え、やがて桂《かつら》川を渡ると、つい目の前に都が拡がっていた。だがどこへ行けば泊めてもらえるのか、誰に頼めば収入を得る道がつけられるのか、なんの目算もなかった。

けれど十万人以上の老幼男女の住んでいる、しかも人の出入りのはげしい都にあって、当てもなく、都に憧《あこが》れてくる者や、郷里を逃げ出したり、年貢《ねんぐ》や役人に追われたりした人たちの利便を図《はか》って、法外な利益を得ようとする狼《おおかみ》のような者たちが、そこは抜け目なく網を張っていた。

まだほんの少女だが、彼らの目から見ると花の蕾《つぼみ》とみえるミナとシイちゃんの二人が北野《きたの》天満宮のあたりにやってくると、呼びとめた中年男がいる。

「そこの娘御《むすめご》、丹波からきやはったんやろ」

たちまち言い当てられて、どきりとした。

「それで行く先の当ては？　ないのなら、うちへきなはれ。機織り女《はたおりめ》の世話をしておるゆえ、働き口を世話して進《しん》ぜよう」

渡りに舟とはこのことだった。差し当たりどこに知人がいるわけでもないので、もしなにかあれば逃げ出すとして、とにかく世話になることにした。

そのほんのすこしのつもりが三月《み》経って、ミナは与えられた古い織機で、教えられたとおり機織りの稽古《けいこ》をつづけていたけれど、シイちゃんはすっかり変わってしまった。

庄八《しょうはち》と呼ぶこの家の主《あるじ》が、せっせと織った絹の衣裳を与えたばかりか、舞いや今様《いまよう》（歌謡）を教え込んだ。

「うむ、なかなか筋がよい。それに声もよい」

ほめられると、つい少女はその気になりやすい。すっかり歌舞に興じて、母の居所を捜すことさえ、つい忘れ勝ちとなった。

――いったい、この先、どうするつもりなのだろう。

ミナは庄八の肚《はら》の中を探《さぐ》りかねていた。しかも庄八の妻もせっせと手伝っているので、いきなり危険が及ぶような気配はなかった。

すると夏が過ぎて、突然シイちゃんは、改まった口調でミナにこう告げた。

「私、これからシイちゃんではなく、静《しずか》になります」

「静さんに……」

「ええ、明日ここを出ます。そして別の所で、唄ったり舞ったりする稼業《かぎょう》につくのです」

「でも、そんな……」

「したいのです。そんな暮らしが……」

ミナはあっと思った。たった三月で静は羽化《うか》して、蝶《ちょう》になったのである。

第七章　名残りの袖

一

都には大廈《たいか》高楼が建ち並んで、道行く人も優雅な身ごなしで、絹の衣裳が目に眩《まぶ》しかった。

けれど、ここ四、五年つづいた飢饉《ききん》が、昨年来、一段と激しくなって、春先になっても、花の咲くのが見られなかった。

というのは、花芽が出ると、争って人が毟《むし》り取ったからで、食べられそうな若草はみな食べられてしまった。

「このぶんでは、早苗《さなえ》に使う種籾《たねもみ》もあるまい」

それまで食べ尽くしたとなると、この秋の収穫はまったく期待できないことになる。

「夜分は、外へ出るなよ。人を食う餓鬼《がき》がうろついて、肥《こ》えた子を見かけると、殺して、貪《むさぼ》り食うそうな」

そんな噂《うわさ》が拡《ひろ》まって、夜の都は、幽鬼の世界と化したようだ。

その事情はこの庄八《しょうはち》の住居も同じことで、近頃では、女童《めわらべ》専門の口入れ稼業《かぎょう》もうひとつぱっとせず、かといって、田畑をもっているわけでもないので、衣類をもって、丹波《たんば》の村々へ食物と交換に出かけていった。

かと思うと、近くの紙屋《かみや》川へ女たち総出で、野草や川魚を集めに通った。

無心に芹《せり》や野びるを摘《つ》みつつ、ミナは指先にからみついた草たちの悲鳴と体液に似た青汁に気づいて、ふと手を休めた。

——ごめんなさい。すこしだけ分けてくださいな……。

摘み残したぶんに、枯れ枝をかぶせて、人目につかないようにした。

——こんなに青空が拡がっているのに……。

野も山も川のせせらぎも精いっぱいの夏を生きてみないきいきとしているのに、何の因果か、人間界は餓鬼道に堕《お》ちていた。

——静《しずか》さんは、無事だろうか。

白拍子《しらびょうし》を抱えているのは、貴顕《きけん》の人たちに顔の広い妓館の主《あるじ》なので、おそらく食物に困るようなことはあるまいと思われた。

けれど白拍子は江口《えぐち》、神崎《かんざき》の遊女と同じことで、水干《すいかん》、烏帽子《えぼし》姿で、舞いつ唄いつして、貴人の酒宴に興を添え、その後は酒席にはべって酌《しゃく》をして廻り、求められると寝所で夜の伽《とぎ》を務めた。

自ら好んで、そんな道へ入らなくてもよいのにと思うのに、夜伽の意味も知らない少女のまま、ただ美しい衣裳と歌舞を稼業にという女衒《ぜげん》の口車に乗せられて、いわば罠《わな》に陥《お》ちたようなものである。

——もうあの人は、元へは戻れない。

そう思った時、上流のほうで悲鳴が起こった。それも上流へ摘み草に出かけたアキのようだった。

庄八の内儀《ないぎ》も聞き耳を立てていた。あの悲鳴は、抱えている女童《めわらべ》のアキの声ではなかろうかと、内儀はミナを見た。

「見て参ります」

立ち上がって、灌木《かんぼく》の茂みを分けるようにして上流へ向かった。

丹波の実家で口減《くちべ》らしのために売られて、庄八の家にいるアキは、まだ十三歳だが、近日、娼館へ売り渡されることにきまっていた。

——これでどうやら半年くらいは食いつなげよう。

庄八はほっとしていた。

その次は、おそらく自分を売るだろうとわかっていたけれど、ミナはわずかな間に機織《はたお》りの腕を上げて、いまでは大きな稼《かせ》ぎ手となっていた。だから、十分食費を賄《まかな》い、これまで世話になった恩を返したことになる。そのため庄八夫婦も、ミナを手放せないで、どうやら迷っているらしい。

灌木の茂みの向こうにアキが倒れていた。

「どないしたん？」

駆け寄ると、アキは「アワアワ」と声にならない唇を動かして、左手の川中を指さした。

そこにとても人とは思えない骨と皮だけになった老幼男女が、六人ばかり倒れて水に漬《つか》っていた。

しかも野犬五、六頭が、その腹や肢《あし》に食いついて、毒花のような血潮を水面に散らしているのだった。

内臓を食い漁《あさ》って、長い管のような腸を前肢で押さえて食い千切《ちぎ》っているのを見ると、ミナは胸が悪くなった。

しかし、それを追い払ったところで、また別の犬たちがやってくることだろう。

もうすこし先にも点々と数十人の死屍《しかばね》が散乱していて、そこにも百頭近い野犬が群がっていた。

――これでは摘み草もできそうにない。

アキを助け起こそうとすると、近くにいた野犬が血まみれの牙《きば》を剝《む》いて恐ろしい唸《うな》り声を上げた。今にも食いつくぞというその威嚇《いかく》に、アキはまた金切《かなき》り声を発した。

「さァ、行きましょう」

おびえきっているアキを抱きかかえるようにして灌木の所まで戻ってくると、庄八の内儀が、恐ろしそうに野犬の群れを眺めていた。

摘み草を早々にきり上げて、北野《きたの》天神に近い庄八の住居に戻ってくると、庄八がしきりに荷ごしらえをしていた。

「あんた、なにしてはるんです?」

内儀が金切り声で嚙《か》みついた。

振り返った庄八の顔は、いつになく蒼白だった。

「どないも、こないもあるか。木曾《きそ》がきよるんや」

葛籠《つづら》に詰めかけた衣類には、まだ袖《そで》を通したことのない夏衣がまじっている。

「木曽て？　なんどす？」

「木曽は木曽や、旭《あさひ》将軍と名乗っとるそうや」

「あの木曽どすか……。それがなにしにきますのや？」

「阿呆《あほ》！　都を荒しにきよるのやないか。生命《いのち》あっての物種……。早よ丹波へ逃げよ」

「丹波までできまへんやろな」

「そらわからんけど、ここよりはええやろ」

「けど、住むところがおますのか？　なんぼ暖《ぬく》うなってきたというても……」

「死ぬよりましやろ。ミナやアキもつれていこう……」

「けど、あんた……」

「あれはわしの財産や、いざとなれば分限者《ぶげんしゃ》（金持）に高《たこ》う売りつけたる」

「ほな、すぐ支度しまっさ」

「荷造りがすんだら、ちょっと様子をみてくるよってな」

「へえ、お帰りやすまでに支度をしときますよって……」

もう内儀は、亭主のことより、なにをどう荷づくりしてもっていくかで夢中だった。

そんな主人夫婦のかたわらで、ミナとアキは顔見あわせて、どうなることかと、ぼんやり佇《たたず》んでいた。

戸外へ飛び出していった庄八は、表通りを右往左往する男女の列に、ぎょっとした。

――こりゃ、遅れたわい。

すでにこれだけの人数が丹波路めざして落ちていくのだから、丹波の村々では、自衛のため手に手に鋤《すき》や鎌《かま》をもった村人が村道の出入口に関所をつくって詰めかけていて、

「一人も入れるな」

「押し入ってくる奴は容赦《ようしゃ》なく叩き殺してしまえ」

と、いきまいていることだろう。

――丹波はあきらめたほうがよさそうやな。

といって、南は南で、村々が結束しているだろうし、西へ向かっても事情は同じことだった。

――いっそのこと人家のすくない北山へ分け入って、しばらく様子をみるとするか。

思案していると、一条通の方角から声が上がった。

「おい、煙が見えるぞ。六波羅《ろくはら》の方角や」

六波羅といえば、清盛《きよもり》亡《な》きあと、平氏一門の総帥《そうすい》となった平宗盛《むねもり》たちの邸館のある所だった。

二

越中《えっちゅう》富山《とやま》と越前《えちぜん》加賀《かが》の国境に近い砺波山《となみやま》倶利加羅峠《くりからとうげ》で、暗夜、角につけた松明《たいまつ》を赤々とともした牛の群れを山上より平家側の陣営めざして逆落《さかお》としにさせたため、戦う遑《いとま》もなく平氏側は谷底に折り重なって消滅した。

それが寿永《じゆえい》二年(一一八三)五月十一日のことだった。九死に一生を得た兵たちは、加賀の安宅《あた》、篠原《しのはら》で押し寄せる木曾義仲《よしなか》軍を防ごうとしたが、六月一日、これも押しきられて、もはや北陸路から近江《おうみ》路へかけて、義仲軍と対抗しうる平氏の軍勢はいなくなってしまった。

けれど、近江と京の都との間には比叡《ひえい》山延暦《えんりやく》寺という日本最大の寺院勢力があって、もしこれを敵に廻すことがあっては、都へ入っても安心できない。

そこで義仲は、側近の大夫房覚信《かくしん》のすすめに従って、叡山工作を行なった。そしていち早く兵を送って、東塔の惣持院《そうじいん》を本営とした。

その頃、平氏一門は、九州鎮圧から帰還してくる肥後守真能《ひごのかみさだよし》の兵力を当てにしていた。ところが実数わずか一千騎とあっては、五万とも号する木曾軍を支えられようはずはない。

それから八日ほど経《た》った七月二十二日、木曾勢が、比叡山にみちみちて、明日にも都へ押し寄せてくるとの報告が入ったため、それこそ上を下への大混乱となってしまった。

さっそく知盛《とももり》、重衡《しげひら》を大将とする三千余騎が山科《やましな》方面へ、通盛《みちもり》、教経《のりつね》が二千余騎を率《ひき》いて宇治《うじ》へ急行した。

東から攻められた場合、都の守りは昔から近江の瀬田《せた》川と、宇治川の橋ときまっていた。この二つを破られては、もう防ぎようがない。

そしていまは一門の総帥となった前《さきの》内大臣宗盛が、六波羅殿《でん》に入っておられる建礼門院徳子《けんれいもんいんとくこ》の許《もと》へ参って、安徳《あんとく》幼帝と自分たちの母である二位《にい》の尼時子《あまときこ》を奉じて、これから西の海へ逃れたいと申し出た。

女院も泣き、二位の尼も涙をこぼしたが、人一倍よく泣いたのは宗盛だった。直衣《のうし》の袖もぐっしょり濡れるほど泣きに泣いて、いささか亡気《ぼうけ》の態《てい》だった。

それにしても、こうなったらあの日本一の大天狗《おおてんぐ》と称される後白河《ごしらかわ》院を、いち早く確保しておかないと、あとでどんな災《わざわ》いを惹《ひ》き起こすか知れないのである。

ところがその気配をいち早く察した後白河院は、右馬頭資時《うまのかみすけとき》を供として、鞍馬《くらま》寺へ御幸《みゆき》になった。それも途中から山駕籠《かご》に身を任せて、山路伝いに比叡山へと向かわれた。

後白河院は、清盛のために法住寺殿《ほうじゅうじでん》に幽閉されたまま、今日に至っている。けれどすでに清盛は亡く、かなり自由を取り戻しておられたが、ここで都落ちする平氏に捕まっては、それこそ生命《いのち》の保証すら覚束《おぼつか》なくなる。そこで叡山へ逃れられたが、行き先が山門とあってはエマをつれてはいけない。

「よいな。どこへも行くでないぞ。すぐ戻ってくるゆえ、ほんの十日か半月の辛抱ぞ」

「いったい、なにが起こるのですか」

「木曾の兵が入ってこよう」

「では、平氏の一門は……」

「西の海へ落ちのびることであろう」

「では、その間だけ……」

「そういうことよ。聞き分けて、しばらく睡《ねむ》っておれ」

「妾《わらわ》より、この子によく言い聞かせてくださいませ」

甘えてみせて、エマは罪はこの猫にありと言わんばかりだった。

そんなエマの膝に頭を寄せて、金銀の目をもつ三毛猫は、蕩《とろ》けそうな目つきで半眼のまま睡っていた。

「すべて猫任せか、奇妙な女子《おみな》よのう。それはともかく、時が移っては大事に至る。ならば無事に暮らせよ」

後白河院は未練を残して、二度三度と振り返りつつ御殿を出ていかれた。そのまま輿《こし》に乗って鞍馬へ向かわれたのであるが、これよりちょうど二年ほど前のことだが、鎌倉《かまくら》の頼朝《よりとも》がひそかに訴えて、これからは東を源氏に、西を平氏にというように源平二氏にお任せくださいと、申し出たことがあった。

しかし、平氏の総帥となった宗盛は、それだけはお受けしかねますと断わった。というのは、清盛が、いまわの際《きわ》に、自分への孝養は、頼朝の首を墓前に供えることであると遺言していったからだった。

しょせん、水と油の仇敵《きゅうてき》同士なら戦うよりしかたがない、と誰よりもよく知っておられて、後白河院は、平氏の手をするりと抜けて、叡山へ身を隠された。

とも知らず、院の御所《ごしょ》となっている法住寺殿に詰めている平氏の武士が、「院のお姿が見えぬ」といって、捜し廻ったが、どこにも見当たらない。そこでエマの許へやってきて、「いずこぞ」と詰め寄った。

すると、今まで睡っていた猫が、さっと男の足の甲に爪をかけた。

「痛たたッ！」

飛び上がった平氏の武士は、おのれ容赦はせんぞ、と太刀《たち》に手をかけた。しかし、三毛は、エマの膝に頭を寄せかけたまま、いとも長閑《のどか》に眼を細めている。

「おのれ、この猫め！」

しかしエマの膝から離れない猫に刃を振り下ろすことは、さすがに憚《はばか》られた。

「エマさま、その猫を成敗《せいばい》いたす、膝をお引きあれ」

「なにをしたというのです？」

「これ、このとおりその猫が爪にかけて……」

と、おのが右足を指《さ》し示して、武士は声を嚥《の》んだ。あんなに深く、足の甲を引っ掻《か》かれて血が噴《ふ》き出していたのに、なんと不思議なことに、掻き傷がすべて消えているのである。

「足がどうかしましたか」

「いや、その……」

こんな奇妙なことがあろうかと、回廊から庭先へ下りると、ずきずき足が痛んで、甲からぽたぽたと血が噴きこぼれてきた。

――やはりあの猫が……。

しかし引き返して猫を斬る以前に、不可思議な思い、とても尋常《じんじよう》ならざる怪異を見た恐れのほうが強くなって、早く逃げ出したい気分に支配された。

――あの女人も、猫も……。とてもこの世のものとは思えぬ……。

ふつうの女人なら、自分が太刀の柄《つか》に手をかけた時、恐れて叫ぶか、悲鳴を上げて逃げ出すかするはずなのに、毛筋ほども表情を変えないで、さも物憂《ものう》げにあらぬかたを眺めていた。

——院の寵姫《おもいめ》とは聞いているが……。

まるで妖怪ではないかと、背筋が寒くなってきた。

そこまで眺めていたエマは、ふと気分を変えた。それより今はもっと肝腎《かんじん》なことがある。エマは鈴を鳴らして千本針《せんぼんばり》を呼んだ。姿形は女官に扮《ふん》しているが、この女の本性は冥府魔道《めいふまどう》の女であった。

「千本針、ここ数日のうちに、木曾軍が都へ入って参る……」

「ならばいよいよ合戦が……」

「その前に、平氏は都を捨てるであろう……」

「はい、では、木曾軍が……」

「後は鳥なき里の蝙蝠《こうもり》となって、さぞ都を荒し廻ることであろう。そこでこの機を利して、貴人の邸を手に入れ、そこを本拠として、奪える限りの財宝を集めよ。木曾軍の仕業《しわざ》と見せかけて……」

「はい、それで……」

「よいか千本針、この先しばらくは戦乱の世がつづこうゆえ、今の間に蓄《たくわ》えられるだけ財宝を手に入れて、一族の安泰をはからねばならぬ」

どうやら冥府《よみ》の一族の長《おさ》らしい考えかたをするようになったと、千本針は、うなずきつつ、エマを仰《あお》ぎ見た。

「これより皆の者を集め、やがて空家となる平氏の貴人の邸をすくなくとも二ヵ所、手に入れよ。たとえば東山の麓《ふもと》と、嵯峨野《さがの》というように……」

「かしこまりました。さっそく一同に申し伝えまする」

「急げ。一両日中に平氏は都を落ち、入れかわりに木曾軍が入ってくるはず……」

「その先は、いよいよ闇《やみ》にございまするな」

「われら一族にとって稼ぎ時、当分、木ノ花一族は、冬の寒さに首をすくめて堪《た》えねばなるまい」

「食物のすくない冬がつづけば、生まれてくる子供の数もすくなく、活力が湧《わ》きませぬゆえ、しだいに枯れ凋《しぼ》んで行きましょう」

「ここしばらくは、われら冥府の一族の世の中よ、戦乱がつづけばつづくほど、われらは富み栄えようぞ」

「ところで親方さまは、当分こちらにお住まいですか」

「この院の御所にいれば、天下の形勢、裏の動きがよくわかる。これよりそちは、一族の者を集めて任務を伝え、まず邸が手に入らばすぐ知らせよ」

「はい、ではしばらくお暇《いとま》を……」

初めて大きな飛躍の場を与えられた喜びに、千本針は、ぶるっと身ぶるいした。

その頃、平氏は、法皇がいずこへか身を隠されたと知って一門の主だった者たち、互いに顔を見合わせた。

「院を欠いては、いかんともなし難い」

「こんなことになるのなら、もっと早く取り籠《こ》めておくべきであった」

「それより、急がねば、源氏の軍勢に囲まれようぞ。すでに源氏軍が伊賀《いが》より大和《やまと》へ入り、多田《ただ》源氏が摂津《せっつ》、河内《かわち》の兵を集め、遠江《とおとうみ》から安田《やすだ》の軍が西上中との知らせが届いておる……」

「しかも木曾軍が明日にも……」

「もうよい。主上《しゅじょう》、御国母《おんこくぼ》（建礼門院徳子）のお支度が調《ととの》うたなら、ただちに西国へ向かって旅立つとしよう。内侍所《ないしどころ》の神璽《しんじ》、宝剣など、抜《ぬ》かりなきように……」

時に天子御六歳、明くれば七月二十五日というのに、平時忠《ときただ》卿を先頭にして軍勢数百騎、主上たちを守って七条通を西へと向かった。

小松三位中将《こまつのさんみ》維盛《これもり》が、ずっしりと重い鎧《よろい》をつけて、さて出立《しゅったつ》と思ったところへ、十歳になった六代御前《ごぜん》と、八歳の姫君が、走り寄って、鎧の袖や、草摺《くさずり》に、それぞれ取りついて、どうかいっしょにお供をと、掻き口説《くど》いた。

「そりゃ、常ならばよい。なれどこたびの旅はどこに敵が待ち受けているやも知れぬ。駄々をこねずに母君と、帰りを待っておれ」

と北の方に視線を移すと、こちらはすでに泣き伏して、心もそぞろとなっていた。

そこへ弟の資盛《すけもり》、清経《きよつね》、有盛《ありもり》、忠房《ただふさ》、師盛《もろもり》たち五人が甲冑《かっちゅう》姿で迎えにやってきた。乗馬のまま庭へ入ってきた弟に促《うなが》されて、維盛も馬上の人となったが、手にした弓で簾《すだれ》を掲《かか》げた。その青い簾のかげから恨《うら》めしげに見上げていた子供たちが、

「父君……」

　とまた駆け寄ってきた。

「ならぬぞ。留守をいたしておれ」

　維盛は、馬腹を蹴《け》って門外へ走り出た。その背中に妻子の涙がまだ貼《は》りついているかのようだった。

　こうして六波羅、池殿《いけどの》、小松殿、八条と一門の貴人の邸館二十余カ所、みな空家となり、木曾軍に荒されてなるものかと、雑兵《ぞうひょう》がそれぞれ手分けして火をつけて廻った。

　炎々と燃えさかる炎は天も焦《こ》がさんばかりの火の柱となり、炎は風を呼び、風は火を呼んで、いつまでも燃えつづけていた。その煙に誘われるごとく、木曾軍がぞくぞくと都へ入ってきた。

　まず近江源氏の一統が、二十数年間、絶えて見なかった源氏の白旗を掲げて都へ入り、十郎行《ゆき》家《いえ》の率いる軍勢は宇治橋を渡って、ひたひたと伏見《ふしみ》に迫っていた。

　さらに摂津、河内の源氏もそれに勢いを得て都を目指している。七月二十八日、まだ残暑の熱気に包まれた京の町々に鎧武者がみちみちて、院の御所では、中納言経房《つねふさ》が、義仲と行家を召して、平宗盛以下平氏の一族を追討《ついとう》すべしと命じた。

　庭上で命令をうけたのち、両名は宿所を賜《たまわ》りたいと願い出て、義仲は六条西洞院《にしのとういん》の平業忠《なりただ》の邸を、十郎行家は法住寺殿の南にある萱《かや》の御所を貸与された。

　法皇は、なんとかして安徳幼帝と三種の神器《じんぎ》を取り戻したいと願われたが、それだけが拠《よ》り所となった平氏が素直に戻そうはずはなかった。

そこで、高倉《たかくら》上皇の皇子《みこ》四ノ宮を皇位につけられた。後鳥羽《ごとば》天皇の即位である。

無冠の木曾冠者《かじゃ》義仲は一躍左馬頭《さまのかみ》となって、伊予《いよ》の国を賜って、朝日《あさひ》将軍の称号をもらった。

つづいて十郎行家は備前守《びぜんのかみ》に叙《じょ》せられた。源氏の武人が任官したかわりに平家の官職は、院との連絡役として残された者を除いて、みな没収となった。

勝ち誇った義仲軍は、都のあちこちで乱暴を働き、人家に押し入って目ぼしい物品を奪い、若い女人をみつけると、父や夫の目の前で輪姦したから、都人《みやこびと》は、われ先に縁者の許へ身を寄せた。

まことに行儀の悪い将兵で、見た目もだらしないが、所業はもっと悪質で、なにかというとすぐ刀を抜いて脅《おど》したり、斬りつけたりと、とめどもなく悪行《あくぎょう》を働いた。

それは大将の義仲も同じことで、いずれ宮中へ入って女御《にょうご》にと噂の高かった摂政基房《せっしょうもとふさ》の姫君伊子《いし》の美貌に目をつけると、制止をきかずに押し入って、無残にも十七の姫御前を几帳《きちょう》のかげに押し倒して、蕾《つぼみ》を散らしてしまった。

かと思うと、所用があって訪れた、猫間《ねこま》中納言を、

「猫が人に対面するのか」

とからかって、無理矢理、大盛りにした強飯《こわいい》を食べさせようとした。

そんな無礼が度《たび》重なって、義仲を嫌いはじめた宮廷は、早く平家を討ちに出かけぬかとたびたび催促した。

というのも、いったん北九州の太宰府《だざいふ》に落ちのびた平氏が、徐々に勢いを盛り返して、備中《びちゅう》の

水島《みずしま》あたりまで攻め上ってきたからだった。

ようやく腰を上げた義仲は兵をつれて備中へ下っていったが、留守中、法皇が鎌倉の頼朝に使者をやったり、叔父の行家が法皇にすり寄っているという知らせを聞くと、これはうかうかできぬと、あわてて引き返してきた。

義仲軍接近中、と聞いた都人は、あわてて荷をまとめると、またなにをされるかわからぬというので、近国へ避難していった。

その様子をみていたエマは、今こそ好機と千本針の婆に命じて、冥府の一統を総動員した。

「奪える限り、かねて目をつけた諸家の財宝をかすめ取るがよい」

黄昏《たそがれ》の空を飛び交う蝙蝠のように、黒衣に身をつつんだ冥府の男女は、各所に押し入って、

「朝日将軍の命令なるぞ、ある限り財宝を差し出せばよし、さもない時は生命《いのち》なきものと思え」

と白刃をちらつかせた。

そのため都の混乱は倍加した。

戦場帰り、それも敗軍の将兵は、統制もなく、盗賊の群れよりまだ始末が悪く、青田に入って刈り取った稲を馬に与えたり、民家や土蔵に押し入っては手当たり次第に目ぼしい品をかすめ取り、住民を裸にして衣類を剝《は》ぎ取った。

――こんなことなら平家のほうがまだよかった。

官人も住民もそう思って、もう木曾は懲《こ》りごりというので、後白河院は、当年四歳という後鳥羽幼帝にかわって、使者を遣《つか》わして、これ以上乱暴をせぬようにと申し入れた。けれどいっこう

に改まる様子がないので、院は比叡山の明雲座主《みょううんざす》、三井寺《みいでら》の円慶《えんけい》法親王に呼びかけて、義仲追放の策謀をめぐらされた。

いっぽう義仲は、院に対して怨《うら》み奉《たてまつ》る二カ条ありと申し出た。その一つは自分が平氏追討に赴《おもむ》いた留守中に頼朝の上洛《じょうらく》を求めたことであり、その二は、頼朝に東海、東山二道の荘園《しょうえん》の年貢《ねんぐ》に関する差配を許したことだった。

それに対して、院は、義仲にもし叛意《はんい》がないのなら、すぐさま平氏追討のため西下せよと命じられた。

もしその命令に反して西下をためらうのなら、それこそ謀叛《むほん》の証拠とみなすというのである。そうなると、都を出ていくか、平氏に勝つか、この二つ以外はなにをしても謀叛とみなされるから、義仲も必死だった。

もうこうなれば、院をどこかに押し込めて無力にしてしまうしか道はない、というので、十一月十九日、院の御所である法住寺殿を急襲した。

ぐるりと法住寺を取り囲んで、鏑矢《かぶらや》の空洞の部分に火を入れて邸内へ射かけたから、折りから冬の乾いた季節で、風も強かったため、たちまち炎を発して院の御所は燃え上がった。

七条大路といえば、都の南端に当たり、法住寺は鴨《かも》川の近くに位置している。

猛火にたまりかねて御所を落ちゆく武者の中には、木曾に背《そむ》いた源氏の一統も多く、それを狙《ねら》い射つ木曾も源氏で、いわば同族相討《あいう》つとなった。

そのため御所に参っていた明雲座主、円慶法親王の二人は、馬上より射落とされたところを首掻き切られ、逃げ落ちる公卿《くぎょう》、殿上人《てんじょうびと》たちは待ち受けた下部《しもべ》に衣裳を剝ぎ取られて、寒風吹き荒れる河原で素裸のままふるえていた。

平家が都を落ちた時は、一足早く巧みに比叡山へ逃げられた後白河院だが、こんどは炎上する御所より輿で落ちようとされた。

丹波局《たんばのつぼね》やエマたちもつづいたが、そのまま義仲軍の手に落ちて五条東洞院《ひがしのとういん》にあった高倉天皇の里内裏《さとだいり》に押し込められた。

三

後白河法皇の院の御所を焼討ちしたとあっては、もはや遠慮はいらぬ。このうえは、悪逆非道《あくぎゃくひどう》の義仲を討ち取るべし、というので、鎌倉の前右兵衛権佐《さきのうひょうえのごんのすけ》頼朝は、舎弟《しゃてい》蒲冠者範頼《かばのかじゃのりより》、同九郎冠者義経《よしつね》を大将とする追討軍を派遣した。

これまで鎌倉では、義経は九郎主《ぬし》と呼ばれて、いわば頼朝の家人《けにん》の一人として、畠山《はたけやま》、佐々木《ささき》、梶原《かじわら》、伊東《いとう》などといった土豪と同じ扱いを受けてきた。

しかし領地もなければ、家の子郎党《ろうどう》もなく、したがって無位無冠の若武者にすぎなかった。

ところで、源義経という同姓同名の武将が近江の山本山《やまもとやま》を本拠としていて、そのため山下（本《やまもと》）義経とも名乗っていた。

この山下義経は、都で兵衛尉《ひょうえのじょう》の官職を得ていたので、貴族たちもよく知っていた。

戦っている。

その後、一時、隠岐《おき》の島へ流されたけれど、許されて本拠地へ戻ってからは、平家としばしば

義経は、この同名の老武者と、鎌倉で会っていたので、このたび都攻めに際して、教えを乞《こ》いにやってきた。

「して、貴殿はどちらからお攻め召さる所存《しょぞん》かな」

だいぶ、年長なので、山下義経は、この冬、骨の病いを発して、寒さのきびしい湖北で、囲炉《いろ》裏《り》から離れられなかった。

「はい、範頼どのが大手《おおて》（正面）ゆえ、搦手《からめて》の宇治へ廻るものと思われます」

「ならば、宇治川がすべてでござろう」

「難しい川でござるか」

「気にかけられるのはただ一つ、折りからの雪融《ど》けにて、増水いたしているか否《いな》かであろうな」

「雪融け水が流れ込むのですか」

「さよう、水源が琵琶《びわ》の湖ゆえ、比良《ひら》の峰々、志賀《しが》の山、果ては瀬田川の両岸にある山々の氷雪が溶けて流れ込むゆえ、川の深さより流れの激しさに、馬も立ちすくみ申す……」

「なるほど、貴重なお教え、ありがとうございます」

なおも語り合って、都の様子がよくわかった。父子ほども年齢、経験に距《へだ》たりがあるので、合戦の実態について、山下義経は貴重な経験の持ち主だった。

ついでに小人数で、そっと瀬田川の様子を偵察した義経は、本隊の待つ美濃《みの》へ戻っていった。

遠江の国浜《はま》名郡《なごおり》の蒲《かば》の御厨《みくりや》で生まれた遊女腹《ばら》の源範頼は、戦《いく》さ上手どころか戦うのが怖くてしようがない。そのため作戦はすべて部将任せにしていた。

寿永三年（一一八四）一月、源範頼を大手の大将、義経を搦手の大将とする鎌倉軍の軍勢は、公称六万と号する大軍だった。

いっぽう、これを迎え討つ都の木曾義仲は、都の防衛線である瀬田川へ今《いま》井《い》兼平《かねひら》を将とする八百騎を、宇治へは五百騎を、一口《いもあらい》へは三百騎を派遣した。

この千にもみたぬ兵を、都へ入る関門となる瀬田橋へ送ったのは、けっして鎌倉勢を見くびったわけでなく、かつて五万騎と称した木曾軍が、瘦《や》せ細ったためだった。

それも、義仲に見きりをつけて脱落していったためで、今や木曾軍は、郷里からつれてきた直衛軍三千足らずとなった。それでも驕奢《きょうしゃ》に耽《ふけ》る義仲は、関白《かんぱく》の愛娘《まなむすめ》を手《て》活《いけ》の花として、もっぱらそちらに入り浸《びた》っている。

もはや闘志を失った風雲児は、翼を失った鳥のようなものだった。

一月三十日、宇治川へ向かった義経軍は、折りからの雪融け水にあふれた川岸にやってきて、「これは……」と息を呑《の》んだ。逆《さか》巻く水勢に、馬もおじけづいて尻ごみするばかりだった。

畠山次郎、梶原源太、佐々木四郎、渋谷《しぶや》右馬允《うまのすけ》など名だたる武者揃《ぞろ》いだが、宇治橋の橋詰めに佇《たたず》んで、水勢の激しさに顔つきも強張《こわば》っている。

日本で一番早く架《か》けられたという宇治橋は、すでに橋板を引き剝がされ、向こう岸に陣を布《し》いた木曾勢が、「いざ来い、討ち取ってくれようぞ」と手ぐすね引いて待ち構えていた。

むろん川のそこかしこに乱杭《らんぐい》を打ち込んで大綱を張りめぐらし、川岸近くには逆茂木《さかもぎ》といって引き抜いた灌木を逆さにして並べている。

「やよ、者ども、いかがすべきや、淀、一口《いもあらい》に廻るべきや」

と、形勢を眺めていた義経は、味方を振り返った。

向こう岸まで一町ほどあるので、矢は飛んできても、すでに力を失っているから恐れるには足りなかった。

垂れ込める雲も厚く、川霧があたりに漂って、ひんやりと冷たい冬の気配であった。

振り返った視線が、ちょうど畠山次郎の目線と出会った。当年二十一歳、逸《はや》りに逸った若者だった。

「昔、治承《じしょう》の戦いで足利《あしかが》又太郎忠綱《ただつな》が鬼神の働きをせし古戦場、ここは畠山にお任せください」

きらきらと輝くその眼を見ただけで、やる気まんまんだった。

「先陣を仕《つかまつ》るか」

「はい、ごらんください」

言葉短く答えた畠山は丹《たん》（武蔵《むさし》七党の一つ）の一統に合図して、五百余騎、ひしひしと川岸に並んだ。

ところが平等院《びょうどういん》の方角から、川砂を蹴立てて馳《は》せてきた武者二騎が、互いに遅れまいと、川岸めざして走ってきた。一人は佐々木四郎で、黒栗毛の見るからに逞《たくま》しい大きな駒に打ち跨《また》がっている。

馬の背丈は、前肢の先から肩までの丈《たけ》で測ったもので、馬格の小さい日本馬は、四尺を標準とした。

ところがこの黒栗毛は四尺八寸もあって、八寸《やそ》の馬と評判の優駿だった。名を『生食《いけずき》』とつけられたのは、人にでも馬にでもよく咬《か》みついたからだった。

当時の日本馬は小柄で馬力もなかったから、大鎧《おおよろい》を着けた武者を乗せて戦場を走り廻るためには、人に咬みつくぐらいの悍馬《かんば》でなくては務まらなかった。

そこで武者たちは悍馬を乗りこなすことを修練したもので、関東の馬、関西の牛というように、馬は東国を産地とした。

大鎧を着た武将は、いったん馬から下りると、走ることも難しいほど、甲冑に身体の自由を奪われている。

となると、将を射んと欲せば、まず馬を射ればよいことになるが、合戦ごとに名馬を失っていてはとてもかなわないので、いきなり馬を狙い射つようなことはしなかった。

いっぽう、『生食』に乗る佐々木に負けまいと、馬首を並べたのは、梶原源太で、こちらも『生食』同様、頼朝から賜った『摺墨《するすみ》』という真っ黒な馬に打ち跨っていた。

それを見て佐々木が声をかけた。

「やよ梶原、腹帯《はるび》がゆるんで見ゆるぞ。川中で鞍《くら》より落ちては源氏の名折れ、いざ締《し》め給え」

「なに腹帯が……」

これはいかんと、うなずいて梶原が腹帯を解いて締め直しにかかった。するといち早く佐々木は川中へ飛び込んで一番乗りをと、渡りはじめた。

こりゃたばかられたかと、梶原も急いであとにつづいた。そして佐々木に向かって呼ばわった。

「あいや佐々木どの、川中に大綱が張られて見ゆるぞ！」

それはいかんと、佐々木は太刀引き抜いて、水中に張られた大綱を切り放った。

その間に、梶原も追いついた。

こうして互いに先陣争いをしながら、両者は対岸へとさしかかった。

佐々木の『生食』、梶原の『摺墨』と、どちらも頼朝より賜った世一《よいち》（当代一）の名馬ぞろいに、早くも宇治川を渡りきって、対岸にたどり着き、ぶるんと、水しぶきを切っている。

それを見て、つづく畠山勢五百余騎が互いに庇《かば》いながらいっせいに川を渡ってきた。

「おのれ、一騎も岸へ上げるな」

木曾勢五百は、必死に防ぎ矢を放ったけれど、畠山勢に遅れじと、ぞくぞくと川を渡ってくる鎌倉の大軍を目にしただけで、無力感に襲われた。

いくら必死に矢を射たところで、相手は五十倍という大部隊である。しかも宇治川を埋めつくすようにいっせいに押し寄せてくるので、どこを狙おうかとまごまごする。そのうちに矢玉がつき、このうえは馬上で戦おうと思っているうちに、もう怒濤《どとう》のように大軍が目の前に迫ってきた。

宇治川の先陣争いは渡河以前のことで、鎌倉の大軍が川面《かわも》に殺到してからあとは、一方的な戦いとなってしまった。そこかしこで斬り倒されて呻《うめ》き苦しんでいる木曾軍を踏み潰《つぶ》すようにして、義経軍二万五千騎が嵐のように通り過ぎていった。

宇治から伏見へと進んでくると、もう東寺《とうじ》はつい目前である。

鎌倉軍、瀬田、宇治より進撃中と聞いて、木曾義仲は、六条西洞院に仮住まいしておられた後白河法皇の許へ駒を走らせた。

すでに京童《きょうわらべ》は、生命《いのち》あっての物種と、家を捨てて、それぞれ身寄りを頼って逃げ失《う》せたあとなので、市中はまるで空家と化している。

院の御所にやってきたが、表門は固く閉ざされて、誰ひとり顔を出そうとしない。

「誰ぞある。お取次を……」

叫んでも、扉を叩いても答えはなかった。

そのくせ内側に多くの人が詰めている気配がはっきり感じられた。

院に仕える公卿殿上人、官人など、みな、「そら木曾が参った、いかがいたさん」と今にも刃を抜いて斬り込んでくるのではないか、それとも院を奪い取るのではないかと、生きた心地もなかった。

二度、三度、門前を行きつ戻りつした木曾が、あきらめて立ち去ると、院内の人たちは、ほっと太い吐息をついた。

木曾義仲は、六条高倉に住まわせている前関白藤原基房の姫の所へやってきた。これから先は近江より信州《しんしゅう》めざして落ちゆくより道はないが、さりとてこの姫君をつれて、敵中を旅するわけにはいかない。

となれば、これが今生《こんじょう》の別れ、肌を合わせるのもこれが最後と、義仲は人形のような姫君を掻き抱いた。

それは真昼の幻といってよかった。けれどこうして衣《ころも》の内側にこもる柔肌の香《か》に包まれていたなら、合戦もなく、御所との駆け引きも、都での権力争いも、すべてどこか遠い世界の出来事と化して、あるはただ女と男、雄と雌の生命の炎を燃やす営みだけで、ほかのことはみな脳裏から消え去った。強く匂う黒髪に顔を埋めて、義仲は、このままいつまでもこうしていたいと、燃えるように切望した。

しかし扉の外にやってきた武者が、

「お急ぎくだされ、はや七条河原まで敵勢が寄せてござる」

と、無情にも催促をした。なんの耳を貸してなるものか、義仲はなおもがむしゃらにしがみついた。

「殿、犬死《いぬじに》召さるおつもりか、疾《と》く、落ちさせ給《たま》え」

今にも扉を打ち破って押し入りそうに、武者たちはじれていた。ええい、ままならぬことよと、義仲は、女の移り香を匂わせてよろめき出てきた。その呆然《ぼうぜん》とした姿に鎧をくっつけて、馬上に押し上げた木曾の近臣は、そのまま鴨河原へと急行した。

すでに敵影は六条河原に迫っている。追いすがる敵と戦いつつ、一騎また一騎と敵中に呑《の》み込まれていく間に、なんとかすり抜けて、義仲は粟田口《あわたぐち》へとひた走った。

去年、五万余の精兵を率いた朝日将軍が、今は主従七騎で、日岡峠《ひのおか》を、山科《やましな》めざして落ちていくのである。

その中に中原《なかはら》の娘で早くから義仲のかたわらにあった巴御前《ともえごぜん》がまじっていた。髪あくまで黒く、色あくまで白くて、木曾では一、二を争う美女なのに、並の武将では太刀打ちできないほどの武技の持ち主だった。

義仲と目が合うと、巴はふと視線をそらせた。いつもならなにをしようと男の勝手と素知《そし》らぬ顔だったのにと、ふと弱気が義仲の視線に滲《にじ》み出た。

このまま湖西方面へ道をとってもよいが、巴の兄今井兼平の消息を求めて義仲は瀬田川へやってきた。

八百の兵で瀬田を守っていた今井も、今は五十騎ばかりとなって、松林で休んでいる時、義仲と再会した。

「今日はいつになく鎧の重う覚ゆるぞ」

義仲は暗く呟《つぶや》いた。けれどすでに六千余の敵勢に囲まれて、前後左右に駆けて戦ううちに、義仲は深田に踏み込んで馬上に棒立ちとなったところを射られて、とうとう首討たれた。

それは狩り立てられた猪《いのしし》同然の姿だった。

第八章　夕陽は西に

一

後白河法皇《ごしらかわほうおう》は、院の御所《ごしょ》にいち早く馳《は》せ参じた義経《よしつね》を、ひたと眺められた。義経二十六歳、法皇五十八歳であったが、とても初対面とは思えないような親近感が通い合った。それも生まれて初めて雲の上の貴人を仰《あお》ぎ見て、温かい眼差《まなざ》しで迎えられたのだから、義経の感激は一入《ひとしお》だった。

頭を丸めて僧体にふさわしい法衣を身にまとっておられるが、まだまだ法皇は、脂《あぶら》ぎった顔色で、子供のようなというより孫に近い若さの義経を、よしよしよくやったというように眺めておられる。

親に褒《ほ》められでもしたように、義経は、頰《ほお》を染め、目を輝かせている。

「頼もしげな者どもかな。みな名乗らせよ」

嬬子《れんじ》越しにかけられたお声に応《こた》えて、義経以下、安田義定《やすだよしさだ》、畠山重忠《はたけやましげただ》、梶原景季《かじわらかげすえ》、佐々木高綱《ささきたかつな》、渋谷重資《しぶやしげすけ》と、いずれも一騎当千の勇者たちだった。

「これより先は、われらが身命にかえて守護いたしますゆえ、どうかご安心くださいませ」

その頃になると、門外に数千の兵が詰めかけてきたため、法皇をつれ出そうとした義仲《よしなか》側のつけ入る隙《すき》もなかった。それに都人《みやこびと》が恐れていた市中での乱暴事件はほとんど起こらなかった。

しかも義経は、かつて一条大蔵卿《いちじようおおくらきよう》の邸《やしき》で育てられたので、礼儀正しく、木曾《きそ》義仲とちがって、粗暴な振る舞いがまったく見られなかったため、貴族ばかりか市内の評判もまことによかった。

院の御所に参上した義経の姿を、御簾《みす》のかげからそっと眺めやったエマは、

――なんといい男だこと。でも美男は不幸の因《もと》、この女子《おなご》かと見紛《みまご》うような優しさは、むくつけき男どもに毛嫌いされ、女たちからも嫉妬の眼差しを向けられかねない。

その点、日本一の大天狗《おおてんぐ》と、老獪《ろうかい》ぶりを謳《うた》われた法皇は、いわば瘤《こぶ》だらけの老樹のようなもので、少々の雨風ではびくともしそうにない。エマは予知能力も兼ね備えていたから、義経を一目みたとたん、佳人薄命ならぬ、美男不幸の運命を読み取っていた。

――あの男に縋《すが》る気はないが、一度や二度なら遊んでみてもよい。

からだを合わせれば、さらに相手のもつ運勢がよくわかったけれど、そんなエマの好奇心を封じるように、法皇は、源範頼《みなもとののりより》、義経に、さっそく平氏追討《ついとう》を命じられた。その直前に、木曾義仲たち五人の首級が京の大路を渡されて、その敗北を自ら証《あか》している。

都を落ち、九州太宰府《だざいふ》にいったん入った平氏の一統は、北九州の勇者で、大蛇の子孫と伝えられる緒方《おがた》の軍勢に追われて、一時は、官女でさえ裸足で海辺まで必死に走ったほどの頽勢《たいせい》だったが、ようやく瀬戸内海へ入って勢いを盛り返し、四国、中国の軍勢を集めて、十万と号する大軍

で、讃岐《さぬき》の国の八嶋《やしま》（屋島）から、兵庫福原《ふくはら》の都跡《あと》に本拠を置くまでに復活してきた。東は生田《いくた》の森を大手《おおて》の守りとし、西は一《いち》ノ谷《たに》を後詰《ごづ》めとして、櫓《やぐら》を築き、城郭を構えて、十万の兵を養っている。

こうなると、むろん都でも放ってはおけないので、法皇は、鎌倉殿《かまくらどの》の代理人である範頼、義経を召し出して、平家追討の院宣《いんぜん》を授けられた。

「本朝には、神代《かみよ》の頃から伝えられた三つの御宝《おたから》あり、この三種の神器《じんぎ》と天子の正印を、どうしても取り戻して参れ」

平氏滅亡よりも、そのほうが大切という御言葉だった。

正月二十九日に命令を受けた範頼、義経はさっそく兵を集め武器、糧食を準備して出陣の支度に取りかかった。

ところが、福原では、二月四日は故入道相国《にゅうどうしょうこく》の祥月《しょうつき》命日に当たっているので、法事が行なわれ、ひそかに院の近臣と文通や使者による連絡をとっていた。

そのためか、二月四日は、源氏も合戦をあきらめ、五日は西方の運勢が塞《ふさ》がり、六日は陰陽《おんみょう》道《どう》でいう道虚日《どうこにち》に当たっているので外出は不可と、いろいろ忌日《いみび》が重なった。ならば、七日に、源平の矢合わせをというので、四日の吉日に、範頼、義経の率《ひき》いる大手、搦手《からめて》の両軍は、ひっそり都を出立《しゅったつ》した。

大手の軍勢五万余騎は、同日、早くも摂津《せっつ》の国昆陽野《こやの》（伊丹）に陣を布《し》いた。一方、搦手軍一万余騎は、義経を大将に戴《いただ》いて、丹波《たんば》路へと廻った。

樫原《かたぎはら》から老《おい》ノ坂を越え、丹波亀山《かめやま》へ入り、そこから道を西へ取って、摂津へと向かった。

この時、義経のまわりにいた直臣《じきしん》は、奥州の佐藤継信《さとうつぐのぶ》、忠信《ただのぶ》兄弟のほか、伊勢《いせ》出身という伊勢義盛《よしもり》、熊野別当《くまのべっとう》の子と伝えられる武蔵坊弁慶《むさしぼうべんけい》などだった。

この弁慶は、かつては比叡山《ひえいざん》の僧だったというが、仏に仕える身が、今では大長刀《おおなぎなた》を手に、寄せくる敵を撫《な》で斬りにしているのである。

それも召し抱えて間がないので、まだその力倆《りきりょう》のほどはよくわからない。

一万余の大軍の大将といっても、直接身辺を守ってくれるのは、ほんの五、六人にすぎなかった。

義経は自分がどこまでやれるのか、まだ不安がつきまとった。

二月四日の夜半、早くも義経軍一万余は、丹波と播磨《はりま》の国境に位置する三草山《みくさ》にやってきた。

斥候《ものみ》の報告によると、平氏軍三千余騎が行く手に待ち構えているという。

義経は、侍《さむらい》大将土肥実平《どひさねひら》をはじめとする部将たちを集めて、軍議を行なった。すると田代冠《たしろか》者《じゃ》が真っ先きって進言した。

「敵は三千、味方は一万、ここは夜討ちをかけて威勢をお示しください」

疲れをみせない若者らしい元気のよさだった。義経は、いかにと土肥を眺めやった。

「たしかに押しきれば、味方の士気も上がりましょう」

「押し通るか」

「いかにも……」

土肥は諸将の同意を促《うなが》した。軍議がまとまって、諸将はそれぞれ自陣へ戻っていった。

三草山の西方にちらちらと敵の篝火《かがりび》が見えている。土肥次郎実平の手の者たちは、さっそく、三草山に近い小野原へ駆けつけて、次々に松明《たいまつ》の火を民家の屋根に投げ上げた。

それまで睡《ねむ》りこけていた住民は、あわてて乳呑児《ちのみご》を抱き、老母を背にして、近くの林に逃げ込んだ。

そんな住民を蹴《け》散らさんばかりの勢いで騎馬武者が、次から次へと駆け抜けていった。

その地響き立てた騎馬軍団は、民家田畑を踏み荒らして、三草山へ殺到した。

源氏軍の接近とわかっていたが、長旅で疲れていようゆえ、合戦は明朝ときめ込んで夜営をしていた平氏軍は、この轟音に驚いて飛び起きたが、もうその時は、矢玉が雨のごとくに頭上から降り注がれていた。

平資盛《たいらのすけもり》を大将とする三千余騎は、「夜討ちぞ」と喚《わめ》きつつ、上を下へと大騒ぎしている。

しかも相手は一万余の大軍である。たちまち大波に呑《の》み込まれて、馬蹄《ばてい》にかけられ、刃に倒れて、ほとんど戦う遑《いとま》もなく潰滅《かいめつ》状態となった。

緒戦に勝った義経は、一服すると、夜明けとともに、一万余を二手に分けて、七千余の兵力を土肥に授けて南へ向かわせ、自分は三千余を率いて、一ノ谷の北側につらなる山々の背後へ廻った。

だが、道なき山中に分け入った兵たちは、こんな所で谷に落ちて死んではなんのためにここまできたのかわからぬと、不平満々だった。

海岸から眺めやれば、おそらく壁をつらねたように切り立った崖《がけ》がつづいているのだろう。こんな山深い所へ踏み込んで、もしこのまま一ノ谷へ出られなかったら、それこそ大恥をかくことになってしまう。

さすがに義経も顔色が変わってきた。その時、武蔵の住人別府《べっぷ》小太郎という若武者が進み出た。

「恐れながら申し上げます。わが父は、山越えの狩りをいたす時、深山に迷ったなら、老馬に手綱をうちかけて、先に行かせたと申しております。さすれば必ず道に出られると……」

「なるほど、それは理《ことわり》のあるところ……」

さっそく義経は、老いたる白葦毛《あしげ》に鞍《くら》おいて、先頭に立たせた。

行くほどになんとか杣道《そまみち》のような所へやってきた。

だがその行き先がどこなのかわからないうちにとっぷりと日が暮れたので、野営することになった。

乾飯《ほしいい》を頬《ほお》張っていると、武蔵坊弁慶が、老翁をつれて御前へやってきた。

「この者は近くの猟師でございます」

「なんとそれは重畳《ちょうじょう》。さて、一ノ谷へ向かう道はいかがじゃ？」

「道はありませぬ。なにぶん、一ノ谷の北にそびえ立ったのは三十丈《じょう》の谷、十五丈の岩崖でして、とてもとても馬では無理……」

「馬は無理でも獣はいかがぞ？」

「はい、播磨の鹿が、春は丹波へ向かい、冬になると、丹波の鹿が播磨へ通います」

「鹿も四つ足、馬も四つ足、鹿が通れば馬も行こうぞ。汝《なんじ》、案内《あない》役を仕《つかまつ》れ」

「なにぶんごらんの年寄りでして、伜《せがれ》をお使いくださいませ」

老翁は、今年十八になる若者を呼び寄せた。

その頃、一ノ谷の正面へ、土肥次郎を将とする八千騎が向かっていたけれど、それより早く、夜中だというのに、先陣せんとて、熊谷《くまがい》次郎真実《なおざね》父子と平山季重《ひらやますえしげ》が詰めかけて、東雲《しののめ》の白むのを待ちかねて名乗りを上げた。

さらに生田ノ森の正面では、範頼を大将とする大手の軍勢五万余騎と号する大軍がひたひたと寄せて、早くも一番手柄を狙《ねら》う河原《かわはら》太郎が、自分は一番乗りをして死ぬ覚悟ゆえ、あとは頼んだぞと弟次郎を残して突進していった。

こうして源平入り乱れての一ノ谷の決戦がはじまったが、この二月七日の早朝、義経も一ノ谷を眼下に眺める鵯《ひよどり》越《ご》えの難所へやってきた。

たしかに差し覗《のぞ》くと、そこは目もくらみそうな崖っ端《ぷち》であった。

はるか崖下に平家の陣屋がいくつかあって、赤旗が朝風になびき、その向こうは白い砂浜に磯波が打ち寄せる海辺であった。

たしかにこの高い崖を逆《さか》落としとなって馬を落とすのは至難の業《わざ》である。もし馬が脚を折ったら、鞍上《あんじょう》の鎧《よろい》武者はひとたまりもなく崖下へ転落することだろう。

だが、ここで大将が恐れていたのでは、誰ひとり先駆けする武者はあるまいと思われた。けれ

ども し自分が失敗すれば、それですべてが終わってしまうことになる。

「いでや、一同あとにつづけ……」

まず三十騎ほどといっしょに義経が先頭に立って、崖下へと向かって踏み出した。ぼろぼろと蹄《ひづめ》の下で崖上が崩れ、危うく引き込まれそうになった。

しかし義経は敏捷《びんしょう》な身ごなしを身上《しんじょう》としていたので、たとえ転げ落ちても、なんとか立ち直れるという自信をもっていた。だから、思いきって、馬に任せて、手綱を引くまいとした。ずるずると落ちかけても、なんとか岩棚に踏み止まって、そこから先は鞍から投げ出されそうになるのを、なんとか怺《こら》えて、最後は一気に駆けおりていった。

つづく武者たちも、なんとか崖下にたどり着いて、三千余騎が、崖いちめんに貼《は》りつき、崖そのものがざわめき動いているかのごとくだった。

もう平家の面々も気づいていただろうが、崖全体が動いているような威圧感に圧倒されて、あれよと眺めているうちに、早くも全軍が地上に降り立った。

そして誰が言い出したともなく、全軍が、「ウオーッ！」と吼《ほ》えるように鬨《とき》の声を挙《あ》げた。

こだまするそのひびきに身も魂《たましい》も揺すられたように、そこかしこの平家の陣所から人が這《は》い出してきて、早くも渚《なぎさ》のほうに逃げ出す者がみられた。

早春のことなので、はっきりしない曇り空の日がつづき、その日も密雲が低く垂れ込めていた。

そのひんやりとした冷気の中で、馬が走り人が喚いて、生命《いのち》のやりとりが演じられた。

吹きあげる血潮とともに砂浜に倒れ伏す武者たちの頭上に、いつ集まってきたのか寒鴉《かんがらす》が何十羽となく円を描いている。

もう鴉たちは敗者の匂いを嗅《か》ぎつけていたらしい。

平家の陣営から、早くも渚の小舟めざして逃れようとする貴人たちの姿が見受けられた。

そんな中で、無冠の大夫、当年とって十七歳の平敦盛《あつもり》は、呼びとめる熊谷直実の声に足をとめたばかりに、砂上で首掻《か》き取られる羽目《はめ》となった。

波打際《ぎわ》のつい目の前まで迎えの舟がきているのに、それを視野の片隅に留めただろう敦盛の目は空《むな》しくみひらいたまま、熊谷の手につかみ取られた頭髪の下で、今は砂粒を光らせている。

祖父忠盛《ただもり》愛用の横笛「さえだ」を包んだ金襴《きんらん》の袋とともに、まだ血をしたたらせる首級は、揺れつつ生田ノ森へと運ばれていった。

すでに平氏一門の主だった貴人のうち十名が討たれて、残る人たちはみな散り散りに船へ逃れて、いまは西の海に漂っている。

そして寿永《じゅえい》三年二月十二日、一ノ谷の戦場で掻きとられた首級が、都へ運ばれてきて、六条河原で、検非違使《けびいし》の手に渡され、そのまま首どもは、東洞院《ひがしのとういん》の大路を渡されて獄門《ごくもん》の木に架《か》けられた。

「すくなくとも卿相《けいそう》の位《くらい》に昇った人の首を大路を渡した先例はなく、その点、いかがかと思われまする……」

と、公卿《くぎょう》たちはみな異を唱《とな》えたが、法皇は、一ノ谷で勝ち、都より義仲を追い出した鎌倉勢の申し出を、断わりきれないと、渋い顔つきだった。

平氏の妻子縁者たちは、人垣の後ろから、そっと覗き見て、夫や父の首がないと認めて、ほっとする者もあれば、声を忍んで泣き伏す者もあった。

都では、さらに生け捕りとなった平重衡《しげひら》の手紙を添えて、屋島の平氏に対して、三種の神器を返還したなら、重衡の生命を救《たす》けようと申し入れた。

しかし屋島に陣営を設けた平家側の知盛《とももり》は、母二位《にい》の尼《あま》の涙ながらの訴えをしりぞけて、不承知の旨《むね》を伝えた。

むろん、この時、重衡の運命は、定まった。

それから半年の間、平氏一門の悲劇があちこちで繰りひろげられた。

いっぽう、一ノ谷から屋島まで退《ひ》いて、遠のいた都の空を偲《しの》んだ平家一門は、その思いを歌に託した。

君すめば　これも雲井の月なれど
なお恋しきは　都なりけり

九月十二日、今は三河守《みかわのかみ》に出世した範頼を総大将とする二万余騎が、平家追討のため都を出立した。

けれどこの範頼軍、大将の範頼をはじめ部将たちが、室《むろ》の津《つ》や高砂《たかさご》の湊《みなと》にあって、もっぱら遊女に囲まれて、遊興のうちに月日を費《ついや》している。

そのためつき従う部将たちも、気合いが入らず、つい目前に屋島を眺めつつ、いっこうに動こうとしない。

その頃、義経は、都にあって五位下を与えられたが、いっこうに追討の命令が届かず、内心苛《いら》立《だ》ちを隠せなかった。

二

五位からは貴族の仲間入りができる。義経は、そんな自分が、時として他人のようにも思え、あるいは面映《おもは》ゆくて表も歩けない気分だった。

まだ二十六歳と若いせいもあるが、父を知らず、二十二歳で頼朝《よりとも》に会うまで、一介の孤児として、あちこちを流浪しているので、少しも偉ぶったところがなく、しがない旅人のような心地のままだった。

そのためか、公卿の前へ出ると、頬を赧《あか》らめて、言葉すくなに頭《こうべ》を垂れている。後白河院は、この義経を見ると、十代の頃に会っていれば、稚児《ちご》にいたしたのにと、ちらちら視線を向けられていた。

任官とともに院への昇殿《しょうでん》を許されていたので、院を警護する武将として、絶えず都に留め置かれている。

そしてほとんど連日といってよいほど、なんらかの式典や祝宴や酒の席に招かれた。酒好きではなかったため、酒席が終わるとほっとしたが、まだ独身というので、舞姫が夜の床に添えられた。

静《しずか》と会ったのはいつのことだったろう。春の日の朧《おぼろ》月夜に照らされて、膝まで届く長い黒髪に包まれた雪白の肌を目にして、これは幻《まぼろし》なのかと驚いた。それが初会《しょかい》であったろう。

「舞っていると、われを忘れます」

「忘れてなんとする……」

「自分でない時の自分が好きなのです。舞っている時は、誰にも妨《さまた》げられず、誰にも従わず、自分に浸《ひた》っておれますもの……」

「そんなに舞いが好きか」

「あい、舞いさえあれば、なにもいりませぬ」

男も不要かと抱きすくめたが、その義経の腕の中で、静はかげろうのように儚《はかな》げだった。

二度会って、三度目は義経のほうから指名したけれど、現われたのは、別の白拍子《しらびょうし》だった。

「エマと申します」

「静を呼んであったのだが……」

「今日は参れませぬ。月の障《さわ》りにて……」

静とちがって、なにごとも明らさまにはっきり口にする娘だった。

こぼれんばかりの艶《あで》やかさで、目の前にしただけで、男は息をすることも忘れてすり寄ってくる。それが自然と、エマは怪《あや》しまなかった。
「酒はたしなむのか」
「快《こころよ》く酔わせてくれる酒があればいくらでも……」
流し目にちらっと男心を串刺《くし》しにしてしまった。都を占拠した形の木曾義仲を追い払い、つづいて東上してきた平家の大軍を一ノ谷で破った源範頼、義経の兄弟を迎えた最高権力者後白河院は、このたびの大功のうち八分通りは義経の働き
とみて、彼を都へ留め置いた。
その間、頼朝の奏請によって、範頼は伊豆守《いずのかみ》に任じられたが、義経の名前は、頼朝の奏請の中
になく、勲功のあった者はそれぞれ官位官職をもらっている。
——なぜ、自分だけが……。
生一本《きいっぽん》な気質をもつ義経は、都で勲功第一等と認められているのに、兄がそれを無視している
のはなぜかと、恨《うら》みかつ疑った。そんな義経を憐《あわ》れむように、後白河院は八月六日、彼を、検非
違使左衛門尉《さえもんのじょう》に任命した。
この時、検非違使（検察と裁判を兼ねた官）に任じられたため、彼を、世間は判官《ほうがん》と呼ぶように
なった。
これは、三河守従五位の範頼より一つ下の正六位に相当していたから、正四位右兵衛佐《うひょうえのすけ》に復
した頼朝と較《くら》べても、それほどの優遇とは思えなかった。
にもかかわらず、頼朝は、自分を通さず、無断で任官したというので烈火のごとく憤《いきどお》った。

そのため、平氏討伐軍の総大将として範頼に大軍を授けて鎌倉を出発させたのに、義経には声ひとつかけようとせず、いわば起用せずという冷飯を食わせたのである。そんなに自分が憎いのか、よしそれならこちらも兄の言うことなどきくものかと、義経は意地を張るようになった。

八月二十七日、範頼軍が入洛《にゅうらく》、つづいて九月一日、西海へ進発していったが、義経にはなんのかかわりもなく、ただ恨みと怒りと屈辱の思いに張り裂けそうな激情を抱いて、範頼軍を見送っただけだった。

そんな矢先、鎌倉から、河越重頼《かわごえしげより》の女《むすめ》を遣《つか》わすゆえ妻として迎えろという知らせが届いた。

——勝手にしろ……。

肚立《はらだ》ちのあまり、義経は静を招いたが、白拍子のエマがかわりにやってきた。

「判官さま……」

甘く絡《から》みつくような声音《こわね》に、義経は日頃あまり口にしない盃《さかずき》を呑み乾して立ち上がった。すでに几帳《きちょう》のかげに入っているエマのほうを眺めやると、白妙《しろたえ》のように光り輝く裸身に黒く長い髪がまつわりついていた。

「殿御《とのご》の御悩《おんなや》みを吸い取ってさしあげましょうか」

事もなげにエマは囁《ささや》いた。この懊悩《おうのう》、今宵初めて会うた妓ごときに、なんともなるものかと男は意地を張った。

細っそりとした撫で肩、嫋《たお》やかな細腰なのに、絖《ぬめ》のように滑《なめ》らかな肌と、ゆたかで形のよい乳房が、男に快楽を予感させた。

抱きしめると、しなやかなからだが腕の中でもだえを伝えてきて、その香《かぐわ》しい首筋に顔を埋めると、野の花のような芳香が男を酔わせた。

もうこの世のことなど、どうでもよい、無我夢中で、快楽の花の蜜を貪《むさぼ》っていると、いつしか夢の花園に漂う思いだった。

繰り返し求めているうちに、いつ時が欠落してしまったのか、はや、しらじらと暁《あかつき》を迎えていた。頭は重苦しかったが、身体中が空虚になったようで、義経は、けだるい夜の底にまだ沈んでいたい気分だった。

「判官さま……」

「うむ……」

「もうなにもお案じなさいますな。殿には、奥州の秀衡《ひでひら》さまがついておいでです」

どうしてそんなことを、この年若い白拍子が知っているのかと、義経は驚愕《きょうがく》したけれど、エマは笑みを返した。

「その後ろ楯《だて》がある限り、鎌倉殿も、うかつに手が出せませぬ。なれど、それゆえに憎まれやすいことをお忘れなく……」

「いったい、そちゃ何者ぞ……」

「それから、後白河院は、いずれ殿と鎌倉殿の間を割《さ》いて、お互いに争い合うように仕向けられましょう」

「なぜ、そんなことを……」

「だから殿は、鎌倉を忘れて、院の寵臣《ちょうしん》におなりなされ。そうすれば、早死せずにすみましょう」

「なにを申すか、鎌倉の代官として都に留《とど》まっているのだぞ。そのようなことはできぬ」

「その一途《いちず》さが、身を滅ぼす因《もと》になりましょう……」

「占い師か、そちゃ……」

「人の行く末が見える病いがあって、普通の女になれたらどんなに楽かと思いまする。殿、昔のことを思い出してください。奥州へ行く前に、越前《えちぜん》へ参られたでしょう」

「どうしてそれを……」

「その時、吉次《きちじ》がなにか申しておりませんでしたか」

「吉次のことを知っておるのか」

「いま、初めて知ったのです」

「吉次はわしに……。ミナという童女の引き合わせで、わしと会えたと申しておった」

「ミナ？　どこにその童《わっぱ》が……」

「宮津《みやづ》に住んでいると言っていた」

その一言《ひとこと》で、エマの顔が鬼女に変わった。

義経は、女の胸許に顔を埋めていた。顔つきは鬼に変わっても、からだは十七の乙女のままだった。

――ミナが宮津に……。それが十年ほど前のこととすると、いまではもう十五、六になっていよう。

この義経は、ミナを知らないらしいが、ミナは義経の存在を知っている、しかも今日あることを漠然と予知していたにちがいない。

——いま、いずこに……。

エマは遠くへ遠くへと透視力を伸ばした。

たしかにそれとはわからなかったけれど、チカッとなにかが光ったようだ。エマが相手を感知すれば、向こうもこちらの存在を悟ることだろう。これまであまり気にかけなかったが、エマは、自分の存在を否定し、危《あや》うくするだろう敵のあることをはっきり意識した。

母と戦った相手の娘、それがミナだった。しかもその木《こ》ノ花《はな》一族と、自分たち冥府《よみ》の一族は、互いに憎み合いつつ、遠く千年の昔から、光は闇《やみ》を照らそうとし、闇は光を食い尽くそうとして、せめぎ合ってきたのである。

冥府の長《おさ》は、木ノ花一族を滅ぼし尽くすことを第一の使命としてこの世に生を享《う》け、常人にはない法力を身につけてきた。その使命感があればこそ、自在に貴人や武将を操《あやつ》って、気ままに振る舞ってこれた。

——義経……、あとは好きに生きるがよい。といっても、すでに運勢の波に揺られた以上、引っ返しはできぬ……。

ふたたび元の白拍子に戻って、エマは、夜の衣を脱ぎ捨てるように立ち上がった。そして蔀戸《しとみど》を上げると、朝の陽《ひ》が、エマの裸身に光の衣を着せかけた。

「判官さま、表があれば裏があるように、こんどはきっとよいことが待っておりましょう。屋島の敵は、裏手から攻めなされ」

うなずいたが、義経は、虚《うつ》ろな頭で聞き流していた。

食もすすまず、睡ることもできない懊悩は、エマの言葉どおりだいぶ軽くなったが、九月十八日、義経は従五位下に任じられ、十月十五日になると、院への昇殿を許された。

そのため、拝賀《はいが》の式を挙げなくてはならないことになって、彼は、迎えにきた八葉《はちよう》の車に乗り、衛府《えふ》の武人三人、供侍二十人を従えて院の御所へ参上した。

そしてうやうやしく舞ったあと、剣、笏《しゃく》を掲《かか》げて殿上に捧げた。この拝賀の式の様子は、すぐ鎌倉に伝えられて頼朝の激怒を買った。

まだ幼い天皇にかわって院政を執《と》っておられる後白河法皇は、頼朝の代官として義経に都の警護を命じた。

それについて頼朝はなにも言わなかったが、従五位下の任官と知ったとたん、烈火のごとく怒って、平家追討軍から義経を外した。

大事な合戦に出陣できない大将、それがどんなに厳しい罰であり、屈辱であるかを、誰よりもよく頼朝が知っていたからこそ、こうして効果的な手段をとったのだろう。

しかもなおつらいことに、これを都の貴人、それも法皇に知られていながら、その前に顔を出さなくてはならないのである。

そんな義経を、慰《なぐさ》めようというので、後白河法皇は、酒をすすめられた。義経が酒をあまり嗜《たしな》まぬのを知っておられて、なお酒席に招かれたのは、やはり彼の懊悩を察しられてのことだったろう。

「その方は、遊びのない男よのう」

若年の頃から今様《いまよう》に凝《こ》って、絶えず白拍子を召されていた後白河院は、政治よりも酒色を好まれている。

院の前で顔を赤くするような不作法はできないので、義経はかちかちに固くなっていた。

そんな義経が、ふと院の背後にやってきた人影に気づいて顔色を変えたけれど、その人は、笑顔を浮かべて、またすっと姿を消してしまった。あれは幻ではなかったのだろうか。だいいち、こんな院の御所にあの白拍子が姿を見せようはずがないのである。

——別人だったかもしれない。

しかし酔って見誤ったのではないことを、誰よりもよく自分が知っていた。彼はもてあました酒盃の中味を、そっと汁椀に移していた。

「判官、ゆっくりしていくがよいぞ」

ねぎらいの言葉をかけられて、院は退座された。その時、もう一度、義経はエマを見た。後白河院のお手を取りつつ、エマはちらりと義経に流し目をくれた。

だが、まだ義経は、信じられなかった。そこで宮廷の事情に詳しい者に尋《たず》ねると、十七、八の若い女性なら、エマさまでしょうと教えてくれた。

偽名も使わず白拍子となって自分と枕を交わしたのが、院の寵姫《ちょうき》と知って、義経は恐縮した。ところがそんな義経の心に直接話しかけてきたのである。

——さらなる逢《お》う瀬はいかが？

義経は耳を塞《ふさ》ぎたかった。しかし耳は塞げても心は塞げなかった。

三

元暦《げんりゃく》二年（一一八五）一月十日、九郎判官義経は、院の御所へ参上して、これより平家追討のため、西海へ出陣する旨《むね》を奏上《そうじょう》した。

これは先に頼朝が派遣した源範頼が、平家を攻めあぐんで、瀬戸内海の沿岸をうろうろするばかりで、やれ馬が不足する、兵糧《ひょうろう》が手に入らないと、たえず鎌倉に救援を求めてきたためである。

このままでは、朝廷の侮《あなど》りを受け、平家を勢いづかせることになるというので、いままで罰を受けた形で顧《かえり》みられなかった義経が、一転して別動隊の大将として屋島へ向かうことになった。

鎌倉から軍監《ぐんかん》梶原景時《かげとき》に率いられた大軍が入洛したけれど、景時は義経の許へ挨拶《あいさつ》にこようともしなかった。

——なんたる無礼……。

側近の佐藤兄弟は許せぬと憤っていたけれど、義経は、妻として兄が送り込んできた河越重頼の娘妙《たえ》を迎えて困惑を隠せない。

色白でなかなかの美人だったが、出陣を控えて、静と会う暇もない時だからいっそう取り扱いに窮した。

二月十五日、京を発《た》った義経は、側近の郎党《ろうどう》百五十騎ばかりを引きつれて摂津の渡辺《わたなべ》へやってきた。

多田満仲《ただみつなか》を頂点とする多田源氏の分派が、淀《よど》川の川口一帯に住みついて、渡辺党を名乗っていた。

この渡辺党が船の支度を引き受けていたけれど、頼朝の代官を自任する梶原景時は、かつて石《いし》橋山《ばしやま》の戦いで頼朝を助けたことを鼻にかけていたので、義経ごとき疎外された人物にこんどの合戦は任されぬとばかり、声高《こわだか》に軍議を支配しようとした。

「聞くところによると屋島の入江は袋のごときもの、しからばその袋の口を閉めて、敵を袋の鼠《ねずみ》といたしてくれようぞ」

しかし義経は、四国へ上陸して、屋島の背後を衝《つ》こうと考えていた。そこで自分の指揮に従おうとしない梶原たちを放っておいて、二月十七日、渡辺の津から阿波《あわ》へ渡ろうとした。

ところが春の嵐というか、激しい雨風に見舞われて、舟人がまず尻込みをしはじめた。

前夜、都から院の側近高楷泰経《たかしなやすつね》卿が旅宿を訪れて、大将軍がなにも四国へ行くことはない、それより都の守護に専念されよ、と院の意向を伝えにきた。

たしかに都では自分を番犬に仕立てたいと考えている。しかし自分には平家討伐という使命がある。鄭重《ていちょう》に断わりつつ、頼られる快《こころよ》さを覚えたものだった。

義経はたとえ荒天でも出陣をと決心した。

「御《おん》大将、これでは舟人がとても承知いたしませんぞ」

伊勢義盛が船頭の返事を伝えてきた。

「よいか、荒天ならば敵も油断する。そこを衝かねば、奇襲は成功せん。船を出さねば斬ると申せ！」

義経は、自分の指揮下に入ろうとしない鎌倉派遣の梶原たちの度胆《どぎも》をここで抜いておかなくては、以後の合戦がしにくくなると考えていた。

戦さには閃《ひらめ》きが肝要だ。それがなければ、大将は務まらない。どんな時でも、この閃きに頼って行動をきめなければ、潮時を逸《いっ》して勝機をつかみ損《そこ》ねてしまう。

あれこれ迷うよりは、閃きを信じたい。

義経は、昨夜より降りしきる雨風は、やがて衰えるとみた。そこで五艘《そう》の船に百五十人の将兵を分乗させて、早朝、まだ降りしきる雨を衝いて出帆させた。

「よいか、馬をしっかりつないでおくのじゃぞ」

伊勢義盛はそういう雑事にかけてはよく気がついた。いっぽう、弁慶は、すっくと甲板に突っ立って義経に吹きつけてくる雨風を防いでくれた。

やがて淡路《あわじ》島にたどり着き、島かげに沿って船を進めると、いつの間にか雨は上がっていた。

空が晴れてくると人の気持ちも晴れ晴れするもので、兵船に笑い声が湧《わ》き起こった。

「それ、いまのうちに兵糧を食《く》ろうておけよ」

人馬ともに空腹を癒《いや》して、翌早朝、阿波の海岸勝浦《かつうら》に到着した。

かつて臼杵《うすき》の船で瀬戸内海を旅したことのある義経は、その記憶をたどりつつ、上陸させた部下を西へ向かわせた。

在地の武士に道案内を頼んで、このまま一気に屋島へ進撃できたら、おそらく敵は予想もしなかった攻撃を受けてびっくりするだろうと思った。

昨日の雨風が隠れ蓑《みの》になってくれた。あとは時間との競争だった。

夜を徹してただひたすら海沿いに走りつづけ、夜明けがた古高松《こたかまつ》にたどり着いた。そこで義経は、兵馬を休ませている間に、雑兵《ぞうひょう》を使って、屋島の東、五剣山《ごけん》に近い牟礼《むれ》と、細い水道ひとつを隔てて屋島と向かい合う古高松の民家に火をかけた。

初めは小さな火が、やがてもくもくと黒煙を立てはじめた時を見計らって、いっせいに突入を命じた。

全軍一団となって屋島の入江めざして駆けに駆けた。いっぽう、まったく予想していなかったこの奇襲に平氏方はすっかり虚を衝かれた。

一見して半島のようにみえているが、屋島は細い相引川《あいびきがわ》で古高松から隔てられた島である。

卓状の平たい台地によって成っている屋島の東側は巾着《きんちゃく》状に切れ込んだ湊になっていて、対岸は五剣山という鋸《のこぎり》の歯のような山が水際にそびえ立っている。

波静かな入江に面して平家の将兵の住居が並び、すこし小高い位置に、八歳の安徳《あんとく》幼帝、母の建礼門院《けんれいもんいん》、祖母の二位の尼、さらに平家の総帥《そうすい》平宗盛《むねもり》などが仮住居していたが、黒煙が南の方に上がったという報《し》らせが入って、朝餉《あさがれい》どころではなくなった。

「誰ぞある、斥候《ものみ》にいって参れ！」

叫びつつ、宗盛は飯椀に湯をかけた。

「母君、いつでも船に移れるように……」

うなずきつつ母刀自《とじ》は、宝剣や鏡を侍女に運ばせた。

食事もそこそこに、宗盛は鎧を身につけたが、自分でも驚くほど汗が噴《ふ》き出してしようがなかった。

「御大将、敵にござる。白旗が煙の間に見え隠れいたして候《そうろう》……」

「よし！ 貝（法螺《ほら》）を吹け、船へ移るぞ！」

背後に海を控えて戦うより、いつでも船出できる船上へ移ったほうがよいと、宗盛はすぐ安全を考えた。

さっそく安徳天皇とその母たちを船中へ急がせるとともに、弓矢をもった戦士を渚《なぎさ》に配した。

空はどんよりと薄曇っていたけれど、すこし風が出てきたようだ。雲は西から東へとさかんに流れ漂っていた。

源氏の騎馬武者が松林の向こうから五騎六騎と、飛び出してきた。どれだけの兵力かわからないので、平氏軍は楯を並べて様子を窺《うかが》った。

ふつうなら攻撃軍も一度止まって集結するなり、作戦を考えるのだろうが、今回、屋島に攻め込んだ義経軍は、ただ真一文字に突進してきた。

雨あられと降り注ぐ矢玉をものともしないで、死の淵《ふち》に飛び込んできた源氏の騎馬武者は、名乗りも上げずに平氏の陣営に突撃していった。

たまらず平氏軍は、小舟に飛び込んで、湊の兵船へと脱出した。そうはさせまいと源氏軍が追いすがった。

その時、近寄ってきた兵船から矢玉の雨が注がれた。その乱戦の中で、義経は手にしていた弓を打ち寄せる波に奪われた。

――いかん！　弓が流れる……。

急いで水中に入ると、ずるずると足許の砂が崩れて、危うく海に引き込まれそうになった。

「御大将！」

誰かがしきりに呼んでいるが、義経は海中に没しようとする自分を支えることさえできなくなった。

「それ！　あの大将を射よ！」

つい頭上に迫った平氏の兵船の舷側《ふなべり》に並んだ兵たちが拳下《こぶしさが》りに矢を射かけてきた。

突然、義経は宙吊りとなった。強い力が働いて彼を海中から救い上げてくれた。振り返るまでもなく弁慶であった。彼の突き出した楯に、十数筋の矢が突き立った。

ようやく砂浜に下ろされてほっとした義経に、伊勢義盛が嚙《か》みつくような怒声《どせい》を浴びせかけた。

「弓など惜《お》しんで、なんとなさる！」

「弓を惜しみはせぬ。この弱弓を敵に拾われて、これが源氏の大将の弓かと嗤《わら》われとうはなかっただけよ」

そんな義経めがけて、またも矢玉の雨が降ってきた。その前に立ちふさがるように割って入った者がいる。佐藤継信だった。

兵船の上から平教経《のりつね》が自慢の強弓を引き絞っていた。その鬼のような姿めがけて、佐藤忠信が、

「おのれ弟の仇《あだ》！」

と矢を射かけた。

すでに丘上の御座所や兵営は、次々と炎に包まれて燃え上がっている。

もはやこの陣営に未練はないと考えたのだろう、ずらりと並んで碇泊《ていはく》していた平氏の兵船は、外海めざして入江を出ていった。

けれどこのまま引き退《さが》ってはいかにも口惜《くや》しいというのだろう、平家の兵船を離れて一艘の小舟が渚に近づいてきた。

見ると、舟上にあって、十七、八と見受けられる官女が目に鮮やかな緋袴《ひばかま》姿で、しきりに手招いている。

こちらへこいというのかと思うと、舟上の舟棚に挟《はさ》んだ棹《さお》の上に紅《あか》い扇《おうぎ》が立てられている。それを射てみよというのだろう。そこで義経は味方の軍勢を振り返った。

「誰か射落とす者は？」

「はい、上手はいくらでもおりますが、小兵《こひょう》なれど那須与一《なすのよいち》が手利《き》きで候《そうろう》」

「さらば与一を召せ」

その声に応じて、小柄な若武者が進み出た。

「あれを射よ」

と義経が目顔で命じると、渚に歩み寄った与一は、沖合いの小舟の上で揺れている扇の的《まと》をしばし眺めてから、静かに弓に矢を番《つが》えた。

薄切斑《うすきりふ》に鹿の角でつくった鏑《かぶら》をつけた征矢《そや》は扇の的を狙って、ヒョウと射られた。

矢は波の上を飛んで吸い込まれるように扇の要《かなめ》に命中した。

それを見て平家の兵船は静かに引き揚げていった。

第九章　壇《だん》ノ浦《うら》海戦

一

小さな蟹《かに》が、桟橋から歩み板の上に這《は》い上がってきた。晩春の陽射《ひざ》しが、ゆらゆらと陽炎《かげろう》のようなゆらめきを渚《なぎさ》から立ち昇らせていた。

蟹は小さな螯《はさみ》を振り立てつつ、せっせと前進していった。一途《いちず》に這い上がっていくそのあとから、草鞋《わらじ》を履《は》いた武者が駆け上がってきた。

「おい、満潮とともに船出いたすぞ。一同支度はよいな」

まだ若い武将だった。鎧《よろい》武者の乗り込んだ兵船が数十艘《そう》、やがて海に乗り出していった。

蟹は、舟底にしがみついて、自分がどうなったのか、考え込んでいるようだった。

寿永《じゅえい》四年（一一八五）三月二十二日、義経《よしつね》を総大将とする源氏の船団が、大島《おおしま》を出て、西へと針路をとった。

屋島《やしま》の戦いからすでに一カ月ほど経《た》っている。その間に、軍監梶原景時《ぐんかんかじわらかげとき》に率《ひき》いられた鎌倉《かまくら》の軍勢と落ち合い、さらに三島《みしま》の水軍、といっても、ふだんは客や荷を積んだ船の水先案内を務めて積荷の一部を礼物としてもらったり、相手が応じないと武力を用いたりするので海賊と恐れられもしている海の豪族だが、中でも、名の知れた河野通信《こうのみちのぶ》や、熊野《くまの》の水軍別当湛増《べっとうたんぞう》などの協力を求めて、兵船と舟人を集めた。

さらに軍備や糧食を調《ととの》えているうちに、平氏が、赤間《あかま》が関《せき》（下関）の彦島《ひこしま》に集結していることがわかった。

そこは平知盛《たいらのとももり》の支配地で、平氏一門は、そこを根拠地としていた。ならば西へ、獲物を追ってどこまでも追い詰めて源平合戦の結着を、こんどこそつけてやろうというのが、源氏側の作戦だった。

大小五百二十五の島々が点在する瀬戸内海は、日本一の多島海であり、古代から海の回廊、大陸文化を近畿《きんき》地方へ運ぶ航路として知られていた。

塩分の多い海のことなので、潮風が吹きつけてくるだけで、べったりと顔に塩気が貼《は》りつくようだった。

ふくらみちぢむ波間に浮かび漂う船団は、水面に散った木の葉のようだが、きらきらと光を弾《はじ》いて照り映《は》える幾千万の波頭を分けて進む船上から眺めていると、まるで黄金の海を掻《か》き分けていくようだった。

けれど船旅に慣れない関東の武者たちは、くねくねと上下左右に揺れ動いて止まる時のない舟の動きについていけなくて、船酔いに苦しむ者が多かった。

これではとても船上にあって弓を引くことなど思いもよらない。そこで義経は、船上での弓の修練を命じようとしたけれど、梶原は「無用でござる」と聞き入れなかった。

源氏の船団といっても、船も舟人も、河野や熊野の水軍のもので、いわば鎌倉の軍勢は船客のようなものである。

どこよりも夕焼けの美しい瀬戸内海のことなので、陽が西海に沈みはじめると、空いちめんに拡《ひろ》がった夕雲のひとひらひとひらが金色《こんじき》に輝いて、船上の武者たちは、思わず息を呑《の》んだ。

大空いっぱいに拡がった金色のさざ波が、刻々と変化して、やがて紫色に染め上げられていく。その頭上を覆《おお》う夕空の変化のありさまに気をとられているうちに、船団は帆綱をきしませて、湊《みなと》へと吸い寄せられていった。

その頃、彦島の平家の湊に、北九州の松浦《まつら》党、山鹿《やまが》、原田《はらだ》といった海の土豪たちが、召し出されて、船団を組織していた。

身体《からだ》の割りに気の小さい兄宗盛《むねもり》とちがって、合戦なら自分に任せておけとばかり知盛は勇み立った。

「敵は騎馬戦を得意とする坂東《ばんどう》武者、こちらは海の平氏と謳《うた》われた者、義経を海上に誘い出しさえすれば、味方の勝利疑いござらん」

「そう申せば一《いち》ノ谷《たに》、屋島は陸《おか》の上の戦さであったよのう」

「斥候《ものみ》によれば、敵も河野、熊野の水軍を集めて海上に出て参った由《よし》……」

「思う壺《つぼ》じゃな」

「ましてこの海峡は潮流の変化の激しい所、敵はそれを知り申さん」

「ならば勝ったも同然ではないか」

「それに宋船《そう》もおるでのう。こんどこそ目に物見せてくれましょうぞ」

「早ようこい、義経め……」

けれど戦っては敗れ、敗れては退《ひ》いてきた平家の公達《きんだち》たちは、万一の場合に備えるとともに、勝てばもう行く手を阻《はば》む者はいなくなるので、そのまま都へ押し上ろうと、安徳《あんとく》幼帝、母后建礼《けんれい》門院《もんいん》を御座船に遷《うつ》して、彦島を出帆していった。

その頃、源氏の水軍は、九州豊後《ぶんご》の国に釘づけとなっていた範頼《のりより》軍の傘下で、周防《すおう》の国に残っていた三浦義澄《みうらよしずみ》の一統が待っている笠戸《かさど》の大島へやってきた。

三浦半島を本拠とするこの三浦党は、海に慣れているばかりか、豊後の範頼と連絡するため、赤間が関の海域を通ったことがあるという。

「出会うたのか、平氏の兵船に……」

「いえ、未明にこっそりと通り抜けましてござる」

義澄は、地獄で仏に出会ったように再会を喜んでいた。

「こうして鎌倉の大軍と落ち合うた気分は、地獄で仏に出会った心地でござる」

今まで敵地に残って、さんざん心細さを味わっていたらしい三浦党は、こんどこそ平氏の息の根を止めてくれんと意気込んでいる。

「ならば三浦ノ介《すけ》、明日の先陣はそちに頼むとしよう」

「なれど判官《ほうがん》、それがしは水の上は苦手でござる」

「しかし赤間が関の海を知っておろう」

押し問答をしていると、割って入った者がいる。頼朝の代官と称して合戦を支配しようとする軍監梶原景時だった。

「あいや、九郎主《ぬし》、こたびの合戦の先陣は、この梶原ときまっておりまする」

「これは海の戦いなるぞ」

「戦いに変わりはござらぬ。そりゃたしかに、鎌倉殿《どの》に疎《うと》んじられて、なんとしてもここで手柄をと、焦《あせ》っておられるのは無理からぬこと。なれどそれがしとて軍監の面目《めんもく》がござる。こたびの先陣はなにがなんでも、それがしが相務《あい》める。のう九郎主」

いかにも相手を見下した態度だった。総大将が義経というのは名のみのことで、鎌倉殿の信頼を受けて実権を任されているのは、この自分だと、梶原は諸将の前で公言したようなものだった。

――これでは大事な決戦を前にして、全軍の統制がとれなくなる。

このような叛将《はんしょう》を抱えていたのでは勝利は覚束《おぼつか》ない。ここはどうでもこの男をねじ伏せなくては、明日から諸将が命令に服さなくなる。義経はただちに考えをまとめると、かぶりを振った。

「控えろ、梶原、口を慎《つつし》め」

「なにを、大将面《づら》いたすな。碌《ろく》な郎党《ろうどう》も所領もないくせに……」

「言うな、命令がきけぬのなら、鎌倉へ帰れ！」

「おのれ！」

つかみかかろうとする梶原を三浦ノ介が抱きとめた。それとみて、梶原の長男景季《かげすえ》、次男景高《かげたか》が太刀《たち》を手にして立ち上がった。

それを見て、伊勢義盛《いせよしもり》たちが主君義経の前に廻り、弁慶《べんけい》が主君を守って立ちふさがった。

「やめんか、一同、源平の決戦を前にして、同士討ちしてなんとしょうぞ」

喚《わめ》きつつ、義経は、目の前にいる鎌倉の部将たちの正体を見た思いがした。

――彼らはみな、元は平氏の出身であったり、土地の豪族同士であって、兄頼朝《よりとも》を仮りに主《あるじ》と仰《あお》いでいるにすぎないのだ。

だが、それでも彼は降りることはできなかった。

たとえ、まわりがすべて自分を異邦人としてみていようとも、彼らを使って自分は平氏を滅ぼさなくてはならない。

そうしなければ、自分はもとより頼朝も威光を失って、権力の座から引きずり下ろされて、惨《みじ》めな死を遂《と》げることになるだろう。

こうしていったん源平合戦のまっただ中に登場した以上、自分勝手に降りることは、つまり自分の立場と源義経という名前を失うことになる。

ここまで積み上げてきた過去の努力と実績を無にしないためにも、義経は、ここが踏ん張りどころと思った。

――よいではないか、もともと徒手空拳《としゅくうけん》、孤影を曳《ひ》いて生きてきたのだから、どこで野たれ死しようと、よいではないか。

もともと彼は頼朝のように権力の座につきたいと思うて戦ったことはない。それに武人の血を享《う》けたため、やむなく大将となったが、戦いたくて戦っているわけでもなかった。

——すべては成り行き、時と所と立場が、今日の自分に仕立て上げてくれた。

だが課せられた役割だけは果たそうと考えていた。

——神仏か運命《さだめ》かは知らぬが、このような立場に自分を導いてくれた以上、平家を滅ぼすことだけを考えるとしよう。

ふと現実に引き戻されると、しきりに弁慶が目顔であちらへと合図していた。

「わが君、戦いに備えて、休ませ給《たま》え」

「そういたそう。一同、明日は出陣ぞ！」

一言《ひとこと》、命じておいて、義経は席を立った。

そして寝所へ戻ると、部下たちに酒を飲ませて、自分は寝についた。

——梶原が、いみじくも言うたとおり、自分は兄に疎まれ、その事実を鎌倉の要人はみな熟知している。

それなら隠しておくこともない。なるようになれ、したいようにしてくれと、思うことにした。

——鞍馬《くらま》を出て以来、いや母の懐《ふところ》を離れて以来、ずっと一人で旅してきたようなもの……。

その旅の途中、仮り寝の夢をこの浜辺でみようというのである。

ところが激しい雨音に暁《あかつき》の夢を破られた。板屋根や蔀戸《しとみど》を叩く雨がしぶいて顔に降りかかってきたばかりか、夜の衣《ころも》をしとどに濡らせた。

——こりゃたまらぬ。

これでは出陣どころか、海へも乗り出せぬと、溜息《ためいき》をついているところへ訪ねてきた者がいる。

周防の国府《こくふ》の船奉行船所正利《ふなどころまさとし》は、出陣祝いとして十二艘の船を運んできたのである。

「御《おん》大将、串崎《くしざき》の船でござるぞ」

河野通信が喜びの声を挙《あ》げたのは、周防の串崎船といって、早鞆《はやとも》の瀬戸を乗りきるのになくてはならない早船だったからであった。

三島水軍の総帥《そうすい》である河野通信が、これはよいものが手に入ったと、喜んでいたから、義経も、雨で一日出帆を遅らせてよかったと思った。

——これも神仏の助けであろう。

周防の国府の船奉行が、こうして味方についたのは、平家の人気が下降したからと思わなくてはならない。

「ようきてくれた。さっそく鎌倉の御家人《ごけにん》に取り立てて遣《つか》わそうぞ」

一札《いっさつ》書いて手渡した。

「御大将、舟は舟人次第、どんなに船がよくても、舟人がのうては動きません。そこで、このあたりの海に慣れた漕《こ》ぎ手、梶取《かじ》りをつれて参りました」

「よう気にかけてくれた。礼を申すぞ」

その翌日、鎌倉軍は晴天となった海へ乗り出して、早鞆の瀬戸へと向かった。木の香《かぐわ》も芳《か》しい串崎の船に、義経は弁慶たち直臣《じきしん》とともに乗り込んだ。明るい陽射しに照り映える周防の山々を眺めつつ、やがて国府のある三田尻《みたじり》の湊にさしかかった。

――たしかに舟は漕ぎ手次第……。ならば漕ぎ手を失うたなら……。

義経は、そこに戦法の秘訣をみつけたと思った。

すり寄ってきた河野の船から、通信が声をかけた。

「御大将、この海原《うなばら》を向こうに渡れば豊前《ぶぜん》でござる」

そうかと眺めやったが、広々とした大海があるばかりで、島影一つ目に入らなかった。泳ぐことのできない鎧《よろい》武者たちは、大海原を目にして当惑と不安を隠せない。

「ご案じ召さるな。平家の船は、川のように狭い小道の奥に控えてござる」

大海原をわが家とする水軍の長《おさ》ならではの言葉だった。

陰暦三月二十三日、源氏の兵船は、長府《ちょうふ》沖に浮かぶ、満珠《まんじゅ》、干珠《かんじゅ》の附近に船がかりした。ところで源氏軍は、兵船約三十艘、そのほか雑人《ぞうにん》や武器糧食、飲料などを積み込んだ兵糧《ひょうろう》船や連絡用の軽舟などを含めると総数七百余に達したとみられている。いっぽう平氏は五百余艘といい、しだいに戦機が熟してきた。

二

三月二十三日、源氏の兵船が、満珠、干珠二島のあたりに集結中との報《し》らせを受けた平氏は、同日夕刻、まず第一陣として、九州山賀《やまが》（山峨）秀遠《ひでとお》の水軍を出発させた。

つづいて松浦党の水軍を第二陣とし、そのあとから第三陣となる平氏一門を分乗させた船団が出帆した。

全軍を指揮するのは新中納言平知盛だが、平氏一門の総師は宗盛だった。

彼らは父清盛《きよもり》の時代とちがって、生まれながらの貴族として暮らしてきたため、合戦につきものの血をみることが苦手だった。

そのうえ、建礼門院徳子《とくこ》をはじめ、多くの官女をつれているので、なにかにつけて足手まといでならない。

ちょうど赤間が関の対岸に当たる田ノ浦《たうら》に、平氏の兵船は碇《いかり》を下ろした。

ところでこの関門《かんもん》海峡は、本州側と九州側が向かい合う水道で、早鞆の瀬戸と呼ばれている。

そこは海というより、幅六百七十メートルばかりの狭い水道で、そこに日本海や豊後海域から流れ込んでくる海水が、にわかに通路を狭《せば》められるため、激しい勢いで流れ込んではまた退《ひ》いていくのである。

季節によって潮流が変化するが、陰暦三月終わりの頃は、午前八時半頃に、潮は激流となって東へ進み、十一時十分頃に最高となり、午後三時頃になると、こんどは逆に日本海に向かって西へと流れ出していくことになった。

その最高に達するのが午後五時四十五分頃となっている。

この関門海峡の西端に位置する彦島を根拠地としていたので、平氏はこうした潮流の変化を、日常目にしている。

九州側の岬の先端に見えているのが古城山（百七十五メートル）で、それに対して本州側に控えているのが、眺望のよさで知られた火の山（二百六十八メートル）で、互いに睨《にら》み合う形をなしていた。

この両山に挟《はさ》まれた早鞆の瀬戸の、ちょうど火の山の麓《ふもと》、山裾《すそ》が海峡へとなだれ込む所が、すなわち壇《だん》ノ浦《うら》である。

日本初の大海戦はまず平氏の軍船による総攻撃にはじまった。

満珠、干珠の二島から早鞆の瀬戸を望む海域にあった源氏の軍船に襲いかかって、平氏軍は、矢を放った。

源平の今日を限りの国争いは、平知盛が想定したとおりに進行していった。

すなわち潮流が東へ向かい、もっとも激しくなる午前十一時すぎに、平氏の軍船は、急流に乗るごとくに東へ、つまり源氏の船団めがけて襲いかかった。

「それ！　ぬかるな、矢玉の限り射つづけよ！」

知盛の命令一下、平氏軍は、潮流に乗って源氏の兵船に近づくなり、雨あられと矢を射かけた。まして見上げるように巨大な宋船から射かける矢玉は、頭上から射込んでくるので威力があった。

音を立てんばかりに流れ込んでいる潮流に乗って矢玉の雨を注いでくる平氏軍に対して、源氏はなす術《すべ》もなく、楯《たて》のかげに隠れて、風の通りすぎるのを待っていた。じっと潮流の変化をみつめている義経の舟のかたわらに漕ぎ寄ってきた伊勢義盛が舟中から声高《こわだか》に叫んだ。

「御大将、じっとしておれぬと言うて、梶原どのは兵船を進めたいとじれてござる」

「またしても梶原か……」

「なんとも困った御仁《ごじん》でござる」

「潮の流れが変わるまで待てと伝えよ！」

「承知つかまつった……」

しかし、どうせそれを不服として突進していくだろうから、まァ好きにするがよい、そのかわり助けに行かぬからなと、義経は割りきろうとした。

「よいか義盛、やがて潮の流れが、東から西へと変わろうゆえ、その時、いっせいに反撃をはじめよ。それも漕ぎ手と梶取りをまず狙《ねら》うのじゃ。さすれば平氏の舟は流れに呑み込まれて動きを失う。そこを射伏せよ！」

「かしこまった。ならば御大将、ご武運を！」

「距離を保って、右手へ廻り込め。さすれば平氏の船は、向こう岸へと押し流されるはず……」

「矢玉の届かぬようにいたしまする」

「凌《しの》ぐのじゃ、日影が伸びるまでの辛抱じゃぞ！」

その間も、板楯を叩くように矢玉が飛びかかってきた。

三段備えに襲ってきた平氏の軍船の中ほどにひときわ巨大な外国船がまじっていた。その巨船めがけて、源氏側の強弓の持ち主が弓を引いたが、矢は甲板まで届かなかった。

そしてこんどはお返しとばかり、頭上から狙い射ちされて、源氏の将兵が血を流した。

——だから申したのに……。

はらはらしながら眺めていると、まったく戦おうとしない船があることに気づいた。平氏の赤旗がひるがえっているが、舷側《ふなべり》に並ぶ射手の姿が見当たらないのである。

——なるほど、あれだな。幼帝の御座船は……。

そこに建礼門院や二位《にい》の尼《あま》（清盛の妻）がいるのだろう。あの船に矢を射込んではならぬ。全軍に注意しようと思っているうちに、急流に引き込まれるようにして、平氏の軍船は、目の前から遠ざかっていった。

海戦のはじまる数日前のことである。梶原景時の郎党が、夢の中で、石清水《いわしみず》八幡宮の使者に出会って、お告げ文をもらった。見ると、こう記してあった。

『平家、未《ひつじ》の日に死ぬべし』

その日こそ、源平が史上初の大海戦を行なった陰暦三月二十四日だった。

平氏の軍船は、音を立てて東へと流れ込む潮流に乗って満珠、干珠の二島から西のかたへ向かおうとした源氏の軍船に襲いかかったが、あまりの潮の速さに、軍船を十分狙い射つことができないままに、東へと流されていった。

ところが陸上とちがって、矢玉の補給がままならず、兵器を積み込んだ船が意外に遠くへ流されて、急場の間に合わなかった。

だがそんな事情を知る由《よし》もない軍司令官の知盛は、

「いま、一度、寄せィ！　源氏の兵船を揉《も》み潰《つぶ》せ！」

声を限りに叫んでいる。

それにつづいて、副将格の勇将能登守教経《のとのかみのりつね》は、大太刀《おおだち》を引き抜いて、味方を鼓舞《こぶ》していた。

この時、安徳幼帝の御座船には、平氏の惣領《そうりよう》平宗盛と、その子清宗《きよむね》たち貴族と、御国母《おんこくぼ》建礼門院、二位の尼を中心とする女官たちが乗り込んで、潮の流れの速さに、みな声もなく不安の色を浮かべている。

前帝の中宮《ちゆうぐう》徳子（建礼門院）は三十一歳、安徳幼帝は八歳だった。孫の幼帝はその膝に寄りかかりつつ問いかけた。

「合戦は、まだすまぬのか」

「やがて間もなく……」

伸び上がって海上を眺めやると、平氏の軍船は、ふたたび船首を陸岸に向けて源氏軍を追おうとしていた。

ところが潮流はまだ東へ向かっていたので、それに逆《さか》らっての方向転換は容易でなかった。

「それ、力いっぱい、漕ぎに漕ぐのじゃ！」

武将は叱咤《しった》しているが、激流に逆らうのは三倍も五倍もの力を必要とした。ところがそれでものろのろとしか進まない。そんな平氏の軍船めがけて突き進んできた船が、舷側に立て並べた楯のかげから、熊手を繰り出して、平氏の部将の鎧に鉄の爪を引っかけた。

「おい、敵じゃぞーッ！」

叫んだ時は、もう水中へ引き込まれていた。重い鎧と兜《かぶと》に身を固めているので、鎧武者は泳ぐどころか、すぐ波間に沈んでいった。

潮流を見定めていた串崎の舟人が、潮風に髪を逆立てつつ叫んだ。

「変わりまするぞ、潮の流れが……」

すでに陽はすこし西に傾きかけている。見ると、あの急流となって東へ流れ込んでいた潮流が、しだいにゆるやかになってきた。

「間もなく西へ流れまする……」

うなずいて義経は伝令舟を呼び寄せた。

「よいか、全軍船に伝えよ。西に向かう潮に乗って、攻め立てよ。よいか、忘れるな。まず敵船の舟人と梶取りを射よ！　さすれば敵は動けまい」

早鞆の瀬戸と呼ばれるこの海峡の潮流の変化については、この地に本拠を置く平氏のほうが、より詳しい。しかし、平氏は、源氏の部将を狙って矢を射かけたけれど、源氏は、まず舟人を倒そうとした。

しかも再度寄せてきた平氏の山賀や松浦の兵船に逆襲をしかけて、熊手で掻き寄せては、舷々《げんげん》相摩《あいま》すと、相手の船に躍り込んで大太刀をふるったのは、梶原の一統だった。

海上でも人一倍の働きを、というのが、梶原の気負いで、義経の鼻をあかそうと必死だった。この斬り込みに恐れをなして、先陣が崩れ立ったところへ、こんどは源氏の軍船が、沖合いへと乗り出していった。

もうこの頃になると、これまで東へ向かっていた潮流が、一転して西へと流れはじめた。

その潮流に乗った源氏の軍船が、逃げまどう平氏の軍船めがけて襲いかかっていった。それも矢玉の尽きた相手に対して、これまで堪《た》えてきた鬱憤《うっぷん》をはらすかのごとく、狙い定めて射すくめた。

そして漕ぎ寄せると、体当たりしたり、熊手に引っかけて相手の船を引きつけて、躍り込んでいった。

貴族化して、酷《むご》たらしいことや流血を嫌う傾向のある平氏の将兵とちがって、荒々しい関東の風土に生きて、日頃、巻狩《まきが》りを好んで、獣を射殺したり、時には猪《いのしし》に飛び乗って刃をふるっている鎌倉の将兵は、相手をねじ伏せると、慣れた手つきで首を掻きとった。

正確に、相手の息の根を止めることに習熟しているので、太刀をふるい、斧《おの》で兜を叩き割って、難なく鎧武者を討ち取っていった。

そのあまりの冷酷さに、血の気もなく呆然《ぼうぜん》と眺めていた官女たちは、恐怖に引き攣《つ》れた顔つきで声もなく涙をこぼしているが、鎌倉の髭《ひげ》武者たちは容赦《ようしゃ》なく血刀を振りかぶった。

西へと向かう潮流に乗って、源氏の軍船は、舟人を失って立往生している平氏の船に襲いかかった。

三

雲が静かに移っていった。下界の出来事になんのかかわりもなく大空を渡っていく雲を眺めやる余裕もなく、壇ノ浦の海上に入り乱れた源平の軍船は、ここを先途《せんど》と殺し合いを演じていた。

正午すぎまでは、あんなに勢いに乗っていた平氏も、いまは追い立てられる獣のように、矢玉の雨の下を逃げまどっている。

なにしろ漕ぎ手も梶取りも斃《たお》れてしまって、かわって雑兵《ぞうひょう》が櫂《かい》を手にしたが、いたずらに水面を掻くのみで、船は一つ所をきりきりと旋回するばかりだった。

すこしでも早く西へ逃れたいと首ばかり伸ばしている平氏の将兵の前に、躍り込んできた源氏の武者が、悪鬼のごとく剛剣をふるって、片っ端から斬り立てていくと、そこはもう地獄と変わっていった。

だが正午頃にはじまって、もう陽が西に傾いているのに、まだ死闘を繰り返していたのは、潮流と浪《なみ》の動きが近寄ろうとする船と船を遠ざけたり、散らしたりしたからで、地上戦では考えられないような無駄な労力と時間が空費された。そんな中で源氏が攻めあぐんだのは、見上げるように背の高い宋船の出現だった。

——ひょっとしてあの船内に、安徳幼帝や女院がおわすのではあるまいか。

なにしろ高々とそびえ立つ宋船の舷側に隔てられて、その内側はまるで見えなかったから、源氏の武者たちは矢を射込むことをためらった。

それに後白河院の厳命によって、なんとしても三種の神器を持ち帰らなくてはならない。となると、幼帝のかたわらにあるとみられる神器を海に沈めないためにも、御座船への攻撃は慎まなくてはならなかった。

「御大将、いかがいたしましょうぞ」

伝令船が決断を求めてきた。

「あの船に、武者は……」

「乗っております。頭の上から射立てられて、手負《てお》い(負傷者)が多数……」

「そうか、ならばかまわん。火矢を射込んで焼き払うてしまえ」

「もしも御座船なら……」

「その責めは、わしが引き受けよう」

とにかく決断を急がなくてはならなかった。それにもし御座船なら、向こうから攻撃を挑発するようなことはすまいと思われた。

「では御大将……」

「焼き払え」

指示を下しているところへ、突然、衝撃を覚えた。どーんとぶつかってくる勢いに、義経は危うく海中に落ちかけた。その舟を押しやったが、また寄ってきた。

なんたることだ、執念深い、と太刀を抜いて、斬り込みに備えた義経は、音もなく迫ってくるその平氏の舟を見て、思わず顔色を変えた。

その舟に六人の武者が乗っていたけれど、彼らはすでにこの世のものではなかった。千切《ちぎ》れかけた首や切断された膝、裂けた鎧、突き立った矢、それ以上、見るのもおぞましい姿となって、死者たちは、生ける者を威嚇《いかく》した。恨《うら》めしげなその顔つきに目をそむけ、義経は船首を押して、渚《なぎさ》へと向けた。

「沖へ向こうて、早よう漕げ！」

平氏の赤い旗印が、沖合いにひるがえっていた。その獲物を追って四方から源氏の軍船が集まってきた。

もう矢玉も尽きて、舟人もなく、ただ海上を漂うだけとなった船も多く、あたら平氏の公達たちも、もはやこれまでと死に支度に取りかかった。

だが、このうえは一人でも多く、源氏の武者を死出の道連れにしてくれようと、右手に大太刀、左手に長刀《なぎなた》をもった能登守教経は、近づく舟に乗り移っては、兜首を切り取っていった。

「いでや判官、われと勝負いたせ！」

すでに死を覚悟した相手と出会っては、まだ生きたいと願う者はとても敵《かな》わない。大将として軽率なことはできないと、義経は、名乗りを上げたい気持ちをじっと抑《おさ》えていた。

「おのれ、義経はいずれぞ？」

舟から舟へと渡って、悪鬼のごとき姿を義経の前に現わした。

目と目が合って、相手もそれと察したらしい。

「おのれ、判官！」

長刀ふるって打ちかかろうとした。その刃風を頬《ほお》に感じつつ、義経は、身を屈することなく次の舟に飛び移った。だが身軽く敏捷《びんしょう》な義経とちがって、大兵肥満の教経はそうはいかなかった。

「臆《おく》したか。このうえは、誰でもよい、われと組み打つ者はおらんのか」

凄《すさ》まじい目つきで睨みつけられて、源氏の武者たちも、さすがに尻込みした。その中にあって、安芸《あき》太郎、次郎という力自慢の兄弟が、すっくと立ち上がった。

「いでや、組まん！」

大手を拡げて左右から迫ってきた。教経はその腕をたぐって、太郎、次郎を両腕に抱え込んだ。

「いでや、冥途《めいど》の供をいたせ！」

と舟底《お》を蹴って海中に飛び入った。

名を惜しみ、首とらせまいとした平氏の勇者たちは、それにつづいて海中に身を躍らせた。

天と地のあいだに人がうごめきつつ生を保っているように、この壇ノ浦では、頭上に覆いかぶさる夕空の下に押しひしがれそうになって、海が拡がっていた。

その海上に木の葉のごとく平氏の軍船が漂い流れている。船上に人なく、海上に楯や弓が浮かんで、もはや敗色は歴然としている。

それを眺めやって、平氏軍の総大将知盛は、いまはこれまでと思って、安徳幼帝の御座船へ乗り移ってきた。

すでに諦《あきら》めの色濃い船内では、女房たちが泣き伏したり、涙を浮かべたりしている。

知盛は、そのあたりに散らばった食器や食べ残しを集めて海中に投げ捨てた。

「中納言どの、戦いはいかに……」

年配の女官が甲高《かんだか》い声を上げた。

「間もなく珍しき東男《あずまおとこ》どもをごらんになりましょう」

総大将にそう言われては、もはや一縷《いちる》の望みも絶たれたにひとしい。泣き伏す女官たちの声で、船内は騒然とした。

「静まれ！　見苦しいぞ。かねて覚悟のうえではないか」

一同を制したのは二位の尼だった。夫清盛を見送って以来、平氏一門の盛衰をすべて眺めてきた尼御前は、かたわらにあった宝剣を腰帯にたばさんだ。

すでにこの世にさしたる未練はないが、このあどけない八歳の孫が不憫《ふびん》でならない。けれど、敵の手にかかって生き恥晒《さら》すのはなお堪えがたかった。

神璽《しんじ》の箱を小脇にして幼帝を抱き上げた。

「いざ、お供を……」

「尼御前、いずちへわれを伴うぞ」

そむけた祖母の顔を孫は覗《のぞ》き込もうとした。

「これより西方浄土《さいほう》へ参りましょう。一天万乗の天子としてお生まれになったが、悪縁に引かれて御運も尽きました。このうえは、東へ向かって伊勢の大神にお別れを申し、次に西へ向かって、念仏を唱《とな》えられませ」

その言葉どおり、東に西にと向けた幼児の髪が、皺《しわ》寄った二位の尼の咽喉《のど》をくすぐった。

「いざ、波の下にも都の候《そうろう》ぞ」

船内に残る者たちに言い聞かせるように叫びつつ、尼はしっかり幼帝を抱きしめたまま、舷側から宙へ身を躍らせた。

それを見た御国母建礼門院徳子は、急いで母と子のあとを追おうとして、温石《おんじやく》と硯《すずり》を重しとするため、左右の懐に入れた。そして夢幻《うつつ》のように、素足で、舷側の板を蹴った。ぐらっと上体が、傾いて、ふわりと十二単衣《ひとえ》が風を孕《はら》んだ。

長い黒髪を振り乱し、白い顔容《かんばせ》を夕陽に照らされて、入水《じゅすい》した建礼門院徳子は、まだ海上に浮かんでいた。

それは十二単衣という衣裳のためで、まだ沈みもやらず、花びらのようにひろがった衣裳に支えられて、風に揺れる芙蓉《ふよう》の花のように艶《あで》やかだった。

それを目にして渡辺《わたなべ》党の源五馬允《うまのじょう》が、手にした熊手を差し出した。鉄の爪の上に人形のような女院の身体を乗せて、ゆっくりとたぐり寄せると、沈みもせずに近寄ってきた。

「やい、獲物を落とすなよ！」

まわりを囲んだ源氏の兵船から、からかいの声がかかった。しかし源五はあわてず急がず熊手をさらに引き寄せた。

「そら、手に入ったぞ！」

「源五が官女を釣り上げたぞ！」

源氏の兵船からどよめきの声が起こったけれど、平氏の船から声がかかった。

「もったいなくも、恐れ多くも、女院におわすお方を……」

「なに、女院じゃと……」

平氏とともに西海にさすらっておられる女院といえば、安徳幼帝の御生母、建礼門院以外にはありえない。

——さてはこの女性《にょしょう》が……。

舷側まで引き寄せてきて源五馬允は手がふるえた。女院と知っては、お顔を覗くことも叶《かな》わず、まして手をふれることなど、できたものではない。

そこで衣裳ごと抱き取って舟中へ救い入れたが、むろん自分たちではなんともならないので、さっそく舟を漕いで義経の許《もと》へおつれ申した。

義経も、戦いのさなかのことなので、源五に言いつけて、陸岸へおつれ申せと、護衛を命じた。

すでに形勢は決しているが、それでも平氏滅亡まで見届けなくてはならない。源氏の兵船は遠巻きにして、残る平氏の兵船を、さらにいちだんと追い詰めていった。

いまはこれまでと、中将資盛《すけもり》、少将有盛《ありもり》、左馬頭行盛《さまのかみゆきもり》など、世に時めいていた公達が、次々に海中に身を投じて、水音ばかりが空《むな》しくひびいた。

しだいに黝《くろず》んできた波間に咲いた花のごとく、十二単衣の色鮮やかな衣裳をひるがえして、官女たちが次々に入水していった。あたりに流れ漂う無人の舟を眺めやって、平氏の大将となった知盛は、

「見るべきほどのことはみな見つくした。いまは自害せん……」

と、乳母子《めのとご》の伊賀《いが》家長《いえなが》に着せてもらった鎧二領を重ねて、ともに水中めざして身を投じた。

低く高く舞い飛ぶ鷗《かもめ》たちは、黄昏《たそがれ》とともにいずこかへ帰っていったが、戦い敗れた者たちの帰り着く先は冥途《めいど》しかない。生きて帰らぬ死出の旅路につく男女は、みな無口で、ほかを顧《かえり》みる余裕もなく、すでにその眉《まゆ》のあたりに漂っているのは死相であった。

けれどまつわりつく死を払いのけて、戦場から逃れ去った者たちがいなかったわけではなかった。

すこしでも遠くへと必死に力漕をつづける平氏の舟に向かって、矢を射かけていた源氏の武者たちも、波頭にきらめく夕陽の眩《まぶ》しさに目を奪われて、見送るばかりだった。

それに、まだもう一人大物が残っていた。

平氏一門の惣領《そうりよう》、一族一門の総帥、内大臣宗盛とその子清宗の父子だった。すでに総大将の知盛や勇将教経は入水して、残るは自分のみとわかっていたけれど、宗盛はなかなか死ぬ気になれないとみえて、あちこちを眺めやりつつ、まだ迷っている。

「臆したか大臣《おおい》どの……」

「さあ、なんと召さる？」

源氏の将兵は固唾《かたず》を嚥《の》んで見守っている。むろん逃げようとすれば、すぐ捕らえられる近さでの見物だった。

だが往生際《おうじょうぎわ》の悪い総帥の姿を醜《みにく》しとみたのは平氏の兵たちで、自分たちに敗戦の憂《う》き目をもたらしたのは、宗盛の責任ではないかと、宗盛父子を舷側に追い詰めた。

「お覚悟！」

「待て、なにをするつもりぞ？」

「知れたこと……。真っ先に死ぬべき人に、死んでもらうまでのこと……」

「待て、逸《はや》るな……」

「遅かれ早かれ、いずれ死ぬ身、いまこそ冥途の旅に立たせたまえ」

「いや、その……」

逃げようとする宗盛父子の身体《からだ》を、何十もの手が抱え上げ、押し上げて、海中へと投げ出した。

「なにをいたすか！」

喚きつつ、肥《こ》え太った宗盛の身体は宙に舞い、待ちかねた波たちが白い手を伸ばして、急いで海の内側へと引きずり込もうとした。

ところが困ったことに、この父子どちらも泳ぎが達者で、ついすいすいと泳ぎ出してしまった。

「それ、あの二人を!」

捕らえよと命ずる前に、熊手に引っかけられた父子はふたたび船中に戻されてきた。海の藻屑と化した人たちをよそに、平氏一門のうち、捕らえられたのは、女院や北の政所をはじめとする女人たちと、内大臣宗盛、平大納言時忠を筆頭とする男たち、合わせて四十三人であったと伝えられている。

けれど名もない端武者《はむしゃ》は、生かして置いたところで、食い扶持《ぶち》と場所をとるばかりで、面倒なりと片っ端から首刎《は》ねられて海中に投げ込まれてしまった。その数八百五十余人という。

すでに戦いすんで日が暮れて、沖の鷗も引き揚げてしまったが、死なんとして舟に引き上げられた女官たちは、衣裳も剝がれて、勝ち誇る男たちの慰《なぐさ》み者となった。

その頃、壇ノ浦の陣営では、御大将義経の前に諸将居流れての酒宴がはじまろうとしていた。

「御大将、お言いつけの三種の神器のうち、船中の長櫃《ながびつ》に残されていた御神鏡と、海に漂っていた箱の中からみつかった神璽《しんじ》とは、このとおりみつかりましたが、御宝剣は、どうやら二位の尼が腰にして水中に……」

「入水せし時にだな……」

「はい、水中に潜って探させましたが、どうしても見当たりませぬ」

「いま一度探させよ。宝剣なくしては……」

なんの顔容《かんばせ》あって都へ戻れようかと思った。

鎌倉の兄には、いち早く急使をやって戦捷《せんしょう》を報告してあるが、宝剣が気がかりで、浮かぬ顔をしている。

「宿怨《しゅくえん》を霽《はら》され、なによりもおめでとうござる……」

鎌倉方の武将は、亡父の仇《あだ》を討ったと祝辞を並べているが、平氏を滅ぼして嬉《うれ》しいかと問われたなら、義経は首を振ったことだろう。

復讐とは、より多くの他人を殺戮《さつりく》することなのだろうか。殺して殺されて、また殺し合う、それが武者の生業《なりわい》といえばそれまでだが、義経は、もう武者を下りられなくなっていた。

平氏が滅びて、これで父の仇は討った。ならばこの先、自分はなにを目当てに生きていけばよいのだろうか。

戦い終わって、義経は生きていく目的を見失った。

義経、二十七歳、これから目的のない人生へ旅立とうとしていたのである。

これまで戦いにつぐ戦いに明け暮れてきたけれど、平家滅亡して、もはや合戦の相手もなかった。さりとて鎌倉へ帰りたくもない。

まして兄の家来となって、政所の仕事をしようとは思わなかった。

第十章　義経無残

一

陰暦四月の二十四日に、義経《よしつね》は、神鏡と神璽《しんじ》を奉持《ほうじ》して都へ凱旋《がいせん》した。平家滅亡というので、都では貴人も住民もこぞって出迎え、戦勝将軍である義経の功を讃《たた》えない者はいなかった。

さらに四月二十六日、こんどは捕らえられた平宗盛《たいらのむねもり》父子、時忠《ときただ》など多くの捕虜が都へ護送されてきた。

宮廷では、鎌倉《かまくら》の頼朝に従二位の官位を贈ったけれど、宗盛たちの処罰については、結論が出ないため、報告のため鎌倉へ行くという義経に、宗盛父子を送らせることにした。

六条室町《むろまち》に邸《やしき》を構えていた義経は、連日のようにつづく祝宴に引きずり廻されて、今後の方針をたてる遑《いとま》もなかった。

すでに鎌倉から遣《つか》わされた河越重頼《かわごえしげより》の女《むすめ》妙《たえ》が、妻として家事を取りしきっていた。馴《な》れない都暮らしのため、妙はいっそう無口になったようで、夫義経との間にも、ほとんど会話らしいものがなかった。

ただおとなしいだけの妻を抱き寄せても、心は弾《はず》まず、かたわらで寝《やす》んでいる妻が木石のように思えて、翌日になると、静《しずか》の許《もと》へ飛んでいった。

すでに白拍子《しらびょうし》をやめているが、それでも舞踊好きの性分に変わりはなく、いまでは都で一、二を争う舞いの妙手と評されていた。

――舞いがあるから、たとえ何ヵ月も会えなくても、我慢できる……。

だからこそ、こんなに自分は舞いに熱中しているのかもしれないと、静は思った。

それにミナのおかげでみつかった母を手許に引き取って、母子二人の暮らしであった。

あの日、母は、由良《ゆら》の湊《みなと》から舟に乗せられて、越前三国《えちぜんみくに》の湊へ売られていったという。

それから三年目、都の行商人に気に入られて、都へつれてこられたが、その男に先立たれて、細々と暮らしているところへ、ミナが訪ねてきたというのである。

そのミナもいまでは一人暮らしで機《はた》を織っていた。

機音は寄せては返す磯波に似て単調だが、絹を織っていると不思議に心が落ち着いて、じっとしていながら、外界で起こっていることがすべて手に取るようにわかりはじめてきた。

それに困ったことに、静の日常を追っていると、訪ねてきた義経との夜の睦言《むつごと》まで、まるで自分がその場にいるようにわかって、ひとりでにからだが火照《ほて》ってしまった。

――いけない。こんなことをしていると、人並みの生きかたができなくなってしまう。

だからミナは機織りがやめられなかった。

五月初めのことだった。夕風に乗って、予告もなく義経が、白川《しらかわ》の里に住む静の許へやってきた。

従者三人をつれているが、これから夕餉《ゆうげ》という矢先だったので、静は狼狽《ろうばい》した。

「なにもありませんが、すぐ夕食の支度を……」

「任せる。それより、明後日、鎌倉へ参ることになった」

「鎌倉へ……」

息がとまるかと思った。もともと鎌倉に住むべき義経が、いまは頼朝の代官として都に仮住いしているのである。となれば、これっきり京へ戻らなくなることも、十分予想できた。

蒼《あお》ざめて、握りしめた拳《こぶし》を小刻みにふるわせている静を眺めて、義経は、初めて気がついた。

いままで、彼は自分のことで夢中だったため、静がどう思うかということなど、まるで考えもしなかったのだ。

というのも、鎌倉の兄が、どうしても自分を許さないばかりか、梶原景時の報告をそのまま鵜《う》呑《の》みにして、自分を糾弾《きゅうだん》しつづけているからであった。

だいたい、平家滅亡という大業をなし遂《と》げたのに、よくやったと褒《ほ》めてくれるどころか、頼朝は、自分の指示に従うことなく、勝手に壇《だん》ノ浦《うら》で合戦をしたばかりか、許しもなく坂東《ばんどう》武者の成《せい》敗《ばい》を行なったのは、叛逆《はんぎゃく》に値いするといって責めたてた。

しかし、戦いには、勝機もあれば潮時もあって、いちいち鎌倉の指示を仰《あお》いではおれない。それに大将として預かった兵を自在に動かし、罪があれば罰し、功があれば賞してどこが悪いのかと、義経は不満だった。

九州に渡ったものの いっこうに平家を攻めようとしない範頼《のりより》に褒美《ほうび》を与え、この異母兄にかわって壇ノ浦で海戦を挑《いど》んで平家を滅ぼした自分を罰するなんて、まるで逆ではないか。

これでは木の葉が沈んで、石が浮くというものである。だから鎌倉の頼朝が自分に不快感を表明しているという噂《うわさ》がひろまっても、初めはなにかの間違い、兄の誤解に基づくものと、軽く考えることにしていた。

ところが、義経の命令に従うなという指令が鎌倉から派遣軍全体に発せられ、つづいて義経を罪人として糾明《きゅうめい》するという通達が出たとあっては、もう放っておけない。そこで釈明文を鎌倉へ送ったけれど、それだけではとても収まるまいというので、今回、自ら鎌倉へ陳情に行くことになった。

この十日ほどの間に起こった栄光の頂上から失意の谷底へ投げ落とされた激変に、義経はそれこそ夢中だった。

――いったい、どうして兄はこんなに自分を憎むのだろうか。

平家討滅という大功を立てた自分が、罪人として追い詰められるなんて、およそ考えられないことなのである。こうして平常心を失った義経は、夜も睡《ねむ》れず、食も進まず、不安と怒りが頭の中に渦巻いて、ほかのことはなにも考えられなくなってしまった。

刻一刻と昂《たか》まっていく不安に押し潰《つぶ》されそうになって、なんとか気分転換をというので、静の許へ逃げ込んできたのである。

窒息《ちっそく》しそうな重苦しさに堪《た》えきれなくなって、こうして静にすがりつこうとしたけれど、これから鎌倉へ出向いて、そのまま京へ帰ってこないのではないか。それでは私はどうなるのだ、と反問されて、義経は、思いがけなく虚をつかれて狼狽《ろうばい》した。

――たしかに自分は、静のことなど、まるで考えていなかった。

むろんこれまでは、静の要望に応《こた》えて、どうすれば静を幸せにできるかと考えてきたのにちがいはないけれど、今は自分の災難をどう打ち払うかで精いっぱい、ほかのことまで考え及ばなかったのである。

けれど、それで私はどうなるのですかと、反論されて、義経は黙り込んでしまった。

そこまで考えられなかったと、正直に言えなくて言葉に詰まったのである。

二人の間に、気まずい空気が流れ、互いを隔てる溝のようなものがはっきりと感じられた。

「それでいつご出発ですか」

「明後日の予定だが……」

「もう戻っておいでになりませんの」

「そんなことはない。しかし、すべて、鎌倉へ行ってみなくては……」

「わからないのですね」

「兄に疎《うと》まれておる。あるいは罪人となって流されるやもしれぬ」

「まさか……。あんなに手柄をお立てになったのに、それでは世間が収まりません」

「世間がどうであろうが、兄の意に染まぬ以上……」

「でもご兄弟でしょう」

「兄弟だからいっそうきびしく臣従を強《し》いられる。兄はそんな人間なのだ」

「でも、よもや罪には……」

「わからぬ。もはやわしには兄の気持ちがまるでわからぬようになった」

義経は、これまで一度も兄に親愛の情をもったことがなかったと思った。

戦えば必ず勝ってきた義経が、兄との戦いに、決定的な敗北を喫しようとしていたのである。

その義経の行く手に、暗雲が低迷しているのをミナは、静に言ったものかどうかとためらった。

――でも、言わなくても、もうあの人は覚悟しているはず……。

それなら黙っていようと、機《はた》を織ろうとすると、すっと目の前をかすめた人影がある。

織機の向こう側に佇《たたず》んだのは、いまだかつて会ったこともない若い女人だった。

きらびやかな十二単衣《ひとえ》を身にまとっているところをみると、貴人の女《むすめ》か官女なのだろう。艶《あで》やかな笑顔を浮かべた、その身辺から妖気が漂って、尋常の者とも思えない。

「会うのはこれが初めてですね」

静かな口調だが、押さえた声音《こわね》の底に冷ややかな敵意がこもっていた。

「どなたですか……」

ミナはすでに相手が誰かを察していた。

「わざわざ言うまでもないでしょう」

「よくここがわかりましたね」

「そうね、静の心を読んだ時、ついでに義経の動勢をみたでしょう。そういうこともあろうかと、妾《わらわ》は義経と縁を結んでおいた」

「私を捜して、どうしようというのですか……」

ミナは、なんの策略も防禦《ぼうぎょ》もなく、織機を距《へだ》ててエマと対していた。

「それを妾に言わせる気かえ？　七百年も八百年も昔から木《こ》ノ花《はな》一族と冥府《よみ》の一統は、互いに殺し合ってきた。そのとおり、光を食い尽くすのは闇《やみ》の使命、ならば聞くまでもあるまい」

「いいえ、木ノ花一族は、自ら冥府の一統を襲ったことはありません。そりゃ襲われてやむなく戦いはしましたが……」

「そんな名分《めいぶん》争いはどちらでもよい。われらの目的は、一人残らず叩き潰すのみ」

「では、私を殺しにこられたのですね」

「ようわかっておるではないか」

エマは、ミナを見つめたまま、右手を天空に差し上げて、人差し指と小指を使って天空からなにかを差し招いた。するといつ形をなしたのか、エマの右肩に三毛猫が乗っていた。

金銀の色をもつその双眼を見つめると、たちまち惹《ひ》き込まれそうになってしまう。けれどミナはその目の輝きを瞼《まぶた》で弾《はじ》き返して、やや下目にエマを見た。

いつ猫が飛びかかってくるかと思ったが、エマの心が動かない以上、その手足であり目である三毛猫も動かなかった。

陰暦五月の陽射《ひざ》しがわずかに西に移った。

力はたぶん互格とエマはみた。だから力に力をぶつける戦いは消耗をもたらすだけとみて、ミナの隙《すき》、緊張の切れ目を待った。

しかしミナには気負いがなかったため、緊張もしだいに緩《ゆる》んでいって、自然体に戻っている。ましてや攻撃しよう、相手の生命《いのち》を奪い、打撃を与えようとする気持ちがまるでなかったから、冷静になって、相手の出かたを待っている。その湖面のごとき静けさに、エマの攻撃心が吸い取られていった。気合いを失っては攻撃には移れない。しばらく対峙《たいじ》しながら、しだいに両者の呼吸が合いはじめた。

「今日はやめておこう」

いったん抱いた戦意を、からりとエマは投げ捨てた。

「気が向かぬ……」

エマは呟《つぶや》いたが、猫の目は、かえって燃える敵意に輝きを増したようだ。それに、戦いをやめた、はいそうですかと、肩の力を抜いたところを狙《ねら》って、いきなり襲われる場合もあった。

ミナは、猫の筋肉の動きを読もうとした。

――あの爪は鉄の刃より鋭い……。

それがエマの武器なのだと察した。

「ミナ、また会おう……」

すっとエマの姿が薄れた感じで消え去った。

だが、それでもなお、あたりに妖気が漂っているようだった。

——二度と会いたくはない。

エマのもつ妖気がべとついて、こちらの肌まで粘りついているようであった。しかしこうして一度出現した以上、これからはしばしばエマに絡《から》みつかれて戦いを繰り返すことになるだろうと思った。

——次は、どう仕かけてくるのだろうか……。

しかしそれを考えたところではじまらない。

だがこれで、これまでの静かな織女《おりめ》の暮らしができなくなったことだけはたしかだった。

——エマは、義経に仇《あだ》をなすつもりかもしれない。

どうして義経と静の二人を憎んでいるのかはわからないが、二人に敵意を抱いていることだけはたしかだった。そして義経を助けに行こうとする自分を阻《はば》むつもりかもしれない。

——義経を栄光の座から引きずり下ろして、頼朝と戦わせるつもりかもしれぬ。

それは、エマの主《あるじ》となっている後白河《ごしらかわ》院の意向に沿ったものなのだろう。

ミナは、義経の出発が今日だと知って思わず立ち上がった。

二

五月七日、義経は兄に釈明というより抗議したい気持ちで、京を発《た》った。壇ノ浦の海戦で捕虜とした平家の総帥《そうすい》平宗盛父子を引きつれての鎌倉行《こう》であった。

ふつうなら平氏を西海に滅ぼして、敵の総帥をつれての凱旋となるところだが、兄頼朝から罪人扱いされての悲憤の旅となっていた。

鬱々《うつうつ》とたのしまず、心に憂悶《ゆうもん》を抱いての旅路にふさわしく、降りみ降らずみの小糠《こぬか》雨が降りつづいている。

十五日の夕暮れ、酒匂《さかわ》川の東岸にある酒匂の駅に入った。ここまでくれば、明日はもう鎌倉である。到着の使者を兄の許へ出しておいて、旅装を解《と》くと、頭上から押さえつけられるように雨雲が垂れ下がっていた。

井戸水を運ばせて義経が汗を拭《ぬぐ》っているところへ、北条時政《ほうじようときまさ》がやってきた。

あわてて衣裳をまとって座敷へ出ていくと、時政は持参の命令書を差し出した。それによると、捕虜を時政に引き渡すようにと記されていた。

「判官《ほうがん》どの、さっそく降人（降参人）を受け取らせていただきたい」

そう申し込まれて断わる筋合いはなかった。この時政に兄への取りなしを頼もうかと思ったけれど、そんなことのできる義経ではなかったから、そうした考えを思い浮かべた自分を恥じていた。

時政は、この男は、しょせん武人ではあっても政事《まつりごと》に参画できる人物ではないなと思いつつ、冷えた微笑を口許に浮かべた。

それがなにを意味する微笑かと、一本気な義経が考えた時には、もう時政の後ろ姿しか見えなかった。

この時政と入れかわりに、小山《おやま》朝光という頼朝の使者がやってきて、新しい指示を通達していった。

鎌倉へくるに及ばぬ、そこに滞在して、次の指図《さしず》を待っているようにというのである。

——なんだと⁉　鎌倉へくるなと申すのか？

釈明を聞く耳すらもたぬと、突き放された思いで、義経は、いきなり見えない壁に額《ひたい》を打ちつけた思いだった。

使者は一片の通達文を置いて帰っていったが、義経の宿老をもって任じる伊勢《いせ》義盛《よしもり》は顔色変えてその紙片をわしづかみにした。

「おのれ、なんたる非道……。こんなことが許されようや」

なかなか勇敢な男だが、義理にも思慮深い人物とはいえなかった。

「殿！」

義盛は、肩肘《かたひじ》張って詰め寄った。

「鎌倉へ一歩も入れぬ、とはなにごとですか、もはやこうなっては……」

義盛は大剣の柄《つか》を叩いた。

「逸《はや》まるな。怒ってすむことではあるまい」

「なれど殿、この無念をいかが召さるご所存《しょぞん》ぞ。このうえは手前一人なりとも鎌倉へ……」

「鎌倉でそちが刃を抜いたなら、このわしはたちまち打ち首となろう。そちゃわしを死なせたいのか……」

それはもう悲鳴に近い叫び声だった。そして内心、もういい加減に勘弁《かんべん》してほしい、これ以上、苦しめないでくれと、叫んでいた。そんな主《あるじ》を庇《かば》うように、弁慶は回廊に佇《たたず》んで、もう誰がきても部屋には一歩たりと入れないぞという構えをみせていた。

以来、十日間、義経の一行は、酒匂の宿からすこし東に位置する腰越《こしごえ》へ移っただけで、とうとう鎌倉へ入ることができなかった。

そのうち一度だけ、思いあまった義盛が、何者かに誘われたごとく、馬を走らせたことがあった。

けれどすこし行った所に、弁慶が待っていた。大手を広げて疾走してくる馬の前に立ちはだかった弁慶の仁王《におう》立ちに出会って義盛は仰天《ぎょうてん》した。

「おい、道をあけい！　怪我《けが》をするぞ！」

喚《わめ》いたが弁慶はぴくともしないで、その厚い胸板で疾走してくる馬を受けとめようとした。必死に義盛は手綱を引き、鐙《あぶみ》に足を突っ張らせた。

咬《か》みつきそうに歯を剝《む》き出した馬のたてがみをむんずとつかんで、弁慶は必死に踏ん張った。

「おのれ、死ぬつもりか……」

馬上で義盛は口から泡を吹いていた。

「戻ってくれ、頼む！」

「しかし、どうにも腹が納まらぬ」

「主を死なせる気か。ここから先へ行ってはならぬ」

轡《くつわ》をとって、弁慶は戻っていった。そんな二人を見守って、林のかげで舌打ちしている長身の男がいた。

——あと一歩で、義経を討つ口実がついたのに……。

異相の男は、駒に打ち乗った。久し振りに姿をみせた天魔《てんま》であった。

——まァいい、このうえは、久しぶりに都へ出かけてみるとするか……。

その都では、異父妹に当たるエマが、法皇の寵姫《ちょうき》になって好き勝手に振る舞っている。

——冥府の一族に戻る気はないが、この先のことを思えば、エマに任せてはおけぬ。

天魔もまた、平家滅亡して、最大の敵がいなくなった鎌倉政権の明日の困難を読んでいた。

義経は、自分の心情のありのままを書き綴《つづ》った、世にいう腰越状を兄に送ったけれど、頼朝は、それを見たとも、どうしろとも、いっさい言ってこなかった。

突き放され、空《むな》しく日時を過ごした義経は、降参して捕虜となった平氏の宗盛たちを都へ護送せよという鎌倉の命令を受けて、六月九日、腰越を発つことになった。

つい目の前に鎌倉を眺めつつ、兄頼朝に対面することはおろか、一歩も鎌倉へ入れないままに都へ追い返されたのである。

「おのれ、鎌倉に怨《うら》みのある者は、みなわしについて参れ」

思わず鬱憤《うっぷん》を洩《も》らしたところ、ちゃんと頼朝の耳に入って、

「おのれ九郎め、おのれは軍兵一人もたぬくせに、まるでおのれの力で平家を討ったなどと思い

上がりおって……。もはや許せぬ」

と激怒したという。

義経の一行は、重い足取りを引きずるようにして、帰路についた。義経がもし世事に慣れた年配者なら、そんな配下の鬱屈《うつくつ》した気分を柔らげるように、酒を振る舞ったり木偶《でく》廻し（人形遣い）を招くなりして、萎《な》え凋《しぼ》んだ士気を回復できたかもしれない。

ところが生《き》一本が取り得というだけで、駆け引きや政治力などおよそ持ち合わせていない義経は、ただおのれを責め、兄を怨むだけで、切り換えができなかった。

しかも彼らは気重な仕事を背負わされていた。それは鎌倉の指示による捕虜の処分だった。近江篠原《おうみしのはら》の丘かげで、宗盛父子を斬り、重衡《しげひら》を大和《やまと》へ送った。というのは、大和へ乱入して興《こう》福《ふく》寺をはじめ大和を焼き、多くの民家を類焼させた指揮官として裁きを受けるためで、重衡は憎しみの的《まと》となって興福寺の衆生《しゅじょう》（僧兵）に惨殺された。

その日の夕刻、六条室町の自邸に戻ってきた義経は、いつもの三倍も四倍も疲れ果てた感じで、妻の用意した食事もそこそこに寝《しん》についた。

そんな夫を気づかって妻は、そっと足音を忍ばせて自室へ戻っていった。その衣擦《きぬず》れの音を聞きつつ、義経はかっと頭に血が上った。心身ともに疲れ果てているのに、睡気がさすどころか、頭の中に砂が詰まったようで、ただ重苦しいばかりの時が移っていった。

翌日、ただなんとかして睡りたいという一心で、腫《は》れぼったい瞼《まぶた》のまま、救いを求めるように静の所へやってきた。

「お帰りなさいませ……」

わずか一ヵ月のあいだに、まるで二十歳も年をとったかと思われるほど面変《おもが》わりしていた。もうなにもかもやる気を失って、公人の立場をかなぐり捨てたい気持ちで、義経は、世間の声に耳を塞《ふさ》いで、ほとんど静のかたわらで時を過ごしていた。

その間に、鎌倉の頼朝は、義経が預かっていた平家の没官領《もつかんりよう》をすべて取り上げてしまった。つづいて、義経の逃げ込みそうな奥州と九州に使者を派遣して、義経を匿《かくま》うのを禁ずるという通告を発すると同時に監視態勢を強めた。

けれどそんな中で、義経は源氏の一統とともに、伊予守《いよのかみ》に任ぜられた。これはすでに壇ノ浦海戦で大勝した四月の頃からきまっていたことで、頼朝は義経を除くようにと申請していたが、朝廷は、例によって頼朝と義経を対立させて、鎌倉の勢いを減じようというので、かまわず義経を五位相当の伊予守とした。

それが頼朝に支持されてのものなら喜んでよかったが、伊予守となっていよいよ鎌倉から憎まれる種をつくってしまった。

その頃、鎌倉に反抗していた叔父の十郎行家《ゆきいえ》が、いよいよ追討《ついとう》を受ける身となった。けれど味方も家来もない義経にしてみれば、河内《かわち》から和泉《いずみ》方面に根拠地をもつ叔父行家の存在は、貴重だった。その様子を察した鎌倉側は、梶原景季《かじわらかげすえ》（景時《かげとき》の子）と義勝房成尋《ぎしようぼうせいじん》を差し向けた。

九月十二日、京都に入った梶原は、朝廷に赴《おもむ》いて、すでに流罪ときまっているのに、まだ京に留《とど》まっている平時忠たちを早く配所へ送るように申請した。そして義経を訪ねて行家を討てと命じた。すると、あの青年将軍が、いまはすっかり憔悴《しょうすい》して、衣の間から灸《きゅう》の痕《あと》がみえ、肘掛《ひじか》けに身を凭《もた》らせるのも、やっとというありさまだった。

「ごらんのとおりで、病いが癒《なお》り次第、命令どおり、行家の追討に向かいましょう……」

と、侘《わび》しげに下を向いていたという。

その報告を受けた鎌倉の頼朝は、

「つまりいますぐ追討する意志はないと申すのだな」

と、疑わし気に眉根を寄せた。そのかたわらから、景季の父景時が膝を進めた。

「それはおそらく仮病でありましょう。倅《せがれ》の話によると、最初訪ねた折りは会おうとせず、二日後に会ったというのは、その間、食事をとらず、睡りもせず、髭《ひげ》を伸ばして憔悴の態《てい》を装ったものにちがいありませぬ」

「そう思うか。つまり行家と同心というのだな」

「仰《おお》せどおり、義経の病いは、二日の間につくり上げた仮病、それはむろん行家と同心して、謀《む》叛《ほん》を志《こころざ》しているからにちがいござらん」

よほど義経とはうまが合わないのか、それとも前世から敵《かたき》同士だったのか、梶原はあたかも見てきたように謀叛を主張した。

梶原景時は、伊豆《いず》の山中で頼朝を救ったということを絶えず鼻にかけて、鎌倉政権内の嫌われ者となったが、それはのちのこととして、平家討滅当時は、頼朝の寵《ちょう》を笠にきて、ことごとに義経を敵視した。

　この景時の進言にうなずいた頼朝は、義経追討を決定した。しかし部将たちは、さすがにこの役目を引き受けたがらなかったので、土佐房昌俊《とさのぼうしょうしゅん》を指名して、

「よいか、土佐房、もし大兵を京へ遣わしたなら、京中大騒動となって、評判を落とすことになる。それより僧侶のそちが参って、ひそかに義経を討ったなら、事なく運ぶことができよう」

　と、梶原が、頼朝にかわって説得に当たった。もし応じなければ、不利を蒙《こうむ》るぞという脅《おど》しをちらつかせる強引さに、立場の弱い土佐房はやむなく引き受けた。

　自宅へも帰らず、そのまま彼は、頼朝の指令書を持参して京へやってきた。

　するとして思いがけなく、義経の使者がやってきて、お呼びゆえ、すぐ同道されたしというのである。

　やれやれ、早くも義経側から疑いをもたれているらしいな、と、土佐房は、しかたなく、六条室町の邸へ出かけていった。

　義経は、やつれのみえる顔つきで、

「これ土佐房とやら、なんぞ鎌倉より文《ふみ》をもって参ったか」

　と問いかけた。

「いえ、なにもございません、お兄君は、平家滅亡以来、都が無事に治まっているのは、弟が都にいるゆえである、と仰せです」

「ほほう、そりゃ珍しい。わしの聞いたところでは、使者をやって、義経の隙《すき》を窺《うかご》うて討てと

……」

「滅相《めっそう》もない。手前は、かねての望みで熊野詣《くまのもう》でに参ったばかりにて、そのようなことは思いも寄りませぬ」

冷汗を押し隠した土佐房は、けっして害意はないという起請文《きしょうもん》を七枚書いて、ほうほうの態《てい》で、退出していった。

けれどそのまま鎌倉へ帰ったなら、こんどはこちらの首が危ないというので、鎌倉方の大番役（宮廷警護役の武士）を歴訪して、鎌倉の命令書を示した。

「明日にも予州《よしゅう》（伊予守）の隙を狙うて打ち果たしに参るゆえ、各自十名ずつ兵を出されたい」

鎌倉の威光を背負っている土佐房は、こうして五十騎ばかりの武士を集めた。

しかし、そういうことが起こるだろうと、ミナから注意されていた静は、心きいた小女《こおんな》をやって、土佐房の宿所を見張らせていた。

三

秋の日は、みるみるうちに暮れていった。静から知らせを受けた義経は、

「弁慶、供をいたせ」

と、馬上の人となって門外へ飛び出していった。

すると、知らせのとおり、武者たちが、一団となって、なにやら様子を窺っている。あれだ

な、と弁慶とうなずき合って、駒を進め、夕闇に向かって叫んだ。

「土佐房、いずれじゃ？　この義経を討たんというのなら、こちらから寄せて参るぞ」

太刀《たち》ふりかざした義経のかたわらにあって、三井寺《みいでら》の大鐘を引きずって山坂を越えたという大力無双《むそう》の弁慶が、大長刀《おおなぎなた》を手に討ちかかった。

不意を衝《つ》かれた土佐房と寄せ集めの武士たちは、たちまち薙《な》ぎ倒されて、生命《いのち》からがら逃げ出していった。

知らせを受けて、義経の家人《けにん》たちが駆けつけてきたので、土佐房側の武士たちの大半が討たれ、ようやく落ちのびた土佐房も翌朝には捕らえられて、六条河原で首討たれた。もうこうなっては容赦《ようしゃ》できぬというので、頼朝は、異母弟の範頼に、同じく異母弟である義経追討を命じた。

しかしこんな役目は引き受けたくないと、範頼は再三辞退した。それにだいいち、これまで、義仲《よしなか》追討以来、四度にわたる合戦で、いつも範頼は、弟義経の手柄に救われて、そのたびごとに名誉と地位を手に入れてきたのである。恩こそあれ、恨《うら》みはなく、まして戦えば必ず敗れるという先入観があるから、これは引き受けられようはずがない。

「これ範頼、そちまで義経のあとを追う気か」

鎌倉に入って権力を手にして以来、頼朝は猜疑《さいぎ》心《しん》の虜《とりこ》となっていた。まるで相手の心臓を塩まみれの手でつかみ取ろうとするような頼朝の冷たさに、範頼はすくみ上がってしまった。

そこで頼朝は、舅《しゅうと》の北条時政を大将とする追討軍の編成に取りかかった。

もうこうなっては、お互いに討つか討たれるかであるというので、義経は、後白河院に願って、九州の諸将に下文《くだしふみ》を出してほしいと申請した。

これは九州の大将になろうというもので、都にいて争乱が起こるよりそのほうがよいというので、希望は叶《かな》えられた。

こうして義経は九州へ向かうことになった。

「ミナちゃん、そんな次第で、九州へ行くことになりましたが、都にいるよりそのほうがよいのかしら……」

年下のミナだが、静は、ミナのもつ異能の力に、今はすがりつきたい思いだった。

「そうね、都に留《とど》まって戦うより、九州で時の運を待ったほうが、ずっと賢明かもしれへん」

「でも、心配なのは、臼杵《うすき》の船がちゃんと三日後に迎えにきてくれるかどうかやわ」

静の心配に応じてうなずきつつ、ミナは思いを一点に凝《こ》らして遠視力を強めた。

「三日後には、なんとか間に合うよう、私も祈ってみます。まだ遠くてなんの気配もないけど……」

「ミナちゃんもいっしょに行ってくれたら……」

「かえってお邪魔やろ……」

「そんな意地悪《いけず》いわんと……」

「でも無理はせんときましょう。それに、私も、近々、御祖《みおや》さまの洞《ほこら》へ行って、もう一度力をつけてこんと、木ノ花一族をとっても守れへんと思うの……」

「御祖さまって、どんな方?」

「私の先代、つまり母のことやわ」

「もう亡《な》くなった方でしょう」

「この世の人とはいえへんけど、そこへ行くと、母の心でみちみちているんです」

「あんたは、世の常の人とはちがうよってな……」

「そんな化物扱いせんといてほしいわ」

「そやけど、私が九州へ行って、あんたが、その洞へ行ってしもうたら、当分会えへんわね」

「そうね。でも、なにかあったら、心に念じてね、役に立てるかもしれへんよって……」

「ええ、でも、私たち、いつもなにかに追われているみたいね。生まれた所でずっと暮らせる人がうらやましいわ」

「どこの人かて、悩みのない人なんてどこにもいてへんものよ」

それが永《なが》の別れになろうとは、夢にも思わなかった静だったが、これからずっと毎日、義経といっしょに、いられると思うと、ほかになにを望もうかと、やがて静はいそいそと旅支度をはじめた。

それから三日目のことである。義経は、直臣《じきしん》を引きつれて都を出ていった。

ふつうの武将なら、行きがけの駄賃とばかり、官の倉を荒したり、やけになって暴れ廻ったりするのに、礼儀正しく挨拶《あいさつ》をして静かに立ち去っていった義経の評判は上々だった。

そして一行は大物《だいもつ》の浦《うら》（尼崎市）へやってきた。

――臼杵の船さえ、きてくれたら……。

ミナは、なんとかして大物の浦へ迎えの船をと、念じつづけた。船さえきてくれたら、義経と静は、無事に九州へ落ちのびることができる。

なんとしてでも二人を助けたい。ミナは自分のまだ未熟な神通力《じんつうりき》のすべてを使って西海から漕《こ》ぎ進んでくる臼杵の船を導き入れようとした。

すると、その集中力を妨《さまた》げるように、何者かの力が割って入った。しかも長岡《ながおか》天神のあたりに立って、ミナの念力をはね返すように受けとめたから、ミナは動揺した。その驚きが乱れとなり、波立ちとなって、遠く大物の浦まで届かせようというミナの念力を弱めさせた。

これは困ったと思いはしたけれど、ここでひるんでいたのでは、まったく力が届かなくなってしまうので、必死に相手の妨害を押し返そうとした。

力と力のせめぎ合い、そんな経験はミナには初めてのことだった。ほとばしるような強い力に、今にもはね飛ばされそうになりつつ、必死に食い下がり、渾身《こんしん》の力を振り絞って堪えに堪えた。

脂汗《あぶらあせ》が額《ひたい》にたまって、したたり落ちた。もう駄目、もう押し切られる。なんて強い力なのだろう。悲鳴を上げそうになった時、ふっと流れが変わった。

相手のあの激しく強い力の流れが、くるりと方向を転じたのだ。

――なぜ？　なにがあったの？

ミナはあたりを見廻すように、思念の角度を拡《ひろ》げてみた。すると、これまで見たことも聞いたともない長身異相の人物が、エマと思える相手の前に立ちふさがっているのに気づいた。

――誰？　あの破壊されたような、この世に存在してはいけないと烙印《らくいん》されたような人は？

その人物は、エマの前に立ちふさがって、じっと見つめていた。

「そなたが、妹か……」

思いがけないほどのやさしさをたたえた声音だった。ひとりでに差し出そうとした手を、けれどエマはピシリと冷淡な声を放って叩き返した。

「妹？　誰が……」

「知らぬとは言わせぬぞ」

「兄よ妹よというのは、世の常の人ならばの話、われら外道《げどう》、鬼の世界の住人にとっては、妹も兄もない。まして、われは冥府《めいふ》魔道の一族の長《おさ》、そちらは冥府の一族の長の座を窺うはぐれ鳥、いわば敵ではないか。今後、邪魔をいたさば、容赦なく殺してくれようぞ！」

たちまち鬼女の顔に変わっていった。

「どれほどの力を母より譲られたかは知らぬが、しょせん、妹は兄には及ばぬ」

長身異相の天魔に冷笑されたが、エマはむきにはならなかった。

「エマ、汝《うぬ》は、大物の浦に船を入れまいとしておったようだが、すでに船は入ったぞ」

「そちらが邪魔をしたからではないか」

「なにか義経に恨みでもあるのか、それともつれなくされたのか」

「どうでもよい、疾《と》く立ち去れ。去らねば石になろうぞ」

まさかと冷笑しようとした天魔の頬が強張《こわば》り、手足は縛されたように動かなくなった。

だが、視《み》ることは自由だった。いや視ることを強制されたというべきだったろう。

大物の浦らしい海辺に大船が四隻碇泊《ていはく》していて、多くの武者たちが乗り込んでいった。そして音もなく船出していった。けれど黒雲が上空いちめんに拡がって、激しい雨風と変わった。大船は逆《さか》巻く波浪に翻弄《ほんろう》されて、一隻また一隻と浜辺に打ち上げられ、多くの将兵が波間に投げ出されていった。

打ち寄せる高波の間に巨漢の姿が浮かび上がってきた。その腕に抱えられた女人は静御前であったろう。つづいて義経の姿が見受けられた。

彼らはしばし浜辺の舟小屋で休んだのち、波浪の静まるのを待って、小舟に乗り込んだ。その先はおぼろだったが、男三人女一人の姿が陸岸から山中へと移っていった。そこが吉野《よしの》の山中であることを天魔は察した。吉野山は音もなく降りつづける雪に覆《おお》われ、その中を落ちていく女は、従者に金品を奪われた末、山中に置き去りにされた。そんな静は蔵王《ざおう》堂の衆徒に怪《あや》しまれて捕らえられ、そのまま京へ送られて、おりから義経追討のため京に入っていた北条時政の手中に落ちた。

同じ幻影を、ミナも見せられた。すべてはエマのなせるまやかしと思いたかったが、すべては、そのとおりに運んでいった。

十一月十七日、潜伏中の義経を捕らえて褒美にありつこうとする悪僧に追われて、義経、弁慶、堀景光《ほりかげみつ》、伊豆有綱《いずありつな》の四人は、雪道をさまよいつつ、多武峰《とうのみね》の妙楽《みょうらく》寺に落ちのびた。

そこも安全とはいえないので、秘境といわれた十津川《とつがわ》に隠れたというが、その後は行方知れずとなった。

その後、静御前は鎌倉へ送られて義経の行方を尋問されたが、静は知らぬ存ぜぬと言い張った。

文治《ぶんじ》二年（一一八六）四月八日、鶴《つる》ヶ岡《おか》八幡社奉納のため、どうしても舞いを奉納してほしいと、なかば強制されて、気の進まぬまま、静は久しぶりに舞い衣裳に袖《そで》を通した。

工藤祐経《くどうすけつね》が鼓《つづみ》を打ち、畠山重忠《はたけやましげただ》が銅拍子《どうびょうし》を務めて、静は舞い唄った。

よしの山峰の白雪踏み分けて
入りにし人のあとぞ恋しき
しづやしづしづのをだまき繰り返し
昔を今になすよしもがな

それを耳にした頼朝は、謀叛人を恋い慕うとはなにごとか、鎌倉万歳をなぜ唄わぬといって怒った。

しかし妻政子《まさこ》は、頼朝が伊豆にあった時、婚礼の席から逃げ出して夜陰山中を奔《はし》った折りの自分も、静と同じ心境だったといって、夫の怒りをなだめた。

けれど妊娠中だった静は、母とともに鎌倉に留め置かれた。しかも生まれた子が男児であったため、取り上げられ、水中に投じられてしまった。傷心の静は、都へ戻されることになったが、その行方は以来、とんとわからない。

文治三年（一一八七）二月、義経の一行は、比叡山《ひえい》から北陸路を経て奥州平泉《ひらいずみ》へたどり着いた。そして唯一の庇護者《ひご》といってよい奥州藤原秀衡《ひでひら》と久しぶりの対面を遂げた。秀衡は喜んで迎えてくれたが、すでにこの北方の王者は病んでいた。

義経公を大将と仰いで平泉を守り継ぐようにと遺言して、秀衡は行きて戻らぬ旅路についた。かねがね眼の上の瘤《こぶ》だった秀衡の死と、義経の行く先を知った頼朝は、義経追討の宣旨《せんじ》を手に入れて、奥州藤原氏の後継者泰衡《やすひら》に追討を命じた。

泰衡は、かねて不仲で、義経を支持していた異母弟忠衡《ただひら》を討ったが、頼朝は、義経より黄金《こがね》を産する平泉の地を欲していたので、すぐさま征討軍を編成した。とも知らず泰衡は、奥州の安全のため、鎌倉の指令に従うべく、義経の住む館《やかた》に夜討ちをかけた。文治五年（一一八九）閏《うるう》四月三十日のことだった。

わずかな従者とともに住んでいた義経とその妻子は、逃げる遑《いとま》もなく討たれて、その首級は、酒を浸《ひた》した首桶《くびおけ》に入れられて、六月十三日、梶原景時、和田義盛《わだよしもり》の首実検に供された。そして同年九月三日、泰衡は頼朝軍に討たれて、奥州藤原氏は滅亡した。

――これが鎌倉殿のなされようか。

ミナは歯がみをして口惜《くや》しがったが、すべてはあとの祭りだった。

――天魔め、まんまと権勢と結びつきおったな。

新興勢力の鎌倉方に較《くら》べて、今はすっかり老衰された後白河院のかたわらにあって、エマは時流の行方を見定めかねた。

――三毛よ、こんな時は、どうすりゃよいとお思いかえ？

機嫌取りに咽喉《のど》を撫《な》でてやると、三毛は知ったことかと振り向きもしなかった。

本書〈鎌倉開幕《かいばく》〉の時代背景

一

　武士には二つの意味がある。一つは武事に従事する士《し》であり、もう一つは士と書いて、「サムライ」と読ませる「侍う者《さぶろ》」であろう。

　侍うとは、主《あるじ》に仕えて、主のために働く従者であって、武勇をもって天地の間におのが存在を顕示する真の勇者とは言い難い。

　さぶろう者は、殿上《てんじょう》で集会をしたり宴《うたげ》を催したりしている貴族を守るため、段の下の地面に膝ついてじっと控えている従者であって、貴族の犬と称されていた。

　各地の荘園《しょうえん》（私有地）を守って、管理を任されているのも侍う者であって、馬を駆使し、弓矢や刀を手にして盗賊と戦っているうちに、専門化していったが、もとは農夫の出であった。

　こういう武者を配下にもっている各地の豪族が、それぞれ源氏や平氏と縁を結んで、郎党《ろうどう》となり、家人《けにん》となった。

　湯浅党、渡辺党というように、在地の豪族となって、代々繁栄をつづけてきた武士団もあって、しだいに全国各地に、武士勢力がふえていった。

武芸をもって世に立っているといっても、在地の武士は、平生の暮らしは農夫とさして変わりはない。

ところで、源氏も平氏も、もとは皇胤《こういん》にはじまり、臣籍に降下したものだが、そのなかから、東国の守《かみ》や介《すけ》となって現地へ下って、土着した形で、坂東《ばんどう》八平氏というような武士団が生まれたけれど、侍う者は貴族に仕えて官位官職をもらっているので、在地の武士や荘園の荘司や郎党とはくらべものにならない地位を有していた。

源氏といえば八幡《はちまん》というように、八幡社を信仰しているのは、多田《ただ》源氏（多田満仲《みつなか》）より分かれた源頼義《みなもとのよりよし》が、河内《かわち》の石川に土地を開墾して、開発領主となって以後のことだった。彼ら武士は自力では所有権を守り切れないので、ふつう公卿《くぎょう》や大社寺に土地を寄進して、その管理人として、その地に住みつく例が多く、頼義は、石清水《いわしみず》八幡宮の勢威を頼んで、河内石川の地を八幡宮の荘園とした。その縁で、八幡太郎義家《よしいえ》は八幡宮で元服式を行なっている。

数多い源氏のなかで、隆盛を誇ったのが、この河内源氏（石川源氏ともいう）で、義家が都へ出て昇殿を許されるほど出世したけれど、その子孫のできが悪くて、内紛を起こしたばかりか、義家の子義親《よしちか》は各地で乱暴を働いたため、追討《ついとう》を命じられた平正盛《たいらのまさもり》によって滅ぼされることになった。

伊勢《いせ》平氏の正盛は、伊勢の所有地を六条院に寄進して白河《しらかわ》法皇に近づき、源義親を討って武名を挙《あ》げたばかりか、王家に忠勤を励んで瀬戸内海沿いのゆたかな国の国守《くにのかみ》に任じられた。

それを契機として、昇り竜となった平氏にひきかえ、源氏は衰運を隠し切れなかった。

二

経営感覚のすぐれた、平正盛、忠盛《ただもり》の父子は、瀬戸内海一帯に勢力を張ったばかりか、宋《そう》（中国）の交易船を、公《おお》けの貿易港以外の湊《みなと》に招いて、さかんに密貿易を行なって、巨利を博した。

白河院、鳥羽《とば》院と、院政時代を巧みに泳いだ平氏は、やがて忠盛の昇殿をもって、貴族の仲入りを果たすに至った。

正四位に叙せられ、「富は巨万を累《かさ》ねたり。奴僕《ぬぼく》は国にみち、武威は人にすぐる」と悪左府頼《あくさふより》長《なが》に妬《ねた》まれるほど、忠盛は勢力を伸ばして、はるかに源氏を圧倒しさった。

しかもその長子清盛《きよもり》は、白河院の落とし胤《だね》と噂《うわさ》も高く、あまりの出世ぶりに、貴族が羨《うらや》むと、院は、

「清盛の華族は、人に劣らじ」

と暗に皇胤《こういん》であることを匂わせられた。

王城鎮護の地比叡山延暦寺《ひえいざんえんりやくじ》、大和《やまと》の興福寺《こうふく》、それに三井《みい》の園城寺《おんじょう》などの大寺院の多くの僧兵は、おのが要求を通すために、長刀《なぎなた》片手に徒党を組んで強訴《ごうそ》に押しかけてきた。この僧兵を排除しようと思うと、武者の力を用いなくてはならない。

こうして武者が、貴族を守っているのか、武者の袖《そで》に縋《すが》って貴族がやっと政治を行なっているのかという情けない姿になって、いよいよ武者の世となっていった。

その頃、白河天皇は、前帝の遺言を無視して実子の堀河《ほりかわ》天皇を立てて、自ら院政を執《と》られた。いっぽう、時の関白藤原忠実《ふじわらのただざね》は、長男の忠通《ただみち》に官職を譲りつつ、次子頼長《よりなが》の才能を惜しんで、内覧（天皇に代わって文書をみる役目）としたため、兄弟間で争いが起こった。天皇家の皇統争いに関白家の内紛が絡《から》み合って、源平の武者がそれぞれに召し出されて戦ったのが保元《ほうげん》の乱である。

この時は、源氏の棟梁《とうりよう》源義朝《よしとも》と平家の棟梁である平清盛が、ともに後白河《ごしらかわ》天皇の側に立って戦った。けれど、めざましい活躍ぶりを示した義朝は右馬権頭《うまごんのかみ》というささやかな職を与えられただけだったが、清盛は播磨守《はりまのかみ》に任じられた。

義朝の訴えによって朝廷は、正五位下左馬頭《さまのかみ》にやっと昇格させたが、それでも義朝の不満は収まらない。

後白河天皇には乳母の夫信西《しんぜい》入道という参謀がついていた。

無骨な義朝が、信西の子息に娘を嫁がせようと望んだが、信西は武者と縁を結ばぬといって断わった。ところが、わが子成範《なりのり》を清盛の娘婿にしているのである。

黒衣の宰相となった信西が、今様《いまよう》好みで政治嫌いだった後白河帝の政権をひとり占めしている。そのため中枢から、はじき飛ばされたのが、後白河帝のかつての寵童藤原信頼《のぶより》で、同じく不平満々の義朝を味方につけると、熊野詣《くまのもう》でに出かけて清盛が都を留守にした隙を狙《ねら》って、兵を挙げた。

宇治《うじ》田原に逃げた信西の首を討って、信頼はかねて待望の大臣・大将となり、義朝は従四位下播磨守となった。

天皇、上皇を人質に取られていた清盛は、こっそり都へ戻って、天皇、上皇を巧みに脱出させたうえで、源平二氏が、六条河原を戦場として戦った。

平治《へいじ》元年（一一五九）のことなので、これを平治の乱といい、敗れて東国へ向かう途中、義朝は殺害され、頼朝《よりとも》は平氏の手に落ちた。以来、清盛を頂点とする平氏政権が天下を支配して、源氏の残党は、息をひそめて時節の到来を待った。

平氏の知行《ちぎょう》国三十余ヵ国、藤原貴族もすっかり逼塞《ひっそく》してしまったかにみえるが、清盛政権は、貴族政治と武家政治の中間的存在だった。

しかし成人した頼朝が、鎌倉《かまくら》に設けた政庁は、まったくの武家政権で、木曾義仲《きそよしなか》の都入りを挟《はさ》んで、頼朝対清盛亡《な》き後の平氏一門との争乱が瀬戸内海沿岸で繰りひろげられて、平氏は西海に滅び去った。けれど異母弟義経《よしつね》の活躍を、頼朝は、まったく喜ばなかった。

数々の戦功を立てたうえ、後白河法皇の信望厚しというのでは、いつ自分にかわって頂点に立とうとするかもしれないのである。

まして奥州藤原氏を後ろ楯《だて》とする義経を敵に廻しては政権の前途は危険なものになる。

創建間もない鎌倉幕府を守ろうとして、頼朝はおのが血族を、自らの手で滅しつづけた。

しょせん、武士とは、血で血を洗う戦乱から逃れられない、闘争のための凶器としての宿命を担《にな》う戦士の域を出ないものなのだろう。剣によって興《おこ》る者は、剣によって滅びるという宿命を彼らは繰り返した。

（この作品『小説日本通史―怨念の源平興亡』は、
平成六年七月、小社ノン・ノベルから『時の旅人』
シリーズとして四六判で刊行されたものです）

一〇〇字書評

切り取り線

本書の購買動機（新聞名か雑誌名か、あるいは○をつけてください）

＿＿＿新聞の広告を見て	雑誌の広告を見て	書店で見かけて	知人のすすめで

住所

なまえ

年齢

職業

あなたにお願い

この本をお読みになって、どんな感想をお持ちでしょうか。右の「一〇〇字書評」を私までいただけたらありがたく存じます。今後の企画の参考にさせていただきます。

あなたの「一〇〇字書評」は新聞・雑誌などを通じて紹介させていただくことがあります。

そして、その場合は、お礼として、特製図書カードを差しあげます。

右の原稿用紙に書評をお書きのうえ、このページを切りとり、左記へお送りください。電子メールでもけっこうです。

〒101-8701 東京都千代田区神田神保町三―六―五
九段尚学ビル　祥伝社　☎（三二六五）二〇八〇
祥伝社文庫編集長　加藤　淳
bunko@shodensha.co.jp

祥伝社文庫

上質のエンターテインメントを！　珠玉のエスプリを！

祥伝社文庫は創刊15周年を迎える2000年を機に、ここに新たな宣言をいたします。いつの世にも変わらない価値観、つまり「豊かな心」「深い知恵」「大きな楽しみ」に満ちた作品を厳選し、次代を拓く書下ろし作品を大胆に起用し、読者の皆様の心に響く文庫を目指します。どうぞご意見、ご希望を編集部までお寄せくださるよう、お願いいたします。

2000年1月1日　　　祥伝社文庫編集部

●NPN799

小《しょう》説《せつ》日本《にほん》通史《つうし》〔鎌倉開幕《かまくらかいばく》〕　怨念《おんねん》の源平興亡《げんぺいこうぼう》

平成12年9月20日　初版第1刷発行

著者　邦《くに》光《みつ》史《し》郎《ろう》

発行者　村木博

発行所　祥《しょう》伝《でん》社《しゃ》

東京都千代田区神田神保町3-6-5

九段尚学ビル　〒101-8701

☎03（3265）2081（販売）

☎03（3265）2080（編集）

印刷所　堀内印刷

製本所　明泉堂

ISBN4-396-32799-4 C0193

祥伝社のホームページ・http://www.shodensha.co.jp/